IRENE McKINSTRY ORIA

Vive entre España, Venezuela y los Estados Unidos. Es licenciada en Geografía e Historia, mención Historia del Arte por la Universidad Complutense de Madrid (1981) y magíster en Historia de América Contemporánea por la Universidad Central de Venezuela (1987).

Ha trabajado en el Museo Alejandro Otero y en el Museo de Arte Colonial, Quinta de Anauco (Caracas). Desde 1990 hasta la actualidad imparte seminarios de Historia del Arte. Publicó su primera novela en 2014 *Cuadernos de Viaje. Reflejos de una época.* En el 2016 *Una semana en septiembre.* En el 2018 En un lugar del Caribe.

Una pica en el Caribe es su cuarta novela.

UNA PICA EN EL CARIBE

IRENE McKINSTRY ORIA

Una pica en el caribe
© 2022 Irene McKinstry Oria
iremac@gmail.com

Todos los derechos reservados.
Esta publicación no puede ser reproducida
ni en todo, ni en parte, ni registrada en cualquier
forma por medio electrónico, fotomecánico, mecánico o grabación
sin permiso por escrito del autor.

Diseño de portada y dibujos: Gustavo Guinand Rodríguez
Diseño de maquetación: Micaela Díaz Ferriccioni

A Ignacio Guinand, mi primer nieto.

*La imaginación es más importante que el conocimiento.
El conocimiento es limitado, mientras que la imaginación no.*

Albert Einstein.

*No hay ningún navío como un libro para
llevarnos a lejanas tierras...*

Emily Dickinson

ÍNDICE

PARTE I EL VIEJO MUNDO 11
PARTE II EL NUEVO MUNDO 223

EPÍLOGO 415
AGRADECIMIENTOS 419
BIBLIOGRAFÍA 420
CRONOLOGÍA 425

Parte I

El Viejo Mundo

Allende nuestros mares,
allende nuestras olas,
¡El mundo fue una selva
de lanzas españolas!

I

La Coruña, mayo de 1589

Esa tarde Cayetana dirigía, una vez más, su triste mirada al horizonte, hacia ese mar embravecido salpicado de puntos blancos, que se había llevado a sus seres queridos un par de años atrás.

Don Vicente de Emparan y sus dos hijos embarcaron desde Pasajes hacia Lisboa en la primavera de 1587 para unirse a la flota que se dirigiría a la "Pérfida Albión" [1]

La Gran y Felicísima Armada, un año después, partió desde la capital portuguesa hacia las Islas Británicas con un gran contingente de vascos, gentes de mar y fieles servidores de la Corona. El marido de Cayetana era, así mismo, un aguerrido marino. Había sido pupilo de don Álvaro de Bazán, con quien años atrás navegó en aguas del Mediterráneo y formó parte de la célebre escuadra del golfo de Lepanto. Una y otra vez, Emparan le decía a su mujer que gracias a la astucia y estrategia de don Álvaro, que no había perdido un solo combate naval en todo su historial, pudieron vencer a los turcos. Por lo tanto, esta vez, la expectativa de una contundente victoria, era muy grande.

La intención de la Gran Armada era invadir las Islas Británicas para evitar que los ingleses continuaran fomentando la rebelión en los Países Bajos y que en pleno Atlántico piratas y corsarios saquearan

---
1. Forma despectiva de dirigirse a Gran Bretaña.

los navíos españoles cargados con los tesoros procedentes del Nuevo Mundo, además de encaminar a sus pobladores por el camino de la ortodoxia religiosa, así como vengar el reciente asesinato de la muy católica reina de Escocia, María Estuardo.

Sin embargo, la expedición se retrasó más de lo esperado y don Álvaro de Bazán, marqués de Santa Cruz, falleció en febrero de 1588. Para Emparan su muerte fue un mal presagio. Por lo demás, creía que los galeones españoles eran grandes y demasiado pesados por lo que presentía que no iban a ser tan eficientes de maniobrar en esas aguas como los navíos, más ligeros, de los ingleses. También pensaba que esperar a que Alejandro Farnesio desde Flandes se uniera a la escuadra, como había ordenado el Rey, había contribuido a que perdieran un tiempo precioso. Además, los meses que habían permanecido fondeados en Lisboa habían supuesto una contrariedad: varias epidemias se habían desatado y muchos marinos o habían muerto, como don Álvaro, o estaban enfermos. Al VII duque de Medina Sidonia, don Alonso Pérez de Guzmán, un noble muy cercano al Rey y depositario de toda su confianza, le fue asignado el liderazgo en la nave capitana, pero no tenía la experiencia de Bazán, ni tampoco su talento naval. Medina Sidonia insistía en que era más conveniente posponer la invasión y planificar una nueva estrategia. No obstante, Felipe II hizo caso omiso de sus consideraciones y decidió continuar con la empresa y, a pesar de que Medina Sidonia estaba en desacuerdo, no le quedó más remedio que acatar sus órdenes. La expedición que congregaba, bajo el estandarte español, las diversas flotas del reino, preparada desde hacía un par de años, contaba con el beneplácito del papa Sixto V. Antes de iniciar la navegación, Emparan le comunicó sus temores a su mujer en una última carta y, desde que ella la recibió, la embargó una triste corazonada. En definitiva, no solo fueron los cañones ingleses, sino principalmente el mal tiempo al que se enfrentaron, lo que dañó a la mayoría de los bajeles y contribuyó al fracaso de la expedición.

La derrota de la "Invencible", como sarcásticamente denominaron los ingleses a la Gran y Felicísima Armada, supuso todo un éxito para Inglaterra, del cual se vanagloriaron durante siglos y exageraron su victoria frente a España, pero ocultaron el terrible desastre de la Contra Armada al año siguiente.

Cuando Cayetana se enteró de la derrota que había sufrido la Gran Armada, acompañada por su hija Anuka se dirigió hacia Santander, a donde Medina Sidonia había llevado los restos de la Flota. En sendos caballos, madre e hija se encaminaron hacia allí por la ruta de los peregrinos que terminaba en Compostela. Esa era la única vía segura para dos mujeres solas. Dormían en posadas cerca de las postas, y al día siguiente, retomaban el camino. Esperaban obtener en Santander noticias de sus familiares, pero la suerte no las acompañó. Allí les informaron de que su pariente don Miguel de Oquendo, capitán de la escuadra guipuzcoana, había fallecido al poco de tocar tierra española y lo mismo le había sucedido, en La Coruña, a don Juan Martínez de Recalde, capitán de la escuadra vizcaína, pero les advirtieron que la urca[2] que capitaneaba don Vicente de Emparan, aunque había naufragado en aguas inglesas, a ellos no les habían dado por muertos. Madre e hija quedaron destrozadas al conocer esos informes, pero decidieron continuar en su búsqueda al saber que estaban vivos… Se habían enterado de que don Pedro de Zubiaur, otro intrépido marino vasco, había fondeado en Dartmouth unos meses atrás con tres filibotes[3] y una urca de transporte, dispuesto a negociar y liberar a la mayor cantidad de prisioneros que fuera posible. Al no lograr entenderse con los ingleses, en un alarde de valentía se escapó a toda prisa y, sorteando la persecución de los británicos, salió de sus costas. La maniobra fue todo un éxito, pues logró rescatar de las fauces inglesas a más de cuatrocientos españoles que estaban presos. Después de va-

---

2. Embarcación del norte, ancha en el centro, que en Francia llaman gabarre.
3. Voz inglesa para una embarcación ligera, flyboat.

rios días de azarosa navegación llegaron a la Península y fondearon en las costas gallegas.

Madre e hija se encaminaron hacia allí con la ilusión de que sus familiares estuvieran entre esos sobrevivientes. Permanecieron varios días en el santuario de Compostela y se encomendaron al Apóstol. María de Neira, hija de un regidor de Santiago y propietaria del Pazo de Oca, ubicado a pocas leguas de Compostela, las hospedó durante varias jornadas en su fortaleza y trató de disuadir a Cayetana de continuar la búsqueda, ya que comenzaba a hacer más frío; insistía en que permanecieran allí una buena temporada, pues recientemente había enviudado y ellas le hacían buena compañía. Anuka recorría diariamente con sus hijas los extraordinarios jardines que rodeaban la construcción y al poco tiempo la expresión de tristeza que la embargaba cuando llegó, se fue suavizando.

Al hacer un alto en el camino en un lugar tan apacible, rodeadas de una naturaleza tan exuberante, pudieron reponer fuerzas y descansar, aunque se acercaba el invierno. Pero el frío y la humedad no amedrentaron a Cayetana, que no desistió en su empeño y reemprendieron el recorrido por las costas atlánticas. Atravesaron la ría de Bayona y se acercaron a Viana do Castelo, luego fueron hasta la desembocadura del río Duero en Oporto con la esperanza de hallar a algún marinero vasco que pudiera transmitirles una buena nueva.

Transcurrieron los meses y llegó la dura estación invernal, pero no tenían noticias... Si la lluvia y el frío arreciaban, se guarecían en las posadas y, cuando mejoraba el tiempo, continuaban el camino. Cuando entró la primavera, la ilusión de encontrarlos se había ido desvaneciendo; aunque la temperatura mejoraba, el dinero comenzaba a escasear y Cayetana comprendió que pronto tendrían que retomar el camino a casa. Aunque no quería darse por vencida ni desistir en la búsqueda de sus seres queridos, no podía apartar estos interrogantes de su cabeza: ¿se habrían quedado en las Islas Británicas y algún alma caritativa se habría apiadado de ellos en esas costas frías del mar del Norte?, ¿estarían vivos?, ¿volverían a verlos?

Esa tarde, desde las cercanías de la Torre de Hércules, en La Coruña, madre e hija, ensimismadas, observaban cómo, en la línea donde el cielo y el agua se juntaban, el mar se iba poblando de velas, salpicando así de puntos el horizonte. Eran tantas las pinceladas blancas que fueron surgiendo que la niña, asombrada, le preguntó a Cayetana:

—Madre, parecen gaviotas que se posaran sobre el mar. Decidme, esos navíos ¿son nuestros o enemigos?

—Ojalá fueran gaviotas u otras aves. —sin apartar la vista del horizonte, continuó diciendo— Hija mía, no son nuestros esos navíos; es la flota inglesa y por la cantidad de velas que diviso, parece que es aún mayor que la nuestra que partió hace un año desde Lisboa. Tengo entendido que los ingleses quieren invadir nuestras tierras. Escuché hace unos días que estaba previsto que lo hicieran por Santander. Quizás las órdenes de esa reina hereje, Isabel Tudor, fueran destrozar los restos de la flota española, de la Gran Armada. Deben de haber cambiado el rumbo. Estarán envalentonados tras su reciente victoria. El que dirige la flota fue pirata y la reina lo ennobleció, ahora es *sir* Francis Drake; el otro jefe de la escuadra se llama John Norreys y dicen que también viene con ellos un pretendiente al trono portugués, don Antonio, prior de Crato, un bastardo de don Luis de Portugal, hijo del rey Manuel el Afortunado.

—Madre el reino de Portugal lo ha heredado nuestro monarca, el rey Felipe, que Dios guarde muchos años, por herencia directa de su madre Isabel de Portugal, que era hija de Manuel el Afortunado. ¿Quién es ese pretendiente que se une a los ingleses?

—Desde hace dos décadas nuestro Rey ostenta la corona de Portugal. Los ingleses tienen la esperanza de que Antonio de Portugal sea proclamado rey. Ese infeliz les ha prometido que, al derrotar a los españoles, ellos podrían hacerse con algunos de los territorios lusitanos. Me decía tu padre que los británicos estarían muy interesados en apoderarse de las islas Azores, a donde las Flotas de Indias llegan cargadas de caudales en sus tornaviajes. Lo que ellos buscan es el botín. Cuando esas velas se acerquen deberíamos estar en un lugar más seguro. Esta zona de la ciudad es muy vulnerable. Ahora, hija, debemos ponernos a buen resguardo.

Después de contemplar el ocaso y mientras se dirigían a su morada en la parte alta de la ciudad amurallada, Cayetana rememoraba a su marido y volvía a relatarle a su hija las historias que él le contaba una y otra vez. Cada día le echaba más de menos. En estos momentos de incertidumbre se preguntaba: qué tendrían que enfrentarse en los próximos días. Estaban solas en tierras gallegas.

Al amanecer del 4 de mayo de 1589, en La Coruña se armó un gran revuelo. En la Torre de Hércules se encendió un enorme fuego para avisar a los pueblos vecinos del inminente ataque. Se divisaba un gran convoy, multitud de navíos ingleses estaban muy cerca de la costa, se avistaban decenas de velas que ondeaban en el mar. ¿Por qué se habían dirigido hasta allí? ¿Por qué no habían tomado el rumbo esperado a Santander o hacia Lisboa? —se preguntaba Cayetana.

Los ingleses, al llegar a las costas españolas y enterarse de que en La Coruña estaban fondeados unos bajeles con un nutrido cargamento de víveres, municiones y pertrechos, desviaron la derrota[4] del convoy y se dirigieron hacia Galicia. Al parecer la Royal Navy estaba más interesada en hacerse con ese botín que en cumplir órdenes de la reina Isabel.

La Coruña, aunque era una ciudad bien amurallada, no estaba preparada para enfrentarse a una flota tan numerosa. El marqués de Cerralbo, don Juan de Pacheco, capitán general de la región y cabeza de la Real Audiencia, trató de fortalecer la ciudad, que apenas contaba con cuatro mil habitantes y pocos soldados para defenderla.

---

4. Rumbo, trayectoria descrita por una embarcación.

La Contra Armada, como se denominó a la flota inglesa, por organizarse inmediatamente después que la Gran y Felicísma Armada de Felipe II, era la mayor escuadra que hasta entonces hubiera navegado bajo pabellón inglés. Esta expedición, financiada como una empresa mercantil, estaba compuesta por no menos de ciento cincuenta embarcaciones de distintos tipos; llevaban a bordo más de veinticinco mil hombres entre oficiales, marineros, soldados y comerciantes. Al mando figuraban *sir* John Norreys, jefe de las tropas de desembarco, quien era el militar más prestigioso de Inglaterra, y Francis Drake, como jefe de la escuadra, a bordo de la nave capitana, la *Revenge*. Les acompañaba Antonio de Portugal, prior de Crato. Desde que Felipe II asumió la corona de Portugal, don Antonio se convirtió en su rival. En esa ocasión, con los caballeros portugueses que le habían acompañado al exilio, se unió a las tropas británicas para usurparle la corona portuguesa a su pariente Felipe II. Los ingleses desembarcaron y, a los pocos días, comenzaron su aproximación a la ciudad. Entraron por la zona de los arrabales conocida como La Pescadería y esa misma noche los invasores celebraron su triunfo arrasando con los víveres y el vino que encontraron. El marqués de Cerralbo no tenía suficientes hombres para defender la parte alta de la ciudad pero, apostó en la Puerta Real, arcabuceros que daban muerte a los ingleses que trataban de entrar en la ciudad alta. Finalmente, los británicos, tras vandalizar La Pescadería, consiguieron abrir una brecha en la muralla medieval en cuyo extremo se alza el castillo de San Antón.

El 14 de mayo penetraron por la muralla causando una gran mortandad a los defensores que luchaban con gran valentía. Dos días después, los soldados escalaban uno tras otro la muralla.

Cayetana, su hija y otras mujeres estaban auxiliando a los heridos y contemplaban a los invasores aterradas, pues se sabía que habían saqueado casas, incendiado iglesias y violado a las mujeres mientras tomaban la parte baja de la ciudad. María Pita estaba al lado de su marido, Gregorio de Rocamonde, que acababa de fallecer y, al darse cuenta del inminente peligro, tomó su espada y se abalanzó contra el joven que ondeaba la bandera, lo mató, y gritó: "Ayudadme a echarlos de aquí, quien tenga honra que me siga." Las primeras en ir tras ella fueron Cayetana y su hija Anuka, luego más mujeres, así como otros hombres que se les unieron y arremetieron contra ellos. María Mayor Fernández de Cámara y Pita, o simplemente María Pita, como todos la llamaban, comenzó a tirar piedras muralla abajo. Cayetana y Anuka también lo hicieron. De esta manera, iban cayendo los soldados, uno tras otro. Los hombres de la retaguardia junto a ellas se lanzaron contra los ingleses, que, heridos y asustados por el nuevo ataque, empezaron a huir despavoridos. Aunque la batalla parecía ganada por los británicos, varios días después, incapaces de conquistar la ciudad, volvieron a embarcarse. La Contra Armada perdió en ese ataque cuatro navíos y tuvo más de mil trescientas bajas. Finalmente, se dirigieron hacia Lisboa. Sin embargo, no pudieron tomar la ciudad, que estaba fuertemente defendida; además, los partidarios de don Antonio no aparecieron. El resto de la flota inglesa, después de varios meses de penalidades, enfiló hacia Madeira y arrasaron la isla de Porto Santo. Desde allí, sin lograr sus objetivos, con muchas pérdidas humanas y con un escaso botín, regresaron a Inglaterra. *sir* Francis Drake, considerado un héroe por sus logros como corsario en el Caribe, tras esa derrota cayó en desgracia en la corte de Saint James.

En La Coruña, los heridos fueron devueltos a sus navíos después de que los ingleses se rindieron el 18 de mayo. Algunas mujeres, por su condición piadosa, procedieron a dar cristiana sepultura a los cuantiosos muertos.

—¡Este chico no está muerto! —exclamó Anuka con expresión de asombro, al escuchar cómo un joven emitía un gemido ahogado mientras lo colocaban en la carreta.

—Ayúdame, hija, a bajarlo y comprobaremos si efectivamente tiene signos vitales y le dices al cochero que ya lleva suficiente número de cadáveres.

Después de colocar al chico de nuevo en tierra y llevarlo hacia un lugar algo apartado, la niña dio orden al cochero y arrancó.

Cayetana, a pesar de sus cumplidos cuarenta años, era una mujer entera, alta y de contextura fuerte. Sus ojos, oscuros, negro azabache, eran los mismos que había heredado su hija. Tenía la nariz recta y una amplia quijada. No era una mujer guapa, aunque la fuerza de su carácter, propia de las mujeres de su estirpe, la hacía muy atractiva. Su hija era una chica preciosa, mucho más menuda que ella, más dulce; posiblemente, en unos años, cuando la vida la endureciera, sería muy parecida a su madre. El joven al que atendían no estaba muerto, pero la vida se le escapaba como un suspiro; ardía en fiebre. Llevaba varios días sin probar bocado y no solo estaba herido, también enfermo y agotado.

Las dos mujeres le retiraron el casco, así como el resto de la armadura, y él abrió los ojos. Los tenía del color de los prados del norte, de las montañas de las Vascongadas. Estaba muy cansado y casi ahogado de tanto toser; pero, aunque creía estar listo para morir, al advertir la presencia de ellas, un instinto de supervivencia se hizo presente. Trató de recordar una lengua casi olvidada y comenzó a hablar...

—Agua, por piedad —balbuceó.

—Hablas nuestra lengua, pero eres inglés. ¿Quién eres, muchacho? —asombrada le preguntó Cayetana.

—Soy escocés. —haciendo un gran esfuerzo continuó— Mi abuela española... llegar a Inglaterra cuando el rey Felipe casaba con la reina María Tudor y ella casó... con un escocés, mi abuelo.

—¿Eres católico?

—Soy protestante. Mi padre es comerciante y no está con el Papa.

El dolor hizo que contrajera su semblante y tosió repetidas veces. Las dos mujeres se miraron. Anuka se acercó a su madre y le habló suavemente al oído:

—Pobre chico, madre. Vamos a llevarlo a un lugar seguro y lo curamos. No solo está herido, está muy enfermo. No podemos dejarle así; aunque sea un hereje corre sangre española por sus venas. Tiene los ojos verdes, iguales a los de Jon.[5]

Unas lágrimas afloraron a los tristes ojos de su madre y con el dorso de la mano se limpió la mejilla. El chico tenía el rostro muy sucio y de una de las piernas brotaba un chorro de sangre fresca. Cayetana quedó callada meditando qué hacer con él. Habían revisado los cuerpos esparcidos por allí y solo este parecía tener vida. La chica le limpió la cara con un lienzo húmedo, vertió un poco de agua en sus resecos labios y, de nuevo, él abrió los ojos.

—¿Cómo te llamas? —le preguntó ella.

—John —le susurró ahora con una voz apenas audible, pero que ambas escucharon con claridad.

—Madre, también parece llamarse como mi hermano y tendrá su edad, no debe de llegar a los veinte. Tenemos que ponerlo a salvo.

Cayetana miró alrededor, todavía muchos cuerpos estaban tendidos cerca de las murallas. Unos eran de los nuestros, otros de los enemigos, pero en la carreta los juntaban a todos sin distinción. Si decidían ponerlo a salvo y las descubrían, estarían en gran apuro. Sin embargo, haciendo caso a su conciencia y mirando de nuevo al chico, que respiraba con dificultad, Cayetana le indicó a su hija:

—No te muevas de aquí, ya vengo.

La niña asintió y con el paño húmedo continuó refrescándole la frente, que estaba ardiendo. Una fuerte brisa se había levantado. El calor del mediodía desapareció. Anuka se quitó la mantilla y con ella arropó al chico que había empezado a temblar. Las nubes grises que cubrían el cielo comenzaron a descargar litros de agua. Al principio,

---

5. Juan en vascuence.

la lluvia era leve; luego la llovizna fue arreciando y se convirtió en un chaparrón. Su madre regresó con una manta con la que cubrieron al herido, que apenas era un saco de huesos; entre ambas lo ayudaban a caminar, casi no se tenía en pie. Estuvieron atentas a que nadie las viera irse con él. Llegaron hasta la casa que habían alquilado. Al despojarlo de la ropa comprobaron que tenía el torso muy magullado y varias heridas, pero no eran de gravedad. Lo asearon, curaron y vistieron con una camisa y un calzón limpio; lo acostaron en un catre para que pudiera dormir cerca de la chimenea. Encendieron el fuego y, en un puchero, Cayetana vertió agua, un buen trozo de tocino, un puñado de habas, un par de patatas, algunas hierbas, un puerro y tres zanahorias que recogió del huerto. Al cabo de un buen rato, el chico se despertó, bebió la sopa y comió un trozo de pan. Transcurrieron los días y tanto la ciudad como el joven se fueron recuperando. Cuando entró el verano, todas las heridas habían sanado y hablaba mejor español.

A medida que pasaba el tiempo, aunque la esperanza de Cayetana de encontrar a sus hijos y a su marido fuese más remota, seguía yendo de un lugar a otro para informarse de si había llegado a esos puertos gallegos, algún superviviente más de la Gran Armada. A fines de junio se dirigieron a la ciudad de Betanzos, en las riberas de los ríos Mendo y Mandeo, que forman la ría que lleva el mismo nombre de la ciudad. Cayetana llevaba la recomendación que don Antonio, el hijo de don Miguel de Oquendo, le había hecho llegar, para la familia Andrade, señores de la villa y amos de toda la región; ellos les facilitaron hospedaje en una de sus propiedades, bastante cerca de la iglesia de San Francisco, que alberga el extraordinario sarcófago del siglo XIV de Fernán Pérez de Andrade, primer señor de esa familia de gran abolengo en esa zona.

Los monjes franciscanos, al percatarse de su desesperación ayudaron a Cayetana en su búsqueda; ella, sin darse tregua ni descanso, recorría las aldeas aledañas con la esperanza de obtener una buena nueva.

Desde Betanzos fue hasta la ría de Ferrol e inspeccionó la zona, preguntando a quien se le acercaba si había hospedado a algún marino vasco recientemente; pero, al no obtener la respuesta esperada, la desilusión la embargaba cada día con mayor intensidad. Sin embargo, a pesar de su tristeza, el entusiasmo que se había despertado en su hija por cuidar al joven, que la había transformado en una jovencita alegre y animada, la consolaba. Anuka conversaba mucho con él; el chico le contó que era el quinto hijo de una familia de comerciantes y, así como otros muchos, no deseaba embarcar en esa absurda contienda, pero le habían prometido a su padre una tajada del pastel cuando echaran de Portugal a los españoles; él y su hermano, muy a su pesar, tuvieron que unirse a la flota de Drake y Norreys.

Ribadeo, verano de 1589

A finales de julio, Cayetana decidió que, como ya había recorrido tanto las rías bajas como altas de Galicia sin haber obtenido información alguna, debían marcharse de allí y se dirigieron a Ribadeo. Había escuchado que a los puertos asturianos habían llegado sobrevivientes en los últimos meses, quizás, por allí tendría más suerte...

John, ya totalmente restablecido, se fue con ellas. Se instalaron en una casa en el campo en los predios del convento de Santa Clara. Desde allí, la buena mujer recorría, diariamente, los pueblos costeros aledaños con la ilusión de recibir alguna noticia de sus seres queridos; aunque pasara el tiempo, continuaba aferrándose a una tenue esperanza. El chico no se apartaba de ambas y, para que no despertase sospechas, Cayetana le sugirió que no hablara, pues su acento lo habría delatado. Decía a quien le preguntaba que era un pariente mudo que viajaba con ellas para acompañarlas en su búsqueda. John era un joven muy dispuesto y, sin necesidad de emitir palabra, se fue adueñando de la simpatía de la casera, que al principio estaba recelosa. Al comprobar que se interesaba por los libros, que las religiosas le habían dejado en custodia, como ella no sabía leer, le pareció sorprendente que un joven mudo tuviera esa capacidad y le cedió unos cuantos... Le dio cobijo cerca del establo en un gran hórreo y allí, junto a los cereales, dormía sin quejarse. Con su buena actitud, John fue ablandando el duro corazón de Cayetana.

En sus ratos de ocio se acercaba con Anuka a la Playa de las Aguas Santas, que por la forma de sus rocas se conocía también como la Playa de las Catedrales. Algunas veces bajaban hasta la orilla; otras, cuando las olas eran muy fuertes, se quedaban en los riscos viendo cómo rugía el mar, la espuma cubría las rocas y las playas de arena desaparecían cubiertas por la marea... Él le hablaba de Escocia, de las Tierras Altas, también allá el mar era bravío y los hombres aguerridos; le decía que llevaban faldas, como aquí las mujeres, y ella reía. Sin darse cuenta, los dos comenzaron a azorarse cuando estaban solos y a buscar esos momentos cada vez con más ansias. Cuando bajaban a la orilla del mar, se descalzaban, y con los pies desnudos, corrían por la arena, mientras la marea estaba baja. Muchas veces jugaban como niños a batallas navales, en las cuales él se dejaba ganar y ella decía que era España la vencedora. Anuka se imaginaba que estaba en el Caribe, que había derrotado en Veracruz al pirata Drake y también que la Armada inglesa era aniquilada en Cartagena de Indias. Dibujaban en la arena un mapa imaginario y colocaban unas cuantas piedras como si fueran las islas antillanas.

—Voy a tomar las islas de Barlovento, y pronto serán inglesas... —afirmaba él, enfilando su flota hecha de ramas y hojas.

—¡Ni lo pienses! Acabaré con tu escuadra y me ayudarán las fuerzas del mar.

Anuka levantaba la arena y cubría con ella los galeones que había hecho John y ambos reían...

—¡Qué bien te las ingenias, siempre me ganas!

—No soy yo. ¡Es, mi señor, el rey de España, el que vence!

—Así es ahora, pero la codicia y los intereses mercantiles de otros reinos os arrebatarán algunas de estas islas y luego resquebrajarán vuestro imperio. Ingleses, holandeses y franceses se apoderarán de ellas en un futuro, y luego con gran astucia lo harán del continente. Seguramente, ni tú ni yo lo veremos, pero, en el próximo siglo, ese mar Caribe que tanto te gusta imaginar no va a ser solo dominio vuestro.

—Pues, contra todos lucharemos.

Como también había aprendido alguna que otra palabra en inglés, alzando la voz ratificaba, esbozando una sonrisa triunfal:

—¡*Win, España, win*! —le replicaba enfática.

Ese día, John tomó unas cuantas piedras, las más planas, y las lanzó al mar, en donde rebotaron varias veces; las siguió con la mirada… Luego, se despojó de parte de sus ropas y en una carrera se fue hacia la playa; Anuka lo siguió, se remangó la falda y se mojó los pies.

—¡Me da miedo el mar, no sé nadar! —exclamaba, mientras se quitaba su falda de lana y el corpiño…

—Ven conmigo, súbete a mi espalda, no te pasará nada. Hoy no hay olas, es como si fuera un lago…

Los dos se zambulleron en ese mar frío y gris, el Cantábrico, con el que ambos fantaseaban, y lo sentían cálido. Lo veían turquesa y transparente, rodeado de palmeras y aves exóticas, como se imaginaban las costas del Caribe.

—A veces creo que eres uno de mis hermanos —le susurraba ella al oído.

—También tú te pareces a mi hermano pequeño, tiene siete años y le gustaba trepar sobre mi espalda.

—¿Cómo me dices que me parezco a un niño? ¡Soy una chica! En un par de días cumplo dieciséis… —le respondió saliendo del agua y él la siguió.

—*You are a lovely girl*…, una chica *guapííísima*, que siempre quiere ganar… —añadió él con una pícara sonrisa y casi tartamudeando—. Siéntate a mi lado en la arena, la marea está hoy muy baja, tardará tiempo en subir; todavía el sol calienta, aunque a lo lejos veo una gran nube negra, seguro que en poco tiempo lloverá y tendremos que salir corriendo.

Se vistieron con las ropas que habían dejado en la playa. John le pasó el brazo sobre los hombros para cobijarla de la leve brisa que se había levantado y contemplaron, absortos, un par de gaviotas que cruzaban el firmamento, mientras el sol se ocultaba tras unas nubes que avanzaban a gran velocidad y las primeras gotas de una lluvia dulce los salpicaba. Cerraron los ojos y se dejaron llevar por un mar de sensaciones. Sin que se dieran cuenta, el viento arreció y comenzó a llover a cántaros, la lluvia los empapó y ellos reían. Luego, se fueron corriendo hacia una gruta de piedra al borde de la playa y se refugiaron allí.

—Debemos quitarnos estas ropas mojadas —comentó ella, mientras estornudaba—, creo que el frío se me ha metido en el cuerpo. Si nos abrazamos, entraremos en calor…

Truenos y relámpagos se sucedían en el exterior, mientras que, en el interior de la cueva, aunque había mucha humedad, estaban más resguardados. Encontraron unas maderas secas. Frotando un pedernal el chico logró hacer fuego. Él se quitó la camisa; ella, el corpiño y la falda, que colocaron cerca de la hoguera para que se secaran. John se sentó en la tierra y ella sobre sus piernas. Se abrazaron para darse calor e instintivamente buscaron sus labios. Las manos de ella se enredaron entre sus cabellos, las de él acariciaron sus pechos… Sintieron como si sus entrañas les quemaran. Eran estopa y fuego…

Se tendieron en la arena y se besaron apasionadamente. Era la primera vez que ambos sentían algo parecido. Cerraron de nuevo los ojos, un deseo incontrolable que no sabían de dónde y cómo había surgido, los embargó.

Después de un instante que fue también eterno, John abrió los ojos. Pensó que lo que estaba sucediendo no debía haber ocurrido y, acariciándole la mejilla, le susurró al oído:

—Anuka, vámonos. Una vez más, España ha vencido a Inglaterra.

—No entiendo por qué tenemos que irnos ahora. No quiero volver a jugar a la guerra —afirmaba, aferrándose más a él—, quiero seguir aquí contigo...

John la miró fijamente, los ojos negros de Anuka brillaban con una intensidad que nunca había visto, parecían dos luceros. Entonces, recordando aquel día en que la vio por primera vez, le dijo:

—No quería ir a la guerra. Mi padre pagó lo que se les exigía a los comerciantes, y mi hermano Jamie y yo embarcamos. No sé si estará vivo o habrá muerto; él deseaba ser soldado, yo no. A mí me gusta leer y llevar las cuentas. No quiero volver a vivir todo aquello. En el navío vi morir a mis dos primos; al comenzar a navegar enfermaron, y yo también. Si no hubiera sido por ti, habría muerto —ella le besó en los labios y tomó la palabra seguidamente:

—Desde que mi padre y mis hermanos marcharon empecé a odiar a los ingleses con toda mi alma. En cada puerto, mi madre y yo buscábamos a los supervivientes y, al no dar con ellos, mi tristeza aumentaba y también mi rabia. Cuando llegamos a La Coruña esos sentimientos se mezclaron con un miedo atroz al saber que los ingleses habían desembarcado y arrasaban la ciudad. Si me mataban o, si la que moría era mi madre, ¿qué iba a ser de mí?

Él la escuchaba callado. Las brasas de la hoguera caldeaban el ambiente. La luz dorada del atardecer se filtraba por la entrada de la cueva mientras ella hablaba:

—Al comenzar a lanzarles las rocas que encontrábamos, cuando María Pita y doña Inés de Bren gritaban: "a ellos", un sentimiento de venganza, una violencia que nunca había experimentado, se apoderó de mí. Cuando le daba a uno de esos soldados, sentía una alegría inusitada. Quería matarlos a todos, hacerles daño, que sufrieran como si con sus padecimientos se aliviara la pena por la pérdida de mi padre y mis hermanos ... —John no la dejó terminar y agregó:

—Mientras subíamos por las murallas todos gritaban, el ruido era ensordecedor. El miedo a morir del comienzo había desaparecido, solo pensaba en matar y sobrevivir. Una piedra me dio en la cabeza y perdí la conciencia; si no hubiera sido por el casco habría muerto.

—Lancé muchos pedruscos y gritaba enloquecida, pero en un momento —comentó Anuka— creo que tomé conciencia de la realidad. Dejé de oír gritos y escuché una voz interior, y me quedé paralizada. No pude seguir tirando piedras. Cuando en casa mataban a los cerdos, estos chillaban y me daba mucha tristeza. Mi mente se llenó de esos recuerdos. Empecé a pensar que no eran soldados ingleses, eran cerdos a los que les tirábamos piedras murallas abajo y, sin darme cuenta, comencé a llorar. Mi vista se nubló y me escondí detrás de madre. No recuerdo qué sucedió después. Solo cuando te íbamos a subir al carro… en ese momento, no pensé que eras uno de esos cerdos ingleses a los que odiaba, eras solo un chico, como mis hermanos.

—Al abrir los ojos, miré hacia arriba y creí que estaba en el cielo, las nubes pasaban una tras otra... Cuando mi mirada chocó con tus ojos, comprendí que no estaba muerto, y que deseaba seguir viviendo.

—Dime, ¿mataste a algún español, incendiaste iglesias y violaste a las mujeres? como escuché que habían hecho otros soldados.

—Quizás sí maté, aunque no me acuerdo, pero ¿cómo crees que podría haber violado a alguien? Tampoco incendié ninguna iglesia, aunque vi que otros lo hicieron y esos recuerdos me atormentan. La guerra saca lo peor del ser humano; quiero olvidar todo lo que viví en aquellos días.

Unas cuantas lágrimas afloraron a los preciosos ojos de Anuka; él con gran delicadeza le rozó la mejilla y le acarició el pelo, y a ella se le iluminó la cara con una tímida sonrisa. El escocés la besó en los labios, una vez más, y le acercó el resto de su ropa, mientras se ponía la camisa y el calzón y, le susurraba al oído:

—Se hace tarde, la marea está subiendo. Tenemos que irnos a casa.

Durante varias noches no pudo dormir pensando en ella y en lo que había sucedido entre ambos, pero decidió no volver a la playa y, cuando la veía acercarse, se marchaba. Lo que había sucedido no podía repetirse. Sin embargo, una noche estrellada y sin luna, cuando su madre dormía, Anuka salió de su habitación en camisón y cubriéndose con una mantilla se dirigió al establo. Subió por la escalera y entró en el hórreo. La noche era cálida y los recuerdos de lo que había vivido con John invadían continuamente sus pensamientos.

A la luz de una desgastada vela, John leía sobre su cama, hecha de paja, una historia que narraba el romance entre un cristiano viejo, Calisto, y una joven conversa, Melibea. Estaba concentrado en la lectura cuando le pareció que alguien entraba. Los caballos del establo relinchaban. Cerró el libro y se preguntó: ¿A estas horas quién vendrá por aquí? Tomó una horquilla y se preparó para defenderse de un delincuente; alguien se acercaba, chirriaban los peldaños de la escalera…

—¡Por Dios, Anuka! ¿Qué haces aquí? Te vas a enfriar —exclamó al verla. Soltó la horquilla y fue hacia ella.

—¿Por qué me evitas? Quiero volver a sentir lo mismo que aquel día en la playa. Un deseo incontrolable de estar contigo me ronda todo el tiempo. Por eso he venido a verte, no puedo dormir. ¿A ti, te sucede igual?

—A mí me pasa lo mismo. Pienso en ti a todas horas. Pero abrimos una puerta prohibida. ¿No lo entiendes? Tú y yo solo podemos jugar a la guerra…

Ella no le dejó terminar de hablar; le abrazó y le besó con todavía más pasión que aquella vez en la playa. Durante varias noches, cuando salía la luna y su madre dormía, Anuka subía al hórreo y se encontraba con John. Ya no iban a la playa ni jugaban a la guerra, se amaban con el frenesí de dos jóvenes que vivían el presente y se deseaban ardientemente.

Noche tras noche, mientras la luna crecía, esperaban juntos a que amaneciera.

Cayetana, aunque no se enteraba de las salidas nocturnas de su hija, se había percatado de que la niña había cambiado y de que las miradas tímidas de ambos se cruzaban continuamente, y eso no podía ser. Empezó a pensar que fue una insensatez haber acogido a ese chico, que esa situación debía acabar.

Una de esas tardes, cuando el muchacho terminaba sus labores ayudando a recoger manzanas; Cayetana le dijo que antes de que llegara el invierno debían regresar a Azpeitia. Hacía más de un año que habían partido y no habían logrado encontrar a sus familiares, era hora ya de volver a casa. Añadió que para el próximo año estaban dispuestos los esponsales de Anuka con Ignacio de Iturriaga, con quien su marido antes de partir para Inglaterra con la Gran Armada la había comprometido en matrimonio. Iturriaga le doblaba la edad, era viudo y tenía una buena posición, además de ser hidalgo. Era un hombre de provecho y quería entroncar su estirpe con la muy noble casa de los Emparan. También le dijo que Anuka había pedido muchas veces que le hablara de su prometido, pero desde que él estaba con ellas, eludía el tema, como si no quisiese que él supiera que iba a casarse próximamente.

—Entiendo, doña Cayetana, debo irme —le respondió—. Lo haré lo antes que pueda. No sé qué habría sido de mí sin vuestra generosidad. No quiero causaros ningún inconveniente.

—Puedes llevarte uno de los caballos, lo vendes y obtienes algo de dinero para costear el trayecto a Inglaterra. Ya estás restablecido.

Unos días después, John se fue sin despedirse. Esta vez, el juego quedó inconcluso; no ganó España ni Inglaterra. Anuka se casó al año siguiente con Iturriaga. Tuvo cinco hijos, dos de ellos fueron marinos. John, por su parte, regresó a casa y contrajo matrimonio con una escocesa, hija de un importante dirigente del gremio de la lana, y tuvo diez hijos de los que sobrevivieron seis, dos se enrolaron en la Royal Navy.

La guerra entre España e Inglaterra terminó al morir la reina Isabel en 1603, si bien la enemistad entre ambas naciones seguía latente.

Las premoniciones del chico se cumplirían. A lo largo del siglo XVII, Inglaterra se apoderaría de Jamaica y de Barbados, así como de otras pequeñas islas diseminadas por ese amplio mar. Los franceses tomarían varias de las Antillas de Barlovento: Martinica, Guadalupe, y parte de La Española a la que la llamaron La Dominique. Los holandeses, por su parte, se apoderaron de las islas de Curazao, Aruba y de otras tantas. Como consecuencia de los tratados entre esos reinos en el siglo XVII, el mapa del Caribe español se fragmentó. Aunque las guerras continuaban, los negocios florecieron. Los holandeses fundaron la Compañía de las Indias Occidentales y se abastecieron de materias primas en los territorios conquistados, además de los botines que capturaban a los galeones españoles que hacían la Carrera de Indias. Piratas, bucaneros, filibusteros y corsarios, ingleses, franceses u holandeses iban y venían, navegaban impunemente por el mar Caribe que una vez fue de total dominio español...

Azpeitia 1612 —Veintitrés años después—

Casa de los Emparan

Después de muchos años, John decidió encaminarse hacia Azpeitia; viajaba a bordo de un mercante de pabellón británico que fondeó para ser reparado, tras una terrible tormenta, en las costas vascas, cerca de Orio. Deseaba volver a ver a Anuka. Había continuado ejercitándose en el español, tratando de leer todo lo que caía en sus manos, y ahora lo hablaba mucho mejor. Al llegar al pueblo preguntó por la familia Emparan y también por los Iturriaga, no había olvidado ese nombre que se colaba en su mente muchas veces. Se enteró de que Ignacio de Iturriaga había muerto en un naufragio, pero que su viuda seguía viviendo en la misma casa solariega de los Emparan, en las márgenes del rio Urola, y se dirigió hacia allí. La sensación de angustia, el miedo y la emoción se unían en la expectativa de encontrarla, acaso le recordaría o quizás le habría olvidado…

Ahora era un próspero comerciante de lanas. Continuamente viajaba a Burdeos y a Santander, así como a los puertos de las Vascongadas en donde vendía su selecta mercancía. No había cambiado mucho, aunque había perdido algo de su pelo claro y tenía unas profundas entradas en su amplia frente, pero seguía teniendo una excelente presencia, llevaba perilla y bigote bien perfilado. En esa ocasión lucía un costoso traje oscuro de paño de Flandes, elaborados encajes de Bruselas remataban la gorguera y los puños, medias de seda y zapatos de hebilla con tacón. Golpeó la aldaba del gran portón de madera de la gran mansión de los Emparan. Una criada abrió la puerta y él dio su nombre, ella lo hizo pasar al recibidor y fue a avisar a su señora. Sentado en una silla frailera, con respaldar y asiento de cuero repujado, esperaba a doña Ana de Iturriaga, quien recientemente había enviudado; mientras tanto, su mirada se posó en dos austeros lienzos que colgaban en las paredes, obviamente de tema religioso, y también observó un par de alfombras orientales, de fina hechura, tendidas en el piso, al fondo de la estancia. Al lado de un armario de cuarterones había un bonito bargueño decorado con incrustaciones de marfil y ébano, que llamó su atención; estaba observándolo detalladamente e imbuido en sus pensamientos, cuando apareció la dama. Al verla, se quedó impactado. Experimentó una sensación que lo turbó. Tenía delante a una mujer muy bella. Más joven de lo que esperaba, alta, de pelo castaño y con unos ojos de mirada profunda; pero no eran tan oscuros como los que él recordaba, eran más claros, verdes, grises, aceitunados, preciosos. Iba vestida de luto, conforme a su condición de viuda. Era muy parecida a Anuka y también a Cayetana, ¿Quién sería Ana de Iturriaga? Después de que él le besara la mano y se hubieron sentado, ella inició la conversación:

—Creo que me confundís, caballero. No soy Anuka, soy su hija mayor. Mi madre murió hace muchos años. A mí me crio mi abuela Cayetana. Mi padre me casó hace unos años, con un sobrino suyo que también se llamaba como él, Ignacio. Mi marido era marino, falleció hace poco. Hubo una gran tormenta y su navío naufragó...

—Disculpad mi confusión y aceptad mis condolencias. Pensé que iba a encontrarme con vuestra madre. La conocí hace muchos años, durante la guerra entre España e Inglaterra —respondió él, algo azorado.

—Mi abuela me contó una historia de un escocés al que salvaron de la muerte en La Coruña, cuando los ingleses trataron de incursionar en nuestras costas. Un joven del que mi madre se enamoró, pero que luego se fue y no supo más de él. ¿Sois vos acaso ese joven?

—¿Qué más os contó vuestra abuela? —preguntó con expresión de asombro y también de tristeza.

Ella le dedicó una amplia sonrisa. Dos niños pequeños de tres y cuatro años se entremezclaban entre sus faldas, curiosos al ver a un desconocido.

—Estos son mis hijos, el mayor es Gabriel. El pequeñito se llama Martín. Saludad al caballero —les indicó, y los niños se inclinaron—. Os hablaré de mi madre y os diré lo que me dijo mi abuela de ese joven escocés que es mi padre, y creo que vos no lo sabéis...

Al escuchar esas palabras, John tuvo que sujetarse en los reposabrazos de la silla y gratos recuerdos cruzaron su mente. Ana comenzó a hablar como si le estuviera contando un cuento que se había aprendido de memoria. Le dijo que su madre regresó a Azpeitia embarazada del escocés, pero que Ignacio de Iturriaga, quien fue para ella como un verdadero padre, de igual modo se casó con ella y se hizo cargo de la niña y de su abuela, y esta vivió con ellos muchos años; hasta que falleció. Después, le contó que su madre tuvo cuatro hijos más, sus hermanos, y que murió tras su último parto. Ella, apenas tenía seis años y casi no la recordaba. Le pidió que le hablara de ella, y que le dijera cómo era cuando él la conoció.

John comenzó a narrarle todo lo que vivieron juntos. Le dijo que nunca la había olvidado; que, si no hubiera habido una guerra que duró muchos años entre España e Inglaterra, habría ido a buscarla. Los niños, juguetones, se sentaron en sus piernas y un sentimiento

35

de nostalgia se aferró a su corazón. Luego le contó de los bienes con los que comerciaba y de sus continuos viajes. Le habló de esas costas de aguas templadas bañadas por el sol que asiduamente visitaba y le aseguró que en los atardeceres a menudo pensaba en su madre, y Ana sonreía complacida.

Iba oscureciendo y ellos seguían hablando. Finalmente, John le dijo que era hora de marcharse, caminaron hacia la entrada de la casa y le aseguró que volvería a visitarla en la primera ocasión que tuviera. Le reiteró que había sido muy afortunado por haber podido conocerla.

Después de haber pasado una tarde memorable, él se despidió con una amplia sonrisa y besó su mano, luego se abrazaron fuertemente y a ambos les tembló la voz; su padre le entregó una pequeña bolsa de seda, que había llevado consigo durante mucho tiempo y le pidió que la abriera cuando se hubiese marchado. La bolsita contenía una bella pulsera de oro con pequeñas piedras de colores incrustadas; al reverso tenía una inscripción que decía: "ANUKA". Cuando Ana la tuvo entre sus manos, unas lágrimas rodaron por sus mejillas...

Esa noche, John soñó que se reencontraba con Anuka en un lugar del Caribe, que eran jóvenes y tenían otras vidas...

Pasajes, agosto de 1624 (Doce años después)

A primera hora de la tarde, Ana de Iturriaga despedía en la rada del puerto de Pasajes de San Juan a sus dos hijos: Gabriel, con dieciséis años, y Martín, de quince recién cumplidos. Los dos hermanos iban a hacerse a la mar en un patache[6] de la escuadra guipuzcoana; uno se incorporaría a la Armada del Mar Océano y el otro se quedaría en Cádiz. Cuando iban a embarcar, Ana se quitó la medalla de la Virgen de los Navegantes, que colgaba de su cuello, pero solo tenía una, Martín observó su gesto de angustia y le dijo:

—Dádsela a Gabriel, madre; a mí dadme un abrazo.

---

6. Embarcación de dos palos, como un bergantín y típica de la región de Cantabria.

Ella le colocó la cadena a su hijo mayor, mientras que Martín la abrazaba. A continuación, los dos subieron a bordo por la escalerilla, sin mirar atrás.

Otros jóvenes vascos se unieron a ellos. Ana se preguntaba con lágrimas en los ojos: ¿cuántos volverán? Cuando la última vela se perdió en el horizonte borrascoso, sintió que se le había desgarrado el alma. Una vez más, el mar se llevaba a sus seres más queridos… Dos niñas pequeñas jugueteaban a su alrededor: su hija María Teresa, de diez años y una prima, un año mayor, María Ainara, que vivía con ellos.

Al poco tiempo de quedar viuda, Ana de Iturriaga había vuelto a casar con uno de los hombres más influyentes de la región, pero déspota y malhumorado. Su resentimiento y amargura fue aumentando a medida que pasaban los años y ella no lograba darle el hijo varón que tanto ansiaba. Después de que nació María Teresa, Ana dio a luz a un par de niñas, que murieron al poco tiempo. Su difícil situación la fue sumiendo en una profunda melancolía. Aunque era todavía una mujer joven y de buen ver, padecía, cada vez con mayor frecuencia, de un terrible desasosiego. Los vapores, continuamente, la abrumaban y fueron minando su salud. Solo la animaban las continuas visitas de su padre desde Inglaterra. Ya no vivían en la casa solariega de los Emparan; su marido había edificado una gran mansión, cerca del palacio de los Insausti, y se vanagloriaba de que la suya era la casa más lujosa de la región. Por suerte, casi siempre estaba de viaje; de modo que el padre de Ana aprovechaba esas temporadas para quedarse con ellos, acompañar a su hija y disfrutar de sus nietos, sin tener que aguantar la desagradable presencia de su yerno.

Martín se interesó por conocer otras lenguas, desde muy niño, y aprendió a hablar fluidamente inglés. Le gustaba leer en ese idioma y, entretenido con los libros pasaba noches en vela; él y su abuelo tenían largas conversaciones tanto en inglés como en español. En cambio, a Gabriel, su hermano mayor, no le seducía la lectura y solo aprendió a escribir lo básico; además era receloso con los extranjeros, por lo que no tenía el menor interés en relacionarse con sus parientes británicos, a los que siempre consideró como enemigos, y eran pocas las veces que se interrelacionaba con su abuelo. Pero tanto Martín como María Teresa y Ainara se alegraban con esas visitas y acudían asiduamente a unas clases con un profesor que John contrató y que no solo los enseñó a leer y a escribir en español y en inglés, sino también a dibujar.

Ainara y Martín se distraían copiando los grabados que aparecían en los libros y, desde muy pequeños, entre ellos surgió una unión muy especial. El abuelo John solía enviarle desde Inglaterra las publicaciones de *sir* Walter Raleigh y Martín compartía con las niñas esas lecturas sobre los descubrimientos que el inglés había realizado en una región del Nuevo Mundo, muy poco civilizada: la provincia de Venezuela, cuyas costas bañadas por el mar Caribe, formaban parte de los territorios de Tierra Firme.[7]

Venezuela era un horizonte lejano e inspirador de grandes fantasías y ellos soñaban con recorrer esos territorios algún día. Aunque Raleigh había sido uno de los enemigos de España, aliado de la pérfida reina Isabel de Inglaterra, y en España lo mentaban "guantarral" de forma despectiva, Martín se aficionó a leer sus relatos, llenos de fantásticas criaturas. Conocer algún día Venezuela se convirtió en uno de sus sueños. Alimentaba con constantes lecturas su desbordante imaginación y su interés por saber de muchas cosas. Aunque, su padrastro sostenía que dedicarle tanto afán a leer y a dibujar era una pérdida de tiempo; solo el trabajo dignificaba al hombre, lo demás, según él, iba contra las verdaderas reglas de la religión católica y era cosa de herejes y erasmistas.[8] Cuando lo veía leyendo lo reprendía duramente, por lo que siempre lo hacía en la oscuridad de la noche. La mayoría de los libros que atesoraba versaban sobre viajes. Tenía

---

7. Nombre que se le daba a Venezuela, al istmo de Panamá y parte de los territorios de Colombia durante la etapa hispánica.
8. Seguidores de Erasmo de Rotterdam.

algunos sobre temas controvertidos: filosofía o religión; esos los tenía bien escondidos para que su padrastro no diera con ellos.

Su abuelo iba a visitarlos por lo menos dos o tres veces al año. La última vez que estuvo con ellos, Martín había cumplido catorce años y recordaba muy bien la conversación que mantuvieron en la que le reiteraba que, aunque ellos fueran católicos, debía aprender a respetar a otras personas con credos diferentes. Le habló de Francis Bacon, un gran filósofo que había conocido en Cambridge y cuyas ideas sobre la libertad y la tolerancia le habían dejado una gran huella. Le aseguró que el verdadero enemigo del progreso no era la religión, sino el fanatismo y la irracionalidad... Así mismo le contó de un filibote, el Mayflower, capitaneado por Christopher Jones, su pariente, que había partido en septiembre de 1620 desde Southampton. El navío después de una azarosa navegación atracó en unas agrestes costas al norte del Nuevo Mundo. Su abuelo le decía que los puritanos[9] que viajaban en ese navío eran disidentes de la religión anglicana e iban en busca de tierras vírgenes en donde asentarse para poder vivir libremente y practicar sus creencias. John le insistía a su nieto en que la tolerancia era una virtud tan importante como la misericordia; esas palabras siempre las tuvo presente.

La influencia de su abuelo en su formación fue determinante, así como también la de don Antonio de Oquendo; las temporadas que pasaban con él fuera de Azpeitia, en Fuenterrabía o en Pasajes, constituían los mejores recuerdos de su infancia. Don Antonio, el hijo de don Miguel de Oquendo, era considerado el patriarca de la familia Iturriaga por lo que ambos chicos, al morir su verdadero padre, habían quedado bajo su protección. Según él, había muchos jóvenes destinados a ser soldados, pero no tantos con conocimiento de idiomas, mente despierta y facilidad con la pluma como Martín. Don Antonio le había tomado especial cariño y le llevaba a menudo al arsenal de Fuenterrabía, donde en ese tiempo construían el galeón *Nuestra*

---
9. Religiosos protestantes de origen británico.

Señora de Juncal —que algunos años después sería protagonista de uno de los más terribles naufragios—. El chico se distraía dibujando sus aparejos y se interesaba por conocer sus funciones; a pesar de su corta edad, ya destacaba por poseer un gran ingenio, por lo que don Antonio imaginó un destino diferente para él y pensó que debería estar bajo la protección de un noble importante, que bien podría ser el duque de Medina Sidonia, don Manuel Alonso de Guzmán, uno de los señores con más poder de Andalucía y que en esa noble casa se iniciara en las labores de la diplomacia. Así mismo, Oquendo se había percatado de que Gabriel tenía buena disposición para ser marino: era rudo, audaz y valiente; le gustaba navegar y era muy diestro con la espada; seguramente sería un buen oficial, por lo que fue recomendado para formar parte de la Armada del Mar Océano.

Unos meses antes de embarcar, ese verano de 1624, debido a una injusta acusación del Conde-Duque, Oquendo fue apresado, llevado al castillo de Fuenterrabía y luego al de San Telmo en San Sebastián, por lo que no había pudo hacerse a la mar con ellos, como tenía previsto. Una nueva guerra estaba a punto de comenzar y a Ana la embargaba una gran incertidumbre al pensar que sus hijos iban desprotegidos. Las alternativas para jóvenes hidalgos, pero sin hacienda, eran la carrera militar y la eclesiástica. Muchos partían para el Nuevo Mundo y no volvían nunca a su tierra. Ana presentía que Gabriel se convertiría en un valeroso soldado; sin embargo, ¿qué sería de Martín? No estaba al tanto de los objetivos que su pariente había fijado para él. Tenía la ilusión de que tomara los hábitos, pues entre sus antepasados figuraba Francisco Javier, un destacado jesuita; creía que esa opción sería un buen destino para un joven tan instruido e inteligente. Aunque el porvenir que Oquendo tenía en mente para Martín era especialmente notable, no se lo comunicó a su madre.

La cordialidad entre España e Inglaterra duró varios años y los contactos comerciales proporcionaron cierta prosperidad a la región del Cantábrico. Por una breve etapa, hubo un intento de unir a ambos reinos al querer casar a la infanta María Ana de Habsburgo, hermana de Felipe IV, con el heredero del trono inglés, Carlos Estuardo. Empero, ese matrimonio no pudo llevarse a cabo. La condición que España impuso fue que el pretendiente se convirtiera al catolicismo; algo que los ingleses consideraron inaceptable. Finalmente, después de un tiempo en la corte de Madrid, el príncipe regresó a Inglaterra, molesto y despechado, sin lograr un acuerdo. En marzo de 1625 falleció Jacobo I, y Carlos I de Inglaterra, aliándose con Holanda, declaró la guerra a España. A partir de entonces, un nuevo período bélico comenzaba y las comunicaciones de los Iturriaga con su familia inglesa tuvieron que cortarse drásticamente.

Cádiz, septiembre de 1624

Los dos hermanos llegaron a Cádiz a mitad de septiembre, cuando todavía apretaban los calores del verano, pero la brisa marina que disfrutaba la ciudad gaditana suavizaba el bochorno que en esos meses era mucho más fuerte en la isla de León, en San Fernando y en el resto de la costa. Las urcas y los pataches de la flota guipuzcoana fondearon a primera hora de la mañana en la inmensa bahía de Cádiz. Ambos chavales, al desembarcar, contemplaron una urbe muy diferente: cosmopolita y variopinta. Estaban acostumbrados a los paisajes de las Vascongadas y lo primero que les asombró fue la aridez de la zona. No había montañas, todo era polvoriento y seco; aunque el sol resplandecía, no hacía el calor que se imaginaban; una agradable brisa marina suavizaba el ambiente. Se adentraron en la ciudad y la recorrieron el primer día de punta a punta. Al caminar por sus calles empedradas les llamó la atención la variedad de árboles con flores aromáticas que daban sombra: jazmines y azahares perfumaban el entorno. Los dos, curiosos, miraban dentro de las casas.

—¡Gabriel! —exclamaba asombrado Martín—, la puerta está abierta, ven a ver, dentro hay un gran patio tapizado de cerámicas con dibujos geométricos, multitud de macetas con geranios de colores y varias jaulas con pájaros exóticos. ¿Vendrán del Nuevo Mundo esas especies? ¡Qué cantidad de gatos hay en Cádiz!

Miau, miau, maullaban los gatitos; uno de ellos permanecía absorto mirando con fijeza una jaula donde un pajarito amarillo trinaba una melodía.

—En casi todos los patios hay una fuente en el medio. Me gusta el sonido del agua, proporciona una sensación cálida a la vez que alegre y fresca —continuó diciendo.

—Todo aquí es muy diferente a las austeras viviendas del norte y a nuestras gentes. Los gaditanos se saludan, ríen y conversan animadamente por la calle —añadía Gabriel.

Encontraron muchas iglesias y conventos, cuyas campanas redoblaban continuamente marcando las horas. Entraron en una de ella y Martín se quedó extasiado admirando la riqueza de sus retablos; su hermano, que no se interesaba en esos detalles, lo apremió a salir para continuar el recorrido.

—La ciudad —decía Gabriel— parece una isla amurallada que se une a tierra firme por un istmo formado por una estrecha franja de tierra.

—Ahora ha sido reconstruida —continuó diciendo Martín— y ampliamente fortificada para ser mejor defendida. Hace poco se construyó el castillo de Santa Catalina y la torre de San Sebastián. Escuché que Cádiz había sido arrasada por los ingleses dos veces, años atrás. El primer ataque fue el del famoso pirata Francis Drake en 1587 y, casi diez años después, en 1596, el conde de Essex la asoló y la quemó.

—Espero que, si los ingleses osaran atacarla de nuevo, no tengan ninguna suerte, ¡ojalá hundamos todos sus navíos y acabemos con ellos! —agregó Gabriel con displicencia.

—Siempre olvidas que llevamos su sangre: aunque no sea inglesa, es escocesa; no me gustaría que nos atacaran. No quisiera imaginarme que uno de nuestros parientes formara parte de la tropa —su hermano no le dejó terminar de hablar.

—Conmigo no va esa historia: si yo ensarto con mi espada a un inglés o a un escocés, no pensaré en eso; al enemigo no le puedes ver la cara. Lo único que debes tener en cuenta es que es un hereje y debe morir por el bien de España y de nuestra fe.

—La mejor batalla es la que no se pelea —añadió Martín.

—¡Qué equivocado estás! Solo con el acero se hacen cumplir las leyes. Las palabras son huecas; te he dicho otras veces que no creo en la diplomacia.

—Haces mal, hablando se entiende la gente. Las negociaciones entre los estados sirven para evitar que muera gente inocente, como sucede en toda contienda.

Gabriel, desde niño, soñaba con ir a la guerra y acabar con todo aquel a quien considerase enemigo de España, bien fueran ingleses, holandeses, franceses o indígenas del Nuevo Mundo. Muchas veces, Martín le había aclarado que los americanos eran tan españoles como los vascos, aunque hubieran nacido en las provincias de ultramar, pues formaban parte del Imperio. Sin embargo, él no le hacia el menor caso, ni atendía a razones. Su único pensamiento era ir a la guerra con quien fuera.

—Esas conversaciones de paz son pamplinas —continuaba diciendo—. Estoy deseando entrar en combate. Mientras tú leías en la cubierta del navío quién sabe qué historia, yo hablaba con los marineros. Decían que al comenzar una batalla se te sube la sangre a la cabeza. ¡Eso, y estar con una mujer, es lo mejor de la vida! —y con gran entusiasmo añadía—: en este puerto hay un burdel donde están las mejores meretrices de la Península, como si fueran las de Sevilla, unas morenas con grandes pechos. Vamos hacia allí, sé donde es…

—Nunca he estado con una mujer, ¿tú sí?

43

—Pues, ya es hora de qué te estrenes. Yo me desahogué por primera vez con Isabel, la criada, una buena moza.

Los dos rieron y caminaron por las calles animados hasta que llegaron al lugar que los marineros le habían indicado. Entraron en otro mundo, muy diferente al de las iglesias y los patios andaluces: el de la picaresca y los burdeles. Vieron a muchos chicos de su edad, otros marinos ya entrados en años y a mujeres de todas las razas. Después que salieron de allí, tenían hambre. Se detuvieron en una taberna a comer pescado frito; el olor a fritura que venía de a dentro envolvía el ambiente. Entraron en el tugurio y engulleron rápidamente una típica comida gaditana, con un sabor muy diferente a los guisos de su tierra. Cuando ni un solo chanquete quedaba en el plato, ambos chavales se dirigieron a la casa de los Borja, una familia aragonesa emparentada con los Iturriaga, que tenía una imprenta muy conocida en Cádiz; a las dos familias pronto los unirían mayores nexos. Ana había comprometido a su hija María Teresa con un ahijado de don Juan de Borja, que era navarro, hijo de Andrés de Eraso y María Calderón. Ya habían firmado las capitulaciones y, dentro de unos años, ella se iría a vivir allí. También había dispuesto el compromiso de Gabriel con Ainara, la niña que, tras la muerte de sus padres y de su abuela había quedado bajo su custodia y vivía con ellos. Antes de que embarcaran, le hizo prometer a su primogénito que al regresar a la Península contraería matrimonio con ella; él asintió para no contradecirla, aunque no de buena gana. La disparidad entre ellos era evidente, pero el compromiso adquirido por ambos era sagrado.

A los pocos meses de llegar a Cádiz, los dos hermanos tuvieron que separarse. Martín se marchó a Sevilla, centro del comercio con ultramar, de la cultura y de las artes para ampliar sus conocimientos. Gabriel se hizo a la mar en la Armada del Mar Océano rumbo al Brasil.

San Salvador de Bahía, 1625

*La recuperación de San Salvador de Bahía,
Fray Juan Bautista Maino, Museo del Prado, Madrid.*

Después de la tregua de los doce años, en 1621 la guerra contra las Provincias Unidas comenzó de nuevo. Los españoles se venían preparando para luchar contra ellos; no solo en Flandes, sino también en el Caribe.

Los territorios de ultramar estaban separados de la Península por un amplio mar que, sin embargo, se presentaba como un largo puente de madera que unía a ambos continentes. El fin inmediato de sus enemigos, holandeses, ingleses y franceses, era ir adueñándose de las islas en ese camino para minar el poderío español.

Los Países Bajos querían hacerse con las plantaciones de azúcar y de tabaco de Brasil, con las minas de sal de Tierra Firme, así como con las maderas del Nuevo Mundo, para utilizarlas en su creciente industria naviera, y con el algodón, para la textil. La idea era crear un triángulo de riqueza. Al ocupar Brasil obtendrían las plantaciones, luego tomarían la mano de obra esclava de Angola y llevarían la materia prima a Amsterdam, donde se elaborarían los productos y se distribuirían.

El 10 de mayo de 1624, la ciudad de Bahía cayó en manos de la Flota holandesa dirigida por Jacobo Willekens. Cuando llegó esa noticia al Viejo Continente se preparó una gran escuadra; unos meses después estaba lista para hacerse a la mar. Brasil era un territorio lusitano; pero, debido a que Portugal y España estaban ya unidos por la Corona, Felipe IV ordenó que todas las Flotas debían acudir en su defensa.

En muy poco tiempo, Gabriel vio realizado su sueño: se hizo a la mar con la Armada del Mar Océano al mando de don Fadrique de Toledo. El 5 de diciembre de 1624 zarparon los españoles desde Cádiz y en febrero se encontraron con la Armada portuguesa en Cabo Verde.

Gabriel formaba parte de la tripulación de la Armada del Mar Océano, había embarcado en la nave capitana, el galeón *Nuestra Señora del Pilar y Santiago*, que tenía cincuenta y cinco cañones, junto a ella navegaban tres galeones[10] y siete urcas que transportaban más de setecientos marineros y más de mil quinientos soldados. También se hicieron a la mar, formando un gran convoy, la Armada de la Guar-

---

10. Embarcaciones grandes y de alta borda, fuertes, pero lentas; se usaban para la guerra y el comercio.

dia del Estrecho de Gibraltar, al mando de don Juan Fajardo, segundo jefe de don Fadrique; la Armada de Vizcaya bajo las órdenes de don Martín de Vallecilla, y además se unieron la de las Cuatro Villas de Cantabria, la de Nápoles y, por último, la de Portugal, dirigida por don Manuel de Meneses.

Los españoles contaban con más de cinco mil quinientos infantes de marina, los valerosos Tercios,[11] a los que se sumaban casi cuatro mil portugueses, y había cerca de tres mil marineros. En cuanto a los navíos, veintinueve eran españoles y veintidós portugueses. Esa gran escuadra era la flota más grande que hasta entonces había cruzado el Atlántico.

Durante la navegación enfrentaron varias tormentas. Una de ellas hizo que un galeón portugués se fuera a pique y que casi la capitana el galeón, *Nuestra Señora del Pilar y Santiago,* perdiera su arboladura.[12] Las jarcias[13] y los trapos se batían contra el viento y las inmensas olas subían por la borda; el bajel se bamboleaba fuertemente de babor a estribor. Un grumete murió al caer desde allá arriba, mientras arriaba y sujetaba el velamen; otros enfermaron. Los que morían eran arrojados por la borda con un lastre de piedras para que se hundieran; Iturriaga había escuchado que esa era la costumbre; uno de los fallecidos había dormido en una hamaca a su lado y ahora ya no estaba; esa misma hamaca había sido su mortaja. Aquella noche se aferró a la imagen de la Virgen de los Navegantes que su madre le colgó del cuello al embarcar, aunque no permitió que los otros marineros sospecharan que le invadía un gran desasosiego, que no era sino muchísimo miedo. Tenía que ser valiente y se lo repetía a sí mismo sin cesar; era español y no se olvidaba de que la valentía y el coraje eran las principales virtudes de un soldado. Después escuchó decir a don Fadrique que la imprudencia y la soberbia podrían ser sus peores vicios.

---

11. Unidad militar del ejército español en la época de los Austria.
12. Conjunto de palos, vergas o mástiles de una embarcación de velas.
13. Conjunto de todo el cordaje de un buque.

En la travesía dispusieron de poca agua para beber, pues al poco tiempo se había podrido. La sed constante era más apremiante que el hambre. Algunos marineros, acostumbrados a las duras condiciones de los navíos, se tapaban la nariz para no sentir la hediondez que el agua despedía y echaban unos buches; pero Gabriel no podía, cuando lo intentaba le daban arcadas y vomitaba. Los más versados al verlo se reían. Le habían asegurado que la mugre del cuerpo los protegía del sol que reverberaba en medio del mar, y debido al mal olor, tampoco se le acercaban los bichos. Tuvo que vérsela con todo tipo de alimañas que subían hacia la cubierta desde la sentina,[14] en donde se ubicaba su guarida. Ratas, ratones, cucarachas, pulgas y piojos de inmensas proporciones, como jamás hubiera imaginado, merodeaban libremente entre ellos...

En el galeón había un hacinamiento impresionante y reinaba un olor nauseabundo, mezcla de excrementos de animales, sudores y vómitos. Durante las primeras noches le costó acostumbrarse, pero el cansancio lo fulminaba y caía rendido. Junto a él dormían ladronzuelos y pillos andaluces o castellanos, que le narraban las historias más inverosímiles de las tormentas que habían presenciado en medio del mar; decían, incluso, que cuando el mar se ponía muy malo, hasta las enormes ratas vomitaban trozos de grumetes. solo los relatos de los marineros sobre la euforia que se sentía cuando empezaba el combate alimentaban sus fantasías y le hacían olvidar sus miedos. Día y noche estaba atento a los chiflidos que, a cada rato, hacía sonar el contramaestre para indicar las maniobras y, también, al roer de las ratas por si alguna se le acercaba.

Después de varias semanas de azarosa navegación llegaron a su destino y fondearon en la gran bahía de San Salvador, que daba el nombre a una de las ciudades más importantes del Brasil. Al llegar al trópico, el calor, los mosquitos y el cansancio habían hecho mella en el joven vasco, pero una gran euforia por comenzar la batalla lo

---

14. Cavidad inferior de una embarcación, ubicada encima de la quilla.

invadía. El 29 de marzo de 1625, la escuadra bloqueó la bahía de San Salvador. El primero de abril, domingo de Pascua, estaban frente al puerto. El asedio se prolongó un mes, pero ya durante los primeros quince días comenzó el fuego. La flota adoptó la formación de media luna, tapando la salida de la bahía para que ningún navío holandés pudiera escapar. En la parte delantera los navíos con los cañones de mayor alcance bombardeaban directamente las fortificaciones de la ciudad y un hedor a humo, sangre y pólvora invadió el ambiente.

—Fuego a estribor, castigad a los bergantines[15] cuando los tengáis a tiro de mosquete y no antes —ordenaba el capitán.

Gabriel, cada vez que podía, se acercaba a las baterías. Quería disparar metrallas, pero don Fadrique le apremiaba para que no se apartara de su lado; cumpliendo con el encargo de don Antonio de Oquendo, cuidaba de él como si fuera su hijo.

—Permanece junto a mí, Iturriaga. Oquendo me encomendó que te protegiera, pero me lo estás poniendo muy difícil. Si te colocas en primera fila, los holandeses te van a fulminar rápidamente, bien sea con las balas de sus cañones o, peor aún, con las esquirlas que no van a tener piedad de ti. ¿Quieres perder una pierna, un brazo o un ojo en la primera embestida?

—No, señor, pero permitidme enfrentar al enemigo con valentía. No quiero estar en la retaguardia —emocionado le respondía.

—Estás bajo mis órdenes, espera. La imprudencia es uno de los peores defectos de un soldado.

—Peor es la cobardía. No quiero parecer un cobarde que se cobija bajo los faldones del mando.

—Solo tienes dieciséis años, ya tendrás tiempo de exponerte —sonrió y le dio una palmada en la espalda…

—Capitán, cumpliré diecisiete, en unos días...

---

15. Embarcación de dos palos, el mayor, el trinquete y su bauprés.

—Yo tengo más de cuarenta, podrías ser mi hijo —acotó, esbozando una sonrisa —Ahora acata mis órdenes, ya llegará el momento de enfrentarse cuerpo a cuerpo con el enemigo...

La Armada bombardeaba duramente la ciudad y sus defensas. Ellos se defendían como podían, incluso enviaron un par de brulotes[16] para que los españoles creyesen que eran navíos que querían escapar y los abordasen, pero don Fadrique no cayó en la trampa.

Los infantes de marina llegaron en lanchas hasta las murallas, excavaron los túneles y avanzaron hacia la ciudad.

Los holandeses esperaban refuerzos que no llegaban, y después de un mes de asedio por tierra y bloqueo por mar, no tuvieron otra opción que rendir la plaza el 30 de abril. Se entregaron casi dos mil hombres, entre holandeses, ingleses y soldados de otras nacionalidades que actuaban de mercenarios. Pocos días después, desembarcaron las tropas con tres mil quinientos soldados. La victoria hispana había sido total, ya que los atacantes tuvieron muy pocas bajas.

Don Fadrique le decía a Gabriel que lo importante de las batallas era ganarlas, pero no matando a la mayor cantidad de enemigos, sino perdiendo los menos hombres posibles. "Mi objetivo es no exponer a mis soldados en vano", repetía. Aunque la guerra y la travesía no había sido lo heroica que Gabriel imaginaba, se sentía eufórico y sus sueños se hicieron realidad cuando entraron en la ciudad victoriosos.

Don Fadrique Álvarez de Toledo Osorio y Mendoza junto con don Antonio de Oquendo, era uno de los marinos más afamados de esa época. A Gabriel le parecía un hombre muy diferente a como él imaginaba que debía ser un caudillo. No era violento ni desconsiderado; no se ensañaba con los vencidos, más bien era todo lo contrario: misericordioso y humanitario. Sabía hacerse respetar, pero sin ser déspota ni cruel. Cuando tomaron la plaza, reunió a la tropa y les habló con firmeza:

---

16. Embarcaciones cargadas con materiales combustibles.

—Mis órdenes son que atendáis a los heridos. A los muertos les daremos cristiana sepultura, no habrá saqueos ni venganza contra los vencidos.

—Son herejes —le replicó uno de los subalternos.

—De igual manera los trataréis con caridad cristiana. No quiero que os excedáis con el botín, atendcréis a los heridos con compasión, a los prisioneros con dignidad y de ninguna manera debéis abusar de ellos.

Don Fadrique no quería que los holandeses hablaran mal de él, como lo habían hecho en las Provincias Unidas de su pariente el duque de Alba. Les insistió en que cumplieran sus órdenes: premiaría a los que así lo hicieran y castigaría duramente a los que se ensañaran con los vencidos.

El buen trato recibido ahora de los españoles había sido tal que tres de los capitanes enemigos se cambiaron de bando y, cuando esto llegó a oídos de los holandeses, el severo gobierno de las Provincias Unidas de los Países Bajos impuso un silencio absoluto para que no se borrara la imagen de sus "crueles" enemigos, los españoles, acuñada por su propia propaganda.

Al poco tiempo, la paz fue restablecida. A finales de mayo en el horizonte surgieron una treintena de navíos holandeses; pero, al comprobar que no había nada que hacer, se retiraron. Una parte de la flota se fue hacia el Caribe y la otra regresó a Holanda.

Para el mes de junio, la tranquilidad se había recobrado, los servicios religiosos se reanudaron y la vida continuó normalmente en la capital de los territorios lusitanos de ultramar. La tropa reconstruyó las murallas, así como los bastiones destrozados durante el bombardeo, reparó los navíos dañados durante el combate y patrullaba la ciudad durante el día; al caer la tarde, marineros y soldados visitaban los tugurios que estaban en las inmediaciones del puerto, bebían y luego disfrutaban de los favores que las mulatas les ofrecían.

Ese era el premio que tenían al final de la jornada y don Fadrique no escatimaba los permisos. A esas prácticas se habituó, rápidamente, Gabriel, quien con apenas diecisiete años ya tenía un gran apetito sexual; y como era alto, fuerte y muy guapo, enseguida se hizo popular entre ellas y, por primera vez, se enamoró de una morena. Julieta era una linda mulata de veinte años, de piel canela y ojos atigrados, hija de una negra africana que regentaba el tugurio; su padre seguramente habría sido un portugués o un holandés. Después de haber restablecido el orden, marineros y soldados se divertían en los burdeles, aunque Gabriel estaba muy entusiasmado y creía que Julieta sería su amor eterno, pero no pudo acostumbrarse a esa vida.

A fines de julio, las flotas se hicieron a la mar con destinos diferentes. La Armada del Mar Océano se dirigió a Cádiz y las otras escuadras se dispersaron: algunos bajeles se dirigieron hacia La Habana; otros, a Veracruz y a San Juan.

Don Fadrique dispuso que Iturriaga se uniera a la guarnición que defendía la isla de San Juan de Puerto Rico. Le entregó una carta de recomendación para el capitán don Juan de Amézqueta, pero Gabriel se guardó la misiva; no quería tener ningún privilegio. Esta vez, se proponía luchar en la línea de fuego si había guerra. En San Salvador de Bahía no había podido enfrentarse al enemigo; en esta ocasión quería estar en la vanguardia. Al llegar a San Juan se puso a la orden del gobernador y capitán general de la isla, don Juan de Haro, sin que lo distinguiera ningún privilegio.

San Juan de Puerto Rico, 1625

*La recuperación de San Juan de Puerto Rico,
Eugenio Cajés, Museo del Prado, Madrid.*

El 24 de septiembre de 1625, una flota de diecisiete embarcaciones holandesas apareció en el horizonte en la bahía de San Juan de Puerto Rico, bajo el mando de Boudewijn Hendijksz, conocido por los españoles como Balduino Enrico. En la mañana de aquel miércoles, el capitán don Juan de Haro, desde el castillo de San Felipe del Morro, divisó numerosas velas que navegaban a barlovento. La noticia se propagó por la ciudad y hubo una gran confusión.

Durante varios días la artillería holandesa los castigó duramente, aunque la isla y el puerto estaban bien defendidos. Sin embargo, los holandeses, con más de dos mil quinientos hombres, entre soldados y marineros, tomaron San Juan y la saquearon. Se ensañaron duramente con las iglesias y, en especial, con la catedral, destruyendo las imágenes y los ornamentos.

Los holandeses ocuparon el espacio comprendido entre la capital y el castillo de San Felipe del Morro, defendido por los hombres de don Juan de Haro, quien se negó a la rendición a pesar de que contaba con pocos hombres para defender la plaza. Estuvieron sitiados durante cuarenta días. Los holandeses situaron las trincheras frente al castillo, no dejaban pasar los víveres y, para presionarlos más incendiaron la ciudad el 22 de octubre; pero nada lograron. La guarnición que defendía el castillo estaba compuesta por trescientos treinta hombres, que combatían a los invasores con gran valentía; pero en número muy desigual.

Durante todo el mes de octubre los hombres de Balduino Enrico atacaron sin piedad el castillo del Morro, cañoneando la fortificación sin tregua ni descanso. Las provisiones cada vez escaseaban más, pero los valientes defensores no se daban por vencidos. Aunque la situación era desesperada porque los atacantes no permitían que llegaran suministros, los soldados de don Juan de Amézqueta y de don Andrés Botello no capitulaban y entre ellos se encontraba Gabriel de Iturriaga.

El capitán Amézqueta era un veterano de Guipúzcoa con treinta y ocho años de servicio, superviviente de las galeras de Génova y que durante catorce años había estado cautivo en Argel. Después navegó con la flota de Nueva España. Ahora era capitán de infantería en Puerto Rico y allí vivía con su mujer y sus hijos.

Gritos de horror y alaridos desesperados se escuchaban por doquier día tras día...

—Fuego, a discreción. Fuego, castigadlos.

—Mosquetes, alabardas. A ellos, con todo.

—No desfallezcáis, no vamos a rendirnos. Lucharemos hasta morir, pero no permitiremos que tomen el castillo.

El inmenso cansancio de la tropa era infinito, no habían comido ni reposado lo suficiente durante las últimas semanas y a eso se añadía el inclemente calor tropical que, en las horas del mediodía era devastador. Solo dormían unas horas, cuando bajaba el sol, y apenas se alimentaban; al amanecer comenzaba de nuevo la contienda. Gabriel estaba inmerso en un mar de sentimientos enardecidos: ira, furia, venganza, lo que quería era acabar con todos ellos. Sobrevivía por el empuje de esas pasiones, aunque estaba terriblemente agotado. Sin embargo, una impresionante euforia se apoderaba de él cuando comenzaba la lucha, olvidándose de su descomunal fatiga. Cuando sobrevenía una tregua no podía ni moverse y caía rendido. Ese mes de octubre estaba durando una eternidad.

El primero de noviembre, Día de Todos los Santos, mientras que en Cádiz fondeaba la Flota inglesa, los valerosos soldados de don Juan de Haro, de Amézqueta y de Botello luchaban en Puerto Rico con valentía y arrojo contra esos herejes que habían mancillado sus templos, saqueado sus casas y violado a sus mujeres en una lucha atroz y descarnada. La situación había llegado al límite, pero la victoria española era irrefutable. Los valientes defensores de Puerto Rico, después de haber combatido brutalmente durante más de un mes, obligaron a los holandeses a reembarcar el 3 de noviembre con la gran mayoría de sus hombres lesionados, dejando atrás más de cuatrocientos muertos. Balduino Enrico y sus naves no tuvieron otra opción que, derrotados, abandonar la isla.

Gabriel fue herido de gravedad durante la última batalla. Tardó meses en recuperarse, por lo que tuvo que quedarse en Puerto Rico mucho tiempo, durante el cual... volvió a enamorarse.

—Este joven está muy malherido, pero no ha muerto. Llevadlo al hospital, allí lo atenderán —ordenó Botello.

Con gran cuidado, entre varias mujeres le quitaron la casaca. En uno de los bolsillos había una carta arrugada, dirigida al capitán don Juan de Amézqueta...

—Doña Mercedes —uno de los soldados se dirigió a una joven esbelta de pelo oscuro y mirada triste que ayudaba al cirujano—, el herido tiene una misiva dirigida a vuestro padre.

Mercedes de Amézqueta tomó la carta y la guardó. En la tarde, cuando regresara a casa, se la entregaría al capitán. Solo dos jóvenes estaban en un estado crítico. Uno era Gabriel y el otro, un muchacho que ella encontró casi desangrado en una zanja. La joven creía que era el soldado que había intentado protegerla cuando la violaron y se apiadó de él.

Los primeros días del asedio, los holandeses saquearon las casas y luego fueron a la catedral para profanar sus imágenes sagradas. El capitán Amézqueta había trasladado a su mujer y a sus hijas al castillo de San Felipe y les ordenó que no se movieran de allí, pero Mercedes y otra de sus hermanas, haciendo caso omiso de su advertencia, se dirigieron a la catedral, aunque era una imprudencia: creían, ingenuamente, que si los holandeses las encontraban no les harían ningún daño, ya que iban desarmadas. Se marcharon del castillo sin notificárselo a nadie. Su intención era proteger las reliquias y los santos; estaban escondiendo unas imágenes sacras cuando escucharon un estruendo y vieron cómo entraban en el edificio, como un tropel de locos, los soldados enemigos: iban destrozando todo lo que encontraban a su paso, bien fueran ornamentos, esculturas o pinturas de santos. Uno de ellos las vio agazapadas tras el confesionario; las agarró por el brazo; su hermana logró zafarse y pudo escapar, pero Mercedes no consiguió huir. Vinieron otros soldados y, allí mismo, la ultrajaron y se ensañaron con ella.

A causa del espantoso miedo que la embargó, perdió la conciencia. Solo recordaba que, después de aquel tormento que le pareció eterno, apareció un soldado que la defendió y les gritaba frases a esos extranjeros en un idioma que no entendía y, amenazándoles con su arma, los obligó a dejarla en paz. Finalmente, la soltaron. Su protector la ayudó a levantarse, estaba tirada en el suelo llorando y muy adolorida. Él le facilitó agua para lavarse. Entonces, por primera vez abrió los ojos y vio que era un joven de pelo oscuro y ojos claros, que le decía en español "perdonad, perdonad..." Su hermana avisó a los españoles de lo ocurrido y estos se dirigieron a la ciudad para rescatar y vengar a Mercedes.

El capitán Amézqueta denunció la violación al alto mando holandés; a los que encontraron culpables, los pasaron por las armas, sin piedad.

El día en que se rindieron y levaron anclas, se llevaron a sus heridos y solo dejaron allí a los más de cuatrocientos muertos. Los españoles echaban a una fosa común a los que estaban sin vida. Mercedes y otras jóvenes los ayudaban. Fue entonces cuando se percató de que uno de ellos todavía respiraba, y cuando abrió los ojos comprobó que se parecía al soldado que la había defendido del horror que había vivido en la catedral. Aunque solo recordaba vagamente su aspecto, tuvo una corazonada y pensó: "este muchacho podría ser aquel que se interpuso entre ellos y me salvó la vida..." Lo sacó del hoyo antes de que le echaran tierra encima y le cambió de ropa. Por su aspecto, parecía más un andaluz que uno de ellos. Entonces, le sugirió que de ahora en adelante no hablara; ella lo haría pasar por un castellano y lo iba a curar, pero nadie debía conocer su procedencia.

—¿Cómo te llamas? —le preguntó.

—Peter —le contestó.

—Desde ahora te llamaré Pedro —y él, con una leve sonrisa, asintió.

Así, al lado de Pedro dispusieron otra cama para Gabriel.

Cuando Mercedes llegó a casa, le entregó a su padre la misiva que habían encontrado en la casaca del herido.

—Ese joven malherido es hijo de Ignacio de Iturriaga, conocí bien a su padre y a sus abuelos. No entiendo por qué no me entregó esta carta de recomendación que me envió don Fadrique, en la que me pedía que lo pusiera a buen resguardo. Ha luchado como un valiente en primera fila. Quiero que cuides bien de él.

—Así lo haré padre, perded cuidado…

—Me han dicho que también has curado a otro soldado que está muy grave, pero no conocemos su filiación. Le preguntaré a Botello si formaba parte de su regimiento o si es uno de los hombres de don Juan de Haro.

—El cirujano mañana le cortará una pierna, justo por debajo de la rodilla, la tiene destrozada; además, también presenta otras heridas. Veo difícil que se recupere; sin embargo, haré lo que pueda para confortarlo. El otro se ve mejor; aunque no ha hablado desde que lo trajeron, creo que está muy enfermo. Tiene muchas heridas en el pecho y en el costado, temo que se infecten; aunque lo he aseado bien y lo he desinfectado. Le he rasurado el pelo, estaba cundido de piojos y tiene sarna. Ahora descansa, ya veremos cómo amanece mañana. ¿Padre cómo se llama este chico, el Iturriaga?

—Se llama Gabriel, cuida bien de él —le repitió—.

Fueron pasando las semanas y Gabriel se fue recuperando, aunque tenía mucha tos y cada vez que trataba de emitir una palabra sentía que la garganta se le desgarraba. Después, poco a poco comenzó a hablar; también, comía y bebía algo de sopa por la insistencia de ella, pero estaba tan cansado que lo que más deseaba era dormir. Esa contienda lo había dejado, no solo enfermo, sino además agotado. El hambre y el miedo que había pasado fueron terribles. Aunque no tenía ningún órgano importante comprometido, las heridas infectadas en el pecho y en el costado le habían producido una fiebre muy alta que le duró mucho tiempo. Había escuchado cómo le habían cercenado la pierna a Pedro, su compañero de al lado, así lo llamaba Mercedes. Gabriel tenía que hacer un gran esfuerzo incluso para incorporarse, pero el olor a carne chamuscada cuando le cauterizaron la herida, los gritos ahogados del joven y el sonido de la sierra le habían dado incluso más terror que lo que había vivido en el campo de batalla. A cielo abierto se sentía envalentonado y con la bendición de Dios, era *Santiago*[17] y

---

17. "Santiago y cierra España," es un lema procedente de la tradición española.

luchaba por el honor de su Rey y por España, pero ahora, en ese catre, le dolía todo el cuerpo y se dio cuenta de que tenía miedo a morir...

Cuando la ciudad se fue recuperando y se reanudaron los servicios religiosos, un *pater* acudió a donde se encontraban los heridos para administrarles los sacramentos. Se acercaba la Navidad y debían estar a bien con Dios. Pedro, aunque trataba de hablar muy poco para que no notaran su acento, no quiso ni confesar ni comulgar y eso dio de qué hablar. Los soldados de Botello fueron a interrogarle, comprobaron que era holandés y luterano, y entonces, comenzaron a golpearle. Mercedes trató de defenderlo, pero no pudo; después de torturarlo despiadadamente, falleció. La joven lloró durante días y se sintió muy mal al no haber podido impedir el triste final del muchacho... "Era nuestro enemigo, no entiendo por qué lloras". Repetía Gabriel, cuando, sintiéndose ya mejor, se enteró de quién era el que yacía a su lado y, añadía que estaba indignado al pensar que había compartido la habitación y los cuidados de ella con un cochino hereje, holandés y protestante. Ella no lograba contener el llanto y, susurrándole al oído, agregó:

—Cuando los soldados me ultrajaron, uno de ellos me defendió; podría haber sido él.

Gabriel por un momento quedó callado y luego, reflexionando, le dijo:

—Si los soldados que lo interrogaron hubieran estado bajo las órdenes de don Fadrique de Toledo, no lo habrían matado —le aseguró recordando a su admirado capitán.

—Ojalá hubiera muchos como él, tengo entendido que es un hombre justo y misericordioso.

—Sí que lo es —sentenció Gabriel—. Aunque no es fácil serlo en la guerra: la ira y la venganza guían a los soldados y a sus superiores.

—Tristemente, así es —afirmó ella, y añadió—: cuando estabas casi inconsciente y con la fiebre muy alta, el cirujano te suministró láudano para mitigar el dolor de las heridas. En ese momento te escuché decir que lo ibas a matar, no sé a quién te referías, si era a los holandeses o a otra gente.

—A los enemigos de España, eso está claro.

—Creo que no solo iba contra ellos tu enojo. He conocido a muchos soldados y pienso que quieren pagar con el enemigo asuntos más personales. Pedro era un buen hombre. Me confesó que su padre había sido un soldado de los Tercios y que su madre holandesa, le había enseñado a hablar algo de español... No tenían que haberlo torturado y matado, había sufrido ya bastante. ¿Por qué no le perdonaron la vida y lo dejaron en manos de Dios?

—Me he enterado de lo que te hicieron en la catedral —y, con expresión de asombro, le preguntó—: ¿Cómo has podido apiadarte de él? No puedo comprender cómo le cuidaste con ese esmero, solo tú sabías que no era uno de los nuestros.

Mercedes quedó callada y le respondió pausadamente:

—Tengo que hacerte una confesión, ¿me guardarás el secreto?

—Lo haré, si así me lo pides. ¿De qué se trata?

—No se lo he dicho a nadie, pero voy a tener un hijo...

—¡Esos holandeses que te ultrajaron son los responsables, eran unos salvajes! —exclamó— En la tropa había mercenarios y mulatos —Gabriel dio un puñetazo sobre la mesa—, y aun así los defiendes.

—Por un puñado de hombres sanguinarios, no tienen por qué pagar todos. Lo que me está pasando no lo puedo decir en casa. Mi madre se va a morir de tristeza y creo que mi padre también.

—¿Quieres casarte conmigo, Merche? Seré un buen padre para tu hijo —le preguntó, llamándola por ese apodo familiar, la tomó de la mano —y añadió—, también yo te haré una confidencia.

—Gabriel —le dijo ella, mirándole directamente a los ojos—, no te conviene casarte conmigo, puedes hacer una alianza mejor con una persona de mayor prestigio social. Te espera un futuro brillante en la Armada al servicio de nuestro rey Felipe, que Dios guarde muchos años... Además, había decidido tomar los hábitos desde hace tiempo.

Cuando ocurrió este terrible suceso me encomendé a Dios, pensaba que iba a morir; de hecho, si no hubiera sido por el soldado que me defendió, me habrían matado. En ese momento ratifiqué mi promesa: si salía con vida iba a ayudar a tanta gente que sufre injustamente; lo que más deseo es servir a Dios y entrar en un convento.

Gabriel, asombrado, le preguntaba:

—¿Qué vas a hacer con el niño? Tus padres tendrán que enterarse; no puedes meterte a monja, vas a ser madre…

—El niño nacerá en verano, en unos meses se darán cuenta. Quiero que sepan que estoy feliz; porque, si Dios ha permitido que germine una vida inocente dentro de mí, por algo bueno será.

—¡Cómo dices eso! Es la semilla de un hereje la que crece dentro de ti, ¡incluso podría ser la de un mulato! Si te casas conmigo, nadie tendrá por qué saberlo. Me has cuidado con gran devoción, me has salvado la vida y quiero compensártelo.

—Rezaré por ti siempre, voy a dedicar mi vida a cuidar a los demás, quiero ser monja. Viví un infierno cuando vi a esos hombres arrasar la catedral. Sentí en carne propia su cólera, su rabia, estaban descargando su amargura contra mí y contra todas las imágenes sagradas. Pasé un miedo espantoso, pero después de que me ultrajaron sentí que debía perdonarlos. De esa manera actuaba acorde con la misericordia infinita de Dios —ella hablaba sin parar y él la escuchaba sin interrumpirla—. No podemos ir predicando Su palabra y castigando con hierro. Nuestro Señor perdonó a quienes lo mataron. A ninguno le vi la cara, cerré los ojos. Solo recuerdo como uno de ellos, que pudo ser Pedro, me defendió. Tú fuiste testigo de como los nuestros lo ajusticiaron, a sangre fría, sin que él hubiese tenido la culpa de ser quién es, solo por haber nacido en los Países Bajos y ser luterano.

—Somos soldados. ¡Así es la guerra! Cuando tienes que matar al enemigo no piensas en lo que haces. No se puede ser benevolente, no hay posibilidad; si no matas, te matan a ti. La misericordia durante una contienda no está contemplada.

—Hay momentos de tregua para reflexionar. Aunque sean enemigos tienen mujer, hijos o madres que llorarán su muerte.

—En la guerra hay que ser asertivo y autoritario, nunca indeciso. Los soldados cumplen órdenes. En realidad, lo que me has dicho no lo había considerado —y, espontáneamente, añadió—: más bien, mejor es no pensarlo, solo debemos obedecer los mandatos de tus superiores. Sin embargo, cuando la batalla termina, es distinto…

Gabriel quedó callado y ella añadió:

—Hace unos días recibiste una carta de tu madre y, si hubieras muerto, ella habría estado destrozada.

—No lo creo, mi madre tiene a mi hermano Martín, que, aunque no está con ella en Azpeitia, seguramente le escribe. A mi hermano le gusta eso.

—Los primeros días delirabas. Te oí llorar y llamar a tu madre y a tu padre…

—Mi padre murió hace años y ¡yo no lloro…! —exclamó.

Recordó cuando de muy niño se cayó y se rompió una mano; al verlo llorar su padrastro le dio una bofetada.

—Te escuché gimiendo algunas veces, llamabas a tu madre y le decías que no querías que él se acercara a ella, creí que te referías a tu padre.

—No era mi padre, quien se me aparece en sueños es el desgraciado de mi padrastro.

—Pues, su recuerdo te produce mucha angustia…

—¡No quiero ni mencionarlo! ¿Es que no lo entiendes? —de nuevo alzó la voz.

Después de hablarle a Merche de esa forma tan descortés, Gabriel enmudeció. Estaban cerca del mar y durante un buen rato, los dos, permanecieron absortos mirando al horizonte y, entonces, el joven comenzó a hablar.

—Recuerdo que la última vez que vi a mi padre, me dijo: "Cuida de tu madre y de tu hermano, eres mi hijo mayor. Si no vuelvo, te corresponderá velar por ellos" y no regresó. Yo tenía cuatro años, pero no olvido su mirada y esas palabras.

—A tu padre, como a otros muchos marinos vascos, tristemente se lo tragó el mar —acariciándole la mejilla con un gesto cariñoso, preguntó—: ¿cuándo se casó tu madre de nuevo?

—Un año más tarde. Mi padre no dejó hacienda, ella tenía dos hijos que alimentar y uno de mis tíos la casó con ese hombre detestable. Después de la ceremonia que no pude evitar, me escapé y estuve escondido por tres días; cuando mi padrastro me encontró, me molió a palos y también a mi hermano, Martín, porque sabía que yo estaba guarecido en el establo y él me llevaba el alimento. Mi madre trató de impedir que nos cayera a golpes esa vez, y muchas otras más. Siempre que ese mal nacido estaba de mal humor, la pagaba con nosotros.

Gabriel había fruncido el ceño y ella le tomó la mano con un ademán cariñoso y continuó diciendo:

—Era una viuda joven con dos hijos y sin hacienda, es lógico que su familia tratara de casarla de nuevo. Las mujeres primero están bajo la protección de sus padres, luego de sus maridos y, al quedar viudas sin bienes, o bien se vuelven a casar o se meten a monjas. Es lamentable que tu padrastro fuera un hombre tan violento…

—Yo no pude velar por ella, no cumplí con mi padre. —con un gesto de amargura, sentenció— No quiero hablar más de eso…

—Eras un niño, nada podías hacer para evitarlo… —luego, añadió—: dijiste que tenías que hacerme una confidencia a mí también. ¿De qué se trata?

Gabriel la miró fijamente y sintió un deseo incontrolable por tenerla entre sus brazos. La besó dulcemente en los labios y la estrechó contra su pecho. Ella le acarició la mejilla y le alisó el pelo; se había dado cuenta de que él se había alterado y quería que se calmara.

—¿En qué piensas?, dime —él se había quedado callado nuevamente.

Se acordó, entonces, de su abuelo John y de cómo él se escondía para no verlo cuando iba a Azpeitia a visitarlos. A Martín le traía libros y a él le llevaba diferentes objetos que había en los barcos. Una vez le dio una brújula pequeña de bolsillo, que desde entonces llevaba consigo, aunque no tenía en buena estima a ese abuelo porque era británico. La felicidad que irradiaba su madre cuando los visitaba: compensaba su disgusto. Ahora, mientras lo recordaba se tanteó el bolsillo, allí estaba ese pequeño instrumento y sonrió.

—Me alegra verte sonreír, debe ser de que te has acordado de algo agradable. ¿Vas a contarme ese secreto?

—Es una historia de mi familia. Nadie la sabe. ¿No irás a repetir lo que te cuente?, —acotó

—¿Por qué desconfías de mí?, si me lo quieres contar, te escucho; en otro caso, no lo hagas.

—Mi abuelo no era Ignacio de Iturriaga; era un inglés, bueno, era escocés, que no es lo mismo.

—¿Cómo?

Le contó la historia y, a medida que le iba hablando, comprendió que no había sido una desgracia ser nieto de un extranjero: lo que le había contado su madre era una bella historia de amor de sus abuelos. Cuando terminó el relato, los preciosos ojos negros de Mercedes se llenaron de lágrimas. Él le pasó el brazo sobre su hombro y la besó de nuevo en los labios.

Durante su convalecencia, Gabriel había entablado una buena amistad con un marinero vasco que había contraído las fiebres tercianas y no lograba recuperarse... Una tarde le confió el secreto de Mercedes y le pidió que se casara con ella, *in articulo mortis*, así su hijo no sería un bastardo y el honor de Mercedes quedaría restablecido, de modo que si quería meterse a monja lo podría hacer sin tener que justificarse. Ella, finalmente, accedió a casarse con él por el bien de su hijo y para complacer a sus padres, que habían sufrido mucho con su deshonra. Carlos Ibarra, murió a los pocos días, por lo que Mercedes dejó de ser una ultrajada madre soltera para convertirse en la viuda respetable de un marinero.

Unas semanas más tarde, el 16 de julio de 1626, nació una niña y le pusieron por nombre Carmen. Gabriel estaba a su lado y después la apadrinó. Era una niña preciosa de pelo oscuro, delicadas facciones y los mismos ojos negros de su madre. Cada día, Gabriel estaba más enamorado de Mercedes. Su dulzura lo había transformado, estaba de mejor humor, se había vuelto menos brusco y más condescendiente. Estuvo más de un año con los Amézqueta, al servicio del capitán en la guardia costera. Se recuperó de las heridas con los cuidados de ella y una gran amistad surgió entre los dos jóvenes. Mercedes trataba de ayudarlo, intuía que en el fondo del alma de Gabriel había mucho resentimiento, pero no era fácil; siempre que quería hablarle de su familia o de algo personal, él se negaba y, cuando le insinuaba que podían escribirle a su madre, le decía que ella seguramente estaría al tanto de dónde estaba por las misivas del capitán.

Aunque él trató de disuadirla en repetidas ocasiones, ella continuó con la idea de ser monja. Después de Navidad, se fue a Veracruz y entró en el convento de la Merced con la niña.

En febrero de 1627, Gabriel recibió la orden de que debía trasladarse también a Veracruz. Coincidir de nuevo con ella le proporcionó una gran alegría. Durante el par de años en los que él estuvo destinado en el puerto, se veían continuamente. Cuando se encontraba irritado y de mal humor, como solía sucederle cada vez que recibía una orden que no era la esperada o alguno de sus superiores se excedía en sus derechos, su carácter explosivo y su impulsividad le jugaban una mala pasada; según él, lo reprendían y amonestaban injustamente, algo que ocurría muy a menudo; entonces, iba a ver a Mercedes, quien con su dulzura y paciencia lo tranquilizaba. Después de hablar con ella se sentía calmado y más sereno. Gabriel trató en incontables ocasiones de robarle algún otro beso y de abrazarla furtivamente, pero esquiva se apartaba, aunque siempre le sonreía y le decía que lo quería mucho.

El convento de la Merced era una enorme construcción, edificada a principios de siglo. La iglesia, de madera, sufrió un terrible incendio y prácticamente desapareció en 1615; solo quedó en pie el campanario, con el paso de los años fueron reconstruyendo las dependencias: los claustros y el hospital. Los mercedarios atendían a los enfermos y se ocupaban de llevar consuelo a los más desfavorecidos: indígenas y mestizos eran tratados con caridad y verdadera devoción cristiana. También allí acogían a muchos niños expósitos abandonados. A pesar de que Mercedes tenía muchas obligaciones, se fue convirtiendo con los años en la mejor consejera de Gabriel; aunque él pasara semanas sin visitarla, cuando estaba angustiado y molesto acudía allí y siempre ella le reconfortaba.

Cádiz, noviembre de 1625

*La defensa de Cádiz contra los ingleses,
Francisco de Zurbarán, Museo del Prado, Madrid.*

El primero de noviembre, Día de Todos los Santos, de ese año glorioso para las armas españolas, la bahía de Cádiz vio poblarse el horizonte con cientos de velas. Al principio pensaron que se trataba de la Flota de Indias, ya que se esperaba su llegada por esos días. Sin embargo, eran las escuadras inglesa y holandesa al mando del vizconde de Wimbledon. Carlos I de Inglaterra le había declarado

67

la guerra a España a principios de año y la ciudad, desde entonces, comenzó los preparativos para resguardar a sus habitantes. Las reformas del sistema defensivo surtieron efecto y los errores tácticos de los ingleses, así como su pésima organización, favorecieron a la resistencia gaditana, a cargo de don Fernando Girón y Ponce de León, veterano militar de las campañas de Flandes, y de Lorenzo Cabrera, gobernador de Cádiz, a los que se unieron los refuerzos enviados por el duque de Medina Sidonia y el duque de Arcos. Chiclana, Medina Sidonia, Vejer y Jerez de la Frontera respondieron a la llamada del duque enviando hombres. El objetivo de *sir* Henry Cecil, vizconde de Wimbledon, era tomar el control del estrecho de Gibraltar y capturar la Flota de Indias, pero el duque de Medina Sidonia había informado al marqués de Hinojosa, quien capitaneaba la flota y que se encontraba en Lisboa, previniéndole de que se acercaba la Armada inglesa a las costas gaditanas y que evitase que la Flota de Indias continuara su ruta hacia la desembocadura del Guadalquivir.

Unos días antes de que se diera la voz de alarma, Martín había regresado a Cádiz procedente de Sevilla.

Don Juan de Borja, al comprobar las magníficas dotes que tenía el chico en el arte del dibujo y su interés por saber de muchos temas, lo recomendó a unos buenos amigos que formaban parte de la directiva de la Casa de Contratación. Tanto en Sevilla como en Cádiz, los guipuzcoanos poseían importantes vínculos comerciales y le facilitaron una carta de recomendación para que no solo asistiera a las clases de matemáticas, astronomía y cosmografía que allí se impartían, sino también para que se presentara como aprendiz en el taller de uno de los artistas de más prestigio en ese momento, Francisco de Zurbarán, que, aunque había nacido en Extremadura, era de origen vasco y vivía por entonces en Sevilla. Así mismo tuvo contacto con otro de los pintores más reconocidos, Francisco Pacheco, y se hizo asiduo al taller del escultor Martínez Montañés.

En esos años, Sevilla era la ciudad con mayor vida artística de España y ese aspecto cosmopolita le agradó muchísimo al joven vasco. Escribía a su madre y le contaba con detalle todo lo que iba aprendiendo y lo impresionado que estaba con el carácter internacional de esa gran ciudad, una de las más pobladas de Europa. Allí conoció gentes de todas las razas y costumbres. Sin embargo, aunque al principio estaba gratamente impresionado, después se sentía confundido: era una urbe de grandes contrastes; había mucha riqueza, pero también gran mendicidad y corrupción; mucha cultura y, a la vez, demasiada ignorancia; prosperidad, pero así mismo depravación y flojera. En Sevilla abundaban pillos, truhanes y sinvergüenzas, por lo que había que estar en guardia y muy pendiente de con quién se topaba, pues si se descuidaba le robaban hasta las botas en menos de lo que cantaba un gallo. El ambiente era muy diferente al de las Vascongadas. También comentaba en sus largas misivas que había comprobado que, a pesar de la apertura a otras culturas y gentes, y de haber aprendido mucho con sus profesores, algunos de ellos extranjeros de mentalidades abiertas y amplitud de miras, el Tribunal de la Inquisición tenía muchísima vigencia, por lo que trató de no despertar sospechas sobre su proceder. Pero, como se sabía que hablaba inglés y era versado en diversos asuntos a pesar de su juventud, fue rápidamente investigado. No había duda en cuanto a su limpieza de sangre, pues llevaba siempre consigo los documentos que lo acreditaban y, además, se cuidaba bien de que nadie se enterase de sus vínculos sanguíneos con los ingleses, ya que si eso lo hubieran imaginado sería todavía más inspeccionado; el solo hecho de ser curioso, además de aficionado a los oficios artesanales, procediendo de una familia hidalga, lo convertía en sospechoso. Sus paisanos, al llegar, lo aleccionaron: debía saber bien qué podía decir y qué debía callar. Esa advertencia la tuvo presente desde entonces, y comprendió también la necesidad de estar bajo la protección de una familia importante. Los andaluces eran muy diferentes a los vascos, que eran gentes industriosas; en Sevilla, estar vinculado con la nobleza era imprescindible para abrirse camino.

Los meses en Sevilla fueron muy provechosos, aunque después de un año, don Juan de Borja decidió que debía regresar a Cádiz. Cuando empezó el otoño del año 1625, Martín ya se había instalado de nuevo allí. En su afán de conocimiento, se interesó en que, él le enseñara el oficio de impresor: quería imprimir grabados en planchas de cobre; había visto utilizar esa técnica a Zurbarán en Sevilla y compró algunos libros que contenían maravillosas estampas iluminadas. Acudía asiduamente a la imprenta y trabó una buena amistad con don Luis de Gamboa y Eraso, un cronista navarro que publicaba sus escritos con ellos.

A los pocos días de que Martín se instalara en Cádiz, los ingleses entraron en la bahía gaditana tras cañonear y lograr la rendición del fuerte del Puntal. Desembarcaron diez mil hombres, se apoderaron de la almadraba[18] del caserío de Hércules tomando sus alrededores; pero las operaciones no avanzaban y, al día siguiente, tocaron a retirada. Las tropas españolas iniciaron una embestida contra los invasores, unos desde el Puerto de Santa María y otros desde la Isla de León; los ingleses fueron detenidos ante el puente de Suazo. Hostigados por las tropas españolas, una semana después, el sábado 7 de noviembre, abandonaron la ciudad dejando allí cerca de dos mil hombres, entre prisioneros, muertos y ahogados, además de la pérdida de treinta navíos hundidos. Este fallido ataque inglés a Cádiz, aunque fue el único gran enfrentamiento de esa guerra, provocó que Inglaterra tuviera grandes pérdidas y un fuerte deterioro de su prestigio.

Al hablar y escribir la lengua del enemigo, Martín de Iturriaga se convirtió en un importante intermediario para la comunicación entre ambos bandos. No eran muchos los que dominaban el inglés a la perfección como él; incluso podía pasar por uno de ellos, si fuera necesario. A diferencia de su hermano, que tenía el típico aspecto de

---

18. Lugar donde se capturaban los atunes.

un vasco pelo oscuro y ojos negros. Martín tenía el cabello castaño claro y también espesas cejas, pero las suyas cobijaban unos vivaces ojos tan verdes como los prados de su tierra. A sus dieciséis años parecía mayor, era alto y fuerte, tenía una incipiente barba rojiza y cierto bigote. Como su hermano, sus facciones eran finas: nariz recta y quijada no muy prominente, labios delgados y dientes blancos, todos iguales y en perfecta alineación. Gabriel era más brusco de trato, mientras que Martín, como era más leído, era más condescendiente. Desde que comenzó el asedio, estuvo siempre al lado de don Luis de Gamboa, quien le aconsejaba tomar apuntes y hacer bosquejos de todo lo que veía.

—Debes dejar constancia del número de navíos que divisas. Tenemos que revisar los informes de los ingleses y entrevistar a algunos prisioneros; mi señor, el duque de Medina Sidonia, considera importante que hables con ellos… —le indicó don Luis.

—Haré lo que me ordenen —le contestó, y continuó diciendo —: fueron noventa y cinco navíos los que vimos entrar en la bahía. Eso está bien registrado, ochenta de las velas pertenecientes a los ingleses, mientras que quince eran de las Provincias Unidas. Treinta eran navíos de guerra, mientras que el resto transportaba a la tropa. Al parecer venían más bajeles, pero una tormenta los dispersó y destruyó a unos cuantos antes de entrar en la bahía de Cádiz. Si me facilitan algún documento, lo traduciré y veré qué información puedo sacar a los prisioneros.

—Te van a asignar que interrogues a un comerciante inglés, que alega que el duque de Buckingham fue quien organizó la expedición. Desde que vino a España, estaba esperando una ocasión para vengarse de la afrenta que el Rey le hizo al Príncipe de Gales, pero esta vez logramos humillarlos. Sin embargo, no hay que desestimarlos, el peor error de un estratega es menospreciar a su enemigo.

—Estoy de acuerdo con su merced y a su entera disposición, don Luis, en lo que os pueda servir y a su majestad el rey Felipe, que Dios guarde muchos años —agregó y pidió permiso para retirarse.

Gamboa no le contestaba, permanecía sentado con expresión meditabunda. Pertenecía al bando del duque de Medina Sidonia. Martín comprendía que la tensión en la corte de Madrid se veía reflejada en la defensa de Cádiz. Gran parte de la costa occidental andaluza estaba bajo la jurisdicción de la casa de Medina Sidonia, cuyo titular era don Manuel Alonso Pérez de Guzmán, quien además ostentaba el título de capitán general del Mar Océano y Costas de Andalucía.

El duque de Medina Sidonia había formado parte del círculo del duque de Lerma, incluso había contraído matrimonio con una de sus hijas. Corrían rumores de que había una cierta rivalidad entre el actual valido de Felipe IV, el conde-duque de Olivares, y Medina Sidonia, aunque fueran parientes —ambos eran guzmanes—. El Conde-Duque, a pesar de tener el favor del Rey, tenía menos poder que don Manuel Alonso. Don Fernando Girón era hombre de Olivares; dirigía la defensa, aunque estaba enfermo de gota y, prácticamente, impedido. Después de un largo silencio, Martín dudaba si debía retirarse o no, ya que no le había dado permiso y, decidió preguntarle:

—Don Luis, disculpe mi atrevimiento, ¿a cuál de los dos señores deberé informar? Por un lado, me apremió vuestra merced que el Duque debe ser el primero y por otro lado Girón me instó a hacerlo a él. Según tengo entendido, Medina Sidonia ha sido el responsable del fortalecimiento de la ciudad, desde que se supo que la intención de los ingleses era realizar una tercera invasión.

Hizo esa alusión para tener una mayor certeza de en cuál de los dos bandos estaba. Su interlocutor le miró a los ojos y, pausadamente, le respondió:

—Don Manuel Alonso me ha pedido que le sirvas de intérprete con los prisioneros. Debes dirigirte, obviamente, primero a él o, en todo caso, a mí. Si Girón te llama, acudirás después. Vendrás conmigo esta tarde al cortijo de don Luis del Soto; allí estará Medina Sidonia, quien quiere llevarte con los ingleses que se encuentran encarcelados.

—Tengo entendido que en las bodegas de don Luis estaban las barricas con el vino recién prensado. La tropa las reventó y se hartaron de beber, corre la voz de que se emborracharon y eso contribuyó a que perdieran la batalla.

—En efecto, se hicieron con las provisiones y con el vino. La recluta inglesa estaba compuesta, principalmente, por comerciantes ebrios que injuriaron a los generales por los errores cometidos. Habían perdido muchos hombres y también navíos. No trajeron tren de artillería pesada y sin esos cañones era imposible atacar a Cádiz. Sin embargo, estaban molestos y casi perdidos desde el principio. Veremos qué conclusiones sacamos después de que hables con ellos.

Martín y don Luis salieron de la imprenta, subieron a sus cabalgaduras y se dirigieron hacia el cortijo para encontrarse con don Manuel Alonso Pérez de Guzmán y Silva. Cuando llegaron al cortijo el joven le presentó sus respetos, y él le indicó cómo debía interrogar a los prisioneros. El VIII Duque de Medina Sidonia era un hombre corpulento de ojos oscuros y penetrantes. Llevaba el pelo corto impecablemente peinado, bigote bien perfilado y perilla cuidada con esmero. Rondaba la cincuentena, pero estaba en plena forma. Por su condición de Grande de España y sus vínculos familiares con la alta aristocracia representaba una de las cúspides del poder nobiliario frente a la autoridad del Rey. Vestía de forma elegante: jubón[19] de raso negro, sobre este llevaba un fino coleto[20] de ante de igual tono y, las calzas también oscuras. Calzaba botas altas de cuero negro y sobre los hombros portaba una capa corta de terciopelo. El brazo izquierdo lo apoyaba en la preciosa cazoleta de plata de su espada y sostenía en la mano derecha un sombrero de ala ancha con grandes plumas. Había enviudado hacia poco más de un año e iba de luto riguroso. Martín sabía que vivía

---

19. Prenda de vestir con faldones, con o sin mangas.
20. Prenda de vestir de cuero que se ceñía en la cintura.

en Sanlúcar con su hija Luisa Francisca. Desde que murió su padre, el VII Duque, don Manuel Alonso se había trasladado allí, en donde fijó su residencia; aunque antes vivían en Huelva. Su padre había sido aficionado a la música y a él también le gustaba, pero su principal interés era la pintura: tenía una buena colección de arte y ejercía, así como lo hizo su padre, mecenazgo en toda la región de Andalucía Occidental. Tenía fama de ser inteligente, culto y muy discreto. Aunque su presencia imponía, no era arrogante como otros nobles, por lo que Martín, desde el primer momento, se sintió a gusto a su lado.

Don Manuel Alonso le indicó que interrogara primero a un comerciante de lanas de la región de Mánchester. Cuando estuvo frente al prisionero, Martín le mencionó que tenía parientes británicos, y que eran comerciantes —pensó que esa circunstancia haría el interrogatorio más llevadero—. Y, efectivamente, que el joven tuviera familia en Escocia y que ejercieran el mismo oficio resultó ser de gran ayuda, pues limó cierto resquemor que había en el bando británico.

Antes de comenzar a interrogarlo, le habló de su abuelo y de las veces que este había ido a visitarlos a Azpeitia; luego, según indicaciones del Duque, le aseguró que, si colaboraba, tanto a él como a sus parientes que le acompañaban en el cautiverio, les dejarían libres para regresar a su país. La buena disposición al diálogo que tenía el prisionero, desde el primer momento, asombró a Medina Sidonia; pensaba que tendría que usar la fuerza para hacerlos hablar, pero, al comprobar que Martín lograba lo que él quería y fácilmente, se puso de muy buen humor. El inglés, enseguida, se sintió identificado con Martín y comenzó a narrar su triste historia.

—Nos enviaron con tanta precipitación a esta guerra que gran parte de los mástiles de los navíos en los que nos embarcaron estaban podridos. Las quillas agujereadas y las velas rotas, pues eran de segunda o tercera mano. A los cuatro días de partir de Plymouth y Falmouth, nos alcanzó un fuerte temporal que provocó la dispersión de los barcos. Esto nos obligó a congregarnos cerca del cabo San Vicente y allí tuvimos que esperar a los últimos navíos que estaban perdidos; algunos no regresaron —con una expresión de disgusto pronunció las últimas palabras.

El Duque quería saber cuántos de los que se enrolaron en la flota tenían experiencia naval, y Martín formuló la siguiente pregunta:

—¿Es cierto que muchos comerciantes os hicisteis a la mar sin tener ninguna experiencia como marinos, ni deteneros a pensar en qué condiciones ibais?

—Lord Cecil nos aseguró que los holandeses enviarían una gran flota que lucharía a nuestro lado. A cambio, los ingleses les prestaríamos después ayuda militar para derrotar a los españoles en Flandes. Nos prometieron que podríamos ampliar nuestros mercados. Nos decían que no debíamos desanimarnos por los contratiempos de la naturaleza, por las tormentas o por la falta de víveres, pero estábamos muertos de hambre y vimos cómo algunos de nuestros familiares morían debido a las malas condiciones sanitarias en los bajeles. Sin embargo, los generales aseguraban que no era conveniente esperar, porque teníamos que llegar a tiempo para tomar los inmensos tesoros que venían con la Flota de Indias. Ese era el principal objetivo, apoderarse de los navíos con los tesoros de ultramar, y destruir las Armadas españolas.

Martín lo escuchaba, asentía y le traducía a Medina Sidonia lo que iba narrando el inglés. Ambos se percataron de lo molestos que estaban esos prisioneros con los generales que los habían llevado a una derrota aplastante y también intuían que la monarquía inglesa pagaría caro ese error. Martín tomaba nota de todo lo que decían para luego transcribirlo y entregárselo a don Luis. El inglés seguía hablando y él mantenía una actitud conciliatoria para lograr obtener la mayor información. El Duque lo animaba a que continuara escuchándolo.

—La mayoría de la tropa inglesa estaba compuesta por comerciantes, no éramos expertos en el arte de la guerra. Los holandeses tenían marinos experimentados. Nosotros solo cumplíamos órdenes.

Las provisiones eran muy escasas y, en muchos casos, apestaban; por eso al tocar tierra queríamos comer. La carne de las barricas estaba podrida y apenas se cargó agua o vino para el consumo de la tropa, como tampoco había velas de sebo para iluminarse en la oscuridad. Las enfermedades diezmaron a los tripulantes antes de entrar en combate.

—Martín, pregúntale sobre los holandeses —añadió don Manuel Alonso, y él asintió.

—¿Los holandeses estaban en las mismas condiciones?

—Obviamente, no. Por eso se retiraron al ver el caos. Se indignaron con Lord Cecil por el cambio de planes al llegar a la bahía, pues se dirigió hacia Cádiz sin notificar. Mientras que el plan original era ir al Puerto de Santa María y desde allí hacía Sanlúcar para esperar a la Flota de Indias en la desembocadura del Guadalquivir, eso escuchamos —y agregó—: de improviso nos dieron orden de desembarcar en la bahía y dirigirnos hacia la ciudad, aunque no teníamos buena artillería, lo sabían muy bien. El mando no se ponía de acuerdo y vimos cómo muchos de nuestros compatriotas morían.

—Por eso al llegar al cortijo os habéis amotinado —añadió Martín y el inglés, esbozando una sonrisa cómplice, en esta ocasión asintió.

—Ninguno de nuestros generales tenía experiencia previa, ni cartas de navegación; la marea estaba baja, los navíos encallaron, había poca profundidad y no lo sabían. Fue toda una carnicería. Tocaron a retirada el día 4, dejando a muchos soldados heridos e incapaces de volver a ellos. Buckingham está detrás de esta gran derrota, que le va a costar caro a él y al Rey —terminó diciendo.

Continuaron hablando durante un rato más. Martín comprendía que quería desahogarse con él, a quien por el dominio de su idioma no lo consideraba como un enemigo. En un momento, el Duque se retiró y le dijo que lo esperaba fuera, pues tenía algo más que encargarle.

A los prisioneros les había dado su palabra y muy pronto los dejaría en libertad, pero primero tenía que informar al Conde-Duque. Medina Sidonia, aunque fuera el noble con más poder de la costa occidental andaluza, tenía que rendir cuentas de lo averiguado con los prisioneros ingleses a Girón, el representante del Conde-Duque, y, a su vez, al Rey. Estaba muy satisfecho de cómo el joven Iturriaga había llevado el interrogatorio. Desde el primer momento, por su desenvoltura, le causó una grata impresión y tomó la decisión de llevárselo de inmediato con él a Sanlúcar. Con toda seguridad, sería una buena adquisición para la casa ducal. Comprendió que era inteligente y sagaz, podría convertirse en un excelente agente al que infiltrar en un futuro en Inglaterra. Como también había sido informado de sus buenas dotes artísticas y hacía poco tiempo había fallecido Juan de Roelas, que era su pintor oficial, decidió hacer de él un hombre de los Medina Sidonia. Su desempeño artístico serviría de tapadera para otras actividades en las que pensaba encaminarle.

—Le había pedido a don Luis que te trajera, quería conocerte y comprobar cómo te desenvolvías con los prisioneros. Llevo conmigo una carta de recomendación de tu pariente don Antonio de Oquendo, en donde me asegura que posees buenas dotes para el dibujo y que, además de eso, tienes grandes cualidades, que eres versado en muchos asuntos a pesar de tus pocos años, y me pide que te acoja bajo mi protección. Por esos informes había pensado llevarte a palacio, pero ahora no solo lo hago debido a la confianza que Oquendo me inspira, sino también porque he comprobado que eres merecedor de esos halagos.

—Me abrumáis, Excelencia, agradezco vuestra confianza y me pongo a vuestra disposición —el Duque sonrió complacido y añadió:

—Don Luis me ha enseñado varios dibujos de la batalla que has hecho —y, luego, agregó—; en uno de ellos me veo identificado; por lo tanto, mi primer encargo será que realices un boceto que deje constancia de mi presencia en el triunfo español en Cádiz. Luego, el bosquejo se lo entregaré a un pintor de renombre, como podría ser Francisco de Zurbarán, para que plasme ese acontecimiento en un gran lienzo.

—Lo haré con gran agrado —le respondió Martín, muy emocionado por ese ofrecimiento—. Si su merced no hubiera informado al marqués de Hinojosa sobre los planes de la escuadra enemiga, la Flota de Indias habría sido atacada y se habría perdido el tesoro de la Corona. Es un honor para mí poder realizar ese boceto —el Duque sonrió complacido y agregó:

—Iturriaga, te espero en Sanlúcar en un par de días. —dio media vuelta y se marcho.

Sin embargo, Medina Sidonia no iba a recoger esos justos laureles, pues su pariente el Conde-Duque se encargó de minimizar sus logros. La primacía del Conde-Duque en la corte, en detrimento de Medina Sidonia, era evidente. En el terreno político, Olivares no quería rivales. El conde de Niebla, hijo mayor de don Manuel Alonso, se había instalado en la corte de Madrid para relacionarse directamente con él. Así mismo, para estrechar lazos con Portugal, Olivares había concertado el matrimonio de la hija de don Manuel Alonso, Luisa Francisca, con el duque de Braganza, un destacado noble lusitano descendiente de la casa Alvís, con el fin de unir ambas casas ducales. De esta manera, los guzmanes tendrían gran poder también en Portugal.

En la crónica del asedio a Cádiz escrita por Luis de Gamboa y Eraso e impresa en Córdoba por Salvador Cea, se ensalzó la organización llevada a cabo por el duque de Medina Sidonia como el principal artífice de la defensa, pero otras minimizaban su labor frente a Girón, que era el hombre de Olivares. Medina Sidonia era una persona discreta que manejaba a distancia los hilos de la política. Sabía escuchar y permanecer callado, pero su hijo, el conde de Niebla, se dejaba adular por interesados e hipócritas, y esa condición le preocupaba mucho a su padre. Sin embargo, de su hija, Luisa Francisca, se sentía orgulloso: era inteligente y decidida, ya desde niña se observaba que poseía cualidades para ocupar en el futuro una posición de liderazgo. Don Manuel Alonso creía que era de suma importancia informarse sobre los planes de los ingleses en los próximos años. La unión de España y Portugal era para la corte de Saint James un tema espinoso. Obtener información confidencial sobre lo que planificaban sería esencial y, por ello, se propuso entrenar a Martín en esas lindes. Estaba seguro de que un joven que dominaba bien el inglés sería de gran utilidad. Probablemente, los ingleses no atacarían las costas españolas en los próximos años; sus ambiciones se dirigirían hacia el Nuevo Mundo y comenzarían por minar el Caribe. Temía que esa región era la más vulnerable; seguramente, sería hacia allí que enfilarían sus naves para ir resquebrajando, poco a poco, el gran Imperio español.

Sanlúcar de Barrameda, 1628

Transcurrieron los años y Martín se convirtió en uno de los hombres de mayor confianza de don Manuel Alonso, duque de Medina Sidonia, a la vez que afianzaba una estrecha relación con su hija, doña Luisa Francisca Pérez de Guzmán Silva y Sandoval. El Duque había enviudado unos años antes y ella había quedado muy sola en el palacio. Por lo que la llegada de Martín fue para la duquesita una buena compañía. A diferencia de su padre o de su abuelo, doña Luisa Francisca no tenía interés por la música ni le gustaba bordar como hacían otras damas. Sin embargo, le encantaba pintar y Martín le enseñó a dibujar y a preparar los pigmentos.

—Para lograr el naranja debéis añadir arsénico. No es un color que se use mucho, aunque algunos pintores venecianos amantes de los tonos cálidos lo suelen emplear. Pero es muy venenoso; si lo usáis debéis tener mucho cuidado…

—He visto que el Veronés lo utiliza. Mi padre tiene una copia de su *Venus y Adonis*, en la sala reservada. El original está en una colección veneciana. Representa la seducción de la diosa a un mortal. Los que seducen, por lo general, son los hombres; en este caso es al revés... —y sonrió.

—La expresión de tristeza, angustia y desesperación de la diosa es magistral. Ella sabía que el destino no se podía cambiar, irremediablemente, Adonis iba a morir...

La duquesita asintió y quedó pensativa. Martín era un joven muy atractivo, entre ellos se afianzaba una buena amistad, pero solo eso era posible, de modo que se concentró en sus palabras y desechó otros pensamientos. El joven, imbuido en la explicación, continuó hablándole de los pigmentos.

—El azul lo tenéis que emplear con moderación; el que se hace a base de lapislázuli es muy costoso.

—Mi abuelo, el duque de Lerma, compró una pintura preciosa: una *Anunciación* de un pintor que Vasari llamaba "el beato Angélico". Mi madre me contaba que el manto de la Virgen estaba pintado con lapislázuli.

—Debe de ser una magnífica obra, ¿dónde se encuentra?

—Ahora está en el monasterio de las Descalzas Reales en Madrid; al parecer lo depositó allí mi abuelo, que fue un gran coleccionista. Algunos de los cuadros de pintores italianos que él tenía están ahora en nuestro palacio, los heredó mi madre —continuó diciendo—. Entre los pintores españoles, mi favorito es Zurbarán. Sus figuras son geométricas, escultóricas como si tuvieran volumen; además pinta con gran devoción, ¿lo conocéis?

—Conocí a Zurbarán en Sevilla. En las pinturas que está realizando para el retablo mayor de la Cartuja de Jerez se evidencia el excelente dominio que posee del claroscuro, así como el aspecto volumétrico que comentáis. Sus pinturas son de un gran realismo, no me cabe la menor duda que es uno de nuestros mejores pintores... —la joven lo interrumpió:

—¿Conocisteis también a un tal Diego Velázquez en Sevilla? Dicen que es un excelente pintor y que también destaca por ese realismo del que hacéis mención. Mi hermano, el conde de Niebla, me ha comentado que lo llevó a la corte Olivares y que el Rey lo tiene en gran estima.

—No tuve la ocasión de conocerlo, ya que un año antes de que yo fuera a Sevilla, se marchó a Madrid; pero conocí a su suegro, Francisco Pacheco.

—Sé quién es Pacheco. He visto alguna de sus obras, pero no trasmiten emoción. Tengo unos apuntes para un tratado que está escribiendo sobre el arte de la pintura y los miré por encima. No me gusta seguir al pie de la letra las normas, como él indica, porque la ejecución de una obra se vuelve aburrida. Ha criticado la obra de Roelas por considerar que se aparta de ellas.

—Los pintores deben seguirlas, son sus guías…

—Los pintores son artistas, creadores de formas bellas, no deberían ser considerados simples artesanos. La pintura es un arte como la música y, como tal, debe ser de libre ejecución. El artista no solo es un reproductor de imágenes preconcebidas, deben ser innovadoras. Una pintura tiene que ser única y trasmitir emoción al espectador, agradable o desagradable; pero, si no hay pasión en la ejecución no se trasmite esa emoción.

—Estoy de acuerdo, pero no es fácil que eso lo entienda el espectador. Los pintores no están tan bien considerados en España, como fuera de la Península… En las cortes italianas, los artistas son más libres; los españoles tienen que seguir las pautas. Después del Concilio de Trento se han hecho aun más estrictas; además, la Inquisición está siempre al acecho por si no se cumplen.

—¡La Inquisición! No me hables de la Inquisición —y sonrió divertida —. He oído hablar sobre una pintora que vivió en la corte hace años, se llamaba Sofonisba Anguissola; era una dama de la reina Isabel de Valois. Ambas se distraían mucho pintando, y era tan diestra como cualquier pintor de la corte, o hasta mejor que ellos. He visto varios retratos suyos y son de excelente factura. ¿Por qué son tan pocas las mujeres que pintan? Estoy segura de que hay muchas otras tan bien dotadas como Sofonisba.

—Lo que decís es cierto, pero por tradición el oficio de pintor lo han ejercido los hombres. Esa dama vivió varios años en Madrid. Sé que estaba muy unida a la reina Isabel y que a ella le gustaba pintar también, pero tras fallecer la Reina se fue de España. Murió hace pocos años. Tuvo una larga vida, casi noventa años…

—He visto un autorretrato suyo; era una mujer muy hermosa y estaba muy bien considerada en la corte.

—También lo está Rubens, en la actualidad es el más reputado de los pintores de Flandes.

—El conde de Niebla lo conoce. Domina muy bien el color. ¿Sabéis de otras mujeres artistas? —insistió, ese tema le interesaba.

—Escuché hablar de Lavinia Fontana, hija del pintor Próspero Fontana. Estuvo activa en Bolonia, su ciudad natal, y firmaba sus obras; algo inusual, pues las mujeres no lo hacen, aunque en algunos talleres hay mujeres, como en este caso… También sé que tuvo fama en Roma y que fue una excelente retratista. Hubo otra pintora en Flandes, si mal no recuerdo, de Amberes y se llamaba Clara Peeters. Sé que se especializó en bodegones. Pude admirar uno de sus lienzos cuando estuve en Sevilla; como dato curioso, solía autorretratarse en algunas de sus obras. En los reflejos de las jarras o de los floreros dejó plasmado su rostro.

—Qué curioso, ¿de quién era la obra?

—Era de un noble sevillano, la llevó al taller de Zurbarán para reparar el marco. En el bodegón había un salero de plata, realizado con gran maestría. Cuando me enteré de que era una mujer quien había pintado y firmado la obra me llevé una gran sorpresa.

—¡Qué interesante! —exclamó ella— Decidme, ¿qué otras conocéis?

—Sé de una joven pintora que trabajó unos años en Florencia, en Roma y en Venecia. Actualmente se encuentra en Nápoles, se llama Artemisia Gentileschi. Escuché una historia muy particular sobre ella en Sevilla…

—Contadme, ¿de qué trata esa historia? Creo haber escuchado ese nombre hace unos años.

—Artemisia trabajaba con su padre, Orazio Gentileschi, un pintor bastante conocido, seguidor de Caravaggio y con el que, además, mantenía una relación de amistad. Tengo entendido que ella es más diestra que sus hermanos, que también trabajaban en el taller, e incluso que su padre. A los diecisiete años, en 1610, firmó su primera obra conocida, *Susana y los viejos,* que causó asombro, no solo por el magistral dominio de la técnica, sino también porque se atrevió a pintar a Susana desnuda. A los ojos de muchos contemporáneos, ese hecho ponía en duda su virtud —doña Luisa Francisca abrió los ojos de par en par, con gesto de contrariedad y asombro, mientras Martín continuaba hablando—. Tenía fama, desde entonces, de estar muy bien dotada para el arte de la pintura, además de ser una mujer muy bella; pero fue violada y hubo un sonado proceso, un juicio…

—¡Ya recuerdo esa historia! En ese juicio la humillaron, la torturaron y después la obligaron a casarse con un pintor mediocre para restaurar su honra. Me indigna escuchar esos casos de maltrato, ¿cómo es posible que ciertos padres menosprecien a sus hijas por ser mujeres? Y, en cambio, favorezcan a los hijos, aunque no tengan los necesarios talentos, solo por ser varones. Esto sucede en todos los ámbitos, no solo en los artísticos.

—Efectivamente, en muchas ocasiones, los pintores tienen a sus hijos como aprendices en los talleres. Algunas veces, son mujeres; pero sus nombres no aparecen en los recibos. Ellas, os lo repito, no suelen firmar las obras debido a las normas de nuestra sociedad, por lo que no conocemos sus nombres…

—Las normas, las normas, ¡todo eso no va conmigo!

—Me he dado cuenta de que no os gusta seguirlas, no están hechas para un espíritu libre como el vuestro —sentenció Martín y los dos rieron.

En su taller, muy distraída, la duquesita pasaba tardes enteras y conversaciones como esa se repetían entre ellos constantemente.

El Duque era un gran coleccionista de pintura; en su pinacoteca abundaban las obras de tema religioso, los bodegones y los retratos, principalmente, los que había ejecutado don Juan de Roelas. Las obras que se exhibían en las diferentes estancias del Palacio Ducal eran pinturas oscuras de santos, pintadas por el piadoso prelado para su mecenas. Sin embargo, también don Manuel Alonso había adquirido y heredado otras de tema profano, realizadas por pintores italianos. La mayoría de estas obras estaban exhibidas en la sala reservada, a donde solo acudían los visitantes a los que él le permitía la entrada. Pero, como doña Luisa Francisca era muy curiosa, a menudo se colaba para observar esas telas, la mayoría de tema mitológico, en donde proliferaban los desnudos, tanto femeninos como masculinos, contrastando sus colores fuertes con las pinturas oscuras de los españoles. También ella era aficionada a la lectura. El Duque poseía una buena biblioteca; la joven y Martín continuamente entraban allí y leían diferentes autores, españoles y extranjeros. Doña Luisa Francisca se interesaba, especialmente, en leer a los clásicos. Las *Metamorfosis* de Ovidio o la *Teogonía* de Hesíodo eran sus favoritos. Don Manuel Alonso no estaba de acuerdo en que leyera ese tipo de obras y le indicaba que lo más apropiado para una dama era los libros piadosos, los que había escrito Santa Teresa, o las vidas de santos. Sin embargo, ella era distinta a otras nobles de su posición y los temas sacros apenas le interesaban. En una ocasión, le pidió a Martín que le consiguiera un ensayo de un florentino, Nicolás de Maquiavelo que trataba sobre el arte de gobernar.

—Martín, quiero conocer el contenido de ese tratado que tanto ha dado de qué hablar y discutirlo contigo. Cuando me case con el duque de Braganza tendré un importante desempeño en la corte de Lisboa, por lo que esas lecturas me ayudarán a aconsejar bien a mi marido.

—Haré lo posible por conseguir una edición en castellano, hablaré con don Juan de Borja.

—El papel de las mujeres es muy importante en las cortes. Debemos ser las más fieles consejeras de nuestros esposos; si no lo somos, otros se afanarán en serlo y puede ser que con intenciones turbias.

—Tenéis mucha razón; pero la mayoría de las mujeres no piensan así, muchas ni siquiera quieren aprender a leer; se contentan con mantenerse en apariencia bellas y solo aspiran a que sus maridos les proporcionen una vida lujosa.

—De niña viví el proceso de la caída en desgracia de mi abuelo, el duque de Lerma y ese hecho me dejó una gran huella. Mi padre se ha apartado de la corte, porque sabe de los favoritismos e injusticias que allí acontecen. La política hay que saber sortearla y, al lado de un hombre con poder, el papel de su mujer es determinante. También quisiera leer *El arte de amar* de Ovidio; es un libro muy censurado, pero también en el aspecto amoroso hay que estar bien informada.

Ella le guiñó un ojo y sonrió pícaramente y él agregó.

—Seréis una buena esposa y una magnífica consejera para el duque de Braganza, os conseguiré ese ejemplar y trataré de buscar el de Ovidio.

—Sé que has leído libros prohibidos.

—He leído algunos, pero de ese tema no se puede hablar.

—Conmigo sí —y añadió—, ¿has leído a Erasmo? ¿Qué sabes de Galileo y de su telescopio?

—He leído algo de su producción y, así mismo, sé de las investigaciones del astrónomo. En otro momento podemos hablar de esos temas, me pareció escuchar la voz del confesor de vuestro padre —bajando la voz, agregó—: si algo oyese de lo que hablamos, estaríamos en gran apuro.

Ella sonrió y se llevó el dedo índice a la boca diciendo shhhh…

Desde muy joven, doña Luisa Francisca había sido prometida al duque de Braganza, por lo que aprendió a hablar portugués, y también leía con fluidez en latín. Obviamente no era como las demás damas, sabía ser discreta y observadora, pero era curiosa, independiente y decidida; estas cualidades que en un futuro contribuirían a alejarla de los intereses del valido de Felipe IV, Olivares, el hombre más poderoso del reino, cuyo poder rivalizaba con el de Medina Sidonia, quien desde sus dominios en Andalucía Occidental ejercía de mecenas y realizaba muchas obras de caridad.

Cuando Martín no estaba compartiendo esos ratos con doña Luisa Francisca, estaba a las órdenes del Duque en el estudio del palacio o recorriendo su señorío. Ente otras construcciones a las que él acudía a menudo, estaban: las Cuevas de Montesión y la Huerta del Desengaño, levantadas en los confines opuestos extramuros de su corte ducal. Para don Manuel Alonso, eran los dos polos simbólicos que de alguna manera respondían a la dualidad guerrera y devota que subyacía en la idea de cómo debía ser un noble cristiano. La Huerta del Desengaño simbolizaba el recreo mundano, allí proliferaban fuentes, árboles frutales y las más bellas flores; en sus jardines se celebraban festejos y agasajos, gran parte de los terrenos de esas huertas los donó en vida para que se edificara el convento de los Capuchinos, en agradecimiento a los rezos que los monjes realizaban para aliviar los quebrantos de su salud que muchas veces lo aquejaban. Aunque algunos de sus detractores alegaban que don Manuel Alonso era un noble frívolo, porque le gustaban en demasía los festejos, se equivocaban. Era un hombre muy piadoso. En las Cuevas de Montesión pasaba largas temporadas conviviendo con los ermitaños, acompañado, a menudo, por su amigo el poeta don Pedro de Espinosa; otras veces, el Duque prefería disfrutar de ratos de soledad, en retiro espiritual. Por indicaciones suyas, Martín continuamente revisaba las decoraciones de las numerosas iglesias y monasterios que, bajo el mecenazgo de esa casa ducal, se fueron levantando para albergar a las distintas órdenes. Los prelados de dichas órdenes eran, generalmente, los que más información tenían acerca de lo que acontecía, por lo que el joven se hacía con muchos datos importantes. De esa manera, se enteró de que los jesuitas acogían a los ingleses disidentes del protestantismo, de dimes y diretes, de alianzas y de conjuras; lo que averiguaba se lo hacia saber al Duque. Poseer la mayor cantidad de información era de vital importancia, y el bajo perfil de Iturriaga era muy adecuado para pasar desapercibido. Los Medina Sidonia no solo poseían señoríos en Andalucía, sino también en la costa de Marruecos y, continuamente, llegaban a Sanlúcar informes que necesitaban ser traducidos, por lo que el Duque dispuso que Martín aprendiera árabe; el conocimiento de esa lengua le sería de gran utilidad en el futuro.

Azpeitia, 1629

Los años transcurrieron y la salud de su madre se fue deteriorando. Martín mantenía comunicación epistolar con ella continuamente, pero debido a la mala disposición de su padrastro a recibirlo no había vuelto a visitarla. Cuando supo que él había fallecido, trató de regresar; pero, sus obligaciones no se lo permitieron, aunque estaba ya más tranquilo, pues las noticias que recibía de su hermana y, principalmente, de su prima Ainara le aseguraban que se encontraba más restablecida. Sin embargo, en los primeros días de 1629 recibió una carta en la que le notificaban que estaba grave. Pospuso sus tareas y embarcó enseguida hacia el norte en el primer bajel que hacía la travesía hacia Pasajes. A pesar de las prisas, no la encontró con vida: falleció unas horas antes de que él llegara. Martín se había marchado con quince años y ahora tenía veinte.

Recordaba a su hermana, María Teresa y también a Ainara como a unas niñas, pero ahora eran unas jovencitas de quince y dieciséis años.

A los pocos días de haber llegado, su hermana le entregó un saquito que su madre le había dejado. La bolsita contenía una bella pulsera, en su reverso se leía: ANUKA y había allí una nota que decía: "Martín, esta joya quiero que sea para ti; es un entrañable recuerdo. Me la dio tu abuelo John, quien sentía por ti una gran deferencia, seguramente habría querido que fuera tuya" La puso a buen resguardo, recordaba que ella siempre la llevaba puesta y se preguntó: ¿a quién le daría esa joya tan preciada?

Cuando entró el mes de marzo, ya había revisado junto a Ainara todos los documentos de la herencia, y todo estaba en orden. Martín les dijo que tenía que volver y que había decidido llevarse con él a Sanlúcar a Maríate, como cariñosamente llamaba a su hermanita y también a Ainara, dejarlas en Azpeitia a cargo de otros parientes no le pareció conveniente, todavía eran muy jóvenes y la muerte de su madre las había dejado desamparadas. Al conocer la noticia, se entusiasmaron con el cambio; en especial su hermana, que ansiaba conocer a su prometido, quien vivía muy cerca de Martín, en Cádiz. Los esponsales se habían fijado para dentro de un par de años; se habían escrito muchas veces, de modo que estaba deseando llegar allí. Maríate era muy parecida a su madre, pero todavía tenía facciones infantiles, no era tan alta y estaba algo entrada en carnes; unos meses atrás, le había enviado un retrato a su prometido y le preguntaba a Martín, una y otra vez, si su aspecto le habría agradado, qué le había dicho y si él la encontraba guapa. Con gran paciencia, consecutivamente, él asentía y ella sonreía. Su hermana seguía siendo tan espontánea, como él la recordaba, pero Ainara, ahora era diferente, se había convertido en una mujer preciosa, alta y esbelta. Tenía una sonrisa cautivadora, los dientes todos iguales y tan blancos como la espuma del mar, los ojos rasgados, muy negros, y el pelo color nogal enmarcaba unas facciones muy finas: la nariz pequeña y recta y una quijada muy poco prominente partida en dos por un pequeño hoyuelo. Al volver a verla, después de tanto tiempo, le recorrió un escalofrío, le pareció que era la mujer más hermosa que había visto en su vida. Sin embargo, se dio cuenta de que ahora tenía una mirada distinta; no era como antes, una niña alegre y risueña, algo, sin duda, la turbaba. Mientras revisaban los papeles de la herencia comprobó como varias veces se le aguaron los ojos y en una ocasión le dijo que no quería volver a pisar ese despacho ni esa casa. Martín no quiso preguntarle por que se había puesto tan alterada en esa estancia revisando los libros de los asientos. Se imaginó que su proceder podría ser debido a la tristeza que la invadía por el fallecimiento de su su madre, que había sido para la joven, al haber perdido la suya de muy niña, como su verdadera madre o quizás lo que le inquietaba era la incertidumbre de su futuro: ¿le preocuparía no tener la certeza de que Gabriel regresaría para cumplir con su compromiso?

—¿Qué te sucede, Ainara? —le preguntó Martín, unos días antes de partir— A veces creo que estás en otro mundo, permaneces mucho rato callada, pensativa, mirando hacia el infinito. ¿Algo te atormenta?, ¿o es qué piensas, en Gabriel?

—No pienso en él —afirmó categórica—, apenas lo recuerdo. Le envié algunos dibujos y le escribí varias cartas, pero como no contestaba, no lo hice más.

—A mi hermano no le gusta escribir. Desde que embarcó hacia el Nuevo Mundo, tampoco he sabido de él. Aunque haya escuchado rumores de sus éxitos y otros que no le favorezcan, estoy seguro de que los malos no deben hacerle justicia, la envidia es algo muy común…
—Ainara le interrumpió:

—Era muy arrogante. No creo que haya cambiado, siempre quería tener la razón. Muchas veces traté de ser amable con él, desde niña sabía que estábamos comprometidos, pero nunca me proporcionó seguridad, sino recelo. Tanto a mí como a Maríate nos hacía rabiar mucho, entonces no podía ni verlo…

—Eran cosas de niños, Gabriel no tenía mi paciencia —agregó él y ambos rieron.

—Tu madre se equivocó al concertar mi futuro con él... Debió hacerlo contigo, habría estado en mejores manos, pero ella quería que tú hicieras la carrera eclesiástica..., rezaba pidiendo que Dios te iluminara, aunque nunca te imaginé como un monje y, cuando nos pedía que rogáramos a Dios por eso, yo no lo hacía —le dijo bajando la mirada y esbozando una tímida sonrisa...

—Ella tenía esa ilusión, pero no tengo vocación. Gabriel desde siempre quería ser soldado y es uno de los mejores.

—Estaba muy orgullosa de él, pero de quien más debía estarlo era de ti: tú no nos has olvidado, él sí. —sonrió y se le iluminó la mirada.

Martín bajó la vista y continuó hablando:

—Madre me reiteró, en su última correspondencia, que tenía que asegurarme de que mi hermano cumpliera su promesa y se casara contigo. Si no, que te dejara bien arreglada con una buena alianza; se preocupaba mucho por tu futuro.

—No creo que él tenga ninguna intención de formalizar ese compromiso conmigo; seguramente, ni se ha acordado de que yo existo en todos estos años. En cambio, tú no has dejado de escribirme. Cuando éramos niños siempre nos protegías —le tomó la mano, mientras que él sonreía ahora complacido— Recuerdas aquella vez cuando Gabriel nos ayudó a subir a una higuera. Luego se fue y nos dejó solas; si no hubiera sido por ti, no habríamos podido bajar. Pero llegaste antes de que oscureciera y nos rescataste.

Ambos rieron recordando aquellos años de su infancia y otros episodios parecidos. Finalmente, él le aseguró:

—Ahora vamos a estar cerca. Velaré por ti, como lo hacía antes; estoy seguro de que en el futuro serás una magnífica compañera para Gabriel o para cualquier otro hombre que sepa valorarte.

Martín presentía que Ainara tenía razón, su hermano era arrogante y ambicioso; ella era muy diferente a él. Desde niños los dos habían estado muy unidos, en cuanto la vio de nuevo, sintió una atracción muy fuerte hacia ella, y ese sentimiento de ternura que venía desde su infancia volvió a invadirlo. Sin embargo, tenía que desechar esos pensamientos. Había un compromiso entre ellos y él decidió convencerse de que solo podría verla como si fuese una hermana.

Durante el viaje le habló sobre las lecciones de pintura que le daba a la duquesita y le decía que era gran aficionada a la lectura como ella; entonces parecía alegrarse y le preguntaba detalles de lo que hacía. Obviamente, Ainara había madurado más que su hermana. Maríate le aseguraba que, si no hubiera sido por Ainara, que era el pilar en donde se apoyaba, no sabía qué habría sido de ella. En una ocasión le comentó a Martín sobre las malas relaciones que tenían con su padre —un rictus de amargura se dibujó en su semblante—, y terminó explicándole como fue el accidente que le causó la muerte. Al escuchar esa conversación, Ainara palideció y unas cuantas lágrimas se deslizaron por sus mejillas, aunque se las secó, rápidamente, para que ellos no lo advirtieran. Pero Martín se había percatado de esa tristeza que, súbitamente, la invadía; muchas noches se quedaba despierto, pensando cuál sería la razón por la cual ella tenía una expresión contrariada tan a menudo. Le preguntó varias veces, si algo le preocupaba; entonces, ella reía y decía que estaba muy ilusionada por ir al sur.

En Madrid, 1629

La ruta era larga y, cuando no llovía, nevaba, por lo que no podían apresurarse; todavía era invierno, aunque fueran los primeros días de marzo. Los caminos estaban embarrados; el clima era húmedo y desapacible.

Iniciaron el viaje en un carruaje tirado por un par de mulas, el cochero de la zona conocía bien el camino. Hicieron noche en Vitoria; después, en Burgos; luego, en Valladolid. Los días todavía eran fríos, pero al mediodía el sol se dejaba ver y la temperatura era más cálida; finalmente, después de algunas jornadas por los campos de Castilla, llegaron a Madrid y el cochero con el carruaje regresó al norte. Se hospedaron en la mansión que ocupaba el conde de Niebla, el hijo mayor del duque de Medina Sidonia, y se quedaron allí un par de semanas. Martín tuvo la oportunidad de acudir varias veces al Alcázar Real; al regresar, las dos jóvenes se sentaban junto a él en la sala del estrado esperando que les contara sus impresiones.

—Esta tarde conocí al pintor Rubens —a quien Martín admiraba especialmente— Está de paso en la corte, trabajando en un gran lienzo de tema religioso para el Rey. Lo había pintado años atrás; ahora, prácticamente lo ha rehecho. Le añadió una tira en la parte superior y otra en la derecha, y está modificando otros detalles. A su lado estaba Diego Velázquez, ese pintor sevillano que se ha hecho un buen nombre en la corte y que es fiel acompañante del maestro Rubens. Tuve la suerte de estar presente, mientras conversaban y el maestro le aconsejaba viajar a Roma.

—Contadme cómo es Rubens —le preguntaba Ainara.

—Es un hombre corpulento, de pelo rojizo, con barba y bigote bien perfilado. Viste de forma elegante, con jubón de brocado, calzas oscuras, medias de seda y zapatos de tacón alto con hebilla de plata; la gola y las puñetas son del más fino encaje de Bruselas. Se desempeña no solo como pintor, también como embajador de su majestad en la corte británica. Es un caballero muy culto, el más versado en todos los temas que he conocido. Tuve el privilegio de que se sentara conmigo y conversáramos un buen rato sobre arte. El conde de Niebla me presentó como el consejero artístico más estimado de su padre y su protegido; y él se interesó mucho en saber si en el palacio de los Guzmán en Sanlúcar se encontraba parte de la excelente colección de pintura del duque de Lerma…

Su hermana lo interrumpió y, sin dejar que terminara de contar sus impresiones sobre Rubens, exclamó:

—¡Qué emocionante! Decidnos, ¿cómo son el alcázar y los jardines del Buen Retiro? ¿Habéis conocido también a la reina Isabel?, ¿está de nuevo encinta?, ¿es tan guapa como dicen?

Maríate le hizo mil preguntas sobre la Reina, el tema de Rubens no le interesaba. Martín la complació explayándose en responder a su curiosidad...

—Es cierto, la Reina está de nuevo esperando un hijo, es una dama muy amable y de gran belleza...

—¿Cómo son los bufones de palacio? ¿Divierten con sus ocurrencias, o asustan e intimidan?

—No hay tantos, o por lo menos no los he visto; pero acompañan a la Reina y a los infantes. —Cambió de tema—. En el Alcázar Real hay mucho interés por el teatro, al Rey le gusta acudir a los corrales de comedias a ver las obras de Lope...

Y ella volvió a interrumpirle.

—Quiero ir al teatro, y también a un mentidero.[21]

—¡Pero qué cosas dices! Eres muy joven, no voy a llevarte a ver nada de eso. Las mujeres decentes y solteras se quedan en casa.

Su hermana le tomó del brazo y le insistía:

—Por favor, Martín, por favor, llévanos.

Ainara reía por lo bajito; intuía que él cedería y las llevaría, muy a su pesar. También ella estaba deseando acudir a un teatro para ver uno de esos espectáculos de los que tanto se hablaba y conocer un mentidero. Pasaron varios días más en la corte, finalmente, antes de emprender el viaje, él las llevó a ver una comedia de Tirso de Molina que, al haber sido escrita por un religioso mercedario, pensó que tendría una buena moraleja. Fueron a ver *El burlador de Sevilla*, también llamada *El convidado de piedra,* y durante varios días ellas no pararon de hablar de ese "don Juan" y sus aventuras...

Toledo, primavera de 1629

A finales del mes de abril, cabalgando en unos buenos corceles de las famosas cuadras de los Medina Sidonia que el conde de Niebla

---
21. Lugar donde se reunía la gente para hacer tertulia o conversar.

les pidió que llevaran a Sanlúcar, se dirigieron rumbo al sur. El viaje sería largo y duro, pero ellos eran jóvenes y buenos jinetes.

Durmieron primero en Toledo, en el cigarral del Ángel Custodio que había sido propiedad del obispo Sandoval y Rojas, pariente de los Medina Sidonia. Allí tuvieron la ocasión de ver las obras de un pintor, poco conocido en Sevilla, que había nacido en la isla de Creta, por lo que lo llamaban *el Greco*. Ainara se quedó impresionada por sus figuras estilizadas, de manos huesudas y dedos largos y, también por los fondos de vivos colores que imprimía a sus obras. Extasiada ante una *María Magdalena* exclamó:

—¡Quisiera pintar como él!

—Tiene un estilo muy personal, no formó escuela ni tuvo seguidores, solo su hijo pintaba con él en el taller —le explicó Martín—. En Toledo es bien conocido, pero no tiene buen nombre en la corte; al parecer, al rey Felipe, el abuelo de nuestro actual monarca, no le agradó su obra. Solo hay una de su factura en El Escorial. El Rey la donó a los jerónimos, creo que es *El martirio de San Mauricio* —y añadió—, os llevaré a la catedral, allí podrás ver unas cuantas.

Martín había ido a Toledo en varias ocasiones con Medina Sidonia por lo que conocía bien la ciudad. Cruzaron el puente de Alcántara y vieron el río Tajo, y él les explicó que, siguiendo su curso, llegarían hasta Lisboa. Ainara estaba como hechizada y les comentaba que en el ambiente de Toledo había algo que hacía que se sintiera como transportada en el tiempo. A Martín le parecía que, desde que llegaron, esa tristeza que a veces percibía en su mirada había desaparecido y le comentó:

—Te mueves por la ciudad como si la conocieras. Ahora no es ni la sombra de lo que fue, era un centro cultural muy importante, un crisol de religiones y de razas.

Ella sonreía complacida y le preguntó:

—Escuché que pronto se celebrará la fiesta del Corpus Christi, ¿crees que nos podríamos quedar hasta ese día? Me han dicho que la ciudad se engalana y de los balcones cuelgan pendones y tapices.

—Me encantaría complaceros. Tengo una conversación pendiente con el conde de Niebla, que está en el cigarral de sus parientes, los duques de Pastrana; le comunicaré que nos quedamos unos días más.

Así lo hicieron y disfrutaron de un espectáculo impresionante. Ese día, por suerte, no hacía el calor típico de otras veces. Les habían comentado que al acercarse el verano la ciudad se volvía un horno; pero en ese año la fiesta cayó a primeros de mayo; además, había llovido la noche anterior y el clima era fresco y agradable. Al amanecer, la ciudad se cubrió de romero y de tomillo y ese aroma envolvía el ambiente... Los tres pudieron ver "el Paso" desfilando por las calles con la Custodia más bella de toda España. Antes de que comenzara la procesión atendieron en la catedral a una solemne misa que ofició el Arzobispo Primado de Toledo y que, por tradición, era bajo el rito mozárabe.

Ainara y Maríate estaban muy emocionadas y no sabían cómo agradecer a Martín el haber accedido a permanecer unos días más para estar presentes en ese evento tan conmovedor. Ainara no quería irse de Toledo, pero Martín tenía que regresar a Sanlúcar. Al día siguiente, emprendieron la marcha y se dirigieron a Ciudad Real. Cabalgaron por los campos de La Mancha y pernoctaron muy cerca de Valdepeñas. Esa noche, mientras cenaban un estofado con caldos de la región, Martín les habló del último libro que había leído. Una historia muy ingeniosa de un hidalgo y su escudero, que se desarrollaba en esos campos manchegos; les decía que la enajenación del caballero era tal que confundía los molinos de viento con gigantes, y ellas reían.

—Seguramente estaba trastocado porque estaría enamorado. Cuando nos enamoramos podemos perder el sentido y desvariamos —comentó su hermana.

—¡Qué sabrás tú de enamoramientos, Maríate! —le respondió Martín.

—No lo sé todavía, pero he leído que eso sucede. Dime si ese caballero estaba, ciertamente, prendado de una dama —seguía insistiendo ella.

Él rio y le respondió, con ese tono cariñoso que empleaba cuando se dirigía a su hermana pequeña:

—En efecto, la dama de sus desvelos se llamaba Dulcinea, o, mejor dicho, Aldonza. Él la imaginaba muy bella e instruida, aunque en realidad no lo era.

—Lo puedo entender —señaló Maríate—; el amor hace ver a la persona amada, más bella de lo que la ven los otros y adornada por muchas cualidades, aunque no las tenga.

—En eso tienes razón —agregó Ainara.

Continuaron hablando, comiendo y bebiendo un rato más y luego se retiraron a descansar. Les faltaba mucho camino todavía hasta llegar a su destino.

Sanlúcar de Barrameda, verano de 1629.

Entraron en Andalucía, pasaron un par de días en Córdoba, después en Sevilla y en junio llegaron a Sanlúcar. Las dos muchachas se hospedaron en el convento de la Merced. Doña Luisa Francisca le dijo a Martín que quería conocerlas y él las llevó al palacio de los Guzmán. Ainara le agradó desde el primer momento en que la vio y pensó que esa joven tan culta le haría buena compañía; tenían mucho en común: le gustaba leer como a ella y también dibujar. Ainara les contó que había continuado pintando durante todos estos años y que, poco a poco, había ido adquiriendo una mayor destreza con el pincel. Para confirmarlo la duquesita la llevó al taller y los dos se maravillaron al comprobar sus buenas dotes, pues en un momento logró plasmar con un carboncillo los rasgos de doña Luisa Francisca sobre un papel.

—¡Dominas el dibujo, con gran maestría! —exclamó Martín, al contemplar los magníficos trazos—. De niña eras muy buena, ahora he comprobado que eres mejor de lo que recordaba. Me alegra que hayas seguido ejercitándote —sonrió y la miró a los ojos complacido.

—Me has dicho que tu hermana se va a trasladar a Cádiz —comentó doña Luisa Francisca, dirigiéndose a él en privado—. Quisiera que Ainara se quedase conmigo; aunque no tenga título, es noble y puede formar parte de mis damas de compañía y así estaría cerca de ti.

Martín enseguida se lo comunicó y la cara de satisfacción de la joven lo decía todo. Ainara procedía, por parte paterna, de una importante familia de las Vascongadas; poseía varios mayorazgos que le proporcionaban una buena renta. Aunque no era noble titulada, era hija de un hidalgo que había formado parte de los Tercios y luchado en las campañas de Flandes, por lo que, sin mayor problema, podría ser una de sus damas de compañía.

Cuando Ainara se trasladó al palacio ducal, Martín llevó a su hermana a la imprenta de don Juan de Borja. Allí conoció a su prometido, Andrés de Eraso y Arteaga. A los pocos días de conocerse decidieron adelantar la boda. Su dote y las capitulaciones estaban arregladas, así que no habría problema; se fijaron los esponsales para dentro de un año, cuando ella cumpliera los dieciséis.

Mientras tanto, en Sanlúcar la relación de doña Luisa Francisca, Martín y Ainara era cada vez más estrecha. La vasca se convirtió enseguida en la dama preferida de la duquesita. En las horas de ocio copiaban bodegones y retratos. En el palacio había unas cuantas obras de esa temática, y pasaban mucho tiempo en el estudio pintando. A doña Luisa Francisca le gustaba también dar largos paseos a caballo por la playa al amanecer o al bajar el sol y ambas salían a cabalgar por las marismas del Guadalquivir.

Diariamente Martín iba a comprobar cómo avanzaba la decoración del convento de Nuestra Señora de la Merced, situado muy cerca del palacio ducal; en la cripta se encontraba la tumba de la VIII Duquesa. En el retablo mayor, él disponía la correcta ubicación de los lienzos que había pintado Roelas y supervisaba los trabajos de los artesanos. Así mismo, al poco tiempo, Ainara comenzó a acompañarlo a las visitas que realizaba para supervisar las decoraciones de los diferentes conventos e iglesias de la región; y, como se interesaba en esos temas, le daba buenos consejos. A menudo se dirigían a Jerez de la Frontera, donde el escultor sevillano Juan Martínez Montañés realizaba las esculturas que decoraban el retablo mayor de la iglesia de San Miguel, bajo el patronazgo de los Medina Sidonia. Ainara demostraba un interés muy especial por aprender la forma en la que el maestro tallaba la madera. No sólo era hábil con el carboncillo, la sanguina y los pinceles, también era diestra con las gubias y en alguna ocasión colaboró en la realización de algunas figuras; cuando lo hacía, Martín comprobaba cómo una expresión de satisfacción la invadía, la felicitaba y ella esbozaba una amplia sonrisa. En esos momentos una sensación muy especial surgía entre ambos.

Así mismo, en Jerez, como representante de Medina Sidonia, debía supervisar las pinturas que realizaba Zurbarán para el retablo mayor de la Cartuja. Martín había puesto en contacto a Ainara con los principales artistas de la región. Con Francisco de Zurbarán mantuvo una magnífica relación. La joven se fascinó con la realización de algunas de sus obras y, el pintor extremeño incluso la tomó como modelo por su serena belleza en más de una ocasión, de modo que sus facciones se inmortalizaron en *Santa Casilda*, donde la representó de tres cuartos y girando el rostro hacia el espectador. La santa vestía un bellísimo traje de brocado y entre sus pliegues aparecen las flores. En *Santa Apolonia*, la retrató con un manto verde claro sobre los hombros, atado al cuello con un lazo y, bajo este, un sobretodo rosa pálido que le llegaba a las rodillas y debajo un traje de color amarillo narciso. En uno de sus brazos sostenía la palma, símbolo del martirio, y en el otro una horrible tenaza con un pequeño diente blanco, a Santa Apolonia le habían arrancado los dientes... Para la realización de estas obras, Zurbarán tomaba como guía *la leyenda dorada* de Jacobo de la Vorágine. En el palacio ducal había un ejemplar y Ainara leía una tras otra esas historias que sirvieron de inspiración no solo a Zurbarán sino también a muchos otros artistas durante años. La joven quedó gratamente impresionada con esas pinturas de santas, con la calidad de los trajes, la maestría en el tratado de las telas y sus atributos. Al regresar a palacio en el taller las dibujaba y luego las tallaba con las gubias en las planchas de madera, o con un buril cuando eran de cobre, y Martín las llevaba a la imprenta; allí se realizaban esos maravillosos grabados que acompañaban las crónicas de don Luis de Gamboa y Eraso. Esas imágenes viajarían hacia al Nuevo Mundo en los libros que don Juan de Borja editaba.

Santa Apolonia, Francisco de Zurbarán

Sanlúcar de Barrameda, verano de 1632 (tres años después)

Una de esas tardes en que los calores comenzaban a apretar, Martín se dirigió al estudio de pintura, donde las dos jóvenes pasaban horas y horas; aunque, últimamente, él no acudía allí tan a menudo. Ya ambas eran muy diestras y no necesitaban sus lecciones; además, él cada vez estaba más ocupado con los asuntos del Duque.

Al entrar, en esa ocasión, lo sorprendió la duquesita y le dijo que quería ver una de las pinturas que acababan de llegar a palacio. El Rey, que era un gran coleccionista, le había regalado a su padre varias obras de arte; y ésta, por tener personajes lascivos, sin ropajes, había sido destinada a ser exhibida en la sala reservada, el lugar al que solo accedían el Duque y las personas que él permitía, aunque doña Luisa Francisca entraba y salía de allí sin permiso.

Entraron en la estancia y la observaron en detalle. La obra, recién llegada, estaba reclinada contra la pared. No conocían el autor ni el título, pero, inmediatamente, comprendieron que era una pintura excelente y comenzaron a analizarla. En el lienzo estaban plasmados dos desnudos: uno femenino y otro masculino y, fuera de la escena principal había otro personaje: una mujer completamente vestida a la usanza cortesana. Esta dicotomía en la composición era típica de algunas obras que se realizaban en esos años.

Martín creía que la pintura era napolitana y la relacionaba con Caravaggio por la maestría en el dominio del claroscuro. La duquesita presumía que podría ser de Artemisia Gentileschi, esa pintora con una vida muy novelesca que ella continuamente nombraba. El virrey de Nápoles había traído consigo varios óleos, es posible que alguno fuera de ella y se lo hubiese regalado al Rey —le sugería a Martín—. Además, en la parte inferior izquierda del lienzo parecía leerse su firma.

La figura principal, el desnudo femenino, cubría sus partes púdicas con un lienzo blanco, pero los pequeños y bien formados pechos estaban al descubierto; entre las manos sostenía una flecha y giraba, sorprendida, hacia la figura masculina que estaba detrás de ella. Al observar la flecha Martín sugirió que podría tratarse de Artemisa, la diosa griega de la caza, o quizás fuera Afrodita, que sostenía la prueba irrefutable de un flechazo amoroso inesperado. El pintor o la pintora captaba el momento en que ella se volvía hacia él, emocionada por ese encuentro sorpresivo. Si el desnudo femenino, en efecto, representaba a Venus —les comentaba Martín—, y recibía la flecha ansiosa, ese deseo estaba proscrito... Venus estaba casada con Vulcano. Por lo tanto, posiblemente fuera Diana —como él creía— quien sostenía la flecha en sus manos, mas esa diosa debía permanecer virgen; tampoco podía enamorarse. Martín afirmaba que la turbación en su expresión se debía a que en los dos casos era una relación vedada; además, ellas eran unas diosas y él un simple mortal. Ambos personajes, algo desdibujados, se reflejaban en un espejo de bronce que, de una manera asombrosa e iluminado por un haz de velas, se distinguía al fondo de la escena, pero las expresiones estaban nítidamente plasmadas... En la parte derecha del lienzo y, en primer plano, enmarcada por un cortinaje, una bella dama, vestida con un traje de brocado, verde esmeralda, equilibraba la composición en el otro ángulo del cuadro, como si lo que ocurría en la obra fuese parte de un acto teatral que representaría el deseo amoroso que tras recibir la flecha de Cupido no se puede contener, aunque fuera prohibido. Al lado de la dama, en primer plano, y sobre un fragmento de una mesa de madera se encontraba un libro abierto, un reloj de arena, un florero con una rosa roja que había dejado unos cuantos pétalos esparcidos sobre ella y una granada abierta que aludía a la seducción... Esos objetos tenían que ver con el paso del tiempo —les explicaba Martín—.

Después de imaginar las diferentes posibilidades, y dilucidar si era Afrodita o Artemisa —Venus y Diana con sus nombres latinos— y de estudiar detenidamente la pintura, doña Luisa Francisca se dirigió a Martín.

—¡Vamos a copiar la obra! Tú posarás para el desnudo masculino y Ainara como si fuera la diosa, yo seré la dama detrás del cortinaje. En el estudio tenemos los espejos, los lienzos, los pigmentos y las velas.

—No creo que a vuestro padre le guste esta idea. Pintar desnudos está prohibido, posaríamos con nuestros trajes —sentenció él.

En el salón reservado había otras obras de temática mitológica de pintores venecianos. En varias ocasiones Martín había estado allí con el Duque y él le había explicado la procedencia de cada una de ellas: la mayoría provenían de la colección de su suegro, el duque de Lerma. El joven sabía que don Manuel Alonso tenía debilidad por su hija Luisa Francisca y si se enteraba de lo que se proponía hacer, no iba a trascender. Igualmente trató de disuadirla empleando diferentes argumentos, pero ella era difícil de convencer; cuando se empeñaba en algo no se echaba para atrás. Y él continuó diciendo:

—No es una representación fácil de reproducir. Sería mejor escoger otra de una hechura menos complicada.

—Lo que me propongo es pintar desnudos y vosotros dos seréis los modelos. No deseo seguir pintando bodegones o copiando retratos de santos.

—Si nos viera alguien por pura casualidad, podría encontrarme en un gravísimo problema. Siempre os he complacido, pero en esta ocasión, el riesgo es grande, posaremos vestidos.

—¡Yo asumo el riesgo! —exclamó ella—. Vamos, Martín, en las cortes italianas el desnudo no está proscrito, representa la más pura belleza de las formas. Lo he leído en los tratados.

—Pero aquí sí lo está, no va de acuerdo con nuestras costumbres. En España somos más recatados.

—Hace poco, sin proponérnoslos, te vimos desnudo cuando fuiste a nadar al río. Tienes un magnífico cuerpo y quiero plasmarlo en un lienzo y no se hable más —ella rio y él, con expresión de asombro, le respondió.

—No creo que sea lo más correcto espiarme mientras me baño, no son prácticas apropiadas para unas damas —añadió y dirigió la mirada a Ainara, que había permanecido callada; la joven sonrió y bajó la vista.

Doña Luisa Francisca, sin hacerle caso y cambiando de tema siguió hablando…

—Cuando empecemos a pintar, cerraremos la puerta con cerrojo para que nadie pueda entrar. Además, solo se os verá por detrás; por delante el reflejo en el espejo está difuminado. Iluminaremos solo las caras para captar la expresión como en la obra.

—Me gusta el reto, aunque me da cierto apuro la desnudez —agregó Ainara con el semblante algo encendido—. Además, no me gustaría que los lienzos los vieran otras personas.

—Me aseguraré de que no suceda, cuando acabemos podríamos pintar encima de la tela otro tema.

—Vuestra idea es hacer como un estudio —acotó él.

—Exactamente —afirmó ella—. ¡Hemos leído mucho sobre mitología!, y también hemos visto muchos grabados con desnudos… ¿cuál puede ser el problema?

—Tengo que responder ante vuestro padre. Solo debéis copiar temas sacros o retratos y no las obras de la sala reservada… —repitió Martín.

—¿Cómo es posible que sigas insistiendo? ¿Es por la religión por lo que te preocupas?

—Si me pidierais que posáramos para representar a San Sebastián y María Magdalena, estaría de acuerdo —y agregó con una sutil sonrisa—, ya que no estaríamos haciendo algo prohibido.

—¡Estupenda idea para el próximo lienzo! Ahora vamos a hacer una representación teatral, como si estuviéramos en un escenario. Los dos debéis personificar ese deseo tan humano, el anhelo de la seducción, tal como lo insinúa la flecha. Algunas veces no entendemos por qué la llama del amor se enciende. Cupido dispara sus flechas sin pedir permiso; pienso que, cuando el amor es prohibido, más arde la pasión y eso se ve aquí muy bien captado.

Hablaron sobre la importancia del espejo. Martín decía que no solo reflejaba la vanidad, en este caso también el conocimiento interior. La necesidad de conocerse a sí mismo —develar así la pasión secreta entre ambos—, y añadió que, seguramente, ninguna de las dos se había percatado de que la imagen de la diosa reflejada en el espejo coincidía con el perfil de la espectadora que dirigía su mirada hacia el reloj de arena. En ese, como en otros cuadros, había un mensaje que iba más allá de lo aparente; les decía que el transcurrir del tiempo no era más que una ilusión, pues el ayer no existe y tampoco el mañana. Pero con el paso de los años comprendemos muchas cosas de la vida y, como reza un proverbio árabe: "la paciencia es la madre de la sabiduría…" Martín les decía que los dioses de la mitología son simbólicos, que engloban las diferentes personalidades de los hombres. De esa manera algunas mujeres conllevan aspectos que caracterizan a Artemisa, o a Atenea, a Afrodita, o a Hera, aunque con el transcurrir de los años se puede mudar de una forma de ser a otra, pues el tiempo nos lleva de la mano por diferentes senderos. Todos tememos el paso del tiempo, pues desconocemos en que nos va a transformar…

Llegaron a la conclusión de que el tema del lienzo podían ser los recuerdos de la dama que estaban vivos en su imaginación: recibió esa flecha quizás en algún momento cuando fue Artemisa o Afrodita y sus vivencias estarían plasmadas en las páginas de ese libro abierto, que es la vida. Los pintores representan las características humanas tomando como modelos a los dioses, así pues, el estudio de la mitología nos ayuda a comprender al ser humano.

Se preguntaron también: ¿acaso serían ambas figuras un autorretrato de Artemisa? Habían escuchado que la Gentileschi había pasado por momentos muy tristes y difíciles, pero que con una gran fuerza de carácter logró superarlos; además, sabían que era una mujer muy bella, como la que allí estaba retratada. En el fondo, a Martín también le gustaba la idea de reproducir esa obra, aunque tratara de convencerlas de lo contrario. Como decía Ainara, era un reto, no solo la reproducción de la anatomía, sino también lograr sugerir esa emoción.

Al llegar al estudio, después de haber pasado un rato memorizando la composición, colocaron los lienzos, ubicaron los espejos y encendieron las velas en varios lugares para que hubiera varios focos lumínicos; cuando todo el escenario estuviera dispuesto, tendrían que desnudarse. Martín finalmente agregó:

—Aunque me preocupe lo que pueda decir vuestro padre si llegara a enterarse, me embarcaré en este proyecto para complaceros. Sin embargo, obviamente, Ainara no puede ser modelo y, a la vez, pintar.

La duquesita le sonrió pícaramente y le aseguró que su padre no se iba a enterar de nada y continuó diciendo:

—En efecto, yo trabajaré mi lienzo primero. Ainara, al día siguiente, reinterpretará la escena de memoria. Tenemos grabados que nos servirán de apoyo para la anatomía. No debes preocuparte, solo serás nuestro modelo para sacar las proporciones correctas. Como Ainara es más diestra que yo en estos menesteres, y su memoria es prodigiosa no necesitará tener el modelo presente; pero yo sí …

—Me imagino que nos tendréis poco tiempo en cueros —añadió Martín—, y los tres rieron.

—Estamos en junio, hace calor, no vais a pasar frío. Además, yo solo veré vuestras espaldas descubiertas. Lo que más me interesa es captar vuestras expresiones reflejadas en el espejo: la de ella al sentir tu mano en su hombro desnudo; es decir, la emoción de tener a su alcance lo prohibido, pero deseado, sus fantasías. Eso lo podré comprobar en la expresión de sus ojos.

—No es tarea fácil la que os proponéis, plasmar una emoción —agregó él.

—Lo sé, solo quiero ver si logramos captar la expresión en vuestras miradas y un ambiente de misterio y de deseo en el aire y trasladarlo al lienzo.

—Captar algo tan sutil es difícil, y aún más lo es plasmarlo en una tela. Cada uno puede percibir algo distinto; no podréis saber qué siento yo, ni lo que él piensa —acotó Ainara dirigiéndose a doña Luisa Francisca.

—No lo sabré, pero lo podré intuir, soy muy perceptiva. Posaréis unas horas hoy. Mañana y pasado mañana, lo reinterpretaremos tú y yo, desde nuestras perspectivas; voy a hacer los bocetos, cuadricular el lienzo para obtener las proporciones correctas y terminaremos la obra en los próximos días. Veremos qué nos sugiere cada una. ¡Venga, quitaros la ropa! —exclamó.

Se despojaron de los ropajes y se cubrieron sus partes pudendas con una tela. Ambos se colocaron en la posición que les indicó, y ella comenzó a hacer el boceto de las formas en su respectivo caballete.

La luz del atardecer se colaba entre las celosías y ella les pedía que se juntaran más y más. Había un roce cada vez mayor de la piel del uno con la del otro, y en el ambiente comenzó a sentirse una tensión… Ainara sostenía la flecha, aunque las manos le temblaban. Tan concentrados estaban, ellos posando y ella realizando el bosquejo con sanguinas y carboncillos, que no se percataron de que pasaban las horas. Tanto en la imaginación de Ainara como en la de Martín, multitud de imágenes se agolpaban y se trasportaron en el tiempo: volvieron a vivir otros momentos, a sentir esas miradas furtivas que llegaban a lo más profundo de ellos mismos y que en tantas ocasiones los habían turbado. Percibieron nuevamente ese deseo que ambos sentían de fundirse el uno en el otro, pero que no querían reconocer. Temían quizás que esos pensamientos se trasladasen a sus pupilas y que ese sentimiento se hiciera visible. Ante esa posibilidad a los dos, en el fondo de su alma, se les helaba la sangre.

Al caer la tarde escucharon voces tras la puerta, alguien trataba de entrar en el estudio.

—¡Martín, Ainara!, no hay tiempo para que os vistáis. Esconderos tras la cortina, yo taparé el lienzo mientras tanto y ocultaré vuestros ropajes. Nadie sabrá que estáis aquí y lo que hacíamos.

Los dos jóvenes se escondieron tras un gran cortinaje al fondo de la sala. Ainara sujetó su tela al hombro, y Martín la suya a la cintura. Sin embargo, se cayeron al suelo tras esconderse. Se habían juntado tanto que ambos cuerpos se unieron como si fueran uno. Se dieron cuenta de que no podían recoger las telas porque desde fuera se habrían percatado de que alguien estaba tras la cortina; además, estar así, tan juntos, lo estaban deseando desde hacía tanto tiempo. Sus miradas se cruzaron con un brillo especial; eran dos chispas, dos estrellas fugaces que chocaban con gran furia. Debido a una atracción que no podían controlar, sus labios se unieron, él la abrazó fuertemente y ella a él. Pasaron solo unos minutos o quizás un poco más, ¿qué había pasado entre ellos? Ese anhelo había estado presente toda la vida, pero esa tarde se había hecho consciente y ahora se había liberado. Martín escuchó que Ainara sollozaba y le colocó el dedo índice sobre los labios y luego la besó de nuevo apasionadamente; ella temblaba y se aferraba a él, mientras un caudal de lágrimas se deslizaba por sus mejillas… No hablaron, pero sin tener que usar palabras, se hizo evidente una realidad que siempre había estado presente: se deseaban intensamente. Ambos hubieran querido que ese momento de éxtasis se eternizara. Sin embargo, al escuchar la voz de la duquesita, el embrujo se deshizo.

—¡Ya podéis salir! —exclamó—, mi padre se ha marchado. Creí por un instante que os iba a descubrir, se oía un murmullo detrás de la cortina; entonces comencé a toser y le dije que estaba muy acatarrada y decidió salir. ¡Gracias a Dios! Mejor os vestís, se ha hecho tarde. Mañana seguimos, ahora ve con él, Martín. Me ha comentado que tiene que colgar el nuevo lienzo en la sala reservada.

Doña Luisa Francisca se fue primero. Ambos se vistieron lentamente, se miraron varias veces de soslayo. Cuando estuvieron desnudos uno frente al otro, abrazados, experimentaron una sensación desconocida: eran libres de ataduras, de prejuicios, de compromisos, no tenían que aparentar: eran dos jóvenes que se amaban. Desde aquella tarde, las miradas entre ellos se cruzaban continuamente, algo había cambiado.

Las dos damas terminaron las obras en varias sesiones. Martín no regresó ni al día siguiente ni al otro. Pero sí comprobó, unos días después, el resultado final de ese ejercicio. La pintura que realizó Ainara era magnífica, logró captar algo tan sutil en la postura y en la expresión de la diosa, que lo impactó; pero solo le comentó que el uso de los tonos cálidos era magistral. Él y doña Luisa Francisca una vez más la felicitaron.

Martín pasó los meses de aquel verano supervisando los preparativos para la boda de doña Luisa Francisca con don Juan de Braganza. Se casaron por poderes en la iglesia de Nuestra Señora de la O en Sanlúcar, unos meses después se celebraría el festejo. El joven vasco era el encargado de las escenografías y estaba haciendo la planificación de todos los eventos que se llevarían a cabo los primeros días de enero de 1633.

A medida que transcurrían los años, la relación de Iturriaga con el Duque era cada vez más estrecha. Martín se había convertido, junto con don Pedro Espinosa, en su mano derecha. A menudo la duquesita los veía en el despacho revisando papeles; daban grandes paseos por la playa o pasaban horas en la Huerta del Desengaño conversando sobre filosofía o literatura; otras veces, iban a rezar y compartían las profundas meditaciones teológicas de los ermitaños en las Cuevas de Montesión. Así mismo, se dio cuenta de que Iturriaga se ocupaba de otros asuntos que su padre calificaba de confidenciales. En varias ocasiones los escuchó hablar de su hermano, el conde de Niebla, y de lo inquieto que estaba por los cuantiosos gastos que hacía en la corte. Las finanzas no eran un tema del que ella estaba muy al tanto; pero, sin duda, suponía una preocupación para el Duque, sin embargo, estaba segura de que él no iba a escatimar gastos para los festejos de su enlace. Su padre era muy generoso, no restringía los gastos ni para celebraciones ni para caridades; pero, realmente, ella creía que algo monetario le perturbaba.

Martín pasaba horas redactando los informes sobre las ejecuciones de las diferentes obras en las que el Duque ejercía de mecenas, y esa documentación se la enviaba a don Luis de Gamboa para que fuera publicada en la imprenta de don Juan de Borja en Cádiz y luego archivarla. Los dispendios eran grandes, pero el Duque estaba acostumbrado a hacer grandes gastos...

Cuando Martín no estaba redactando esos informes o supervisando la realización de las obras en las diferentes iglesias y conventos de la región en los que la casa ducal ejercía el mecenazgo, estaba estudiando árabe; ya lo escribía y hablaba casi a la perfección. Le quedaba muy poco tiempo libre para acudir al taller de pintura y, últimamente, decidió hacer esas visitas cada vez más esporádicamente; se excusaba aludiendo a que estaba muy ocupado y que ellas tampoco necesitaban sus consejos; pero una tarde a finales de septiembre, antes de que el sol se escondiera, doña Luisa Francisca le pidió que las acompañara a dar un paseo a caballo por las marismas del Guadalquivir y él no pudo negarse.

Sanlúcar de Barrameda, septiembre de 1632

Al llegar a la desembocadura, justo donde la corriente del río se unía con el mar, doña Luisa Francisca desmontó y fue hacia la orilla. Martín se acercó a ella. Ainara había quedado atrás, venía distraída a trote lento y él se la quedó mirando. Llevaba su larga cabellera castaña clara recogida en una larga trenza que le rozaba la cintura; en ese momento reflejaba los últimos rayos del sol, y sus delicadas facciones se suavizaban aún más con el tono dorado de la luz.

El cielo se teñía de las tonalidades del ocaso y el mar parecía más verde que otras veces. La aristócrata se acercó a Martín, lo sorprendió mirando fijamente a la joven y con una pícara sonrisa se dirigió a él:

—Martín, he comprobado cómo desde hace semanas no vienes al estudio, que evitas estar con ella a solas, y tampoco la llevas contigo ahora a Jerez. La conozco bien. Cuando te ve se le ilumina la mirada y luego, cuando te vas, se queda triste. ¿Qué sucede entre vosotros?

—He estado muy ocupado con vuestro padre. Los festejos de la boda se acercan y son muchos los asuntos de los que tengo que ocuparme. Ainara, es para mí lo más preciado del mundo, forma parte de mi familia. Está prometida a mi hermano desde que los dos eran niños. ¿No entiendo a qué os referís? Mi cariño por ella es fraternal.

—No la ves como a una hermana ni ella a ti, de eso estoy segura. Varios caballeros se han acercado a mi padre para pedir su mano; como es huérfana, sin parientes cercanos y está bajo nuestra protección...

—Ainara no va a aceptar otro compromiso; está prometida con Gabriel. Cuando regrese a la Península fijarán una fecha de boda; seguramente se irá con él a Nueva España.

—No creo que se le ilumine la mirada cuando vuelva a ver a tu hermano como le sucede contigo. Uno de los condes del círculo de Olivares está obsesionado con ella, la quiere para su hermano —Martín fijó la vista en el horizonte y arrugó el ceño—; pero a mi padre no le gusta ninguno de esa familia, me ha comentado que no son gente de fiar.

—Os referís al conde de Altagracia, imagino.

—En efecto, también hay otros nobles portugueses que se han prendado de ella, pero al parecer por ninguno se interesa. Lo mismo que dices es lo que ella alega: que está prometida, pero tu hermano no le ha escrito ni una vez y he escuchado muchos rumores que vienen de Nueva España sobre su conducta, y no son buenos. Te repito, y en eso no me equivoco, la he observado muchas veces, cuando estás cerca se la ve radiante.

—Son figuraciones vuestras... —afirmó.

La mirada de Martín se entristeció de repente, y su semblante se endureció. Un mal presentimiento lo embargó. En ese momento, Ainara desmontaba. Ellos se dirigieron hacia ella y se sentaron los tres en la arena; y contemplaron, callados, cómo el sol se iba escondiendo detrás de una gran nube en el horizonte.

—Me encantaría ir en un gran navío más allá del mar océano, conocer otras tierras, gentes diferentes y ver muchos atardeceres como este. Me gusta ver llegar a la Flota, pero principalmente me emociona verla partir hacia el Nuevo Mundo, divisar cómo al entrar en el mar océano despliegan las velas y se pierden después en el horizonte —comentó Ainara espontáneamente mirando a Martín.

—Sin duda, pronto embarcarás en uno de esos navíos. Gabriel regresará con la Flota y quizá podrás embarcar con él cuando regrese.

—Casi no recuerdo a Gabriel, han pasado muchos años...

—Si acaso cuando lo vuelvas a ver no te agradara —añadió la duquesita—, ¿qué harías?

—Espero que eso no suceda —y Ainara esbozó una tímida sonrisa...

—Sería terrible unirse a alguien que aborreces —agregó la aristócrata—. Si eso me hubiera sucedido, habría hecho lo imposible por romper mi compromiso y, creo que, quizás me hubiera metido a monja, ya que esa es la única opción que tenemos para evitar un matrimonio indeseable.

—No os imagino como una monja —dijo Martín, y los tres dejaron escapar una carcajada.

—Por ser alguien principal podréis decidir vuestro destino, pero eso no sucede en general —añadió Ainara.

—Al ser alguien principal es todo lo contrario —comentó ella, más seriamente—. El Conde-Duque selló nuestra alianza hace años con el fin de otorgarle más poder a los Guzmán, o más bien a él en particular —agregó con un tono algo sarcástico—. He tenido la suerte de que Juan sea alguien de mi agrado. Hace meses vino a visitarnos y sentí un cosquilleo cuando en un lugar apartado, sin que nadie nos viera, me abrazó y me besó. ¿Alguien te ha besado alguna vez con pasión, Ainara? —le preguntó y esbozó una pícara sonrisa.

La joven se sonrojó y miró disimuladamente a Martín, que en ese instante le sostuvo su penetrante mirada…

—Sí, una vez hubo alguien, y me gustó, pero no lo volvió a hacer —titubeando, contestó con una voz queda.

—Se dice el pecado, pero no el pecador. Sin embargo, estoy casi segura de saber a quién os referís —y continuó diciendo—: algunas personas que no son de noble cuna tienen la suerte de casarse por amor y son felices con sus parejas, pero lo usual es que los matrimonios sean concertados, como un contrato. Ya veis el ejemplo de mi hermano: el conde de Niebla casó con nuestra tía Ana María, pero tiene amoríos con otras mujeres y sabemos que ha tenido otros hijos.

—Nuestro señor el rey Felipe tiene unos cuantos bastardos, son prácticas comunes. Los hombres buscan aventuras con otras mujeres —añadió Ainara.

—Y también lo hacen las mujeres. Ese es el resultado de los enlaces concertados. Debe de ser complicado casarse con alguien y amar a otro. Hay muchos casos así y, obviamente, todos terminan mal.

—Los hay, pero no todos tienen que terminar mal —acotó Martín—. Nos debemos a quienes disponen de nuestros destinos, sin cuestionar esas leyes. El amor no tiene que ver con los matrimonios. En casos como el vuestro, son cuestiones de Estado y en otros, pactos entre familias. El cariño entre los esposos irá surgiendo poco a poco, si hay una buena educación y respeto.

—No estoy de acuerdo contigo. El amor y la atracción entre un hombre y una mujer es fundamental; y el que no lo haya en un matrimonio es una tragedia que termina en una vida infeliz, en infidelidades y amarguras, que repercuten en todos los aspectos. El cariño no lo es todo, ¿no os parece Ainara?

—Nos educaron y forjaron nuestros principios para actuar conforme a ellos. Las lealtades son complicadas, pueden mudarse de una persona a otra. Primero, la fidelidad de una mujer es con sus padres y, luego con su marido. Cuando se dispone de nuestro futuro no lleva implícito el deseo de que seamos felices, solo debemos cumplir con nuestro deber y engendrar hijos…

—Así está dispuesto, pero no deja de ser injusto. Yo me debo a mi linaje, a mi padre; él, al Conde-Duque y éste, a el Rey y a España. Desde que nacemos las mujeres somos como peones en un juego de ajedrez, pero luego nuestras lealtades se mudan, como bien dices. Que una alianza matrimonial sea un fin político es no solo injusto, como os he dicho, además es cruel. Cuando me case me deberé a los intereses de mi marido y a Portugal, que ahora es parte de la Corona española. Pensar que eso puede cambiar me inquieta…

—Esperamos que eso no suceda. Las malas decisiones de los que nos gobiernan nos pueden llevar a confusiones, a rupturas, a guerras. Es complicado llevar las riendas de la política; además, pienso que, cuando la soberbia es la guía del gobernante, las consecuencias son muy peligrosas. En lo personal creo que debemos actuar según nos dicta nuestra conciencia, para estar en paz con Dios y de acuerdo con nuestros valores de honor, lealtad y fidelidad a la Corona, así como a nuestras familias —comentaba Martín—; esto igual se aplica a los hombres como a vosotras. Los enlaces matrimoniales sirven para hacer pactos y alianzas, entre familias o entre reinos.

—Piensas que lo correcto es sacrificar nuestras vidas en base a cumplir con un deber, ¿te conformarías con cierta desdicha acomodaticia? —le preguntó la duquesita.

—No sé a dónde queréis llegar con la conversación –ella tenía en mente un asunto y él otro—. Tenemos palabras empeñadas, pactos de honor que debemos respetar; por instinto me dejaría llevar por mis deseos, pero mi voluntad es acatar mis compromisos.

Doña Luisa Francisca no le dejó terminar de hablar, y le preguntó a la joven:

—¿Qué piensas de todo esto, Ainara?

—Pienso como Martín, y actúo de acuerdo con los compromisos adquiridos. Según me dicta mi conciencia. El deseo y el deber en muchos casos no coinciden. Yo también me decanto por el deber, como alega Martín…

Doña Luisa Francisca se había levantado súbitamente de la arena, contemplaba otra situación muy diferente: pensaba en Portugal y en el cambio de vida que tendría próximamente. No tenía claro con quién estaría su felicidad y su fidelidad. Se preguntaba si tendría que desligarse de sus compromisos previos, en favor de la alianza más conveniente. Subió a su montura, inesperadamente, les dijo sin detenerse a escuchar la respuesta: "sois tal para cual" y se fue de allí a galope tendido. Tampoco llegó a escuchar el comentario final de Ainara; solo él entendió lo que susurraba, "por supuesto quisiera unirme a la persona con la que sé que sería feliz, pero…", bajó la mirada, presentía que el futuro de ella no estaría unido al de él sino al de su hermano, como estaba dispuesto.

Martín se había quedado absorto en sus pensamientos. Ainara se levantó y caminó hacia la orilla del mar. Él fue hacia ella, sigilosamente y la tomó por la cintura mientras estaba desprevenida.

—¿Por qué le has dicho lo del beso? —le susurró.

—Porque es cierto. Solo una vez alguien me ha besado con pasión y sentí como si el mundo me diera vueltas, ¿acaso no te sucedió lo mismo?

Se acercó más a él y, en un arranque espontáneo le besó en los labios. Martín la estrechó entre sus brazos, ella abrió la boca y lo besó apasionadamente, sus lenguas se mezclaron… y luego ella añadió:

—Quería estar segura de que no era una fantasía lo que sentí aquella vez; esta, incluso, ha sido mejor.

Ainara se debatía entre sentimientos contradictorios; entre lo que debía hacer y, por otro lado, un deseo incontrolable que le apremiaba: ser amada por Martín. Trató de huir de sus pensamientos y salió corriendo; él fue tras ella, la atrapó y se tumbaron en la arena, abrazados rodaron como lo hacían de chicos; pero ahora era diferente. Ainara comenzó a temblar y montones de lágrimas se deslizaban como torrentes por sus mejillas; sin que pudiera controlarlo, sollozaba y se estremecía.

—¿Qué tienes? —le preguntó él, incorporándose y tomándola por los hombros.

—¿No lo entiendes? Solo confío en ti.

—Pero, entonces, ¿por qué sollozas y tiemblas?, ¿de qué tienes miedo? No voy a hacerte daño, nunca lo haría.

—Quizás lloro de alegría —le respondió más serena—. He imaginado estar así contigo muchas veces, como cuando éramos niños; solo a tu lado me siento segura. Me asusta que mi futuro esté en manos de Gabriel.

—¡Qué estás diciendo, Ainara! Las capitulaciones están hechas. Mi madre y tu abuela fijaron vuestra unión desde hace años, él es el responsable de tu futuro. No sé cómo hemos llegado a esto otra vez; siempre he tenido claro que ibas a ser su mujer.

Martín trataba de ocultar sus sentimientos, incluso ante sí mismo. No quería reconocer que, desde siempre, él también estaba enamorado de la mujer cuyo destino se hallaba ligado al de su hermano. Ella bajó la mirada y continuó diciendo:

—Tengo que contarte algo que me sucedió en Azpeitia hace años. Necesito decírtelo para que entiendas por qué no deseo casarme con él, ni con nadie... Aunque tampoco quisiera meterme a monja para evadir mi destino..., pero no puedo guardar por más tiempo este secreto que me atormenta día y noche y el miedo que me embarga continuamente.

—Ven, sentémonos —acotó él.

—Todo comenzó a finales del verano un día, así como este. Yo había cumplido catorce años unos días antes. Tu padrastro se había caído del caballo hacía poco tiempo y desde entonces tenía dolores en las piernas y estaba aún de peor humor.

—Recuerdo que me escribió mi madre y me dijo que pasó mucho tiempo con esos quebrantos y que eso le tenía de mal talante —agregó con un gesto de desagrado, recordar a su padrastro le molestaba—, ¿Pero a cuento de qué vienes a hablarme de él? Solo tengo malos recuerdos suyos.

—Yo también, por eso necesito contarte lo que me sucedió. Creo que si te hablo de eso dejaré escapar esta opresión que siento en el pecho desde entonces, no lo he comentado con nadie...

—Habla, si crees que te puede aliviar, te escucho.

—A él le gustaba cazar y lo hacía a menudo. Cuando os fuisteis, iba con uno de los chicos que se ocupaban de los establos; después, como se enteró de que yo tenía buena puntería, decidió llevarme a mí.

—Gabriel y yo os enseñamos a disparar; tú lo hacías bastante bien, Maríate era muy niña y casi no podía con la escopeta.

Ella sonrió y continuó diciendo:

—Algunas veces fuiste tú a cazar con él; otras, iba Gabriel; aunque siempre me decías que no querías acompañarlo.

—Nos llevábamos muy mal, no recuerdo haber tenido ni una sola vez una conversación con él. Era una persona de muy pocas palabras, y las pocas que me dirigía eran para reclamarme algo. Nada de lo que hacía le complacía.

—Las primeras veces que fui con él, tampoco me hablaba. Solo me enseñó a limpiar los conejos y las liebres, y a quitarle las plumas a los faisanes y a las perdices. Siempre me apuntaba unas cuantas piezas; como bien recuerdas, tengo buena puntería y eso a él le agradaba, aunque jamás me felicitó.

Ainara respiró profundamente para darse ánimos. Comenzó a jugar con la arena y miró el horizonte, luego continuó hablando:

—Uno de esos días calurosos del final del verano, habíamos andado más de la cuenta. Pasamos Azkoitia, casi llegamos a Zumárraga. Nos internamos en la espesura, buscando las mejores piezas. Cobramos varias; pero él estaba cansado y se sentó en una piedra cerca del lecho del río Urola, solíamos subir por su cauce; aunque nunca habíamos andado tanto... Me pidió que le trajera el queso, el vino, que le quitara las botas y que limpiara los animales muertos.

—Si yo hubiera estado allí, no habría permitido que fueras sola con él, seguramente algo malo te haría.

—Hice lo que me pidió; sin embargo, después me di cuenta de que se quitó los calzones y se metió al río. Yo trataba de no mirar hacia donde estaba. Me llamó varias veces e hice como si no le oyera.

—Era un hombre despreciable, hizo sufrir mucho a mi madre: no quiero ni imaginar lo que sucedió —hizo un gesto de desagrado y ella añadió:

—Tan fuerte me gritaba que finalmente tuve que acudir a donde estaba. Me agarró por el brazo, me zarandeó diciéndome que si era sorda o idiota y me dio un tarro con un ungüento para que le diera unos masajes en las piernas. Me arrodillé frente a él; solo llevaba puesto la camisola, como se había quitado las calzas. Te imaginarás lo que tuve que hacerle; cuando me dejó libre, vomité hasta el alma...

Ainara sentía la respiración agitada de Martín, levantó la vista y comprobó como sus facciones se contraían con expresión de furia.

—Yo temblaba y lloraba sin cesar. Entonces me dio una cachetada y me dijo que dejara de llorar y que, si se me ocurría decir algo, me mataba a palos.

Él se quedó mirando al horizonte y agregó:

—A ese malnacido, debía haberle partido la cara.

—No quiero revivir nada de aquello, pero pienso que me puede hacer bien que tú me escuches. Esas imágenes me han dado mil vueltas en la cabeza y me atormentan.

Ainara percibió que Martín se sentía incómodo y quedó callada. Ambos siguieron el vuelo a ras del mar de unas gaviotas, sin decir palabra. Después de un rato, él la animó a que continuara hablando; y ella le contó que eso se repitió otras veces, ya que él la obligaba a acompañarlo cuando iba a cazar. También le dijo que quien llevaba los asientos contables de sus transacciones en los libros era su madre, que en un principio lo hacía muy bien; pero después, debido a su inestabilidad emocional, posiblemente a causa de los gritos que él le pegaba, le temblaba el pulso y no tenía la misma letra, por lo que su padrastro la puso a ella hacer también esa tarea.

—Tu madre me enseñó a llevar las cuentas. Sabía cómo cuadrar las cantidades. Sin embargo, cuando él se encerraba conmigo en el despacho me manoseaba...

—¿Por qué no me escribiste y me contaste lo que te estaba sucediendo? —exclamó interrumpiéndola bruscamente.

—¡Cómo crees! Si lo hubieses sabido, habrías venido y habría ocurrido una tragedia. Déjame seguir contándote, por favor; no quiero recordar nada de aquello, pero necesito terminar...

Ainara le contó que, una mañana, su madre tenía dispuesto hacer unas visitas. Las tres se habían vestido con trajes nuevos; era el santo de una de sus parientes y tenían la carreta lista para ir a Azkoitia. Pero él se negó en rotundo a que ella fuera, alegando que tenía mucho que anotar en el libro de los asientos. Mientras Ainara le iba contando, más de una vez tuvo que recomponerse la voz, pues continuamente se le quebraba: y alguna que otra lágrima se deslizaba por sus mejillas, pero no eran de tristeza sino de rabia.

—Después de que terminé de escribir, en aquella ocasión me pidió que me quitara toda la ropa —eso nunca lo había hecho—. Entonces me preguntó cuántos años tenía y le respondí que había cumplido quince, días atrás.

—No pudiste irte de allí, escapar.

—Le tenía mucho miedo. Además, cuando estaba conmigo para que nadie pudiera entrar cerraba la puerta con llave y echaba el cerrojo. Ese día tuve que desnudarme ya que me amenazó con desgarrar el traje si no lo hacía, entonces vino lo peor. Me violó, pero lo más terrible no fue solo lo que me hizo, sino lo que me dijo. Nunca me hablaba, solo aquella vez.

La joven comenzó a llorar desconsoladamente. Martín la cobijó entre sus brazos y apretó los puños. Habría querido haber matado a ese malnacido. Ella después de un rato, se enjugó las lágrimas y continuó diciendo:

—Cuando me hizo desnudarme me dijo que era igual a mi madre, que él la había hecho suya, como iba hacerme ahora a mí; que mi madre era hija de unos judíos toledanos —añadió—: quizás por eso me sentí tan bien en Toledo, allí habían vivido mis antepasados— Ainara bajó la vista, miró a Martín de soslayo y continuó diciendo con voz entrecortada—. Tu padrastro me aseguró que mis abuelos habían sido expulsados de España, que se fueron a Flandes y mi madre nació allí, que mi padre la conoció en Amberes, que era una de esas putas que se amancebaban con los soldados españoles; durante la tregua de los doce años se la trajo a España, por eso nací en Pasajes de San Juan… Me repitió varias veces que yo no era pura, que tenía la sangre mezclada; que era una asquerosa judía… Una hereje, una marrana —él la interrumpió y agregó.

—Tu madre era una mujer preciosa, muy parecida a ti. Recuerdo que, cuando murió, la trajeron a casa y allí la velaron. Unos años después supimos que tu padre había fallecido en Flandes; entonces, tu abuela, que era prima de la mía, se fue a la corte para arreglar tu herencia y te dejó en casa. Mamá le aseguró que se ocuparía de ti; tendrías cinco años, yo ocho o nueve. Maríate jugaba contigo y te quería mucho. Tu abuela no regresó. Murió en Madrid, pero cumplió con dejarte bien arreglada y comprometida con Gabriel. Mi madre me dijo entonces que te protegiera como si fueras mi hermana, y desde ese día he cumplido con mi palabra; si hubiese estado allí, nada malo te habría pasado.

—Ya que empecé tengo que terminar de contarte.

Haciendo un gran esfuerzo le sonrió y él experimentó por ella un inmenso sentimiento de ternura y, a la vez, un terrible disgusto al escuchar esa amarga historia. La cobijó de nuevo bajo sus brazos; ella seguía hablando y él no quiso interrumpirla.

—Me aseguró que mi abuela había comprado mi limpieza de sangre para traspasarme los mayorazgos. Me amenazó con destruir esos documentos y echarme a la calle, si se me ocurría contarle a tu madre lo que me hacía.

—Mi madre tenía esos documentos, dejó escrito que se los diera a mi hermano cuando regresara de América. Desde que te alojaste en palacio, se los entregué al Duque; él los guarda.

—Me alegra que los tenga, no sabía dónde estaban; creía que tu padrastro los había destruido —se recompuso nuevamente la voz y continuó hablando—. Finalmente, ese día me dijo que, si quedaba embarazada, sería para él una satisfacción, tu madre no había podido darle más hijos y cuando muriera ella, que él suponía que ocurriría en cualquier momento, se casaría conmigo…

—Si hubiera sabido, ¡lo hubiese matado…! — exclamó.

Ainara lo interrumpió.

—Pasé esa noche en vela, llovió durante horas. Salí de casa, crucé el río y fui hasta la iglesia de San Sebastián; me cobijé de la lluvia que caía a raudales bajo las arcadas. Antes de amanecer regresé a casa y me senté en la tierra, debajo de un árbol. Lo que quería era morirme, ¡estaba tan asustada! Pensaba en tu madre, en tu hermana y también en ti. Él me aseguró que Gabriel estaba muerto. Se había enterado de que los holandeses habían atacado la Flota de Indias en las aguas del

Caribe, que él venía en uno de esos navíos y, seguramente, no había salido con vida. Decía que, cuando se lo dijera a tu madre se moriría de pena…

Martín permanecía callado, mirando al infinito, y ella continuaba hablando:

—Aunque él decía que tu madre era una mujer débil, no era cierto, era muy valiente; pero, obviamente, no estaba bien. Los vapores la acechaban y pasaba mucho tiempo recluida en su habitación. Él era un hombre muy amargado y pagaba todos sus disgustos con ella —Ainara suspiró y continuó diciendo—. Después de aquella noche tan terrible, creo que lloré hasta que no me quedaron más lágrimas. Al día siguiente, al amanecer, tu madre me encontró allí, cerca de la puerta de casa, debajo del árbol donde pasé parte de la noche. Estaba empapada, muerta de frío y prendida en fiebre; estuve muy enferma por un buen tiempo, no recuerdo cuánto — él la miró directamente a los ojos y exclamó:

—¡No puedo entender cómo no me avisaste! Habría sido todo tan diferente si no me hubiera ido. Me siento culpable por haberos dejado a solas con ese hijo de…

—No te culpes, no podías imaginarte lo que nos sucedía. Tu madre entonces se dio cuenta de lo que me hacía… —Ainara bajo la mirada— A él no lo volví a ver en un par de meses. Se había recuperado de la caída y se fue a Asturias y a Santander. Sin embargo, cuando regresó en noviembre, dispuso que al día siguiente tenía que ir a cazar con él y esa noche la escuché diciéndole: "Busca otras mujeres y deja a la niña, si no quieres que…" —una vez más, Martín la interrumpió.

—En una ocasión, un poco antes de irnos, estaba bebido y empujó a madre, quien cayó al suelo. Gabriel se fue por detrás de él con un candelabro en la mano, le iba a partir la cabeza y eso iba a terminar en una tragedia… Sin embargo, él se dio la vuelta y lo vio. Madre y yo nos pusimos frente a mi hermano, temíamos que le fuera a matar a

121

golpes, si no hubiera sido por ella… —y añadió—: Gabriel lo odiaba; una vez me dijo que si se quedaba en Azpeitia terminaría matándolo…

—No puedo entender por qué, desde que se marchó de casa, ni una vez le escribió a vuestra madre. Recuerdo que, cuando tu padrastro no estaba, él no la desamparaba; sé que la quería muchísimo.

Martín miró al horizonte, una vez más, y recordó con gran tristeza aquellos años tan duros y a su hermano. Y, como leyendo sus pensamientos, Ainara continuó diciendo:

—¡Gabriel es tan diferente a ti! Ella me decía que lo carcomía un gran rencor, y que por eso muchas veces no podía controlar su furia, pero que era muy buena persona, solo necesitaba tener a su lado a alguien que lo entendiera. Vuestra madre no dejó de rezar ni un solo día tanto por él como por ti —Ainara dejó escapar un profundo suspiro y añadió—: tengo que explicarte qué sucedió aquella mañana: a primera hora, antes de que saliéramos a cazar. Tu madre me pidió que me quedara frente a la habitación en donde él guardaba las armas, ella estuvo allí adentro durante un rato y me advirtió que le avisara si venía. Salió de allí y las dos nos dirigimos a la cocina, luego tu padrastro entró. Al parecer debió de coger una de las escopetas, seguramente pensaría que estaba descargada y ocurrió el accidente. Una semana después, murió. Yo había decidido pegarle un tiro o clavarle un cuchillo mientras estuviéramos en el campo. No había dormido en toda la noche pensando en eso y cuando murió me sentí terriblemente culpable, lo que tu madre hizo fue para salvarme a mí. Era una mujer inteligente y bondadosa; él, sin embargo, la menospreciaba y la maltrataba injustamente. He pensado mucho sobre lo que sucedió aquella mañana y estoy convencida de que, debido a mis circunstancias, ella se decidió a hacer algo que, aunque pueda parecer abominable, él se lo merecía; seguramente tu madre lo habría deseado desde hacía mucho tiempo. ¡Tu padrastro era un ser despreciable!

Él no quiso que continuara hablando, la estrechó entre sus brazos, la besó dulcemente en los labios y enjugó sus lágrimas; pero ella después agregó:

—¿Entiendes por qué tiemblo y lloro cuando hemos estado juntos?. Es porque todas esas imágenes me vienen a la cabeza. Desde entonces, la forma como veo la vida cambió; dejé de ser quién era y me convertí en otra persona, más desconfiada. A veces, me siento terriblemente angustiada por el futuro; aunque estos años hayan sido una bendición, solo a tu lado me siento segura —repitió.

—Olvida todo aquello, no quiero que te atormentes más. Ese hombre era un miserable, estoy seguro de que estará ardiendo en las piras del infierno; espero que te sientas más tranquila ahora, que has podido desahogarte conmigo. Intuía que algo grave te angustiaba. —acercándose más a ella, le susurró al oído—: quisiera protegerte siempre y que no vuelvas a sufrir.

—Martín —añadió, tomándolo de la mano—, y si doña Luisa Francisca supiera mi condición, muchas veces esa posibilidad me ha atormentado, mi madre era judía.

—No pienses en eso, no te angusties, nadie tiene por qué saberlo. Tanto el Duque como doña Luisa Francisca tienen una excelente opinión de ti; varias veces me han agradecido el haberte traído aquí —ella esbozó una sutil sonrisa; pero con la expresión turbada, le preguntó:

—¿Es cierto que Gabriel regresará en unos meses? Si llegara a enterarse…

—Tengo entendido que, próximamente, se hará a la mar con la Flota de Indias, pero tampoco él tiene por qué saberlo —repitió, quedó callado y ella también.

Había oscurecido y decidieron volver; llevaron los caballos por sus riendas hasta las caballerizas sin hablar. Antes de separarse, Ainara, sin decir palabra, le abrazó y él sintió unos deseos incontrolables de besarla de nuevo y lo hizo apasionadamente. Esta vez ella no sollozaba; se dejaba besar y le correspondía, ambos estaban unidos por un sentimiento muy profundo y una pasión desbordada. Pero eso no podía ser; él debía refrenar sus instintos hasta que se comunicara con Gabriel y estuviera seguro de que la dejaría libre de su compromiso, ni podía ni debía hacerse ilusiones. Desde aquella tarde, apenas volvieron a verse, aunque él no dejó de pensar en ella y en lo que le había confiado.

Sin embargo, su destino había sido fijado. El Duque tenía planes concretos para él y en ellos no estaba incluida Ainara. A los pocos días, don Manuel Alonso envió a Martín a Lisboa para preparar los esponsales de su hija. Permaneció allí más de un año. En apariencia solo iba a ocuparse de los festejos de la boda, aunque la verdadera misión era otra: debía enterarse de los planes británicos que, soterradamente, trataban de minar las relaciones lusitanas con Madrid. Los jesuitas portugueses estaban bien informados sobre ese asunto, por lo que tuvo que relacionarse íntimamente con la orden para, así, poder obtener el más acucioso y certero reporte.

En el Caribe, 1628 (cuatro años antes…)

Cuando Gabriel supo que embarcaba para España con la Flota de Indias que comandaba don Juan de Benavides y Bazán, sobrino nieto de don Álvaro de Bazán, fue a visitar a Mercedes en el convento de la Merced, donde permanecía recluida. Llevaba días pensando que, quizás, cuando comprendiera que pronto regresaba a la Península, podría convencerla y llevársela con él.

Golpeó la aldaba de la pesada puerta. Lo hicieron pasar hacia el jardín, en donde olorosas especies desprendían sus fragancias y unos cuantos pajaritos multicolores lo animaron con su trinar, y se encaminó contento e ilusionado. La encontró en la enfermería, un edificio de piedra alargado en el que, en unos lechos con espaldares de metal pulido, pegados unos a otros en una hilera infinita, estaban tumbados decenas de enfermos. Merche, como siempre, vestida de blanco impoluto, los atendía solícita y destacaba entre todas las novicias, pues era la más bonita. Se la quedó mirando un buen rato sin que ella se percatara y, una vez más, sintió en lo más profundo de su ser un deseo incontrolable de abrazarla y besarla. Esos anhelos carnales le acechaban continuamente; muchas veces soñaba que yacía con ella; y al despertar, sudando y angustiado, se sentía irremediablemente solo. Dejaba de verla durante un tiempo e iba con otras mujeres, pero luego volvía. Merche se colaba continuamente en sus pensamientos sin que él se lo propusiera. Carmen, su hija, cumplía dos años ese día; en ese momento, se aferraba a la falda de su madre. Cuando él la llamó, una gran sonrisa afloró en su regordete semblante.

—Ven conmigo, preciosidad —exclamó el marino.

La niña, en una carrera desbocada, fue hacia él, dejando atrás a su madre. Él la alzó, la lanzó por los aires y ella reía a carcajadas muy divertida. Luego le entregó una muñeca pequeña hecha de trapo, que la niña recibió con una amplia sonrisa. Carmencita se abrazó a sus piernas, mientras que él, muy satisfecho, añadía:

—Hoy es 16 de julio, es tu santo.

Después dirigiéndose a Mercedes y mirándola fijamente a los ojos, sin ningún preámbulo, agregó:

—Merche, sé que no has hecho los votos, sigues siendo una novicia. Todavía, estás a tiempo de dejar el convento. Me voy a España con la Flota y quiero que vengáis conmigo.

—Gabriel, ¿vas a proponerme, una vez más, matrimonio? —le preguntó y continuó diciendo— Te agradezco que hayas venido a despedirte. Carmen te quiere mucho, ya ves lo contenta que está, gracias por el regalo. Pero no puedo irme contigo; aquí me necesitan, lo sabes muy bien. Te lo he repetido infinidad de veces.

—Esa no es una respuesta. Yo también te necesito, puedes estar segura de que sería un buen padre para esta niña. Me voy en unos días a Cuba y quiero que vengáis conmigo. Nos casaríamos allí, puedo conseguir el permiso, si tú accedes.

Merche, no le respondió; le sugirió que fueran hacia el jardín. Después de sentarse en un banco, bajo un frondoso árbol florido, pausadamente comenzó a hablarle:

—Gabriel, no voy a dejar esta vida para casarme, ni contigo ni con nadie. He recibido la llamada de Dios, estoy deseando que llegue el día para hacer los votos y ser monja. Es la vida que he elegido, ¿por qué insistes?

—He tratado de olvidarte, pero no lo consigo; te necesito tanto como el aire que respiro.

—Eso lo creo a medias; a veces se te va el santo al cielo, y si te he visto, no me acuerdo… pero no me importa. Cuando vienes a mí y puedo reconfortarte me siento satisfecha. Te conozco bien; eres muy ambicioso, nosotras seríamos un lastre. Además, sé que estás comprometido con una joven vasca…

—Lo de mi compromiso no es excusa, lo cancelaré y a ella le conseguiré un buen partido. Desde que te conocí no he dejado de pensar en ti; no comprendo por qué no quieres aceptarme. Me has rechazado mil veces, aunque no me doy por vencido y sigo insistiendo porque sé que no te soy indiferente. Lo dicen tus ojos; al verme se alegra tu mirada.

Mercedes con una expresión más seria añadió:

—No puedo proporcionarte lo que aspiras: tú deseas glorias mundanas, y yo voy por un sendero distinto; aunque es cierto que no me eres indiferente, eso no te lo puedo negar… En estos años, te he tomado mucho cariño, pero mejor es que pienses que es solo eso.

—Te has propuesto engañarte y no lo entiendo. Estoy seguro de que sientes lo mismo que yo por ti. Contigo me sucede algo que no me pasa con ninguna otra mujer y que no lo puedo dominar. Muchas veces sueño que estamos juntos y amanezco desesperado al ver que no estás a mi lado… —ella no lo dejó terminar.

—Lo que te pasa es que no puedes asimilar la razón por la cual no me entrego a ti, conozco tus andanzas —interrumpiéndola, él exclamó:

—¡¡Merche!! Esas andanzas y las mujeres con las que me involucran las malas lenguas no significan nada, siempre quedo insatisfecho. Lo que trato es de olvidarte, pero no lo consigo. ¿Por qué no crees que soy sincero?

—No dudo de tu sinceridad. Pero no sabes bien qué es lo que quieres: ¿fama y riqueza, por encima de todo, llevándote por delante a quien sea y halagando a fariseos para lograr tus fines? He escuchado rumores que en nada te favorecen. Gabriel, si actúas correctamente sirviendo a Dios y a la Corona honradamente, aunque creas que es banal y que en esta vida no tendrás un merecido reconocimiento, te equivocas, porque te lo proporcionarán Dios y tu conciencia. El afán de lucro bien sea de dineros o de glorias, es engañoso y te llevará a una insatisfacción permanente; creo que te debates entre ambas actitudes. Aunque, tristemente, en los últimos tiempos, he comprobado cómo cada vez te deslumbra más lo mundano y estás ciego frente aspectos que yo detesto, como la hipocresía. Te has vuelto engreído y petulante, antes no eras así.

Él no quería escuchar esas palabras y, lleno de indignación, agregó:

—¡No es cierto! Tengo aspiraciones, no es lo mismo.

—Tus aspiraciones no concuerdan con las mías. Yo estoy decidida a ser monja, a vivir para servir a los demás; esa es mi felicidad, ayudar a los desposeídos y tratar de aliviar a los enfermos. Debes recapacitar, eres un buen oficial, un hombre íntegro, Gabriel. No te dejes arrastrar por bajas pasiones y por gentes deshonestas y falsas —y, mirándolo directamente a los ojos y tomándolo de la mano, añadió—: rezaré para que encuentres tu camino.

—No he venido para que me des un sermón, sino para ofrecerte matrimonio; muchas damas de Veracruz quisieran estar en tu lugar.

—No seas vanidoso, domina esa soberbia y encontrarás la paz —agregó ella. Pero él, molesto, exclamó:

—¡No volveré a verte! Esos libros de santa Teresa que tanto lees, te han enajenado la mente, ellos son los culpables —balbuceó con un dejo de amargura y, le soltó la mano.

Permanecieron callados un buen rato, mirándose de soslayo. Ella se distrajo, momentáneamente, de sus tristes pensamientos, mirando hacia las copas de los árboles en donde decenas de pajarillos saltaban de rama en rama, mientras unas lágrimas quedaron suspendidas en sus pupilas y, finalmente, agregó:

—Las palabras de santa Teresa me han guiado en estos años; voy a dedicar mi vida a servir a Dios y a los demás como lo hizo ella. Estás molesto y eres muy injusto, pero sé que eso pasará. Recuerda siempre que, cuando me necesites, puedes estar seguro de que estaré para tenderte la mano, darte cariño y apoyo. Me alegran mucho tus visitas; en el momento más difícil de mi vida estuviste a mi lado y desde entonces hemos mantenido una buena amistad. Ahora bien, si tú quieres de mí algo que no puedo darte y prefieres no verme más, nada puedo hacer. Igualmente estarás en mis oraciones; aunque no escuches mis palabras, mi corazón y mis rezos siempre irán contigo. Cuídate mucho y ve con Dios. Sé que algún día regresarás, te estaré esperando.

Ella se levantó para acercarse a él, que se había puesto en pie y le daba la espalda; quería darle un abrazo, pero él la apartó. Él miró hacia los restos del campanario en ruinas y, se sintió como la iglesia del convento que había sucumbido, tras un terrible incendio, hacía unos años: Gabriel, como esa construcción, estaba destrozado.

Se marchaba, sin despedirse. Pero al percatarse de que la niña corría tras él, se volvió, la alzó de nuevo por el aire y le hizo la señal de la cruz en la frente, un par de lágrimas acudieron a los oscuros ojos del marino, mientras, su madre la llamaba: "Carmen, Carmencita" y ella regresó junto a Merche, se pegó de nuevo a su falda y con la mano le decía adiós.

En un par de semanas se haría a la mar y se propuso cortar ese cabo definitivamente; aunque sabía que lo único que podía hacer para lograrlo era no volver a verla, presentía que mientras continuara en Veracruz iba a seguir aferrado a ella. Un día antes de embarcar pasó, una vez más, delante del convento; se detuvo frente al portón, indeciso; una monja que pasaba por allí lo invitó a entrar, todas lo conocían.

—Si desea pasar, caballero, puedo avisar a Mercedes. Debe de estar en la enfermería.

—Os lo agradezco, pero voy con prisas. Solo llevadle mis saludos y decidle que me hago a la mar mañana.

—Id con Dios. —le respondió la religiosa.

Quería confiarle que tenía un mal presentimiento; pero, como le embargaba una profunda melancolía, pensó que solo era una excusa para volver a verla, una vez más y no debía... Achacó también esos deseos a su mal humor y al pésimo estado de ánimo en el que se encontraba; ella siempre lo tranquilizaba y lo alentaba, ahora sin ella presentía que todo estaba en su contra. Además, la relación que tenía con el capitán Benavides, con quien se iba a embarcar próximamente, no era buena. Era un hombre pusilánime y su actitud, generalmente indecisa, lo desconcertaba.

Cuba, septiembre de 1628

Unos días antes de zarpar, el 8 de septiembre, habían escuchado noticias provenientes de Venezuela que afirmaban que los holandeses se proponían atacar a la Flota de Indias, pero Benavides alegaba que eran solo rumores y no quiso darlos por ciertos. Sin embargo, Gabriel, que ya se había hecho un buen nombre en la Armada de Nueva España, le insistía en que era un error no estar más prevenidos. La Flota no iba debidamente artillada, solo disponían de cuatro galeones bien armados para dar protección a doce mercantes y, si se enfrentaban con el enemigo, estarían en inferiores condiciones. Pero el capitán no tomó en cuenta su advertencia y se hicieron a la mar.

Los holandeses se habían preparado con el fin de interceptarlos y comenzaron a acechar al convoy al dejar la península de Yucatán. A la altura de Cuba, se enfrentaron con una tempestad. Benavides, al comprobar que tenían a los holandeses en los talones, se dirigió hacia la bahía de Matanzas para descargar allí los caudales y ponerse a salvo. Los pilotos le habían asegurado que era factible entrar en la ensenada; pero la mayoría de los mercantes encallaron antes de alcanzar la costa. Benavides estaba asustado ante la superioridad del enemigo, que contaba con treinta y dos navíos y una potencia de fuego mucho mayor. El almirante neerlandés Piet Hein, con Witte de With como capitán de su barco insignia, junto con Hendrick Lonck y el vicealmirante Joost Banckert, interceptaron los dieciséis barcos españoles. La capitana, con Benavides al mando, fue tomada tras un ataque por sorpresa. Ocho pequeños mercantes se rindieron; otros dos fueron abordados en el mar y al parecer solo dos lograron escapar. Los cuatro galeones quedaron atrapados en la bahía cubana y acabaron también por rendirse. Hein capturó no solo el oro y la plata, sino además un buen cargamento de índigo y cochinilla de gran valor. Antes de que Benavides capitulara sin enfrentar en combate al enemigo, Iturriaga se encaró con él y trató de que recapacitara.

—Capitán, tenemos que luchar, no podemos rendirnos...

—No tenemos escapatoria, muchos marineros han huido hacia la playa y se llevan parte del tesoro. Saben que estamos perdidos —se excusaba con gran pesar Benavides.

—No debemos hacerlo sin enfrentarnos al enemigo. Sois un caballero de la Orden de Santiago, no podéis dejar que esos herejes se lleven el botín sin disparar una sola bala de cañón...

—Voy a entregarme y pondré a salvo a la tripulación; si no, va a ser una carnicería. No tenemos escapatoria —repetía.

—Por mis venas no corre sangre de cobardes. No os rindáis, lucharemos hasta morir —exclamó, blandiendo su espada.

—Puedes hacer lo que quieras, Iturriaga; verás qué logras y quién te sigue —le respondió con amargura Benavides—. Lo que propones es un suicidio; no tienes ninguna posibilidad de salir con vida, nos superan en armamento y en hombres.

—Pero no nos superan en honor. No vamos a entregar los caudales sin luchar contra ellos, ¡por Dios y por nuestro Rey! —exclamó y preguntó—: ¿Quién se une a mí? ¡Más vale perder la vida frente al enemigo, pero nunca el honor, somos españoles!

Solo unos cuantos marineros lo secundaron. Los holandeses los rodearon, admirados de la valentía de esos pocos y, sin ultimar a ninguno, después de castigarlos duramente, los sometieron...

Lo único que sacó Gabriel de Iturriaga de esa escaramuza fue unas cuantas heridas más en los brazos, en las piernas y en el costado, que contribuirían al mapa de líneas sinuosas que tendría en todo el cuerpo.

En esa ocasión, los neerlandeses no tomaron prisioneros y dieron a los derrotados españoles suministros suficientes para llegar a La Habana. Iturriaga, tras restablecerse, testificó contra Benavides, que fue apresado y enviado a España, desprestigiado y difamado, mientras que la actuación de Gabriel de Iturriaga fue premiada con un ascenso.

Cuando Felipe IV se enteró de esa terrible derrota, no solo se indignó por el extravío de esos bienes para la Corona; sino, además, sobre todo, por la reputación perdida, debido a esa infame retirada causada por el miedo del capitán y la codicia de unos cuantos marineros. Era inconcebible que el capitán Benavides no hubiera sacrificado su vida en aras de su honor. A un marino como a él se le exigía que hubiese muerto defendiendo la Flota, pero no lo hizo. Incurrió en la mayor deshonra que un marino podía cometer: entregar su navío sin disparar un solo tiro. Esa fue la primera vez que España perdía una flota entera. Las consecuencias fueron desastrosas no solo en cifras económicas, también en descrédito.

A finales de ese año, Benavides regresó a España y lo encarcelaron en la prisión de Carmona, hasta que unos años después se decidió su destino.

El mayor botín capturado a la Flota de Indias en toda su historia fue el obtenido en la bahía de Matanzas. El dinero sostuvo a la Armada de los Países Bajos durante muchos meses; cuando Hein llegó a las Provincias Unidas fue aclamado como héroe. La Compañía de las Indias Occidentales a cuyo cargo estaba dicha flota, declaró uno de los mayores dividendos de su historia.

En las islas de Barlovento, 1629

*La recuperación de la isla de SanCristóbal,
Felix Catello, Museo del Prado, Madrid.*

A finales del año siguiente, Gabriel de Iturriaga logró lo que tanto ansiaba: volver a unirse a la Armada del Mar Océano y estar bajo el mando del capitán don Fadrique de Toledo. Navegó junto a su admirado pariente, don Antonio de Oquendo, quien comandaba la nave almiranta. De nuevo, estaba orgulloso de su filiación y de luchar con el honor y la valentía propia de sus compatriotas.

La Armada del Mar Océano, tras apresar unos buques corsarios en la isla de Nieves y San Eustaquio, desembarcó en la de San Cristóbal, que formaba parte de las islas del Caribe de Barlovento y se había convertido en asiento de filibusteros y piratas desde 1627. Los españoles tomaron dos fuertes franceses y uno inglés. Se apoderaron de los cañones, sin apenas bajas. Por órdenes de don Fadrique, quemaron las plantaciones de tabaco; sin embargo, él mandó a despachar a colonos ingleses y franceses fuera de allí, en sus propios navíos, sin ultimar a ninguno.

Esta incursión española fue un éxito efímero, pues don Fadrique, después de expulsar a los colonos, tuvo que abandonar la isla y no pudo dejar en ella una guarnición, como pretendía, pues tenía órdenes del Rey o, más bien, del Conde-Duque de seguir navegando hacia Portobelo y La Habana para custodiar el tesoro que viajaría a España con la Flota de Indias en el tornaviaje. España necesitaba financiar la guerra de Flandes y la prioridad era transportar esos caudales a la Península, por lo que, al poco tiempo, esas islas de Barlovento fueron tomadas de nuevo: filibusteros franceses e ingleses las volvieron a ocupar un año después.

Habían transcurrido cuatro años desde la última vez que Iturriaga había estado con don Fadrique, quien se había casado dos años atrás con su sobrina Elvira Ponce de León. Ese aguerrido marino, que había dedicado toda su vida a servir a la Corona en el amplio mar, ahora estaba cansado de luchar; quería pasar más tiempo en sus tierras en El Bierzo con su mujer y su hija y se sinceró con él.

—La vida del marino es muy sacrificada, Gabriel, y no paga bien.

—Poseéis gloria, honor y bienes, Marqués —el Rey le había otorgado el marquesado de Villanueva de Valdueza—, ¿a qué más podéis aspirar? Además, habéis tenido muchas mujeres que os esperaban ansiosas en los múltiples puertos.

Gabriel se había propuesto echarle tierra a la herida sangrante que Merche y su desdén le había ocasionado. Seguía siendo asiduo a burdeles y se dejaba ver con diferentes mujeres muy a menudo, pero no se saciaba; una continua insatisfacción lo secundaba y las ansias de gloria y poder lo obsesionaban.

Don Fadrique se acarició la barba, y luego continuó diciéndole:

—Ojalá conozcáis algún día lo que es el amor. Ningún bien es comparable a ese sentimiento. He luchado sin tregua ni descanso para preservar estos territorios para la Corona y lo volvería a hacer si naciera de nuevo. Pero estoy cansado, quiero regresar a la Península, ocuparme de mi hacienda y de mi familia. Estar con mi mujer y ver crecer a mis hijos. Es la recompensa que merezco a mi edad y, después de luchar en tantas campañas, me parece lo justo y merecido. Los militares cumplimos órdenes que a veces podemos considerar inapropiadas, pero nos debemos a una disciplina y a una jerarquía incuestionable que, sin embargo, también se equivoca. Todavía eres muy joven, mas con el paso del tiempo comprenderás muchas cosas y conocerás mejor a las personas. El tiempo es nuestro mejor maestro.

Don Fadrique era la persona que él más admiraba, pero ahora le parecía que no era el mismo; aunque seguía siendo el hombre valiente y honorable que recordaba, se veía claramente fatigado y, con voz cansina, seguía hablando:

Debes buscar una buena mujer y casarte, no tardes tanto como yo. Me dijo Oquendo que una paisana vuestra te espera en la Península —agregó.

—Se refiere a una joven, pariente nuestra. Mi madre me dejó encargado de ella, pero puedo concertar una mejor alianza y trazarle a ella otro destino.

Gabriel había tratado de obviar ese compromiso, no quería acordarse de ella.

—La mejor alianza es una buena mujer que te quiera. Mi sobrina, Elvira, que es ahora mi mujer, me asegura que desde niña sentía devoción por mí. He tenido muchas mujeres en diferentes puertos, es cierto, y un par de hijos bastardos, como bien sabes —tosió y se recompuso la voz—. Finalmente, tengo a la mujer que más quiero. Saber que me espera en casa me reconforta; ojalá que Dios y el Rey me den tiempo para poder estar juntos de ahora en adelante y ver crecer a mis hijos.

—¡Bien merecido lo tendréis! —exclamó Gabriel, y él sonrió.

—En cuanto al asunto de Benavides —se dirigió al vasco bajando la voz—, supe que testificaste contra él, y estoy al tanto de tu brava actuación en la bahía de Matanzas. Pero debes cuidarte: además de glorias, vas a ir cosechando enemigos, y a medida que más celebridad adquieras, mayor será la envidia que despiertes en los demás.

—Sé muy bien de lo que me advertís y os lo agradezco, pero lo que presencié en Matanzas fue bochornoso. Un capitán tiene que dar ejemplo. Benavides procede de noble estirpe, no debió ser tan cobarde: al verlo flaquear, también lo hizo la tropa y por eso se dispersó.

—Un oficial en jefe tiene que ser firme en sus decisiones y prudente, pero ese punto medio es difícil de conseguir. Arriesgar vidas sin justificación es absurdo. Podemos obtener muchas glorias, pero con un solo error se puede echar por la borda toda una carrera honorable y de sacrificio por la Corona. No sé cuán justo habrá sido ese juicio: Benavides alegó que, si no se hubiese rendido, se habrían perdido muchas vidas y no solo el oro. Sin embargo, al haberse hecho los holandeses con esos caudales, las arcas del reino están muy comprometidas, la situación actual es muy delicada. Esperemos que la próxima Flota pueda llevar a la Península esos dineros; si no, estaremos perdidos. Estoy aquí para custodiarlos, pero temo que el Conde-Duque no ha encaminado bien su política.

Gabriel lo escuchaba callado, mientras navegaban rumbo al poniente; solo se escuchaba el sonido del viento contra el velamen desplegado, mientras la proa del navío rompía las olas. Don Fadrique con la mirada fija en el horizonte marino continuaba hablando:

—La guerra con Flandes va a continuar arruinándonos a todos. Los tesoros que custodio y por los que nos jugamos la vida se van a usar para abastecer a los Tercios; sinceramente, creo que esa guerra no tiene futuro y que la defensa del Caribe es fundamental para España. Tratar de recuperar unos dominios que están perdidos, irremediablemente, es insensato, aunque sea una cuestión de honor; pero no se puede opinar ni estar en desacuerdo con el todopoderoso valido, que ha pecado siempre de pretender demasiado con insuficientes medios. Hay que invertir en renovar la flota, mejorar nuestros bajeles y dotarlos de más artillería. El conde de Gondomar, embajador español en Londres, ya venía diciendo que, para ser señor de un imperio, primero había que serlo de los océanos. Tener la mejor Armada debe ser nuestra máxima prioridad, pues nuestros territorios de ultramar nos proveen de materias primas indispensables. Pero, al parecer, Olivares no lo entiende.

—Estoy de acuerdo con su merced: nuestros bajeles no se adecúan a los nuevos tiempos. Las naves inglesas y holandesas son más livianas, y están mejor artilladas. Debéis exigirle al Conde-Duque que modernice nuestras dotaciones...

Don Fadrique no lo dejó terminar.

—Seguís siendo tan impetuoso como os recordaba: exigir, no es el término, en todo caso rogar. Vamos a ver qué consigo al regresar —y continuó diciendo—: os he tratado como a un hijo, pero tenéis que ser más prudente, debéis pensar bien qué decís y qué es mejor callar. El Conde-Duque está empecinado en tener el control de todo y, como no quiere escuchar opiniones que difieran de su criterio, no vamos por buen camino. Los españoles no hemos tenido suerte con los que nos gobiernan antes con Lerma y ahora con Olivares. Él mismo en 1625, cuando ganamos muchas batallas, dijo que estaba seguro de que "Dios era español", pero ahora, cinco años después, quizás lo ponga en duda.

Gabriel, sonrió y asintió mientras que don Fadrique continuaba hablando.

—El Conde-Duque encargó unos cuantos lienzos, a los más destacados pintores que narraran nuestros triunfos en ese año para exhibirlos en el Salón de Reinos; pero para estas fechas ya algunas de esas plazas están irremediablemente perdidas, y todavía esos lienzos no han sido expuestos. El futuro del Imperio dependerá además de Sus designios, los de Dios por supuesto, y de las buenas dotaciones que dé la Corona a la Armada. Tenemos muchos oficiales valerosos, tú eres uno de ellos; estoy orgulloso de tu desempeño en estos años —sonrió y miró hacia el horizonte—; pero, si no contamos con la mejor artillería y buenos bajeles estaremos en inferiores condiciones frente a nuestros enemigos —cambiando de tema, le preguntó—: ¿Cuándo regresas a la Península?

—Oquendo me ha ordenado quedarme en La Habana. Quizás en un par de años —respondió Gabriel.

—No deseo regresar a América, ya he navegado durante demasiado tiempo, estoy cansado —le repitió—. Al regresar le pediré audiencia al Rey para retirarme a mis tierras en El Bierzo, allí me gustaría que fueras a visitarme.

—Lo haré con gusto —asintió.

Desde Cuba, don Fadrique siguió hasta Portobelo y, luego hacia Cartagena. Debido al peligro que para la Flota de Indias suponía los corsarios y los navíos enemigos, que continuamente los acechaba, la Armada del Mar Océano, capitaneada por don Fadrique de Toledo, acompañó a la de Indias, cargada con los caudales, desde el Caribe en el tornaviaje hacia la Península.

Iturriaga, aunque permaneció un tiempo en Cuba, unos meses después lo destinaron de nuevo a Veracruz.

En varias ocasiones pasó frente al convento de la Merced, le hubiera gustado entrar y hablar con Merche. Había recibido la triste noticia de que su madre había fallecido, aunque no lo había comentado con nadie, solo quería hablarlo con ella; también deseaba narrarle su experiencia con Benavides y contarle de don Fadrique; pero cuando estaba cerca de la puerta, indeciso, se marchaba. Aunque no lograba apartarla de su pensamiento, no quería volver a verla. Se distraía en sus ratos libres con otras mujeres que le ayudaban a olvidar que ella estaba tan cerca y, a la vez, tan lejos…

Nuestra Señora del Juncal, 1631

El 14 de octubre de 1631, la Flota de la Nueva España zarpó de Veracruz hacia La Habana con destino a la Península. Iturriaga embarcó en la nave capitana. Pensaba que realizaría al fin, después de siete años de haber partido, el tornaviaje hacia su patria. En esta ocasión, la Flota de Indias llevaba un impresionante cargamento: grandes cantidades de oro, más de un millón de pesos de plata, añil, cochinilla, palo de Campeche, palo de Brasil, muchas arrobas de cacao, sedas y cueros; las bodegas estaban a reventar con tanta mercancía. El mando lo había asumido, recientemente, el teniente coronel Manuel Serrano.

La fecha en la cual estaba haciéndose a la mar el convoy no era la más conveniente. Habían tardado mucho más de lo estipulado, pero los dineros eran muy necesarios en la Corte, las deudas eran cuantiosas, no podían esperar y se arriesgaron encomendándose a Dios y rogando para que la Divina Providencia evitara que se toparan con una de esas funestas tormentas tropicales. Pero, al parecer, esta vez Dios estaba ocupado en otros asuntos y no escuchó sus plegarias.

El primero de noviembre, Día de Todos los Santos, dos semanas después de haber partido, la flota fue terriblemente asolada por un espantoso huracán que la hizo desaparecer casi por completo.

La nave capitana, *Nuestra Señora del Juncal*, se hundió y únicamente se salvaron treinta y nueve de las trescientas treinta y cinco personas que embarcaron. "Achicad, achicad… poneros todos a bien con Dios" gritaban al unísono marineros y oficiales una semana antes de que se hundiera…

Nuestra Señora del Juncal era un galeón muy grande. Había sido construido en el arsenal de Fuenterrabía en 1622, como un mercante, pero luego fue embonado para convertirlo en barco de guerra. Gabriel recordaba cuando su hermano Martín y él iban al arsenal de Fuenterrabía con su pariente don Antonio de Oquendo para ver cómo lo construían; por lo tanto, lo conocía muy bien. Al subir a bordo, antes de hacerse a la mar, se dio cuenta de que tenía vías de agua que no se habían reparado durante su estancia en Veracruz y, además, comprobó que estaba sobrecargado; no se hallaba en condiciones idóneas para esa larga travesía. Fue a hablar con sus superiores y les advirtió de sus averiguaciones, pero no le hicieron el menor caso. La fecha para zarpar se había fijado y no se podía posponer. *Nuestra Señora del Juncal* era la capitana de la Flota de Nueva España, compuesta por veintitrés embarcaciones. Había partido el 28 de julio de 1630, un año antes, desde Cádiz y llegó a Cuba el 5 de octubre y, a continuación, se dirigió a Veracruz.

Después de descargar los bienes para venderlos en Nueva España, los navíos debían ser reparados y alistar a una nueva tripulación. Sin embargo, el tornaviaje se retrasó más de lo debido. La Armada de los Países Bajos merodeaba por el Caribe y los españoles no querían que ocurriera lo mismo que les había sucedido tres años antes. En medio de esa espera, falleció el capitán de la Flota, don Miguel de Echazarreta, con quien Iturriaga mantenía una estrecha relación. Antes de morir sugirió que no debían hacerse a la mar, porque ya era mitad de octubre y cabía la posibilidad de que una fuerte tormenta los alcanzara. Sin embargo, por las presiones del alto mando se hicieron a la mar sin tener en cuenta sus advertencias y zarparon en dirección a La Habana, donde se unirían al resto del convoy y enfilarían hacia la Península.

La nave capitana llevaba a bordo la recaudación de dos años de oro de Nueva España para pagar a los Tercios; era muy importante que esos dineros llegaran a la Península cuanto antes. Sin embargo, a los pocos días de iniciada la travesía se desató un temporal y los marineros tuvieron que empezar a achicar agua día y noche. Como el galeón era tan pesado, tampoco podía maniobrar bien; estaban en las peores condiciones para afrontar el mal tiempo. Tras quince días de una angustiosa y azarosa navegación, truenos espantosos e impresionantes relámpagos iluminaban un cielo tenebroso. Durante la noche no se distinguía una sola estrella, reinaba la total oscuridad. Por el día, la lluvia no cesaba; el viento soplaba cada vez con más fuerza y hacia bambolear a esa gran ciudad flotante que daba bandazos, de babor a estribor, sobre un mar embravecido. Las grandes olas, como montañas, continuamente atravesaban la cubierta y los marineros iban de un lugar a otro, sin tregua ni descanso, tratando de achicar el agua, que salía a borbotones por todas las rendijas. Bajaron las velas y, durante uno de los momentos más críticos, echaron por la borda parte de la artillería para así aligerar el peso; también cortaron el palo mayor, de más de treinta metros y lo lanzaron al mar en un desesperado esfuerzo por mantenerse a flote.

Los nobles encerrados en sus camarotes, bajo el castillo de popa, fueron los primeros que se prepararon para bien morir: no querían que el resto de la tripulación viera que estaban desesperados, hacían cruces con palitos y se aferraban a sus rosarios. El naufragio parecía inevitable.

Al salir a cubierta veían cómo otros bajeles a lo lejos, en medio de la tormenta, iban desapareciendo bajo el mar embravecido y volvían a encerrarse. La nao *San Antonio* del capitán don Antonio Lajust, naufragó a una legua del puerto de Tabasco; pero la mayor parte de la cochinilla a bordo pudo recuperarse.

La nao del capitán don Baltasar de Espinosa también naufragó frente al puerto de Campeche, sin que hubiera recuperación alguna del tesoro.

En *Nuestra Señora del Juncal* la tripulación trató de salvar el navío hasta el final:

—¡Achicad, achicad!

—Más rápido, traed más bombas...

—El agua nos llega ya hasta la cintura.

—Estamos cerca de tierra, aguantad, nos pondremos a salvo...

—¡No es cierto!, vamos a morir todos ahogados...

—Las olas están destrozando el navío, encomendaos a Dios...

—¡Ya no hay remedio!

—¡Se hunde la proa! —gritaron todos al unísono.

A pesar del esfuerzo realizado por la tripulación, la noche del 31 de octubre al 1 de noviembre, *Nuestra Señora del Juncal* no aguantó más y se le abrió la proa.

Cuando ya la tragedia era ineludible, Iturriaga se dirigió al castillo de popa, donde estaban congregados los pasajeros de mayor alcurnia, y trató en vano de sacarlos de allí. El marqués de Salinas rezaba de rodillas e imploraba a Dios el perdón de sus pecados.

—¡Venid, oficial, os lo ruego! —le gritó, tras abrir la puerta del camarote.

El marino había comprobado que ya no había escapatoria y que el galeón iba a pique irremediablemente. En ese momento los apremiaba a que se dirigieran hacia el único bote que flotaba sobre el mar embravecido.

—Acompañadme, Marqués, os pondré a salvo.

—Prefiero morir aquí que ahogado en esa embarcación rodeado de marineros.

—Os ayudaré a sobrevivir, no os deis por vencido. Mientras nos quede aliento tenemos que aferrarnos a la vida. ¡Venid conmigo! —le reiteró.

El galeón se hundía mientras Gabriel hablaba con el Marqués que temblaba, aferrándose a una bolsa que acunaba entre sus brazos como si fuera su hijo.

—Tomad estos caudales —le dijo entregándole el paquete—, no quiero irme con ellos al fondo del mar. Si llegáis a puerto, buscad a mi mujer, es pariente del virrey de Nueva España; entregadle este anillo y decidle que mi último suspiro fue para ella.

En ese momento, una ola descomunal atravesó la cubierta y lo que quedaba a flote del galeón se estremeció. El Marqués se resbaló, la violencia del mar se apoderó de él y cayó al agua. Iturriaga no pudo retenerlo; también a él esa misma fuerza de la naturaleza lo arrastró por la cubierta, y se quedó bamboleándose, prácticamente en el aire, aferrado a un cabo. Llevaba el anillo ya en su dedo y la bolsa colgada al cuello. Trató de salvar a algún otro de los pasajeros que se encontraban agazapados, aferrados a la borda y llevarlos hacia el bote, pero los pocos sobrevivientes prefirieron quedarse allí antes que arriesgarse a morir en esa lancha abarrotada de marineros.

—Iturriaga —le gritaron—, ¡subid ahora, no hay nada más que hacer!

Él fue el último en alcanzar el bote y allí, todos muy juntos y aterrados, divisaron con espanto cómo *Nuestra Señora del Juncal* desaparecía bajo las tinieblas y entre las gigantescas olas. En esa pequeña embarcación no cabía ni una sola alma más. Había demasiado peso, por lo que era conveniente echar al agua a uno de ellos y los marineros decidieron que debía ser el capellán. El prelado abrazado a Gabriel sollozaba pidiendo auxilio....

—¡A mí, ayuda! No me lancéis al mar, porque os condenareis todos si yo muero.

—Tirar por la borda algo de lastre y dejemos al capellán —ordenó Iturriaga.

—Si me dejáis morir aquí ahogado, Dios no os va a perdonar, ¡iréis todos directos al infierno!

Los treinta y nueve afortunados lograron llegar al amanecer del primero de noviembre al puerto de San Francisco de Campeche. Sin embargo, a los pocos días los dichosos sobrevivientes fueron sometidos a juicio por motín, pues el capellán testificó contra ellos. Cuando se escucharon los alegatos, todos salieron absueltos. Seguidamente,

Gabriel de Iturriaga fue a Nueva España, a Puebla, donde se encontraba la gran hacienda del marqués de Salinas. Se entrevistó con la viuda y le dio el anillo, pero no hizo ningún comentario sobre la bolsa que le había entregado su marido. Al tocar tierra, la había abierto y se percató de que en ella había una fortuna: no solo en oro, también en piedras preciosas. Por unos instantes dudó, sin saber qué hacer con ese tesoro; pero, después de pensarlo bien, decidió no decírselo a nadie e invertir esos caudales en labrarse una buena posición y asegurarse el futuro. De modo que, a los pocos meses, logró obtener un puesto importante en la Audiencia de Santo Domingo, uno de esos cargos que se compraban con grandes cantidades de dinero y que le facilitaría subir de categoría en la Armada. Durante un par de años, gozó de esas prebendas y su arrogancia se acrecentó. Así mismo, comenzó a cortejar a la viuda del marqués de Salinas; también para ascender socialmente era conveniente realizar una buena alianza. En una ocasión, antes de regresar a España, estuvo en una misión en Veracruz, pasó de largo por el convento de la Merced, pues no quería acordarse más de Merche, pero esa noche soñó con ella.

El Reencuentro: Sanlúcar de Barrameda, 1634

Gabriel regresó a finales de octubre. Permanecería en la Península durante el invierno y volvería a América cuando la Flota de Indias se hiciera de nuevo a la mar, el próximo año en verano. A sus poco más de veinticinco años era un partido muy codiciado por las damas: no solo había logrado alcanzar fama entre el alto mando, sino también juntar una considerable fortuna.

La escuadra completa, al llegar a la costa andaluza, debía remontar el Guadalquivir y dirigirse hacia Sevilla, aunque primero fondeaba en Sanlúcar durante un tiempo y los marinos eran agasajados por el duque de Medina Sidonia, señor de la plaza. El recibimiento de la Flota de Indias era un acontecimiento que se celebraba por todo lo alto. Se sucedían los festejos también en Cádiz.

En esos días, Ainara se encontraba en Portugal con la duquesa de Braganza, que había dado a luz recientemente a su primer hijo y estaba otra vez embarazada. Sin embargo, comprendió que debía regresar, y llegó a Sanlúcar unos días antes de que se llevara a cabo la gran recepción para los marinos en el palacio ducal de los Guzmán. Tenía que encontrarse con su prometido y saber si venía con planes de llevársela a América o, por el contrario, la dejaría libre de su compromiso.

Había escuchado, últimamente, muchos rumores sobre él. La fama de ser un aguerrido marino lo precedía, pero también la de ser muy pretencioso y un mujeriego empedernido; aunque se comentaba que había alguien principal con quien se le relacionaba ahora seriamente. A veces, esas habladurías no eran ciertas; por lo tanto, tenía que aclarar, de una vez por todas, su situación con él.

Gabriel ostentaba el grado de capitán y era *vox populi* que se codeaba con la gente más importante de Nueva España. Martín, nada más verlo, presintió que esos años en que habían estado separados, sin ningún tipo de comunicación, habían levantado un gran muro entre ambos; aunque era su hermano mayor y él desde niño le admiraba, ahora le parecía un desconocido que le miraba displicente. Desde el primer momento, se sintió incómodo en su presencia y percibió una actitud despectiva no solo hacia él; también hacia su hermana y su cuñado, aunque Maríate no se dio cuenta de su altivo proceder y le reiteraba lo emocionada y orgullosa que estaba por su desempeño; sin embargo, Gabriel, no le dedicó un ápice de interés por saber qué había sido de su vida ni de su familia. Unos días antes de Navidad, en el palacio ducal tuvo lugar el agasajo a los militares de mayor graduación que venían en la Flota. Entre ellos estaba Iturriaga y allí se encontró con Ainara. Al principio no la reconoció, aunque se acercó a ella impactado por su distinción y belleza, e inició una conversación galante tratando de seducirla y con la táctica que solía emplear comenzó por decirle unos cuantos piropos.

—La fama de mujeres guapas de las andaluzas os precede, ¿a quién tengo el gusto de invitar a bailar? —le preguntó con gran zalamería.

—No soy andaluza, soy vasca. ¿Acaso vuestras paisanas no tienen la misma fama? —le contestó ella con gran desparpajo imitando el acento andaluz.

—¿Cómo sabíais que soy vasco? No nos han presentado todavía, ¿acaso conocéis mi nombre?

— Pues, sí, capitán Iturriaga… ¡Os conozco!

—No olvidaría a una mujer tan distinguida; por la dulce cadencia de vuestra voz, pensé que erais andaluza. Es imperdonable que no os recuerde.

—Me conocisteis hace muchos años…

—Seguramente eras una niña preciosa.

—No creo que pensarais así entonces.

Continuaron bailando y siguieron conversando, sin que él sospechara quién era ella. Ainara llevaba la conversación y le hizo sutilmente muchas preguntas comprometedoras, que el marino respondía, sin que lograra tener la menor idea de quién era su interlocutora. Como estaba acostumbrado a un trato relajado con ciertas mujeres, creía que ella podría ser una más de esas damas fáciles de seducir y se insinuó en repetidas ocasiones. Ella reía y le hacía creer que estaba lista para caer en sus redes. Bailaron varias piezas más. Ainara, le coqueteaba sin cesar y se dejaba cortejar por el marino. Después, fueron al jardín. Allí, Martín se acercó a ellos y escuchó parte de la charla. La actitud de su hermano, desde el primer momento, le desagradó. En un principio les siguió la corriente, pero cuando se cansó del teatro que estaba representando, se dirigió a él y le comentó:

—Ya veo que no has reconocido a Ainara, como hubiera sido de esperar. Aunque haya cambiado mucho esta preciosa joven, es aquella niña traviesa que tanto hacías rabiar hace una década.

La expresión de asombro de Gabriel fue grande, pero con su habitual naturalidad, afirmó:

—Realmente, te has convertido en una mujer bellísima. No sabía que vivías en Sanlúcar y que fueras tan buena actriz —comentó, mirándola de soslayo y la joven sonrió complacida.

—Lleva varios años aquí —añadió Martín—, la traje tras morir nuestra madre. Te comuniqué en mis cartas que era dama de doña Luisa Francisca y también que Maríate se había casado hace unos años con don Andrés de Eraso —acotó.

—De eso sí me había enterado. Me agradó mucho ver a nuestra hermana y a su hermosa familia. Me gustaría encontrarme con ellos de nuevo cuando regrese de Sevilla. Mañana remontaremos el río para descargar la mercancía y los caudales.

—Ainara —dirigiéndose ahora a ella—, si me permites, me retiro. Ha sido muy amena nuestra charla, pero tengo asuntos que tratar con mis superiores —se inclinó y le besó la mano.

Ainara y Martín asintieron. La tarde era fresca y un cachito de luna acababa de aparecer en el cielo.

—Gabriel no ha cambiado, tiene los mismos aires de superioridad que tenía de niño. Todas las damas se morían por bailar con él, es un hombre muy atractivo.

—También todos los caballeros morían por bailar contigo, pero él te acaparó gran parte de la tarde.

Mientras que Martín fruncía el ceño, ella esbozaba una leve sonrisa y continuaba diciendo:

—Me he divertido haciéndole creer que era otra. Cuando se enteró de quién soy, capté cierto estupor en su mirada y eso me ha gustado. Me trajo recuerdos de cuando éramos niños: en esos años le gustaba burlarse de los demás, pero no solía tener sentido del humor para aceptar las bromas si eran con él.

—He tratado de abordarle en varias ocasiones, pero no hemos podido conversar seriamente.

—La Duquesa de Braganza desea que regrese a Portugal, aunque primero necesito saber a qué atenerme —comentó ella, fijando su vista en el suelo.

—Gabriel debe aclararte vuestra situación —le sugirió él.

—Después de aquella tarde en la playa en contadas ocasiones nos hemos vuelto a ver y han pasado un par de años —agregó ella con una voz apenas audible, lo miró fijamente, pero él apartó la vista...

—He estado ocupado con asuntos que me ha encargado Medina Sidonia. Casi no he estado en Sanlúcar.

Adicionalmente a la situación futura de Ainara y de Gabriel, le preocupaban los planes que le había manifestado el duque de Medina Sidonia. Tenía en mente un asunto delicado que le había propuesto; le había insinuado que sería conveniente comprometerle con la sobrina de un jesuita portugués muy influyente. Sabía de los tejes y manejes que los ingleses se traían entre manos, y los jesuitas estaban al tanto de esos asuntos.

Ella continuó hablando mientras que él permanecía, con expresión adusta, absorto en sus pensamientos.

—Sé de tus ocupaciones y que te has convertido en la mano derecha de don Manuel Alonso —cambiando de tema abruptamente le preguntó—: ¿quieres acompañarme al estudio? Desde que regresé a Sanlúcar me he dedicado a pintar; estoy terminando un par de obras, que dejé inconclusas. Me encantaría conocer tu opinión sobre ellas. Una ya está lista, hace varios días le apliqué la última capa de barniz, y la otra, en proceso.

Él asintió y la siguió hasta allí. Ainara quería acercarse a él y estaba buscando una excusa para estar fuera del ambiente del festejo; pero Martín, envuelto en sus pensamientos, estaba abstraído y apenas comentó nada sobre los dos maravillosos retratos que ella le mostró.

—¿Qué te parece *la Magdalena*? Es un autorretrato.

—Me he dado cuenta. La luz dorada que reflejan las velas en el espejo del fondo está muy bien lograda; en las manos de la santa se ve una cierta influencia del Greco, aquel pintor que admiraste tanto en Toledo.

—Es cierto, no me había dado cuenta; posiblemente su influencia está presente, también en el fondo impreciso. Recuerdo que, en una ocasión, comentaste que el espejo, no solo simboliza la vanidad, sino también el conocimiento interior; por eso quise incluirlo en la escena. ¿Percibes la expresión de tristeza? ¿Crees que la he captado de forma adecuada?

—Es de excelente factura, Ainara, te felicito.

—Me gustaría regalártelo.

Bajó el lienzo del atril y lo puso en sus manos, pero él ni la miró y agradeció el gesto de una forma seca, aunque añadió:

—Lo llevaré a mi aposento mañana, siempre estará conmigo.

La luz del ocaso entraba por la ventana, ella se acercó más a él y la respiración de Martín se agitó. En ese momento lo que más deseaba era besar de nuevo esos labios húmedos anhelantes; Martín no había dejado de pensar en ella en esos años y, en ese momento, la atracción que sentían el uno por el otro revivía con toda su fuerza. Pero él, dando un paso atrás, se dirigió hacia el otro caballete, que sostenía un lienzo a medio terminar.

—Este es un *San Sebastián*, tú fuiste mi modelo —agregó ella—. Lo empecé a pintar hace varios años, pero lo había dejado inacabado; ahora lo estoy terminando.

Martín no le hizo ningún comentario, fue hacia la puerta y la instó a que lo acompañara al jardín. Ainara se extrañó de su brusquedad, pero como lo conocía bien comprendió que algo lo tendría muy preocupado. Al llegar allí una de las damas la llamó aparte; ella hizo una reverencia y se retiró. Martín la siguió con la mirada; desde que la vio bailando con Gabriel comenzó a sentir un mal presentimiento y una sensación de angustia se apoderó de él, de modo que en lo que pudo fue en busca de su hermano. No quería dejar pasar más tiempo sin que hablaran de su futuro.

Lo encontró conversando con otro oficial al fondo del jardín. Todos se habían retirado a sus aposentos y ellos se quedaron solos. A Martín le pareció que en el semblante de Gabriel afloró una mirada suspicaz, al enterarse de que Ainara se había convertido en una de las damas preferidas de la duquesa de Braganza y la sensación que tuvo en ese momento lo dejó intranquilo. Pensó que algo estaría tramando y temía que no sería nada bueno para ella.

Esa tarde había escuchado una conversación sobre él, muy comprometedora, y las frases no se le iban de la mente. Al parecer se especulaba sobre la forma en que se había hecho rico de un día para otro y que tenía un afán desmedido, no solo de juntar riquezas, no bien habidas, sino también de ascender socialmente. En esa conversación se enteró de que su hermano tenía planes para casarse con la marquesa viuda de Salinas, una dama acaudalada de cuyos favores gozaba desde hacía tiempo. No eran, como se figuraba, meros rumores, sino, al parecer, un hecho. También escuchó que le habían encargado concertar una alianza para el hermano menor de la marquesa y decidió que, como fuese, tenía que hablar con él esa misma noche y, sin mucho preámbulo, cuando estuvieron a solas, le preguntó:

—¿Cuándo piensas decirle a Ainara que vas a romper tu compromiso con ella? Tengo entendido que el virrey de Nueva España, Pacheco y Osorio ha dispuesto que contraigas matrimonio con su pariente al regresar con la Flota de Indias a Veracruz. Al parecer tu boda es casi un hecho, creía que eran solo rumores.

—Me han hecho ese ofrecimiento en los últimos meses; soy asiduo visitante de la Marquesa, la consolé durante un tiempo por su reciente pérdida. Posee una gran fortuna y muchas tierras. No ha tenido hijos y el Virrey me ofreció su mano. Se habla ya de mi futuro título en la Corte —agregó.

—También he oído muchas habladurías acerca de otras mujeres a las que cortejabas. Primero fue una tal Julieta. Otra, creo que era una hija del capitán Amézqueta, por nombrar dos de las que recuerdo. En los diferentes lugares por los que has pasado has dejado una leyenda —acotó Martín, visiblemente disgustado, por la forma de hablar de su hermano.

—¿Es que acaso eso te molesta o es solo sana envidia? —añadió el marino y soltó una sonora carcajada.

—Lo que hagas con tu vida no me incumbe.

Martín estaba serio, aunque Gabriel, tenía una actitud un tanto burlona, por lo que su hermano menor se iba molestando cada vez más. Sin embargo, Martín, continuó diciendo:

—Me he ocupado de que nuestra hermana tenga una vida asegurada, como dejó dispuesto nuestra madre. Está bien casada y con un par de críos, pero Ainara lleva años esperándote.

—Es una mujer preciosa, la verdad es que quisiera disfrutar también de sus favores.

—No vayas a jugar con ella, eso no te lo perdonaría nunca… Has bebido demasiado y no voy a tomar en cuenta tus palabras —agregó—. Tengo que irme a Portugal próximamente, pero antes de que me vaya quisiera dejar este asunto resuelto.

—¿Cómo debo resolverlo?, ¿diciéndote que voy a romper nuestro compromiso y ahora quedará libre para poder matrimoniarse con quien quiera? Puedes estar seguro de que eso no lo voy a hacer, ya que soy su representante y tutor. Tengo otra opción que estoy barajando —quedó callado y pensativo, y luego continuó diciendo—: voy a conseguirle un buen partido y a concertar una unión conveniente para ambos y, de esta manera, poder tenerla yo, como la has tenido tú, muy cerca y velar por ella.

—No me gusta nada lo que estás tramando, no quiero que hagas nada sin mi consentimiento. Me he ocupado de las dos durante estos años, ahora no debes tomar una decisión sin que yo la apruebe…

Gabriel le colocó la mano en el hombro y luego le dio una palmada en la espalda.

—Quiero que me escuches, Martín, a ver si así comprendes que mientras tu vivías de este lado del mundo, imaginándote un mundo ideal más allá del Mar Océano, leyendo libros a la sombra de un olivo, yo en todos estos años he luchado no solo contra las fuerzas de la naturaleza para sobrevivir, sino también al lado de hombres como nosotros y de otros que en nada se nos parecen. Desde aquel día en el que nos separamos en la rada de Cádiz, mi vida cambió completamente. Si no lo has vivido, no te imaginas lo que se siente en medio del mar al enfrentar una tempestad y pensar que puedes morir en cualquier momento y que tus restos terminarán en el fondo del mar... Cuando ves que a tu lado se acaba de caer al mar tu compañero porque el navío dio un bandazo y salió disparado por la borda o desde una verga o, incluso, desde la cofa[22] del palo mayor o del trinquete. Entonces, te das cuenta de que la vida puede irse sin previo aviso. Tampoco sabes, Martín, qué es una guerra. ¿Ves estas cicatrices? Una vez estuvieron en carne viva, son las huellas de todo lo que he vivido.

El marino se abrió el jubón y se levantó la camisa, mientras su hermano lo miraba asombrado y permanecía callado.

—Mientras que tus manos son las mismas de antes, las mías han matado y han salvado vidas. Aunque creas que estoy borracho, no es cierto. Tuve que aprender a beber según cada momento; en los navíos no te dan agua, solo vino. A veces bebo para olvidar, otras para apartar el miedo que me persigue y me acecha, como a cualquier ser humano. En estos años aprendí a controlarme y también a saber qué debo decir y qué callar. Mírame a los ojos —le increpó.

Martín había dirigido su mirada hacia un mapa de cicatrices que con múltiples curvas y rectas se dibujaba en el pecho del marino.

—No quiero ver un ápice de lástima en tu expresión — replicó categórico.

—No es lástima…, es tristeza — matizó él.

---

22. Especie de meseta de madera en los palos mayores en forma de D, mirando hacia la proa; toma la denominación del palo al que pertenece.

—Tampoco quiero que te entristezcas. Esas huellas fueron producto de trances heroicos. ¿Me entiendes? Volvería a vivirlos cien veces. Es la vida que elegí y estoy orgulloso porque me he sabido desenvolver en ella. Soy un sobreviviente.

Aunque Gabriel había bebido mucho por lo que Martín creía que no estaba con todas sus facultades, pero se equivocaba; de un momento a otro había cambiado de actitud y ahora parecía estar completamente sobrio y, muy serio, se dirigía a él.

Le fue contando uno, tras otro, varios episodios desgarradores que había vivido tanto en el mar como en tierra. Le contó cómo escapó de los holandeses cuando tomaron la flota hace unos años, luego le habló del naufragio de *Nuestra Señora del Juncal*. Martín recordó aquel galeón que dibujaba de niño en Fuenterrabía y que ahora era un pecio en algún lugar del Caribe, y bajo ese mar tropical yacían sus enormes caudales.

Martín, poco a poco, volvía ver a su hermano tal y como lo recordaba cuando era niño: valiente, arriesgado; era otra vez aquel chaval que él admiraba. También le habló de los hombres junto a los que luchó; de cómo a unos los admiró profundamente y, en cambio, de otros decía que eran despreciables. Percibió la veneración que sentía por don Fadrique de Toledo, al lado de quien sirvió en la primera campaña en San Salvador de Bahía, en el Brasil y también en las islas de Barlovento. Gabriel le fue explicando las razones por las cuales había caído en desgracia uno de los marinos más brillantes que había dirigido la Armada del Mar Océano. Las horas pasaban y los dos seguían en medio de la oscuridad hablando de todo lo que no se habían podido decir en todos esos años. Finalmente, Martín cambiando de tema le preguntó:

—Entre todas esas historias que te achacan con multitud de mujeres, ¿cuáles son ciertas y cuáles inventadas?

—Nombraste esta noche a las dos únicas mujeres que recuerdo. Hace casi diez años conocí en Bahía a Julieta, era la mulata más bonita que pueda existir en este planeta. Me volví loco por ella: tenía la piel canela, una boca maravillosa y un cuerpo de diosa. Era un par de años mayor que yo, pero ya una mujer experimentada. Vivimos una gran pasión durante muchas noches y me enamoré de su cuerpo y de su sonrisa; pero a los pocos meses nos fuimos y no la volví a ver. Si no fuera porque hay mujeres que nos esperan en los puertos, no sé qué sería de nosotros los marinos, fantasear sobre ellas mientras estamos navegando hace que las noches sean más cortas y la soledad más llevadera…

—Eso lo puedo entender. ¿Quién es la otra chica?

—Mercedes de Amézqueta.

—¿La hija del capitán don Juan de Amézqueta? Él es pariente nuestro.

El marino se abrió de nuevo la camisa y le señaló una herida que le atravesaba el costado, producida por una bala de mosquete holandés en Puerto Rico.

—Mercedes me curó, le debo la vida; si no hubiera sido por ella, estaría muerto. Recibí una carta tuya cuando estaba convaleciente, ella misma me la leyó. Recuerdo que me recriminabas el no haberle escrito a nuestra madre. ¿Martín, qué querías que le contara, que estaba medio muerto?

—O, mejor, que estabas medio vivo y que esa dama te estaba atendiendo, eso hubiera sido mejor que nada. Nuestra madre sufría por no saber de ti —la expresión de Gabriel se endureció.

—Mercedes fue violada durante el asedio. La orden del capitán Balduino Enrico fue que vaciaran las barricas de vino y que castigaran a los soldados que se emborracharan y la sanción sería todavía mayor si abusaban de alguna española; pero, como te imaginarás, algunos cumplieron las órdenes y otros no. Me encontraba en San Juan a las órdenes de don Juan de Haro cuando comenzó el asedio —Gabriel había encendido un cigarro y le dio una larga calada.

—Mientras tú estabas defendiendo San Juan de los holandeses, yo hacía lo propio en Cádiz frente a los ingleses. —agregó Martín.

—Pero no con las armas. Me imagino qué con la diplomacia, que es lo que se te da bien —le respondió su hermano.

Aunque la conversación entre ambos era cordial, seguía existiendo cierta rivalidad entre ellos que se filtraba en el ambiente. Gabriel, por ser militar y mayor que él, se sentía superior a Martín y, aunque, sutilmente, lo miraba displicente.

—Mientras pueda dialogar, lo haré; si no tengo más remedio, también sé usar la espada y disparar un mosquete —su hermano rio complacido—. ¿El capitán don Juan de Amézqueta vivía en San Juan? Debía de ser ya un hombre mayor. Recuerdo haber escuchado que fue veterano en Flandes y que estuvo cautivo durante años en Argel.

—Era un soldado con tradición y experiencia, quizás ahora esté muerto. Llevaba muchos años como capitán de Infantería en Puerto Rico. Allí vivía con su mujer y sus hijos. Unos soldados holandeses mancillaron a su hija menor y saquearon su casa, una de las mejores de la ciudad. El capitán había salido en defensa del castillo del Morro de San Felipe con cincuenta soldados, los más valientes que he visto. Cuando aquello sucedió —suspiró y luego añadió—, uno de esos días que no tenía fin, en los que el ocaso y el alba se unían, me hirieron.

A pesar de que era ya muy tarde y los dos estaban cansados, cuando su hermano comenzó a hablar de aquel combate, se le encendió la mirada y se explayó en detalles. Hablaba como si se encontrase en el campo de batalla, en aquella isla del Caribe que los holandeses estuvieron a punto de arrebatarle a los españoles. Le contó como Amézqueta atravesó con su espada a uno de los holandeses que comandaba el asedio, y cómo los atacantes derrotados se marcharon. Finalmente, Martín le preguntó:

—Y ¿cómo te hirieron?

—Pues no lo sé, yo me batía con uno y con otro… Debí de caer al suelo y una bayoneta me perforó el costado. Al conocer mi nombre el capitán supo que era su pariente. Él se quedó en Puerto Rico con su familia, después que terminó el asedio por varios años más; aunque el Rey le ofreció ser gobernador de Cuba, pero no aceptó el traslado. Lo primero que recuerdo tras volver a la vida fueron unos preciosos ojos negros, los de Merche.

—¿Cuánto tiempo pasaste en Puerto Rico? Nunca supimos cómo, desde allí, volviste de nuevo a Cuba.

—Casi un año. Mi recuperación fue muy lenta. Estuve al borde de la muerte, las heridas se infectaron. Sin sus manos y sus cuidados no me habría recuperado, y me enamoré perdidamente de ella...

—Después, cuando te restableciste, por qué no pediste su mano —él sonrió o, más que una sonrisa, esbozó una mueca y continuó diciendo:

—Ella quedó embarazada tras la violación; tenía quince años, cuando la conocí. Dio a luz una niña preciosa, que casi muere al nacer. Quise casarme con ella, pero no me aceptó, no quiso que hablara con su padre. Se fue con la niña a un convento en Veracruz a cuidar enfermos, decidió dedicar su vida a Dios y a salvar a otros.

—¡Cuánto lo siento! Nunca nos hiciste saber lo que habías pasado, no podíamos imaginar tus penurias —Gabriel miró al infinito y agregó:

—La recuerdo a diario. No sé si vivirán o habrá muerto, hace varios años que no sé de ella —se recompuso la voz, que se le había quebrado.

Martín decidió cambiar el tema.

—Después de aquello, ¿qué fue de tu vida? ¿Volviste a luchar al servicio de don Fadrique?

—Me fui de Puerto Rico a Veracruz, ya restablecido. Volví a luchar bajo sus órdenes un par de años después, en un enfrentamiento en las islas de Barlovento. A don Fadrique lo criticaban por que era condescendiente: en Bahía había salvado vidas de los adversarios, se empeñó en curar a los heridos y no castigó con saña a los enemigos vencidos. Aquí tampoco lo hicimos y él, con su habitual benevolencia, en sus navíos envió a los colonos de esas islas —ingleses y franceses, familias enteras— de vuelta a Inglaterra y a Francia. Solo quemamos las cosechas de tabaco, así como las plantaciones de caña y les hicimos prometer que no regresarían; pero lo cierto es que las islas de San Cristóbal y de Nieves, fueron invadidas después por filibusteros y piratas ingleses, franceses y holandeses. Don Fadrique quería dejar allí una guarnición, pero esa no eran las órdenes y tenía que cumplirlas.

—¿Qué ha sido de él? Sé que está en España desde hace años.

—Le ordenaron dirigirse a Cartagena y regresar a la Península custodiando los caudales de la Flota de Indias. Se había casado con su sobrina, doña Elvira Ponce de León, recientemente. Me dijo que estaba muy enamorado de su joven esposa con la que había tenido también descendencia; pero por estar tanto tiempo en el mar no había podido atender sus responsabilidades. Cuando regresó de América, la última vez, ya no quería volver, estaba cansado y enfermo; pero el Conde-Duque tenía otra misión para él en el Brasil, supe que se negó a embarcarse de nuevo.

—Sé que está enemistado con Olivares. El duque de Medina Sidonia, le tiene en alta estima, además de ser su pariente.

—Don Fadrique ha luchado sin tregua ni descanso a favor del Rey. Es un hombre de honor que ha actuado siempre de acuerdo con sus elevados principios. Sin embargo, mira cómo ha terminado, preso y desprestigiado. Ha dado su vida por la Corona y ¿qué ha recibido a cambio? —se preguntaba con una expresión de profunda melancolía y sentenció—: Desprecio, deshonor, humillación, ruina…

—El valor de los españoles es incuestionable, pero la envidia, la soberbia y la arrogancia son pecados muy extendidos, hay que cuidarse de los envidiosos.

—¡Más de lo que puedas imaginar! Ahora tanto don Juan de Benavides como don Fadrique de Toledo están en las mismas condiciones: los dos privados de libertad; uno por cobarde y por haber entregado al enemigo toda una flota sin haber hecho un disparo y, el otro, por valiente: había ganado muchas batallas y recuperado para la Corona muchas plazas que estaban perdidas. ¿Te parece justo que ambos hayan recibido el mismo pago?

—Don Fadrique saldrá con bien del proceso que le siguen, su mujer doña Elvira está intercediendo por él ante el Rey.

Su hermano lo interrumpió y sentenció:

—Martín, voy a darte un consejo: hay que ser prácticos y olvidar lealtades que no pagan bien. Lo importante es hacerse con una buena fortuna. La vida te enseña a medrar, a ser más listo que el otro; porque si un día estás en la cima, luego te desplomas... La envidia del éxito ajeno carcome a mucha gente y, entonces, buscan la manera de desprestigiarte ante tus superiores y, en última instancia, ante el Rey. De nada sirve al final toda una vida de esfuerzos y lucha por defender esos altos valores morales. Cuanto más honor y gloria adquieres, más pronto que tarde los envidiosos buscarán la manera de difamarte. Eso es lo que le ha sucedido a don Fadrique; después de darle grandes victorias a la Corona, ya ves con qué le están pagando, terminará muy mal.

—No debes pensar así. No seas cínico. Actuar de forma correcta lleva a un buen fin, su valor y sus logros serán reconocidos y premiados algún día...

—¿A ver cuándo? Va a estar muerto y enterrado.

Don Fadrique acababa de morir, pero ellos no lo sabían. Falleció, durante ese diciembre de 1634. Unos meses antes había tenido una agitada entrevista con Olivares, quien insistía en que dirigiera otra expedición hacia el Brasil. Pero el marino renunció al mando de la Armada del Mar Océano, ya que sabía de la mala disposición de los navíos y de su inadecuada dotación. Pedía que se atendieran debidamente las pagas y las comidas de los soldados, incluso a él le debían años enteros de salarios atrasados. Sin embargo, Olivares hacía caso omiso de sus demandas. Finalmente, tras una airada discusión que terminó con un desplante de don Fadrique a Olivares. Este alegaba que él también había servido a la Corona durante muchos años, pero según el marino, "hecho un poltrón"; en cambio él había arriesgado su cuerpo en muchas batallas, prueba de ello eran todas las heridas recibidas, mientras que el valido ganaba más dinero en un día que él en toda su vida al servicio del Rey. Esa afrenta selló su destino, pues el Conde-Duque no le perdonó el desplante: fue enjuiciado y condenado al destierro con privación de las mercedes recibidas. Estaba en la corte con su mujer y enfermó de gravedad, pero no pudo volver a su casa. Tuvo que hospedarse en la vivienda de su secretario, donde falleció a los pocos días, y ni siquiera a doña Elvira le concedieron la posibilidad de realizar un funeral de acuerdo con su rango. Según contaba la gente, don Fadrique de Toledo había fallecido debido a la envidia del valido —años después su viuda logró reivindicar su memoria—.

Mientras eso sucedía, continuaban hablando, sin que Gabriel supiera lo que estaba sucediendo en la Corte.

—Has tenido suerte, Martín. En el fondo sigues siendo el mismo idealista. Posiblemente se deba a que has vivido una vida más fácil que la mía. Te has sabido mover. Sin duda se ve que eres inteligente, desde niño eso estaba claro; nuestra madre lo decía siempre. Pero la vida te enseñará que no todos los que parecen son buenos y quienes ganan son los listos y no necesariamente actúan con corrección…

—Cuéntame más de Mercedes de Amézqueta, le decías Merche, ¿cierto? —él lo miró y negó con la cabeza.

—No quiero hablar de ella, ya te he dicho que es monja, y que no sé si estará viva o muerta —una expresión de dureza afloró a su rostro, y terminó diciendo—: Me voy a casar con una dama principal, para eso sirven los matrimonios; son contratos, ni más ni menos, y tenemos que lograr que sean lo más beneficiosos posible. ¡No lo olvides! Nos vemos en otra ocasión, ya hemos hablado suficiente…

Aunque a Martín la conversación le proporcionó cierta satisfacción, porque otra vez se sintió cerca de su hermano, también le dejó un rastro de amargura.

Al día siguiente, Gabriel se fue a Sevilla y Martín, a Portugal. No volvieron a verse, por lo que Martín no pudo enterarse de cual sería el destino de Ainara.

Medina Sidonia estaba interesado en recibir informes de lo que tramaban los ingleses y su pupilo era el encargado de hacer los enlaces. En Portugal, entabló una buena amistad con don Juan de Braganza y doña Luisa Francisca agradecía la estancia con ellos de su buen amigo Martín.

—Te has hecho muy popular entre mis *meninas* —le comentaba muy divertida—, aunque hay una, en especial, que tiene debilidad por ti...

—Os referís a doña Eloísa de Andrade. Imagino que os habréis enterado de los planes de vuestro padre, es la sobrina del general de los jesuitas portugueses —sentenció, sin dirigirle la mirada...

—Es ella, por supuesto. Sé bien que es el ojo derecho de su tío, al parecer Eloísa se ha encaprichado contigo y lo más seguro es que su tío mueva los hilos diplomáticos para fijar una unión entre vosotros. A mi padre le conviene; ¿qué dices tú al respecto?

—Le debo lealtad a don Manuel Alonso. Lo que tenga dispuesto lo acataré, ya conocéis mi forma de pensar.

—También me he enterado de que Ainara partirá para Nueva España con tu hermano, que ha pactado su compromiso con uno de los Pacheco y, como embarcan próximamente, se va a celebrar la boda en breve.

—Eso me lo figuraba; pero antes de que se casen me gustaría conocer su opinión. Mi madre me pidió que velara por ella y por mi hermana, y así lo he hecho.

—Además, por otras razones, seguramente quieres verla —Martín no emitió palabra.

Doña Luisa Francisca lo conocía bien: él quería ir a Sanlúcar, pero no sabía cómo podría lograrlo; siguiendo las órdenes de Medina Sidonia tenía que permanecer en el palacio de los Braganza en Portugal y como si leyera sus pensamientos, doña Luisa Francisca continuó diciendo:

—Me gustaría que fueses a ver a mi padre. He sabido que no se encuentra bien de salud. Al estar de nuevo embarazada me han sugerido reposo y no podré ir personalmente; en cambio, tú puedes partir mañana.

Martín advirtió una cierta complicidad en su mirada: sin tener que usar palabras le estaba ofreciendo la ocasión para encontrarse con Ainara.

—Alistaré todo y a primera hora estaré en camino.

—Entrégale esta carta a Ainara, quiero que cuando regreses me traigas una de mis yeguas, ella sabrá cuál.

La Duquesa permaneció callada con la vista fija en Martín. Le pidió que se acercara y, con una voz débil, como en un susurro, le dijo al oído:

—Me he enterado de que en un par de días parte un navío desde el Puerto de Palos hacia el Brasil, si quisieras huir con ella puedo facilitarte unos documentos falsos —Martín no dejó que ella terminara de hablar.

—Duquesa, mi deber con vuestro padre el Duque está por encima de mis deseos, le debo lealtad y Ainara tiene un compromiso con mi hermano. Sé que voy a perder a lo que más quiero en el mundo, pero no puede ser de otra manera.

La Duquesa bajó la mirada, sentía un gran aprecio por Martín y por su dama. Deseaba, sinceramente, que hubieran podido disfrutar de su amor, pero suponía que esa iba a ser la tajante respuesta de su amigo. Sin hacer más comentarios, le escribió unas letras a su padre y otras a Ainara y se las entregó de inmediato.

Martín se retiró y al día siguiente se fue de allí. La ruta desde Villaviciosa, donde se encontraba el palacio de los duques de Braganza, hacia Sanlúcar era fluvial. El río Guadiana pasaba por allí y debía seguir su curso hasta el estuario en Huelva. En esta época del año, después de las lluvias invernales, parte de él era navegable. Estaba entrando el mes de abril y la primavera comenzaba. Los árboles se llenaban de hojas nuevas y los días empezaban a alargarse. Por el camino divisó algún que otro cerezo en flor y también algunos naranjos ya floreados. El campo olía a tomillo y a romero.

Llevaba más de tres meses en Portugal, en todo ese tiempo no había sabido de Ainara, pero la recordaba continuamente. Por una comunicación que recibió de su hermana se enteró de que, cuando Gabriel regresó de Sevilla había ido con ella a visitarlos a Cádiz, y le contaba que parecía que las relaciones entre ellos eran muy cordiales. Al hallarse cerca de Sanlúcar se sentía cada vez más ansioso. Antes de que cayera el sol llegó a palacio. Fue directamente a ver al Duque y le entregó la carta que le enviaba su hija. Martín era considerado parte de la familia, más allá de un simple empleado. Al verlo llegar de improviso, el Duque quiso saber cuál era la verdadera razón de ese viaje y él le comunicó la preocupación de la duquesa de Braganza por su salud. Don Manuel Alonso sonrió, al levantar la vista de la carta que acababa de leer.

—Mi hija quiere saber cuáles son los planes que tengo para ti con Eloísa de Andrade y si estoy enterado del futuro compromiso de Ainara con uno de los Pacheco... Esas preguntas se las he podido contestar sin que hayas tenido que trasladarte hasta aquí, ¿o es que quiere que las respuestas se las lleves de viva voz?

Martín sonrió también, Medina Sidonia se quitó sus quevedos y los dejó sobre la mesa al lado de la carta.

—Don Manuel, la Duquesa quiere que le lleve una de sus yeguas. Esa ha sido la razón principal por la que estoy aquí, no quería ponerla en manos de nadie más.

—De eso también habla en la misiva, y añade que quiere que sea Ainara quien lleve contigo la yegua hasta Huelva —el joven asintió.

—Tengo también una carta que debo entregarle a ella.

—Veremos si Ainara está en palacio. Hace días me pidió permiso para ir con tu hermano de nuevo a Cádiz. No estoy de acuerdo con esa alianza; los Pacheco no son personas de mi entorno, pero nada puedo hacer para impedir que se celebre la boda. Entiendo que está programada para el próximo mes. A más tardar en julio, la Flota de Indias debe zarpar y ellos tendrán que embarcar con destino a Veracruz.

—Espero que esa unión sea para bien, si mi hermano ha decidido ya su futuro, yo tampoco puedo oponerme —acotó Martín.

—En cuanto al otro asunto, el de tu compromiso con la sobrina de Andrade, es casi un hecho. Su tío te tiene en alta estima. Hemos pensado enviarte a Asia con una comitiva que parte desde Lisboa en los próximos meses; por supuesto, después de tu boda y de dejar que estés un tiempo razonable con tu mujer. Le he comentado que hablas inglés perfectamente y, también dominas el árabe. Andrade está interesado en que entables contacto con los mercaderes ingleses, que se están infiltrando con fines comerciales en el interior del Imperio Mogol en la India y así, poco a poco, se proponen dominar el mundo.

—Los británicos van abriendo mercados en Asia y, también los jesuitas están penetrando en el continente, son muy poderosos; yo diría que se han convertido en la congregación con mayor influencia no solo allí, también en los territorios del Nuevo Mundo —y agregó Martín—: especialmente, en el sur del continente americano, en la zona limítrofe entre las posesiones lusas y las hispanas.

—En efecto, han fundado un nuevo tipo de asentamiento, diferente a las encomiendas. He recibido informes del virrey del Perú sobre la Misión de San Ignacio de Guazú. La Compañía de Jesús tendrá mucho poder en los años venideros.

—De eso no me cabe la menor duda, están muy bien organizados. Veremos qué pensarán los gobernantes, pues son muy progresistas y autónomos; a medida que adquieran mayor poder, posiblemente no estarán tan bien vistos.

—Según tengo entendido —agregó el Duque—, uno de vuestros antepasados fue Francisco de Jasso y Azpilicueta, quien durante años evangelizó en Asia.

—Era familia de mi madre... —respondió.

En ese momento, Martín recordó a su madre y su interés en que profesara en esa orden, mientras que don Manuel Alonso seguía hablando.

—Francisco Xavier ha sido canonizado, recientemente, junto a su gran amigo y promotor de la orden Ignacio de Loyola, que también era vuestro paisano, pues nació como tú, en Azpeitia —el Duque sonrió y añadió—: despúes del Concilio de Trento el poderío económico y político de los jesuitas ha crecido enormemente. Me interesaría mucho afianzar la alianza con Andrade, vuestra boda será muy conveniente también para mi hija, la duquesa de Braganza. Ahora ve en busca de Ainara, se acerca la hora de cenar; cuando está en palacio me hace buena compañía.

Martín encontró a Ainara en el estudio, terminando el *San Sebastián* que él había visto allí unos meses atrás. Estaba concentrada pintando a la luz de un haz de velas, cuando sintió una presencia y se sobresaltó.

—¿Quién anda ahí? Solo veo una sombra...

—Soy yo —respondió mientras se acercaba más a ella.

—¡Martín! —exclamó— ¡Cuanto me alegra verte! ¿Cuándo has llegado?

—Solo hace una hora. Pasé por el despacho del Duque, me pidió que te buscara y pensé que estarías aquí.

—Le estaba aplicando las últimas pinceladas de barniz al *San Sebastián* — Martín sonrió al verlo y comentó:

—Me gustaría que Zurbarán te diera su opinión, aunque a mí me parece magistral. Te felicito.

—No había podido terminarlo antes. He ido a Cádiz varias veces con Gabriel y casi no he estado en palacio.

Martín no hizo ningún comentario, le entregó la carta de la Duquesa y ella la leyó callada, sin tampoco comentar su contenido. Levantó la vista y se dirigió hacia él.

—La Duquesa quiere que vaya contigo a Huelva y que sea yo quien lleve hasta allí a *Lucero*, su yegua preferida. Me quedaré entonces en el palacio ducal con don Pedro Espinosa. Luego, regresaré a Sanlúcar.

—Imagino que aquí tendrás asuntos que atender.

—Pueden esperar, me va a agradar hacer el paseo contigo —y agregó esbozando una sonrisa—: además, tenemos una conversación pendiente.

Tapó el lienzo con una tela blanca y se quitó el delantal, se arregló el cabello frente a un espejo de bronce pulido, mientras que Martín de pie, sin decir palabra, la esperaba en la puerta. Bajaron al comedor y se sentaron junto al Duque a degustar unas viandas: jabalí estofado y ciervo, con sendas tazas de caldos jerezanos… Martín alabó la comida diciendo que la cocina portuguesa no era tan buena como la andaluza; ni mucho menos sus vinos, pues la vendimia de Jerez era mejor cada año. La conversación fue amena y distendida. Martín convino con Ainara que a primera hora partirían hacia Huelva; según le había indicado la Duquesa, ella llevaría una de sus yeguas hasta allí, luego él emprendería el trayecto en bote remontando el Guadiana hasta Villaviciosa en la frontera con Portugal.

Camino a Huelva, abril de 1635

A primera hora de la mañana se encontraron en las caballerizas. La cuadra de los Medina Sidonia tenía fama de ser la mejor de Andalucía. *Lucero* era una yegua briosa, negra azabache, que solo se dejaba montar por doña Luisa Francisca o por Ainara. Cuando comenzó a salir el sol, se pusieron en camino, remontaron el río y lo atravesaron en una barcaza. Luego, bajaron cabalgando a trote lento por las marismas. Tras pasar varias horas a caballo hicieron un receso, descendieron de sus monturas y se sentaron a la sombra de una encina. Comieron algunas de las vituallas que llevaban para el almuerzo: jamón, queso, algo de pan y los dos bebieron de la bota de vino. Ya era mediodía, el calor comenzaba a apretar, los caballos estaban cansados y decidieron esperar un rato antes de emprender de nuevo el camino. Pasarían la noche en alguna posada cerca de las postas. Ninguno de los dos quería iniciar la conversación que tenían pendiente, Martín dudaba y ella tenía miedo de enfrentar la cruda realidad que a los dos se les venía encima.

Después de hablar de cosas intrascendentes, decidieron echarse una pequeña siesta, estaban cansados. La noche anterior, debido a la expectativa, ninguno había dormido bien. Además, el sol en esa región andaluza al mediodía era demasiado fuerte para emprender de nuevo el camino, así que parecía más conveniente esperar un rato a que descendiera hacia al horizonte. Ainara apoyó la cabeza en el hombro de Martín y se quedó profundamente dormida. A la sombra de esa vieja encina, una brisa fresca los acompañaba. Martín no logró conciliar completamente el sueño, aunque sí descansó en un duermevela.

Al cabo de un rato, la brisa comenzó a ser más fuerte y, a lo lejos, unos rayos iluminaron el horizonte, aunque ellos no se dieron cuenta. Sin embargo, cuando un trueno estrepitoso se escuchó allí cerca, se espabilaron; apenas les dio tiempo de recoger sus pertrechos, pues de repente una fuerte lluvia comenzó a caer sobre ellos. Era peligroso quedarse en la mitad del campo durante una tormenta. No iban a lograr llegar hasta la posada donde pensaban pasar la noche, ya que quedaba a varias leguas de allí. Afortunadamente, no muy lejos, divisaron una ermita y fueron hacia allí a galope tendido. Cuando llegaron estaban ya calados hasta los huesos, pero se sentían seguros. Ataron los caballos bajo un cobertizo, abrieron una puerta de madera, entraron y se cobijaron bajo el techo de paja bien prieta. La construcción de la ermita era de piedra; no había bancos, sillas, ni alfombras, el suelo era de tierra batida. Al fondo, un pequeño nicho albergaba una imagen de madera burdamente tallada de una Inmaculada policromada en azul y blanco. Estaban empapados y tenían frío. Martín encontró allí mismo unos cuantos trozos de madera, un poco de paja seca y, frotando unos pedernales; encendió una hoguera, desde niño tenía gran facilidad para prender así un fuego.

—Sería conveniente que te quitaras parte de la ropa que llevas encima. Toma esta manta; por lo menos está más seca —agregó dirigiéndose a ella y despojándose de su capa y del jubón.

La lluvia era cada vez más fuerte, los rayos y los truenos se sucedían. Después de que Martín encendió el fuego, el recinto comenzó a caldearse y ellos a sentirse mejor, sentados cerca de la hoguera y cubiertos por la manta. Los dos miraban, callados, cómo crepitaban los troncos de madera. Él la cubrió bajo su brazo, el roce de la piel de ambos y la cercanía los tenía cautivados dentro de un embrujo.

—Seguramente esta ermita está dentro de la ruta de la Romería del Rocío —dijo ella rompiendo así el silencio.

—Hemos tenido suerte en encontrarla… poder guarecernos aquí ha sido casi un milagro —añadió él.

—Martín, ¿porqué no me has escrito ni una sola letra en estos meses? —le preguntó, mirándolo fijamente.

—Tampoco tú lo has hecho. Esperaba que me contaras qué había sucedido con Gabriel. Las noticias las he tenido a través de mi hermana...

Ainara dirigió su mirada ahora al fuego.

—Desde que regresó de Sevilla le he visto en varias ocasiones. He ido con él a Cádiz un par de veces y me quedé en casa de Maríate. Me comentó de sus planes y me explicó por qué le conviene casarse con la marquesa viuda de Salinas; también me ha dicho que está en conversaciones con uno de sus hermanos, el conde de Altagracia, para comprometerme con otro de ellos. Piensa llevarnos a América en su próximo viaje. Ahora está cerrando el trato. Todavía no he conocido a mi pretendiente, es el hermano menor de los Pacheco, que vive en un cortijo cerca de Jerez.

—Conozco al Conde y a su familia, y no son gente con la que me gustaría que te vincularas.

—Son acólitos del Conde-Duque. No están en el mismo bando de los Medina Sidonia y eso tampoco a mí me agrada; pero estoy en manos de tu hermano, es mi representante. Estaré cerca de él, voy a ser su cuñada.

—Eso no me da ninguna tranquilidad. Su ambición es grande y temo que no dejaría de sacrificarnos a cualquiera de nosotros por un fin.

—No lo juzgues tan duramente: aunque sigue siendo el mismo, también creo que ha cambiado para bien. La guerra y todo por lo que ha pasado lo han hecho más humano.

—Ojalá me equivoque y tú estés en lo cierto: Pero pienso que es más cínico que antes; posiblemente ha sabido cómo convencerte...

—Nunca te había escuchado hablar así de él.

—Cuando conversamos en Sanlúcar, me dejó inquieto por la forma como te miraba. No sé qué estará tramando, pero que estés involucrada con los Pacheco no me gusta nada —ella mirándolo fijamente, agregó:

—También me ha hablado de ti, de tu compromiso con Eloísa de Andrade. Sé de quién se trata, aunque no la conozco —añadió con un sutil quiebro en la voz.

Martín dirigió la vista hacia las brasas, no quería sostenerle la mirada. En el ambiente se filtraba un deseo reprimido por parte de ambos, la respiración entrecortada, el contacto de la piel, la cercanía, el aliento.

—Efectivamente, existe la posibilidad de que tenga que comprometerme con esa dama, está en los planes de don Manuel Alonso.

—Doña Luisa Francisca me escribió hablándome de ella, es una de sus *meninas*. Me dice que, tanto para los Medina Sidonia como para los Braganza, sería importante que te unieras a ella y, a la vez, me previene que no lo haga yo con el Pacheco; sin embargo, no puedo negarme a lo que tenga dispuesto tu hermano. La única posibilidad es que le jure que he recibido la llamada de Dios y entrar en un convento —y añadió—: pero no tengo vocación de monja; no me veo confinada en un convento, aunque sé que sería la única alternativa para escapar a mi destino.

Un trueno estrepitoso se oyó allí mismo y ella, tras un impulso espontáneo, se abrazó fuertemente a él. Ninguno de los dos quería seguir hablando, deseaban solo disfrutar de esa cercanía y del anhelo que sentía el uno por el otro, que era cada vez más apremiante. No querían enfrentar la dura realidad que los iba a separar, irremediablemente. Sin decir una sola palabra más, ella buscó sus labios y comenzaron a besarse. Sin embargo, Martín, vacilando, balbuceó.

—Vamos a abrir una puerta que está prohibida —le susurró al oído, mientras le acariciaba el pelo—. Anhelaba que llegara este momento, pero no encuentro la manera de cambiar nuestros destinos y eso me atormenta —ella le colocó el dedo índice en la boca, diciendo: "shhhhhhhh..."

Martín la llevó hacia él y juntaron sus labios de nuevo en un apasionado beso, Él le desató las cintas, la despojó del corpiño y de la enagua... y ella, torpemente, le ayudó a quitarse la camisa y el calzón y le susurró al oído:

—No voy a pensar en el futuro, solo existe el ahora: tú y yo aquí. No sé qué será de nosotros, pero quiero atesorar estos momentos en mi memoria y no olvidarlos.

Él se colocó sobre la manta y ella encima de él, la respiración jadeante de ambos y los latidos acelerados de sus corazones se confundían. Eran un solo ser, unidos en un éxtasis de sensaciones...

Se amaron con pasión y ternura. Una y otra vez recorrieron con caricias y besos sus cuerpos desnudos. Sin que se dieran cuenta, dejó de llover y llegó la noche. Comieron el resto de las vituallas y bebieron lo que quedaba en la bota de vino, y volvieron a amarse una vez más. Finalmente, se quedaron dormidos, abrazados hasta que amaneció un nuevo día. Él, al abrir los ojos, la besó en los labios y le dijo:

—Tenemos que retomar el camino.

—Es cierto, pero en este momento lo único que quisiera es subirme a un bajel y hacernos a la mar, sin ningún destino. Lo que he vivido esta noche contigo ha sido lo más maravilloso que me ha pasado en la vida.

—Quería hacerte olvidar todos los malos momentos y esos terribles recuerdos que te atormentaban. Lo que más desearía es hacerme también a la mar contigo; irnos muy lejos, donde nadie nos conociera, y olvidar nuestros deberes. Por instinto me iría de aquí ahora mismo, sin mirar atrás; pero por convicción tengo que acatar mis responsabilidades, por eso debemos irnos.

Martín, por un instante, pensó en el navío del que le había hablado la Duquesa y que partía desde el Puerto de Palos hacia Brasil; sintió una punzada en el corazón y un gesto de tristeza se dibujó en su semblante. Ella, sin saber en qué estaba pensando le sonrió y le besó una vez más en los labios antes de incorporarse. Se arregló el pelo, se vistió con las ropas ya secas y él hizo lo mismo. Por mucho que les doliera, del fuego de aquella noche, quedaban solo cenizas, pero estaban seguros de que dentro de ellos las brasas seguirían ardiendo y no se apagarían nunca.

Subieron a sus cabalgaduras y a galope tendido se marcharon de allí; pasaron por Punta Umbría, sin detenerse. Al caer la tarde, llegaron al palacio de los Medina Sidonia en Huelva. Estaban desfallecidos, no habían probado bocado desde la noche anterior, pero no quisieron hacer un alto en el camino; la desazón los invadía y ambos sabían que cuanto antes se enfrentaran a sus realidades, mejor sería. Para asombro de Martín, al entrar al palacio junto a don Pedro de Espinosa se encontraba don Luiz Ignazio de Andrade esperándolo.

—Buenas tardes, Su Eminencia… —lo saludó, inclinándose ante el prelado.

—Os estaba esperando impaciente, Iturriaga —contestó el religioso—. ¿Es acaso vuestra hermana esta bella dama que os acompaña?

—Como si lo fuera; es mi pariente, María Ainara de Urtubia —ella hizo una reverencia y después se inclinó frente a Espinosa.

—Me disculpáis Eminencia, pero venimos cansados. El viaje desde Sanlúcar hasta aquí ha sido largo. Le he traído a la duquesa de Braganza una de sus yeguas. Me retiro a descansar, si me permitís. Don Pedro —añadió dirigiéndose ahora a Espinosa—, me gustaría regresar mañana mismo a Sanlúcar; si podéis arreglar los preparativos, os lo agradecería.

—No perdáis cuidado, buscaré un paje para que os acompañe. Que pase una buena noche su merced.

La joven asintió. El prelado, a su vez, inclinó la cabeza y ella se retiró, mientras que Martín permaneció en la sala. Los tres caballeros se sentaron y el jesuita comenzó a hablar.

—Martín —creo que debo llamaros ahora por vuestro nombre ; vamos a tener una relación de parentesco próximamente…

—Como tengáis a bien —contestó, esbozó una tímida sonrisa y luego le preguntó—: ¿A qué se debe la visita de Vuestra Eminencia a esta región? No imaginé que os iba a encontrar aquí.

—He venido porque tengo que entrevistar a un par de jesuitas que han venido de Inglaterra escapando de las persecuciones religiosas y, como también supe que ibas a llegar, decidí esperaros aquí. Quiero que me acompañéis mañana para entrevistarlos, os necesitaré.

—Con gusto os acompañaré mañana; ahora, si me permitís retirarme, vengo cansado.

—Esperad un momento, Martín, quisiera, sin más tardanza, sellar el compromiso con mi sobrina. Sé que os conoció en la boda de la duquesa de Braganza hace más de un año y le causaste una grata impresión. Como sabéis, Eloísa es la única hija de mi difunto hermano, yo velo por ella desde la muerte de sus padres. Hablé con Medina Sidonia y concerté con él vuestra boda. Aunque no tengáis título, ni seáis poseedor de una fortuna o de tierras, que nosotros sí tenemos, gozáis de otras cualidades que tanto para mí como para ella son importantes. Por lo demás, el Duque os tiene en gran estima y eso es prueba suficiente para demostrar vuestra valía. No pondría a mi querida sobrina en mejores manos.

—Me abrumáis con tanto halago. No me considero digno de vuestra sobrina, es una dama de muchos atributos, muy superiores a los míos.

Aunque Martín veía difícil salir de ese compromiso quería tratar de disuadir al jesuita, pero él no lo dejó seguir hablando.

—No seáis tan modesto. La humildad es una gran cualidad que, principalmente, denota inteligencia, y esa la tenéis de sobra Me agrada mucho la posibilidad de teneros cerca; que seáis parte de mi familia será para nosotros una gran satisfacción. Quisiera proponeros una fecha cercana para la boda. Tengo conmigo el documento que debéis firmar. Eloísa estará muy dichosa al conocer esta noticia. La siguiente semana, después del domingo de Resurrección, sería una buena fecha. ¿Os parece bien, entonces, en dos semanas?

La sensación de asombro de Martín fue tan obvia que quedó callado, momentáneamente, por lo que el religioso respondió:

—Ya veo que os habéis quedado mudo, imagino que esta grata sorpresa os ha dejado sin habla. Quizás no esperabais que fuera tan pronto, pero no hay necesidad de retrasarlo más.

—La verdad es que no..., hum, perdonadme Eminencia, pero el viaje ha sido largo, estoy muy cansado...

—Permitidme ser el primero en felicitaros —agregó don Pedro de Espinosa.

Martín le sonrió y se levantó aturdido por el compromiso que acababa de adquirir y la eminente premura de esa boda que no sabía cómo podría evitar.

—Esta misma tarde le escribiré a mi sobrina, le comunicaré que estáis encantado con el compromiso. Escogeréis un día a fines del mes de abril.

Martín asintió, hizo una reverencia y se retiró.

A la mañana siguiente acompañó a primera hora al jesuita a hacer las entrevistas a los ingleses; pero estaba abstraído. Aunque el religioso pensaba que esa falta de concentración se debía a las ganas que tenía de volver a ver a su sobrina y se lo insinuó en varias ocasiones, él callaba y asentía. Sin embargo, la realidad era otra: no podía concentrarse porque no sabía cómo salir airoso de esa situación.

Las conversaciones con los ingleses se alargaron más de lo que él tenía previsto. Estaban muy preocupados por la situación social en Inglaterra. Los movimientos protestantes proliferaban continuamente en toda la isla. Decían que se veía venir un cambio drástico, ya que la impopularidad del rey Carlos I Estuardo crecía día a día, así como la del duque de Buckingham... El Rey tenía numerosos problemas con el Parlamento, muchas personas influyentes estaban en su contra. Además, las diferentes sectas protestantes eran cada vez más poderosas, especialmente, en Escocia, y los católicos, aunque Carlos de alguna manera los protegía, estaban en grave peligro. Pasaron varias horas conversando: Martín traducía textualmente las palabras de los religiosos y el portugués los tranquilizaba ofreciéndoles una ilimitada protección en el reino. Finalmente, la entrevista llegó a su fin y ellos regresaron al palacio. Al llegar, Martín se enteró de que Ainara había emprendido el viaje de regreso a Sanlúcar unas horas antes. Sin embargo, le dejó una nota, que él inmediatamente leyó:

"Mi querido Martín, he decidido partir esta misma mañana, asuntos importantes requieren de mi presencia en Sanlúcar. Antes de marchar, don Pedro me comunicó la noticia de tu inminente boda con Eloísa de Andrade. No puedo sino alegrarme de esa ventajosa unión. No vayas a preocuparte por mí, estaré bien y en buenas manos. Mis mejores deseos te acompañen ahora y siempre."

Leyó y releyó la escueta nota y un desasosiego desconocido lo invadió por completo. No le preocupaba su futuro, de alguna manera sabría cómo manejar su situación. Su inquietud, principalmente, estaba en el porvenir de ella: aunque afirmaba que estaría en buenas manos, él no estaba tan seguro.

Cuando Ainara, un par de días después, llegó a Sanlúcar se encontró a Gabriel que, animadamente, conversaba con el Duque en su despacho. Después de saludar a don Manuel Alonso se dirigió a él.

—Qué grata sorpresa encontrarte aquí.

—He venido a buscarte. No sabía que habías ido a Huelva con mi hermano Martín.

—Nos fuimos hace unos días. Tenía que llevar una yegua de la Duquesa hasta allí.

Gabriel miró al Duque, levantó una ceja y, con una expresión seria, se dirigió a ella:

—En los últimos días se ha desatado una epidemia de viruela en Cádiz, la mortandad está siendo terrible —puntualizó y ella lo miró atónita—. Mi hermana y su marido han dejado la ciudad, pasarán varios meses en Portugal para evitar el contagio. Mañana mismo te vendrás conmigo para el cortijo de los Pacheco, allí nos espera tu prometido. Estoy ultimando los detalles para el contrato de matrimonio.

Aunque el Duque escuchaba atento la conversación, no hizo comentario alguno hasta que ella se dirigió a él y le preguntó:

—Si don Manuel piensa que debo ir… Lo haré gustosa.

—No puedo oponerme, el capitán me ha asegurado que cuidará bien de ti —luego, continuó diciendo—: has vivido con nosotros durante varios años, y has llegado a ser como una hermana para mi hija. Como no tienes familia directa, al ser huérfana, te he tratado como si fueras pariente nuestra. Le comenté a Iturriaga que varios pretendientes solicitaron tu mano, pero que a todos los rechazaste, ya que había un acuerdo entre vuestras familias y él era tu representante —añadió dirigiéndose al marino—. Ainara tiene muchas bondades y una buena herencia, pero no soy yo, sino vuestra merced quien, siendo su tutor legal, debe hacerse cargo de su futuro.

—No tengo palabras suficientes para agradeceros el trato que me habéis brindado en estos años —agregó ella dirigiéndose al Duque—. Mi fidelidad con la Casa Ducal será eterna y, especialmente, con la Duquesa, por quien profesaré siempre una gran admiración.

—Quiero que sepas que tendrás en mí un apoyo si en algún momento lo necesitaras —dijo estas palabras mirando fijamente a Gabriel, quien sonrió o más bien hizo una mueca y, a continuación, puntualizó:

—También me siento agradecido por el trato tan especial que ha tenido en vuestra casa mi pariente; además, sé lo que para su merced representa mi hermano, Martín —al nombrar a Martín, el Duque sonrió y agregó:

—Tu hermano va a unirse a una buena familia portuguesa, yo mismo he promovido el enlace. Espero que el pretendiente que le espera a Ainara sea de su agrado y que esa unión resulte igualmente beneficiosa para todos.

Aunque la conversación fuera distendida, había algo en el ambiente inquietante que hacía presentir que los dos no estaban en la misma sintonía. El Duque era un hombre de sutil inteligencia. Durante su juventud había vivido en Huelva y le agradaba la vida sencilla; aunque estaba acostumbrado a muchos lujos, no gustaba de adulaciones e hipocresías, por lo que se había alejado de Madrid. Sabía leer entre líneas y estaba muy al tanto de los entretelones de la política y de la alta aristocracia. Esos manejos no le agradaban, de modo que permanecía apartado de la Corte. Sabía que los Pacheco formaban parte de un grupo de nobles que lo envidiaban y trataban de buscar cualquier excusa para desprestigiarlo frente a Olivares o frente al Rey.

Cuando Iturriaga se fue de palacio, don Manuel habló con ella y le reveló su percepción: no solo no le gustaba la familia Pacheco, también dudaba de las buenas intenciones de Gabriel. Le entregó una bolsa con unos cuantos ducados y le dio un anillo con su emblema; aunque ella no quería aceptarlo, él, que era un hombre muy generoso, le aseguraba que se quedaría más tranquilo si ella tenía esas monedas que podrían sacarla de algún apuro, si fuera necesario. Finalmente, Ainara lo aceptó y quedó agradecida por ese gesto. Por último, le insinuó que algo sabía de su estrecha relación con Martín, pero que su boda con la portuguesa era muy diferente: un asunto de Estado. Él tenía asignada una misión y esa boda formaba parte de ella. Tras esa conversación, Ainara se quedó satisfecha. Todo lo bueno que le sucediera a Martín la alegraba, pero también pensó que tenía que estar muy alerta para saber con quiénes se iba a juntar; pues su lealtad con la casa Medina Sidonia, como le había confirmado al Duque, también para ella era incuestionable. Arregló sus cosas y se dispuso a descansar, aunque no lograba conciliar el sueño. Después de dar infinidad de vueltas, se durmió, pero al salir el sol despertó sobresaltada. Estaba soñando que se caía por un precipicio…

La gravedad y el centro de la epidemia de viruela se ubicaba en Cádiz; sin embargo, el contagio podría extenderse en las próximas semanas. La epidemia todavía no se había desatado en Sanlúcar, pero seguramente no tardaría mucho en aparecer, de modo que el Duque también decidió marcharse a Huelva esa misma mañana. Después, visitaría a su hija en Villaviciosa, donde se reuniría con la recién nombrada virreina de Portugal, Margarita de Saboya, duquesa de Mantua. Ainara estaba casi segura de que había pasado esa enfermedad cuando era niña y, por lo tanto, no temía el contagio, pero Gabriel había dispuesto trasladarse al cortijo de inmediato. Le indicó que llevara un baúl con sus mejores trajes; pasaría con los Pacheco una buena temporada. Le asignó una criada mestiza, Rosario, que llegó con él en el navío.

Jerez de la Frontera, abril de 1635

La finca hacia donde se dirigían Gabriel y Ainara quedaba entre Jerez y el Puerto de Santa María, en los dominios de los Medinaceli. Durante el trayecto, que duró varias horas, tuvieron la ocasión de hablar largamente.

El marino le aseguró a su protegida que el compromiso de matrimonio con Hernán Pacheco que estaba concertando sería muy conveniente no solo para ella, también para él y para su futura esposa, la marquesa de Salinas, que era hermana del conde de Altagracia y, tenían la custodia del joven Hernán hasta que cumpliera veintiún años; ahora tenía diecinueve, dos menos que Ainara. Cuando alcanzase la mayoría de edad, dispondría de una gran fortuna. Le explicó que uno de sus objetivos al llegar a la Península era pactar esa alianza para su futuro cuñado, el hijo menor de don Juan de Pacheco, quien tras fallecer su legítima esposa, y ya entrado en años, contrajo matrimonio en Nueva España con una joven mestiza, poseedora de muchas tierras, en las que se encontraba una de las minas de plata más importantes de Taxco. Concibieron ese hijo, aunque al poco tiempo murió la mestiza y después don Juan, por lo que sus hermanos se encargaron de la custodia del niño.

El conde de Altagracia había seleccionado a varias jóvenes de la nobleza andaluza para casarlo y le comentó a Gabriel que, aunque

177

Ainara era la favorita, como su relación con Medina Sidonia no era buena no pudo llegar a un acuerdo; fue muy conveniente saber que ahora él era su representante; pues facilitaba los trámites. El que Ainara fuese huérfana y sin parientes cercanos suponía para ellos una gran ventaja, ya que solo él tendría que firmar el documento de compromiso. El marino le comentaba que después de la boda los nuevos esposos viajarían con él a Nueva España. Desde hace tiempo ella temía que eso iba a suceder, tarde o temprano. Algún día él regresaría y dispondría de su vida y ese día había llegado.

Durante todo el trayecto Ainara le escuchaba hablar y hablar, y las imágenes de cuando eran niños poblaban su mente. El mundo de su infancia estaba solo habitado por Maríate —que era como su hermanita— a la que ella cuidaba y protegía; y por ellos dos, Martín y Gabriel. A veces salían a navegar por la ría o jugaban en el bosque. Cuando Martín estaba con ellas, siempre se sentía segura; pero su hermano mayor era muy imprudente, nunca logró confiar plenamente en él. En muchas ocasiones pasaron un buen susto, pero —como siempre— Martín estaba cerca y las rescataba. Esos recuerdos volvían a invadirla y una sensación de incertidumbre y hasta de miedo la embargaba.

Gabriel le hablaba de Veracruz y de Puebla, de todas las ventajas y prebendas que le proporcionaría esa unión; de la estupenda casa en la que habitaría, de la cantidad de criados y esclavos que estarían a su disposición; así como de la inmensa fortuna que su marido heredaría y le recalcaba que él velaría por ella. Sin embargo, Ainara dudaba de sus buenas intenciones y se preguntaba, si esas dudas, serían porque todos le habían metido en la cabeza que no se fiara de Gabriel, o bien por los recuerdos de su infancia. Aunque imaginaba que, con el tiempo, se habituaría a su nueva vida, lo que nunca le pasó por la mente es que su futuro marido fuera un hombre tan poco agraciado y que ni siquiera Gabriel lo hubiera conocido antes de haber concertado esa alianza.

En la mitad de unas colinas sembradas con algunos viñedos y mucho pasto, se levantaba el pequeño cortijo blanco, rodeado de algunos árboles frutales. En las inmediaciones había un establo, varias vacas con sus terneros pastaban en los alrededores; a medida que avanzaban por el polvoriento camino encontraron primero un corral para las aves, unas cuantas gallinas y algún que otro gallo correteaban de un lugar a otro. Los jornaleros iban y venían colocando haces de heno en una carreta destartalada tirada por un par de bueyes, sin prestar atención al carruaje que los conducía hacia la vivienda principal.

Cuando estuvieron frente a la puerta del cortijo, tres jóvenes salieron a recibirlos: una muchacha muy guapa, un mulato que parecía algo mayor que ellos y un joven muy delgado y algo bizco, que debería ser, sin duda, su prometido. Hernán era un joven de semblante enfermizo, no muy alto, de tez cetrina con una barba rala, la nariz prominente y bastante ancha; este era uno de los pocos rasgos mestizos que presentaba, dado que su aspecto era muy parecido al de un peninsular. El pelo suelto, muy grasiento y sucio, le caía sobre los hombros. Cuando Ainara se le acercó más y, torpemente, él se inclinó frente a ella, el olor que desprendía le desagradó tanto que, de forma inconsciente, se llevó a la nariz su pañuelo perfumado con olor a jazmín. El joven presintió su rechazo, aunque ella enseguida trató de sonreírle y él le devolvió el gesto; pero, avergonzándose de su dentadura, se llevó las dos manos muy delgadas y huesudas a la cara como para taparse la boca, le temblaban excesivamente y, apenado, se retiró de improviso. Vestía un jubón azul claro, calzas marrones y botas altas; en su sombrero de ala ancha, que se ponía y quitaba continuamente había muchas plumas y al pasarlas por el suelo, levantaba tanto polvo que varias veces la hizo estornudar.

Hernán había nacido en el Nuevo Mundo, era criollo y de sangre mestiza, pero de facciones más españolas que indianas; creció en esa finca de Andalucía con su hermanastra, detrás de la que se escondió enseguida. Juanita era la joven alta y buenamoza, aunque con rasgos algo toscos, que también salió a recibirlos. Ainara imaginó al instante que se trataba de una de las hijas bastardas de don Juan Pacheco, quien había tenido fama de haber dejado varias en esa región andaluza. Ella, de inmediato, se dirigió a Gabriel de una forma un tanto familiar, como si estuviera esperándolo, y desde ese primer momento fue evidente que la joven se interesó por el marino: lo tomó del brazo, lo invitó a entrar en la casa y a conocer sus aposentos. A Ainara apenas le dirigió la palabra, pero ella, sin aparentar que había notado el desplante, los siguió sin hacer ningún comentario.

La casa presentaba gruesas paredes encaladas y techos rústicos sostenidos por grandes vigas de madera. Los ventanales estaban cubiertos por celosías que dejaban entrar delicados haces de luz iluminando suavemente las estancias. Las paredes, desnudas, no estaban decoradas, en ellas no había ni un solo cuadro. Los suelos eran de lajas de cerámica con forma hexagonal. No había alfombras en toda la casa y los muebles eran escasos: un arcón, un bargueño, una mesa y varias sillas pintadas de azul y con asientos de paja trenzada que, como en un desfile, estaban alineadas y pegadas a las paredes del salón. En las esquinas se acumulaban virutas de paja; un olor desagradable provenía de allí y parecía como si las escobas no hubieran pasado por ese lugar desde hacía tiempo.

Juanita les comentó que la pestilencia en ciertos lugares se debía a los excrementos de los perros de Hernán. Al escuchar ese comentario el joven bajó la mirada... Ainara pensó que al día siguiente mandaría quitar esa inmundicia y llenaría la casa de lavanda, romero y tomillo; poco a poco, olería mejor.

Lo que más le agradó de la construcción fue un largo corredor abierto que daba hacia un campo infinito, poblado de olivos, árboles frutales y por algunas parras.

Quien llevaba la conversación mientras recorrían la vivienda, además de la joven, era aquel hombre alto y fuerte, un mulato bien parecido que vestía una librea de terciopelo con pasamanos de plata, calzas y botas negras altas como las de Hernán. No llevaba sombrero, el pelo muy oscuro y encrespado, le rozaba los hombros, en la cintura ceñía una vizcaína[23] y una espada toledana. Les dijo que se llamaba Isaías y, por contraste, sonreía sin cesar, mostrando una preciosa dentadura blanca y les explicó que él era el preceptor y guardián de sus hermanos, así supieron que era hijo también de don Juan de Pacheco y seguramente de una mulata, pues sus rasgos africanos lo delataban. Les contó que había venido con Hernán desde Taxco y que se instaló con él en el cortijo, años atrás, después de que falleció su padre. Los tres habían vivido allí con la madre de Juanita y desde que ella murió, hacía pocos años, permanecían solos y aislados del resto del mundo.

Al caer la tarde, Ainara pudo observar con mayor detenimiento a su futuro esposo, que iba y venía de una a otra habitación, escondiéndose de la mirada de la joven. Los sirvientes pusieron una improvisada mesa en el largo corredor y sirvieron una ligera cena que consistía en: una sopa con garbanzos, alubias y algunas verduras, pan de centeno, queso y abundante vino recién prensado, pero de no muy buena calidad. Hernán se sentó frente a ella y, aunque los demás hablaban, él permanecía callado; apenas emitió algunas palabras entrecortadas y confusas, por lo que Ainara se fue percatando de que, además de no gozar de buena salud física, tampoco parecía un hombre cabal. Al terminar de cenar, Juanita le sugirió a Gabriel visitar los establos. Ainara había percibido ciertas miradas entre ellos, pero, sin darse por aludida del coqueteo, se despidió y se retiró a su habitación; estaba muy inquieta por el panorama con el que se había encontrado, pero como estaba tan cansada por el viaje se durmió inmediatamente. Al día siguiente fue en busca de Gabriel que, sin haberla advertido de ello, estaba a punto de marcharse del cortijo

—No puedo entender cómo me has comprometido con este joven, sin haberle visto antes. ¿Piensas irte y dejarme aquí, en medio de esta

---

23. Arma blanca, daga.

gente desconocida? —y agregó muy molesta—: ahora mismo voy a escribirle a tu hermana, y le contaré con lo que me he encontrado.

—La próxima semana se casa Martín. Maríate, su marido y sus hijos se han ido a Portugal para estar presentes en la ceremonia; de más está decirte que de aquí no puedes salir, ni comunicarte con nadie. No pierdas el tiempo escribiéndole...

Ainara respiró profundamente y un gesto de infinita tristeza se dibujó en su semblante, mientras que Gabriel, sin mirarla, continuaba hablando...

—No entiendo cuál es tu disgusto, esto es temporal. Te he dicho que te he comprometido con una familia que tiene una gran fortuna y que vas a vivir como una reina en Puebla, ¿cómo es posible que todavía te quejes?

—¿Tú has visto bien a Hernán? —le preguntó mirándolo directamente a los ojos.

—Que no sea un hombre agraciado es lo de menos, te acostumbrarás a su aspecto.

—¡No puedo creer que seas tan cínico! —exclamó.

Gabriel la tomó del brazo, y con un tono de voz conciliador y esbozando su mejor sonrisa trató de calmarla.

—Regresaré en pocas semanas, en ese momento volveremos a hablar, haz un esfuerzo por adaptarte a tu nueva vida —y añadió—: ahora debo irme.

Ella se quedó callada. Gabriel le aseguró que regresaría lo antes posible, le dijo que en Sevilla iba a encontrarse con el conde de Altagracia para ultimar los preparativos para la boda. Subió a su montura y se llevó con él a Juanita. Ainara los vio alejarse por el camino flanqueado por cipreses. A su lado estaba esa criada mestiza, de nombre Rosario, y, un poco más allá, Isaías y Hernán. Unas personas muy diferentes a las que hasta ese momento ella había frecuentado, y comprendió que ahora no tenía otra opción sino esperar.

Había llevado en su baúl sus utensilios de arte: pinceles, carboncillos, sanguinas, y algunos lienzos. Esa misma tarde comenzó a mezclar los pigmentos para empezar a pintar. Intuía que esa sería la mejor manera de tranquilizarse, como le pasaba en los momentos de angustia, cuando estaba en Azpeitia se dedicaba a dibujar y poco a poco se iba calmando. Además, al hacerlo se conectaba con los mejores momentos de su vida: se acordaba de la Duquesa y de Martín.

Sin embargo, no tenía otras obras para copiar, ni sabía en qué inspirarse, aunque algo se le ocurriría.

—Rosario, ayúdame a llevar estos lienzos al corredor —le ordenó a la mestiza, que, diligentemente, la asistió—. Necesito que algún carpintero del cortijo me fabrique un atril y me prepare unas tablas y unos listones; esta tarde le daré las explicaciones y las medidas de lo que preciso. Ahora tráeme una mesa pequeña para colocar los pigmentos y una silla donde te vas a sentar, tú serás mi primer modelo.

—¡Su *mercé* me va a *retratá*! Pero si no *zoy arguien* principal…

—Eso no tiene importancia, eres bonita, tienes unas facciones dulces. Después me darás tu opinión…

—¡Mi opinión! —exclamó asombrada— Yo no tengo opiniones, *zolo* recibo *óldenes*…

—Eso sería antes. Desde ahora vas a ser mi modelo, así como mi ayudante, y tendré en cuenta tus pareceres.

—Acato *óldenes* de su *mercé*, sin rechistar, *zolo* eso…

—Pues, de ahora en adelante, eso va a cambiar.

La expresión de asombro y su nerviosismo eran tales que Ainara, le sonrió ampliamente para tranquilizarla y le ofreció la silla para que se sentara, mientras ella abocetaba sus rasgos. Esa mañana había observado con detenimiento sus facciones; el día anterior, no levantaba la vista del suelo, por lo que casi ni la había visto bien y apenas había pronunciado unas cuantas palabras. La muchacha tendría unos quince años o quizás más, pero como era muy bajita parecía menor. A plena luz, comprobó que tenía unos ojos oscuros muy expresivos y una dulce mirada, la cara ancha con prominentes pómulos, la boca carnosa, los dientes grandes y muy blancos; el pelo negro era tan brillante que parecía de azabache, y lo llevaba recogido en dos trenzas que caían a ambos lados de sus pequeños pechos y le llegaban casi hasta la cintura.

    Ainara plasmó sus rasgos con unos cuantos trazos de carboncillo; cuando se lo mostró, varias lágrimas se deslizaron por sus mejillas y, avergonzada, se llevó ambas manos a la cara. Entonces le pidió que se quedara muy quieta para poder plasmar los detalles, y ella así lo hizo. Después de un buen rato transportada en la ejecución del retrato se dio cuenta de que ya no tenía miedo, no se sentía extraña; había algo en el ambiente que la calmaba pues estaba haciendo lo que más le gustaba. Entre su modelo y ella comenzó a fluir una comunicación que iba más allá de las palabras. Analizaba la expresión serena de Rosario, su mirada franca y entreveía su pasado. Comenzó a imaginarse todo un mundo en sus ojos. Unas vivencias lejanas en un lugar remoto. Se imaginó que en una ocasión a esa niña también la apartaron de su entorno y, sin embargo, su mirada no desprendía rabia, ni amargura; era plácida. Comenzó a sentir un vínculo amable con Rosario. Mientras las dos estaban concentradas, una posando y la otra pintando, escuchó cómo las ramas de los árboles del jardín se batían: un gatito blanco había entrado al corredor y merodeaba por ahí, se escondía entre los escasos muebles y las observaba. Luego se percató de que, de vez en cuando, una leve sonrisa afloraba a los labios de la retratada y sus ojillos rasgados se movían de un lugar a otro, Ainara se preguntaba: "¿qué mira Rosario?" En un momento se volvió hacia atrás y comprobó que Hernán las estaba espiando.

—¡Hernán, ven aquí! —exclamó, pero el joven salió corriendo...

    La mestiza posó durante varias horas, ese día y el siguiente. A los pocos días, el retrato estaba prácticamente terminado. El fondo era impreciso, había dibujado la figura con carboncillo y la había iluminado con acuarelas. Ainara le mostró el retrato terminado a Rosario, que se llevó de nuevo ambas manos a la cara y exclamó:

—¡*Ez predcioso*, mi ama!

—Me alegra que te guste, ¿qué imaginabas mientras te retrataba?

La muchacha sonrió y comenzó a describirle lo que había imaginado.

—Me veía como si estuviera flotando sobre los *álboles* de mi casa, donde nací….y *soble* ellos estoy yo —continuó diciendo—: vestida de blanco, con mi *huipil*[24], bordado de flores de muchos colores, estaba con mi mamá y con mis hermanos…

—Eso imaginabas mientras yo te pintaba.

—*Azí* fue, mi ama, como estuve *zin* hacer oficio en el que concentrarme, recordé mi infancia. Hace años que no los veo, pero como no quiero *olvidadlos*, en las noches, *azí* como ahora, los *recueldo* y también hablo con ellos, para *sentí* que son igualitos que antes…

—¿Quieres que los dibuje? Si me hablas de ellos me los puedo imaginar y ponerlos en el lienzo a tu lado.

—Pero *zon* pobres, no *zon* dignos de *está* en una pintura.

—Te equivocas. Un pintor maravilloso, llamado Caravaggio, escogía a sus modelos para realizar sus pinturas religiosas entre gentes sencillas, y su estilo se expandió a muchos países. No solo los grandes señores son dignos de ser retratados —al escuchar sus palabras, la mestiza la miró asombrada.

No había un fondo definido sino unas tonalidades entre rojizas y verdes que eran la imprimación del lienzo. Durante los días siguientes, Ainara incluyó sobre ese fondo a la madre de Rosario y a sus hermanos; ella no le hablaba de su padre, aunque le preguntó si quería incluirlo, pero le dijo que no lo había conocido, que su madre le había dicho que era un hombre de Dios; solo eso. Según ella le iba contando cómo era su vida más allá del Mar Océano, en esas tierras de Nueva España, así iba evocando el paisaje y plasmándolo como fondo.

---

24. Vestimenta propia de los indígenas mexicanos.

Una de esas tardes, Ainara le preguntó a Hernán si quería que lo retratara también como había hecho con Rosario, y él asintió. Cuando la obra estuvo acabada, así mismo la colgó en otra de las paredes. Al tenerlo enfrente durante varias horas seguidas, Ainara se dio cuenta de que Hernán sentía temor delante de ella y tartamudeaba, mientras que cuando estaba con Rosario se le veía más sereno. Unos días antes había visto que la muchacha lo había tomado de la mano y lo llevó a una acequia cercana. En esa ocasión, era ella quien los espiaba. Él se deshizo de sus ropajes y la mestiza se metió al agua con él y le ayudó a lavarse. Seguramente, me había escuchado decir que el olor que desprendía era muy desagradable y, al parecer, ella le convenció de que en el Nuevo Mundo la gente se bañaba a menudo, que no era malo para la salud y que el aseo no era solo prácticas de moros y de otros herejes, al lavarse olería mejor. Esa noche, Hernán estaba diferente, más alegre, y miraba de soslayo a Rosario que permanecía siempre cerca de mí.

Isaías era muy diferente a su medio hermano, aunque tenía como Hernán sangre mezclada. Era altivo y arrogante; se desenvolvía muy bien entre los jornaleros, tenía don de mando: era el encargado de que todo funcionara. El cortijo se abastecía y pagaba tributo a los Medinaceli, porque estaba bajo su señorío. Una de esas tardes, mientras Ainara estaba pintando una Sagrada Familia para colocarla en el salón, él se le acercó y comenzó a contarle cómo habían llegado allí. Le habló de su padre, don Juan, de lo que sucedió a su muerte y de cómo había sido su relación con la madre de Juanita, la propietaria del cortijo.

—Su madre, llevaba su mismo nombre. Era muy guapa, con fuerza y mucho carácter; era morisca y a escondidas cultivaba la fe del profeta Mahoma; por eso aquí no hay cuadros de santos, ni de temas religiosos. Doña Juana tenía un libro que leía, en una lengua desconocida, pero desde que murió no lo he visto más. Incluso, creo que

Juanita lo quemó; pero, como a mí no me incumben esas prácticas de moros, no le pregunté. Mejor es no saber de algunas cosas…

—Sigue contándome, que me gustaría saber un poco más de vuestro pasado…

Ainara lo animó para que continuara hablando.

—Nuestro padre, don Juan, nos trajo de América hace casi trece años. Veníamos en un bajel con la madre de Hernán, pero ella no aguantó el viaje y falleció allí mismo. Era una mujer muy rica, mi madre era su esclava. Hernán tendría cinco o seis años; yo era mayor, ya me había desarrollado. Hernán nunca ha salido del cortijo, yo sí: con el Conde una vez fui a Sevilla y otra a Cádiz. Recuerdo cómo es el mar y mi vida en Nueva España, pero él no se acuerda casi de nada, no ha salido de estas cuatro paredes.

—¿Es porque no ha querido? —le preguntó Ainara.

—A todo le tiene miedo. Os voy a explicar el porqué. Al poco tiempo de llegar, nuestro padre volvió a irse y, después supimos que había muerto. Doña Juana, para consolarse de esa pérdida, me metió en su cama pues le gustaba tener en ella a un hombre que la complaciera… Había perdido un hijo pequeño hacía poco tiempo y Hernán lo sustituyó. Yo la satisfacía en el lecho; a pesar de ser muy joven, aprendí a hacerlo para que estuviera contenta conmigo. No quería que buscara un sustituto; fui aprendiendo qué era lo que la complacía y ella fue delegando en mí también todas las responsabilidades del cortijo.

Le contó esas circunstancias de su vida como algo muy natural. Luego, se explayó hablándole de muchos pormenores, que a Ainara nada le interesaban; pero, según le iba contando, ella fue imaginando las razones por las cuales tenía ese aire de superioridad. Se había dado cuenta de cómo allí todos le temían y por qué Hernán lo veía más que como a un hermano, como a un padre.

—Háblame ahora de Juanita, y luego me cuentas de Hernán…

Ainara quería que cambiara el tema, pero que continuara hablando..., aunque se veía que lo que le gustaba era hablar de sí mismo.

—También a ella la complazco. Tiene, como su madre, mucho apetito y carácter —esbozó una pícara sonrisa y le guiñó un ojo—. Ha salido de aquí alguna que otra vez con otros hombres, como ahora lo ha hecho con vuestro pariente, pero siempre regresa.

Esa tarde, Isaías le pidió que le hiciera un retrato de cuerpo entero y desde el primer momento que se plantó frente a ella, Ainara comprendió que su postura era la de un hombre arrogante. Lo poco que recordaba del conde de Altagracia, cuando lo vio en el palacio ducal de Sanlúcar, coincidía con esa actitud, orgullosa y altiva que estaba también presente en el mulato. Era obvio que se sentía apoyado no solo por su filiación con ellos, también por su físico. Era un hombre grande, fuerte, aunque de facciones toscas, muy atractivo. Sin embargo, por contraste, ninguno de esos rasgos era evidente en Hernán; quizás su triste aspecto físico y su condición lo habían vuelto introvertido, inseguro y pusilánime. Seguramente, al haber pasado tantos años pegado a la madre de Juanita, tampoco lo ayudó a crecer; según contó Isaías, después de que ella murió, Hernán dormía con su hermana porque siempre tenía miedo.

Ese mundo al que la había llevado Gabriel era extraño y esos personajes, más que pintorescos, resultaban grotescos. Si bien, en un principio, se sentía asustada, luego se interesó por ellos y fue imaginando sus vidas en otros momentos y tratando de plasmar los diferentes caracteres y sus vivencias en los lienzos.

La breve historia de Hernán que le trasmitió Isaías era lamentable; pero, aunque ella trató de profundizar, no logró sacarle mucha información. Cada vez que le preguntaba por su hermano menor, terminaba contándole anécdotas en donde él era el principal protagonista y apenas mencionaba la actuación de Hernán.

Una tarde Ainara, al fin, pudo mantener una conversación con el joven con el que la pensaban casar. Para su asombro, a pesar de haber tenido un aspecto tan deplorable cuando llegaron, ahora cada día se veía mejor. Rosario había logrado no solo que se bañara y se lavara el pelo, también se ocupaba de blanquearle los dientes con unos polvos de carbón que llevaba consigo. Le limpiaba sus ropajes y ahora vestía mejor. Esa tarde la sorprendió diciéndole que quería que le retratase una vez más. Le había gustado verse en el retrato que estaba colgado en la pared, pero allí solo se veía su cara y parte del torso, quería uno de cuerpo entero, como el de Isaías. En el fondo, quería que hubiera una mesa con un reloj y también una cortina; en una mano enguantada sostendría su sombrero y la otra la apoyaría en su espada toledana, también quería que en el lienzo se le vieran sus pies.

—Hernán, posa para mí, ya verás que voy a hacer un buen retrato —le aseguró muy sonreída.

Tener enfrente a una persona, quieta, ayuda a conocer su interior. Hernán era callado, pero discreto. No era el tonto que ella pensaba, ni tampoco un pusilánime; obviamente era muy retraído, pero tenía juicio. Isaías hablaba sin cesar y le había contado muchos detalles de la vida en el cortijo; Hernán era muy diferente, ahora posaba orgulloso con el pie derecho adelantado, mostrando sus zapatos de hebilla plateada y tacón alto. En poco tiempo había cambiado tanto, que a veces pensaba que no era la misma persona que la había recibido, hacía poco más de un mes.

Mientras hablaba, ella trataba de llevar la conversación; le preguntaba y él le contestaba, primero con monosílabos, aunque después se fue sintiendo más seguro y comenzó a relatarle otra versión de su historia. Para su asombro, le pidió que Rosario estuviera con ellos mientras posaba; cuando ella estaba presente, él se veía más seguro. La mestiza se había convertido en su ayudante, le había enseñado a mezclar los pigmentos, a limpiar los pinceles y, también, como tenía gran habilidad, la ayudaba a rellenar los fondos, según sus indicaciones. Seguramente, entre sus antepasados, habría buenos artesanos y había heredado esa habilidad de sus ancestros; no sabía ni leer ni escribir, como ninguno de los que habitaban esa casa, pero Rosario era lista por naturaleza. Después de que Hernán hablara de temas intrascendentes, sobre caballos, cerdos, gallinas y patos, y de sus perros; Ainara le preguntó algo más personal.

—Hernán, sabes de nuestro compromiso y que cuando nos desposemos tendremos que irnos a América en un bajel... Vamos a convivir allí con tu hermana Josefa y, también, con uno de tus parientes que es virrey de Nueva España.

Aunque hasta ese momento estaba relajado y hablaba con naturalidad de la vida en el cortijo, cuando ella comenzó a hablarle del futuro que les esperaba, un rictus de turbación y angustia se dibujó en su semblante...

—¡No quiero irme de aquí! No voy a recorrer el mar, me da terror morir allí, y que me echen al agua, y, y..., ser, ser, devorado *pooor...*, monstruos *maaarinos*; eso le sucedió a mi madre, la echaron al *maaaar*. ¡No, no voy a subir a ningún bajel! —exclamó, temblando y tartamudeando.

Se sentó de improviso en una silla de tijera que estaba allí cerca y escondió la cara entre las manos. Rosario se acercó a él, y comenzó a susurrarle al oído algo así como una melodía. Ainara dejó de pintar y se aproximó a ellos, y también trató de tranquilizarlo:

—No te angusties, falta tiempo. Ya veremos qué sucede en las próximas semanas.

La actitud de Hernán había cambiado en segundos. Ainara, preocupada, decidió hablar de algo muy diferente para que recobrara la serenidad. Comenzó a contarle cosas del lugar donde había nacido, de los paisajes de las Vascongadas, de los prados, de los ríos, de las montañas y, del frío en el invierno. Le preguntó a Rosario si en el Nuevo Mundo había montañas, y la muchacha comenzó a hablarle de ellas, de los pájaros y de las flores, a medida que ella hablaba, la expresión del joven se fue suavizando. Ainara logró entonces captar una mirada furtiva entre los dos, una expresión de gran ternura, y se maravilló al verla plasmada en el lienzo; entonces no solo lo dibujó a él, también a su lado hizo surgir una figura que salía entre las sombras con un halo dorado a su alrededor; llevaba una vela en las manos iluminando su rostro, y parecía flotar en el ambiente. Era Rosario…

En ese momento de expansión y con la sinceridad de un niño, Hernán le insinuó que no quería casarse con ella. Y Ainara esbozó una sonrisa…

Fueron pasando los días y, si al principio la joven vasca estaba preocupada porque no sabía cómo iba a desenvolverse en ese lugar, apartado y desconocido, después de varias semanas se sentía más a gusto y conversaba a menudo con Rosario cuando se iban a dormir; tras rezar sus oraciones, le preguntaba cómo era la vida en Nueva España y ella, aunque le costaba explayarse en las respuestas, poco a poco fue hablando, al principio de temas intrascendentes: de las comidas, del paisaje, de la exuberante vegetación, de la multitud de pájaros, de las numerosas iglesias. Una de esas noches, Ainara le preguntó:

—Creo que Hernán no tiene ningún deseo de matrimoniarme. Como lo conoces, bien podrías decirme a qué se deberá su poco interés por mi persona —tras un prolongado silencio, con voz queda, le respondió.

—Don Hernán no tiene nada en su contra, Dios lo libre, es que su *mercé* lo *azusta*, es mucha *mujé pa* él… no sé si me *ezplico*…

—Él prefiere estar contigo, de eso me he dado cuenta —puntualizó Ainara.

—¡Dios lo libre…! Cómo dice semejante *atrocidá*… no me puede preferir a mí, que *zoy* tan poca cosa. Lo que pasa, *ez* que lo están obligando a *cazar* con su *mercé*.

—A mí también me obligan. No sé si sabes que soy huérfana y no tengo parientes cercanos, el capitán de Iturriaga es mi representante y —añadió para hacer más énfasis a su situación—, ha sido él quien ha concertado esta alianza.

—¿Su *mercé* no quiere *madtrimoniarse* con don Hernán? —le preguntó asombrada...

Ainara sonrió. Comprendió que Rosario estaba tan sorprendida de que le hiciera esas confidencias a ella, siendo solo su criada, que casi tartamudeaba al dirigirse a su ama. Sin embargo, como era de noche y cada una de ellas estaba acostada; por eso, quizás, se sentía más confiada. Ainara yacía en su cama y a su lado, en el suelo, estaba ella en una esterilla. Esperó un rato para responderle y sintió su respiración entrecortada.

—La verdad es que yo tampoco deseo casarme con él —y añadió—, ¿os conocíais de antes?

—De muy niños vivíamos en la misma casa, yo tengo casi sus mismos años.

—Os habéis hecho buenos amigos, ciertamente.

—Sí, y ahora recuerda cosas que creía olvidadas...

—¿Qué dice de Juanita y de Isaías?

—A Isaías le quiere bien, *zolo* en él confía. Doña Juanita le pega y le da patadas.

—¡Cómo es posible! —exclamó, Ainara, asombrada.

—La madre también le pegaba y le enseñó a su hija esas malas mañas. Eso me lo ha dicho, don Hernán. Sabe que es rico, de las minas de plata de su madre en Taxco y que por *ezo*, para hacerse ellos con *ezos* dineros, lo quieren *cazar* con su *mercé*...

Luego, quedó callada. Ainara no quería insistir en ese tema, pero ella continuó hablando:

—Cree que su *mercé* le va a obligar a *hazegle* cosas que él no puede y tiene miedo de que también le pegue; yo le digo que su *mercé* es buena, es diferente a otras amas...

—Me alegra que pienses así de mi, Rosario.

La mestiza, envalentonada por esas palabras, continuó hablando:

—El conde de Altagracia, antes de que su *mercé* llegara, trajo aquí a unas mujeres y se burlaron de don Hernán... y el Conde, que es su medio hermano, le dio de palos porque no pudo *hagzer* lo que ellas requerían...

—¡Qué barbaridad!, y qué dijo de eso Juanita...

—Ella se ríe *entambién* de él... Don Hernán ha podido hablar conmigo, porque ella se ha ido.

A Ainara le pareció que a la mestiza se le quebraba de nuevo la voz, pero se la recompuso y continuó diciendo:

—Me di cuenta al *vedlo* que lo que le pasaba era que estaba *muelto* de miedo, pero que no era el tonto que todos creen... He tratado de *ayudadlo*; él tiene seso y entendimiento, pero le han hecho mucho daño, tanto la madre de doña Juanita como ella, así como también el Conde. De doña Josefa, quien fue mi ama, en Puebla, la viuda del *marquéz* de Salinas, que se casará con el Capitán, no dice *na*, no la recuerda, pero yo escuché muchas conversaciones allí en Puebla, lo que traman es *pecao*.

—¡Dios mío! Cómo dices eso, Rosario, cuéntame qué escuchaste.

—Mañana hablaré con vuestra *mercé*. Tengo que decírselo primero a don Hernán...

—Está bien, continuamos la conversación mañana. Se ha hecho tarde, recemos de nuevo por lo bajito y vamos a dormir. Mañana será otro día.

—Buenas noches, mi ama. ¡Qué Dios la bendiga!

Ainara habría querido continuar hablando con ella, pero no quiso presionarla. Sin embargo, se durmió pensando en esas conversaciones, ¿de qué tratarían?

El calor apretaba cada día más y la fecha propuesta para el casamiento de Ainara se acercaba. Su boda se había fijado para la primera quincena de junio, después embarcarían con la flota que se hacía a la mar el 29 del mismo mes, el día de san Pedro y san Pablo.

Gabriel regresó ya entrado el mes de junio, venía solo; dijo que Juanita llegaría después con la comitiva del conde de Altagracia y la condesa. Al verlo, a Ainara le pareció que estaba un tanto nervioso; o quizás era que, en esta ocasión, ella se sentía más aplomada. La estadía en ese lugar había sido más grata de lo que en un principio imaginaba y Gabriel, en vez de alegrarse, parecía disgustado al comprobar que se había adaptado bastante bien a ese ambiente; seguramente pensaría encontrarla con un estado de ánimo muy diferente. Al llegar, había recorrido la casa y, ahora, estaba de pie en el salón, observaba detenidamente una de las tablas que ella había pintado.

Ella le mostró todas las pinturas que había realizado y que ahora colgaban en las paredes: retratos de Hernán, de Isaías, de Rosario, así como un par de dibujos de santa Catalina y santa Inés. Había tomado a Rosario como modelo y las representó de la manera como lo hacía Zurbarán. También había colgado una Sagrada Familia, todavía abocetada, pero cuyos modelos, le dijo, con gran orgullo, fueron Hernán y Rosario, además de, un crio recién nacido, hijo de uno de los jornaleros del cortijo. Con esos lienzos colgados en las paredes de las diferentes estancias, la casa se veía distinta. También la había llenado de flores, de ramas de tomillo y romero, por lo que el aroma que desprendían envolvía el ambiente y todas las suciedades e inmundicias habían desaparecido. Asombrado, al darse cuenta del cambio, solo alcanzó a decirle:

—Mi madre habría estado muy orgullosa al ver lo bien que te has adaptado a tu nueva situación y cómo has aprovechado el tiempo. Recuerdo que elogiaba siempre tus dibujos, así como los de Martín.

—Sus enseñanzas y su ejemplo fueron las que forjaron mi carácter, vosotros sois mi única familia. Quise a tu madre igual que si hubiera sido la mía; era una gran mujer. Durante sus últimos años pensaba mucho en ti, y sé que le dolía que no le escribieras…

—Ya lo hacia Martín, yo no tenía tiempo.

La expresión de Gabriel parecía turbada; además, era evidente que no quería hablar de ella. Miró hacia el horizonte, no había llovido en las últimas semanas y el campo estaba seco; el calor típico del verano ya se acercaba. Luego, se quedó mirando fijamente a la joven y cambió drásticamente el tema de conversación.

—Esta tarde llegarán los condes de Altagracia. La fecha de vuestra boda está pactada para el sábado.

—Eso es dentro de tres días — comentó sorprendida.

—Han programado para mañana una montería y otra para el día siguiente. Dos días después será la boda y el convite. Mañana traerán el traje que vas a llevar…

—No necesito ningún traje. Tengo uno preparado para la ocasión —él hizo un gesto de indiferencia y continuó diciendo:

—Espero que sea apropiado para la celebración.

—¿Qué te has creído, Gabriel? ¿Dónde crees que he estado en todo este tiempo, en una casa en el campo cómo esta? He sido la dama de compañía de la hija del duque de Medina Sidonia, que ahora es la duquesa de Braganza. Si estoy aquí es porque tengo que cumplir con el compromiso que mi abuela hizo con tu madre, no por mi voluntad. He comido en las mejores vajillas y bebido excelentes vinos en todos estos años que no has sabido de mí.

Al marino le pareció que la joven estaba sacando un carácter que él desconocía, la creía más sumisa, y ese ímpetu con el que le habló lo dejó algo perplejo. Sin embargo, agregó:

—Al llegar le ordené a la servidumbre arreglar la casa, y disponer varias habitaciones para los condes y sus hijos. También le dije a Rosario que se lleve a otro lugar las pinturas que has colgado, dejaremos en las paredes solo los santos.

—A Rosario, las órdenes se las doy yo —le contestó Ainara, levantando la voz y mirándolo desafiante.

—Esa no es manera de dirigirte a mí y tú lo sabes…

—El que no sabe como dirigirse a mí, eres tú. —con un tono todavía más alto volvió a hablarle —Si eso querías que hiciera, me lo has debido comunicar a mí primero.

Gabriel la tomó por el brazo, se había puesto alterado por la forma en como ella le habló; Rosario pasaba por allí y se les quedó mirando; luego, inmediatamente, bajó la vista y Ainara, zafándose de su brazo, sentenció:

—No vuelvas a ponerme la mano encima. No me conoces, pero ya lo irás haciendo... Suéltame, Gabriel, inmediatamente.

—No estoy acostumbrado a que me hablen así: Debes entender que quien da aquí las órdenes soy yo.

—Entonces vas a tener que cambiar tu actitud, porque no voy a permitir que me levantes la voz ni una sola vez más. Por si no lo recuerdas, aquí quien manda no eres tú, sino Hernán Pacheco; con sus dineros es como se sostiene esta casa y a toda su familia... —y con un gesto brusco dio por terminada la conversación quitándole la mano de su brazo.

Gabriel la soltó y se apartó. Ainara lo dejó allí mismo plantado y se dio la vuelta. Entonces él, atónito, pensó que esa joven no tenía nada que ver con la niña dócil que recordaba y, quizás, la relación con ella iba a ser más complicada de lo que suponía.

A primera hora de la tarde llegaron los Condes, acompañados por Juanita. Desde que se saludaron hubo una sensación de tensión en el ambiente. La Condesa, primero, se burló de Hernán; criticó su atuendo, su jubón con hilos dorados y sus calzas ribeteadas con piedras de azabache, un atavío quizás algo ostentoso para la ocasión; pero, como se lo había escogido Rosario, él estaba muy orgulloso de su apariencia. Ainara se fue percatando de cómo el joven se iba poniendo cada vez más nervioso por los comentarios de la Condesa, así como por los de Juanita y tartamudeaba; Ainara, para tranquilizarlo, le propuso retirarse alegando que, como al día siguiente estaba pautada la partida de caza de faisanes, perdices y codornices, tenía que descansar. También ella pensaba aprovechar la ocasión y marcharse, pero la Condesa la retuvo; y de forma desagradable, esta giró la conversación hacia los de Medina Sidonia, haciendo comentarios indiscretos sobre los gastos que realizaban. Habló muy mal del conde de Niebla, de sus gestiones en la corte y de sus múltiples amantes, por lo que Ainara estaba, cada vez, más incómoda. Directamente y sin medias palabras, le dijo que su fidelidad con la casa de Medina Sidonia era incuestionable, que no deseaba continuar con la conversación, que le permitiera retirarse a descansar. La Condesa asintió, aunque de mala gana, y ella se fue a su habitación. Cuando llegó a su estancia, no estaba Rosario. De manera que nadie la asistió, se lavó la cara en el aguamanil, se desvistió, se dispuso a dormir y se encomendó a la Virgen de Aránzazu, recordando el santuario al que acudían cuando eran niños y que quedaba cerca de Oñate; a pesar de que tenía un mal presentimiento, se durmió.

Se había dispuesto la partida de caza a primera hora de la mañana. La Condesa no iba a participar, ni tampoco Juanita. Hernán, Isaías y Ainara salieron juntos con los perros; el Conde, sus hijos y Gabriel también lo hicieron.

La joven se había percatado de que, desde la noche, el conde de Altagracia le tenía la vista puesta encima y la miraba de una manera muy particular.

El noble, a primera hora, se dirigió a Iturriaga y le dijo:

—Desde que hemos descubierto que tu pupila es conversa, sabes bien que ha perdido parte de su valor. Pensábamos que, aunque no fuera titulada, procedía de noble cuna; ahora no es igual —con expresión sarcástica, añadió—: te estás beneficiando ampliamente ofreciéndonosla para casarla con el idiota de Hernán. Cuando le propuse a Medina Sidonia esta alianza, no quiso ni escucharme, me gustaría verle la cara ahora —rio de buena gana y agregó—: la quiero para mí primero, te queda claro, Iturriaga —le susurró al oído y el marino asintió.

—No sabía de su filiación de conversa. Su padre era hidalgo, y su abuela paterna nuestra pariente. Creció en casa, como una buena cristiana —afirmó.

—Cuando la conocí en palacio me pareció una mujer preciosa y desde ayer estoy deseando hacerla mía —agregó Altagracia con una sonrisa burlona.

Gabriel no le contestó. Se quedó absorto mirándola; a lo lejos, su larga cabellera trenzada reflejaba los rayos del sol y su talle esbelto destacaba en la mitad del campo. Se sentía halagado por haberla llevado allí, pues tanto el Conde como sus hijos no le quitaban la vista de encima; pero, a la vez, la voz de su conciencia no lo dejaba en paz. Su madre y su hermana, que tanto la querían, furtivamente se colaban en sus pensamientos; hacía años que no pensaba en ellas, pero ahora al tener a Ainara tan cerca no lograba estar tranquilo.

Pacheco era enemigo jurado de Medina Sidonia, el hecho de burlarse del honor de una de las damas de su hija Luisa Francisca le parecía, además, el mejor trofeo. Mientras tanto, la joven, ajena a todo lo que estaban tramando, disfrutaba del momento. Le gustaba cazar, tenía muy buena puntería y lograría, seguramente, hacerse con algunas piezas.

Cuando terminaron la jornada, comprobaron que había sido ella quien se anotó más faisanes, por lo que estaba muy emocionada. El Conde se le acercó, en varias ocasiones, para felicitarla y trató de avasallarla; pero ella, esquiva, se escurría. De modo que, al final de la tarde, buscó un momento propicio y fue hacia ella una vez más, sugiriéndole que fuera con él a los establos para que le diese una opinión sobre unas yeguas árabes que había traído; le dijo que estaba al tanto de que sabía mucho de caballos, tratando así de halagarla. Don Antonio creía que lo más conveniente para engatusarla era alabar la maravillosa cuadra de los Medina Sidonia y, durante un buen rato, mantuvo con ella una charla sobre el tema equino. Sin embargo, como Ainara percibió las turbias intenciones de Pacheco, cuando quiso llevársela hacia las caballerizas se excusó alegando que tenía que arreglarse para la cena. Entonces él decidió esperar otra ocasión, aunque se quejó con Gabriel y le apremió para que interviniera con el fin de acelerar el encuentro con ella, ya que no debía pasar de esa noche. El marino frunció el ceño. Su alianza con Altagracia era importante y le interesaba complacerlo; pero, a la vez, presentía que estaba obrando mal. Ese no era el acuerdo al que habían llegado; Gabriel había accedido a concertar el matrimonio, pero no estaba previsto que el Conde y, quizás, también sus hijos abusaran de su pariente; sin embargo, como no quería predisponer al Conde en ese momento contra él, decidió no entrometerse en sus intenciones...

La cena, 14 de junio de 1635

Antes de que bajara el sol, se sirvió la cena. El Conde, la Condesa, sus hijos, Juanita, Gabriel, incluso Ainara habían bebido demasiado vino de distintas cepas para catarlo cuando pusieron la mesa. Altagracia había traído varias barricas de su cosecha para celebrar el festejo y bebieron más de la cuenta. Los sirvientes les sirvieron un delicioso guiso de ciervos, conejos y patos que acompañaron con grandes jarras de caldo jerezano, que también se ofrecería en el convite después de la boda. El Conde le había servido unas cuantas veces personalmente a Ainara y ella, por su insistencia, tuvo que apurar todos los vasos. Luego, le pidió que se le acercara, para que fuera ella quien escanciara una nueva jarra. La tomó del brazo y la sentó sobre sus piernas. Ella no entendía qué le estaba sucediendo, se sentía muy confundida y mareada; solía beber vino, pero nunca le había ocurrido lo que ahora le acontecía. La vista comenzaba a nublársele y la lengua se le trababa; le pidió a Gabriel que la auxiliara, quería irse de allí lo antes posible, ya que no se sentía nada bien, pero él le susurró al oído:

—No seas impertinente, no te das cuenta de que necesito los favores de don Antonio, tienes que complacerlo. No vas a irte de aquí, si él no quiere...

A Ainara le pareció que Gabriel estaba ebrio, nunca lo había visto así de beodo..., pero ella, también, se sentía muy rara..., aunque en medio de su aturdimiento, estaba muy molesta porque notó que Altagracia deslizaba una mano entre sus piernas. Ainara miraba a Gabriel, tratando de captar su atención; pero él no reparaba en ella, intuía que tenía que irse de allí. El Conde le susurró al oído:

—Me gusta acariciar pieles así de suaves y jóvenes. Aunque no tengas la sangre tan pura como nos había asegurado tu protector, eres igualmente una pieza suculenta; cuando te vi en medio del campo, caí en la cuenta de que será lamentable que Hernán no pueda complacerte como lo sabré hacer yo…

—Me confundís, don Antonio, os ruego me dejéis tranquila; no sé a que os referís.

Trató de levantarse, pero no podía; todo le daba vueltas. Entonces, tomó un trinchante que estaba sobre la mesa y se lo clavó en la pierna al Conde y él la dejó libre; soltó una sonora carcajada y agregó:

—Quiero que sepáis que me gustan mucho las gatas y, si son salvajes, me excitan todavía más…

Hernán, Isaías, la Condesa y Juanita se habían retirado hacía rato, sin que ella hubiera reparado en ellos; solo quedaban en la mesa Iturriaga, Altagracia y sus hijos, que escuchaban la conversación y contemplaban la escena, con una risita burlona al comprobar cómo la muchacha ignoraba lo que ellos se imaginaban que iba a suceder. Ainara se puso en pie, pero tuvo que sujetarse al respaldo de la silla, estuvo a punto de trastabillar y caerse al suelo; no comprendía cómo no había podido irse antes de que ese aturdimiento la embargara, algo inusual le sucedía. El Conde también se levantó y le susurró a Gabriel:

—Llévala a su habitación, allí la espero. Le he vertido una buena cantidad de un afrodisiaco en sus copas desde que empezó a beber para que no se me resista…

Ainara le pidió, una vez más, a Gabriel que la auxiliara, le dijo que se encontraba terriblemente mareada y quería irse de allí; él la tomó del brazo y la llevó hacia la pared. Le acarició la mejilla y sus manos se deslizaron por su escote, mientras le cuchicheaba al oído, con palabras entrecortadas, cuánto le gustaba. Ella le dio un manotazo y él retiró la mano y tambaleándose, se dirigió hacia la mesa, apuró el resto de la copa de ella y sin poder sostenerse, se dejó caer sobre una silla, extendió los brazos sobre el mantel y se desplomó sobre él. Estaba completamente ebrio, había perdido la conciencia. Rosario, desde el fondo de la estancia, veía lo que estaba sucediendo. Se acercó a Ainara y la llevó a su habitación; su intención era salvarla. Había presenciado espectáculos parecidos, en otras ocasiones. Pensaba desvestirla, lavarla y dejarla durmiendo en su habitación; de esa manera estaría mejor al día siguiente.

Sin embargo, cuando entraron en la estancia se encontraron al Conde de frente. La mestiza trató de llevársela de allí; pero como él la estaba esperando, la agarró del brazo y le ordenó a Rosario que se fuera. El Conde la tiró sobre la cama, le levantó la falda y comenzó a forcejar sobre ella. Ainara no estaba consciente de lo que sucedía, aunque en un momento de lucidez aquellos terribles recuerdos que creía haber apartado de su mente, revivieron: comenzó a llorar, a temblar y empezó a vomitar y vomitar encima de Altagracia.

Mientras tanto, Rosario había ido a pedirle ayuda a Iturriaga, quien, sin saber a donde iba, se dejaba llevar por la criada. En el momento en que llegaban a la puerta de la habitación de la joven, salía el Conde dando voces.

—¡No he podido hacer nada con esa desgraciada! Aunque…, mejor ha sido así, no quiero que me achaquen otro bastardo. ¡Qué asco!, esa condenada, esa puta conversa, me ha echado el vómito encima. Ve a ver que haces con ella, Iturriaga —vociferó—. Mañana se la pasas a mis hijos, para que la gocen también.

Rosario, al ver a su ama tendida sobre la cama con el vómito esparcido por encima, fue hacia ella, la lavó con agua de lavanda, le puso ropa limpia y cambió las sábanas. Gabriel no había emitido palabra; después de que el Conde se fue, se quedó parado en el quicio de la puerta, observando cómo Rosario la aseaba. En medio de su aturdimiento, ¡no quería pensar quién era, no quería pensar en nada! Cuando Rosario terminó, le ordenó que se fuera y cerró la puerta con cerrojo. La mestiza se imaginó lo que iba a suceder, pero ya no podía hacer nada. Recogió con los demás sirvientes los trastos que habían dejado tirados los señores y se fue a dormir. A la mañana siguiente tendría que contarle a Hernán lo que había ocurrido.

Gabriel, se quitó el jubón, las calzas, las medias, se aflojó la lechuguilla,[25] se despojó de la camisa, y a ella le rasgó el camisón y acarició suavemente sus pechos, el aroma a lavanda que desprendía lo embargó.

Apagó el haz de velas y la estancia quedó en total oscuridad. No quería verle la cara; una y otra vez forcejeó sobre ella, hasta que cayó dormido a su lado.

A pesar de su mareo y de su aturdimiento, Ainara también se quedó dormida, sin darse mucha cuenta de lo sucedido.

A media noche, Gabriel se despertó, bebió de la jarra de agua que estaba a su lado y, luego entró de nuevo en la cama; sintió que un cuerpo tibio lo rozaba, una excitación descontrolada lo embargó y ahora, otra vez con más fuerza que la anterior, la penetró. No sabía bien quién era, o más bien no quería pensarlo. Ainara, al volver a sentir la misma opresión que antes se despertó y se dio cuenta de que no era un sueño aquella pesadilla, era una realidad lo que le estaba sucediendo. De nuevo la estaban violando y era Gabriel quien estaba sobre ella… Entonces comenzó a pensar en Martín y gritó su nombre desde lo más recóndito de su ser: "*Martín, maitío…*[26]. En ese momento, Gabriel tomó conciencia y recordó con plena lucidez lo que había ocurrido horas atrás; al oír el nombre de su hermano se puso fuera de sí, lo invadió una furia descomunal, la sujetó por los brazos y forcejeó

---
25. Cuello de encaje rizado y almidonado.
26. Expresión de cariño: querido, amado, en vasco.

sobre ella una vez más, mientras que Ainara imploraba que Martín la socorriese...

—Es Martín en quien piensas. ¡Siempre ha sido Martín!, ¿verdad...? Nunca querías estar conmigo, siempre lo preferiste a él, todos lo preferían a él —balbuceaba con rabia.

La joven lloraba desconsoladamente; él la inmovilizó, la penetró una vez más, con gran fuerza y violentamente. Cuando acabó, quedó exhausto y ella, inmóvil. Entonces fue consciente de lo ocurrido, se llevó las manos a la cara y exclamó:

—¡Dios mío...! ¡Qué he hecho!

Ainara se acurrucó a los pies de la cama hecha un ovillo y lloró durante horas; escasos minutos después, él comenzó a roncar... y durmió varias horas a pierna suelta.

El 15 de junio, al día siguiente

Al amanecer, una tenue luz se filtró por la ventana. Ainara, finalmente, había sucumbido y dormía agazapada a los pies de la cama. Al salir el sol, Gabriel se levantó. Se fue de la habitación, sin ni siquiera mirarla. La partida de caza ya iba a comenzar. Desechó los pensamientos que le angustiaban, desde niño tenía esa capacidad, y se fue a cazar. Solo pensaba en las piezas que se iba anotar.

Cuando era casi mediodía, la Condesa mandó a llamar a Ainara, extrañada porque no la había visto todavía. Envió a su habitación a otra de sus criadas, que la ayudó a levantarse y a vestirse. Cuando estuvo lista, fue hacia el corredor donde allí la esperaba la Condesa con un religioso, pariente suyo, que iba a oficiar la ceremonia de casamiento al día siguiente.

—¡Qué mala cara tienes! ¿No has dormido bien? —le preguntó al verla.

Ainara, con una inclinación de cabeza y una reverencia, se dirigió a la Condesa y luego al prelado:

—En efecto, disculpad mi estado. Pasé mala noche, algo de lo que ingerí en la cena me sentó muy mal…

—Acercaos, por favor. Doña Emilia y yo queremos hablar con vuestra merced a fin de prepararos para la ceremonia de mañana —añadió el *pater*.

—Estoy a vuestra disposición —acotó dirigiéndose al fraile.

—Hemos investigado a vuestros padres y abuelos, ya que vais a entroncar con esta noble familia y, desafortunadamente, hemos encontrado conversos entre ellos. Como habéis sido dama de compañía de doña Luisa Francisca, ahora duquesa de Braganza, queríamos saber si es costumbre de la Duquesa tener personas de origen dudoso y prácticas judaizantes o moriscas.

Ainara sentía un terrible dolor de cabeza y no entendía a qué se refería. El prelado era dominico, uno de los acólitos del Tribunal de la Inquisición de Sevilla. En ese momento le vino a la mente una conversación que había mantenido con Martín en la que él la apremiaba a tener mucho cuidado con sus palabras cuando estuviera con uno de esos frailes. ¿Qué tenían que ver los Medina Sidonia con los orígenes de ella? Sin embargo, inmediatamente, se dio cuenta por donde iba a venir la conversación; al parecer, iba a ser un desagradable interrogatorio…

—Perdonadme, pero no sé a qué se refiere vuestra paternidad.

—Investigamos los documentos que acreditan vuestra limpieza de sangre y comprobamos que, por el lado de vuestro padre, sus antepasados son cristianos viejos, pero no ocurre lo mismo por vuestro lado materno… ¿Los duques de Medina Sidonia conocían vuestra filiación y, sin embargo, habéis sido una persona de toda su confianza?

—Ellos no lo sabían…

—Entonces les habéis mentido… —sentenció.

La conversación era entre el religioso y Ainara; la Condesa escuchaba y sonreía maléficamente.

—No les mentí, nunca lo preguntaron. La Duquesa y yo teníamos mucho en común, a las dos nos gusta leer y pintar, por eso nos hicimos buenas amigas.

—Pintar es un vil oficio de artesanos.

—A la reina Isabel de Valois, esposa de nuestro rey Felipe el segundo, que Dios tenga en su gloria, le gustaba pintar, como a la Duquesa o a mí.

—Qué osadía compararos con una Reina… o con una Grande de España.

—¡Por Dios! No me comparo; éramos buenas amigas…

—En el palacio ducal hay moras, ¿qué podéis decir de ellas y de sus prácticas pecaminosas?

—El Duque tiene señoríos en tierras de moros, y muchos acuden a Sanlúcar o a Huelva a entrevistarse con él y le prestan sus servicios.

—El rey Felipe, el tercero, el padre de nuestro actual monarca, expulsó a los moriscos de sus reinos. ¿El Duque tiene a su servicio a tales herejes?

—Disculpad si no me he expresado bien, los moriscos que están a su servicio son conversos.

—Conversos como vos…

—Yo no soy conversa, no he tenido más religión que la cristiana desde que fui bautizada de niña.

—Pero lleváis un nombre que no es de santa.

—Mi nombre es María como mi abuela, María de Urtubia. Mi abuela fue espía para nuestro muy católico rey Felipe el segundo, y este la premió por defensora de la fe frente a los herejes en Francia. Si os place podéis investigar sus actos, son bien conocidos. Mi segundo nombre es Ainara, que en vasco significa "golondrina", así me llamaban de niña. Según nuestra tradición las golondrinas le quitaron la corona de espinas a Nuestro Señor después de muerto…, por eso algunas veces vemos a esas pequeñas aves al pie de la cruz.

—Me parece que sois un tanto soberbia, queréis hacerme creer que sabéis más que yo —sentenció el prelado.

—La soberbia es un defecto que también tiene la duquesa de Braganza — agregó la Condesa.

Entonces, Ainara, recordando de nuevo a Martín, nombró su filiación con Francisco Javier, su pariente, ya que él le había comentado que tener un familiar que había sido canonizado recientemente era una buena carta de presentación y, en estas circunstancias, era conveniente ponerla al descubierto.

—Su paternidad, disculpadme de nuevo, si no me expreso bien y me mal interpretáis. No sé si su merced está al tanto de que entre mis antepasados está Francisco de Azpilicueta, es decir san Francisco Javier. Ese parentesco es el que me une a los Iturriaga. El capitán Gabriel de Iturriaga es mi tutor desde que murió su madre. Con ellos viví desde niña, son una familia muy católica de Azpeitia, de donde era el insigne Ignacio de Loyola, fundador de la Compañía de Jesús… El capitán de Iturriaga ha dispuesto que me una con el hermano menor del Conde, y estoy cumpliendo con el compromiso que nuestras familias fijaron.

—De la ilustre familia de los Iturriaga no tengo nada que objetar; como sabéis vuestro tutor va a matrimoniar a mi cuñada próximamente. Es sobre las prácticas dudosas de vuestra conducta sobre lo que versa nuestra preocupación —terminó diciendo la Condesa.

La conversación se estaba caldeando y la doña Emilia se impacientaba. Ainara no sabía qué se proponían, pero sentía como si la cabeza le fuera a explotar, lo que menos quería era seguir hablando, pero el religioso siguió preguntándole.

—¿Hay libros prohibidos en el palacio de Sanlúcar o en el de Huelva?

—No los hay.

—Mentís.

—La Condesa quiere que hable mal del Duque, pero no lo voy a hacer, le debo respeto y fidelidad.

—Queremos saber si, ahora que os vais a unir a los Pacheco, vais a mudar la fidelidad.

—Mi agradecimiento a la casa de los Medina Sidonia es incuestionable. El VIII duque, don Manuel Alonso, es un fiel servidor de la Iglesia, ha hecho muchas caridades y se ocupa de los más desfavorecidos. Ha levantado conventos e iglesias, como el de la Merced, el de los capuchinos en Sanlúcar, así como en otros lugares de sus señoríos. Es fiel servidor del Rey y un cristiano devoto; le admiro, le respeto y no mudaré mi lealtad, no tengo por qué hacerlo...

—No podemos permitir tanta insolencia. ¡Veis, vuestra paternidad, qué soberbia es esta muchacha!

La joven se daba perfecta cuenta de que la postura de ambos era totalmente hostil a los Medina Sidonia y, por supuesto, a ella. En un momento miró hacia atrás y comprobó que Rosario estaba al fondo de la estancia…

—¿Qué más vais a decir? Esperamos que te retractes de esos comentarios —agregó la Condesa—. Vuestra actitud deja mucho que desear, vais a tener que ser más humilde de ahora en adelante; si vamos a recibiros en nuestra familia no debemos aguantar vuestras impertinencias.

—Os equivocáis conmigo —y añadió displicente—, no voy a postrarme ante nadie.

—Lo que necesita esta chica es un azote para que aprenda a comportarse —sentenció la Condesa.

Tomó una fusta que estaba frente a ella y le dio en los brazos, Ainara se tapó la cara; un torrente de lágrimas se deslizaba por sus mejillas, no por el dolor, sino de rabia. Entonces, la Condesa dio dos palmadas y pidió el almuerzo; le ordenó a Rosario que se llevara a la joven de su presencia y terminó diciendo:

—Esta tarde, si tu entendimiento hace aflorar la debida humildad que debes mostrarnos, continuaremos la conversación y te prepararemos para el Sacramento de Matrimonio que recibirás mañana; si no, aplicaremos otros métodos para doblegarte: si el raciocinio no te entra por las buenas, será con la sangre...

Tras una gran comilona, el fraile y la Condesa se echaron una buena siesta. Mientras tanto, Rosario se fue con la joven y le curó la herida del brazo. Le dio de beber leche fresca, una porción de almendras y un buen trozo de queso.

Después de que se calmó y se alimentó, se sintió mejor. Rosario le pidió permiso para sentarse a su lado y la tomó de la mano.

—Mi ama, debéis *marchados* de aquí, ahora mismo...

—¡Qué más quisiera! ¡Cómo crees que puedo escapar de este horror que me viene encima!

—Esta mañana le conté a don Hernán lo que os ocurrió anoche, fuimos a hablar con Isaías y nos va a ayudar. Lo que los Pacheco tienen pensado es que después de la boda con don Hernán y de que estéis *preñá*... Um, um —añadió mirando al suelo—, de eso se va a ocupar vuestro pariente o los hijos del Conde..., luego acabarán con don Hernán y quizás, en un futuro después de que deis a luz, también con...

—¡Cómo podéis pensar semejante monstruosidad!, Rosario, no serían capaces —la interrumpió horrorizada.

—Os *equivocáiz*, ¿*recordáiz* que os iba a contar unas conversaciones que escuché en Puebla?

—Si, claro, pero no hubo ocasión...

—Pues voy a *hazedlo* ahora: la madre de don Hernán tiene unas minas de plata en Taxco...

—Eso lo sé...

—Hasta la mayoría de edad de Hernán, su hermana Josefa, la marquesa viuda de Salinas, tiene la custodia de esa herencia, y el dinero lo reparte con su hermano, el conde de Altagracia. Si don Hernán falleciese sin herederos, los cuantiosos dividendos pasarían a la familia de su madre, que viven allí en Nueva España. Pero, está dispuesto que cuando don Hernán se case y tenga un hijo su herencia podrá ser administrada por él y las minas de Taxco serán de su total propiedad. También después de que adquiera su mayoría de edad, si no se hubiese casado sus parientes de Nueva España podría disponer de su herencia y sus hermanos: el conde de Altagracia y la marquesa de Salinas, que ahora disfrutan de ese dinero perderían ese gran patrimonio que ahora disfrutan. —Rosario hacía un gran esfuerzo por expresarse correctamente para que Ainara la entendiera—. Don Hernán no quiere casarse con su *mercé*, lo iba a hacer *obligao*… Cree que no va a *podé tené* hijos, no puede *mantené* su verga dura, por eso le pegan, pero conmigo sí que ha podido y quiere que me quede con él… —miró de nuevo hacia abajo y quedó callada.

—Esto que me dices es muy grave, ¿son suposiciones o es, realmente, cierto?

Ainara había permanecido muda escuchándola, y la animó a que continuara hablando:

—Lo que ellos pretenden con su *mercé* es *ultrajados* para que quedéis *preñá*… y, como seréis desde el sábado la esposa de don Hernán querrán después *deshacedse* de él y más adelante *quitados* el niño. De modo que, mientras exista un menor y él no esté, podrán *seguí* manteniendo la herencia en sus manos… con su *mercé* viva o sin su *mercé*.

—Esto es una aberración, una barbaridad…

—No quise *decidos* esto antes, pero don Hernán me ha pedido que lo hiciera ahora; después de lo que os ocurrió anoche, no hay duda de que esos son sus planes. Don Hernán tampoco quiere que sufráis, os dais cuenta. Muchas veces se hace el tonto, pero no lo es.

—Gracias por tus confidencias, Rosario. ¿Cómo podría escaparme?, ¿vosotros también lo haréis?

—Hemos hablado con Isaías y nos va a *facilitá* tres caballos. *Huidemos* hacia la serranía, y nos *escondemos* en Jimena de la Frontera.

—Escribiré una carta para que os hospeden allí. Tomad también este anillo —se lo quitó, y de su bolsillo sacó una bolsita—, me lo entregó el duque de Medina Sidonia; si lo muestras, os abrirán las puertas; esos son sus señoríos. En esta bolsa hay unos ducados, por si los necesitas.

Escribió unas letras y puso todo en sus manos.

—Dios os lo pagará, su *mercé* es muy bondadosa y se *medece* una buena vida al lado de un caballero que *oz* valore. Voy a *encomendados* a la Virgen de Guadalupe, mi patrona.

Ainara sonrió, aunque estaba muy angustiada, y continuó diciendo:

—Confío en que tú y Hernán os pongáis a salvo. Pero si Gabriel se entera de vuestros planes, y de que he mediado para que escapéis no sé qué será de mí...

—Vuestra *mercé* también debe *salí* de aquí ahora mismo e *idse* hacia el palacio ducal y que el Duque os proteja y os esconda en un *lugá* seguro...

Ainara quedó callada, pensando en que esa sería la única opción para salir de ese infierno. Rosario cambió de tema y le dio un saquito que contenía unas hierbas.

—Mi ama, *guardá* estas hierbas; y está noche y mañana, con un cazo de agua caliente debéis de *bebe* este *menjurje*. Habéis yacido a mitad de *vuestlo* ciclo, es posible que os hayan *preñao*. Esto lo evitará, mi madre me enseñó a *usadlas*. Algunos señores abusan de nosotras, pero no quieren *tené* bastardos...

Ainara guardó la bolsita. Pensó que, realmente, estaría al borde de un abismo, si permanecía allí. Su única opción era escapar; de lo contrario, la iban a destrozar: si no era Gabriel sería el prelado del Tribunal de la Inquisición, el Conde o la Condesa. Eran muchos contra ella; nadie estaría a su favor. Se puso de pie y le dijo:

—Está bien, Rosario, ¿cuándo nos vamos?

—*Ahorita* mismo. Hernán nos espera con Isaías en las caballerizas. Si su *mercé* no hubiera querido *escapá*, lo íbamos a *hacé* nosotros...

Ainara recobró las fuerzas y, a galope tendido, los tres salieron juntos del cortijo, sin que nadie se percatara. Ellos se fueron hacia la serranía, pero ella se dirigió hacia la dirección opuesta. Isaías tendría que inventar algo para despistar cuando todos se enteraran de que ellos habían desaparecido.

En la tarde cuando empezaba a bajar el sol, regresaron de la partida de caza. El Conde, sus hijos y Juanita, se habían anotado muchas piezas y venían eufóricos. Solo Iturriaga había fallado la puntería continuamente. El pulso le temblaba y no se apuntó ni una sola; el Conde se burlaba de él y lo achacaba a la gran borrachera de la noche anterior; era cierto, pero además no lograba concentrarse... Regresaron muy acalorados. Se fueron a descansar y todos cayeron rendidos, menos Gabriel que no logró pegar ojo... Al atardecer empezaron a buscar a Ainara y a Hernán. Isaías les comentó que los había visto cerca de la acequia: como hacía mucho calor habrían ido a refrescarse, les aseguraba que en cualquier momento aparecerían. Pero cuando anocheció y nadie sabía dónde estaban, comenzaron a preocuparse. ¿Acaso se habrían escapado? —insinuaba la Condesa—. Aunque los buscaron durante horas, no dieron con ellos. A Gabriel lo invadía un gran cargo de conciencia a medida que recobró la memoria de lo que había sucedido la noche anterior, cada momento se sentía más culpable. Rememoraba las palabras que ella había musitado y que recordaba haber escuchado muchas veces de niño: "*Martín ven, sálvame de Gabriel*". Eran las mismas que decía en su infancia cuando jugaban en Azpeitia. ¿Qué había hecho él? Ainara era como su hermana... Al fin, cayó rendido y soñó que su madre se le aparecía, lo reprendía con lágrimas en los ojos, diciéndole que se había portado mal, una vez más... No soportaba imaginar a su madre llorando y se despertó sobresaltado; al amanecer salió hacia la serranía en su búsqueda.

Sanlúcar de Barrameda, 15 de junio de 1635

Antes de que anocheciera, Ainara llegó al palacio de los Guzmán en Sanlúcar. Fue a su habitación, se aseó, se cambió de ropa y solicitó audiencia al Duque de Medina Sidonia. Don Manuel Alonso había llegado de viaje hacía unos días y estaba revisando cuentas en su despacho con don Pedro Dávila, su contador. Al terminar la mandó a llamar.

—Vamos al salón, allí conversaremos. Voy a pedir dos jícaras de chocolate, os sentará bien. Os veo muy agitada, sosegaos, aquí estaréis segura. ¿Qué ha pasado, Ainara? —le preguntó.

—He tenido que escaparme del cortijo. El conde de Altagracia trató de ultrajarme —balbuceó temblando, y luego, más pausadamente, añadió bajando la mirada y en un tono apenas audible—. También mi pariente.

El Duque frunció el ceño. Ambos se habían sentado frente a frente en sendas sillas fraileras en un gran salón, cuyas paredes estaban cubiertas de tapices. A los pies del noble, su gran mastín dormía plácidamente. Uno de los sirvientes les llevó una bandeja con dos jícaras de coco, labradas con incrustaciones de plata, y unas pastas.

—Explicádmelo todo, necesito saber con exactitud qué ha ocurrido.

Ainara habló durante mucho rato y le contó con detalle todo lo que había sucedido. Medina Sidonia la escuchó sin interrumpirla, pero fruncía el ceño continuamente con expresión de disgusto. Después que ella terminó el relato él, tomó la palabra.

—Debido a todo lo que has contado, la única solución es que te vayas de aquí inmediatamente. No veo otra posibilidad. Mañana parte hacia Tierra Firme una urca que va a unirse a la Flota de Indias. El capitán tiene la orden de reclutar parte de la marinería en la isla de Tenerife y allí esperará al resto del convoy. En esa urca embarca un extremeño, al que conozco bien. Cerca de La Guaira, en Venezuela, posee tierras y cultiva un excelente cacao que comercia con Veracruz.

Este chocolate, tan delicioso, pertenece a su cosecha —agregó y ambos degustaron el delicioso manjar—. Te irás mañana con él.

La expresión de asombro de Ainara fue de tal magnitud que, al verla tan impactada, el Duque trató de tranquilizarla y empezó a hablarle de don Joaquín de Ponte:

—Joaquín es un hombre mayor, aunque algo más joven que yo —afirmó—. Hace muchos años se fue a América. Estaba relacionado con mi suegro, el duque de Lerma; después de que cayó en desgracia no le quedó más remedio que irse a Tierra Firme. Regresó a España hace unos meses; pensaba contraer matrimonio antes de volver con una paisana suya, pero la dama falleció hace unas semanas, se contagió con la viruela.

El Duque tosió varias veces, había estado enfermo y no estaba totalmente restablecido. Se recompuso la voz, y ambos volvieron a degustar otro sorbo del delicioso chocolate. Mientras él hablaba Ainara lo escuchaba atenta:

—En Venezuela, ha adquirido muchas tierras, además otros miembros de su familia viven en Caracas, desde hace tiempo. Cuando se fue a América, hace más de veinte años, dejó en la Península a una joven embarazada; eran tiempos difíciles. Durante esos años fueron expulsados los moriscos de nuestros territorios: ella y su familia, que eran cristianos nuevos, tuvieron que salir de España; aunque el niño, recién nacido, quedó aquí con los abuelos paternos, después supimos que la madre falleció. Cuando don Joaquín regresó, hace unos meses, lo reconoció como su hijo, y trató de que regresara con él a Venezuela, pero, al parecer, no congeniaron y de nuevo se distanciaron, por lo que ahora embarcará solo. Voy a proponerle que se case contigo antes de hacerse a la mar. Mañana viene a palacio. —Ainara, asombrada, ante esa afirmación, le preguntó:

—¿Ese caballero querrá casarse conmigo, de un día para otro, sin conocerme?

—Me debe muchos favores, de modo que no se va a oponer, aunque no me los debiera; lo que le estoy proponiendo no es un castigo, sino otorgándole un premio. Mañana hablaré con el capellán del convento de la Merced para que os case inmediatamente. El *pater* te conoce bien y no va a poner ningún inconveniente para el casorio. Joaquín va a estar muy agradecido; estoy seguro de que te tratará con el debido respeto hasta que os conozcáis mejor, luego cumplirás con tus deberes de esposa como corresponde —el Duque levantó la ceja y la miró fijamente.

Al escuchar esas frases, la joven se quedó sin habla y con palabras entrecortadas le preguntó:

—¿Cómo... y cuándo... podré explicarle a Maríate que me voy al Nuevo Mundo? Está con sus hijos y su marido en Portugal... —balbuceó, pero él la interrumpió.

—Eso de ninguna manera. Nadie podrá saber que te estoy protegiendo, que te has casado con don Joaquín de Ponte y que has embarcado con destino a Tierra Firme —afirmó el Duque de forma categórica.

—Y a la duquesa Luisa Francisca... podré explicarle...

—Más adelante hablaré con mi hija. En este momento está muy entretenida con el pequeño y su próxima maternidad, en cuanto a Maríate, lo haré cuando crea que es oportuno.

—La renta de mis mayorazgos... deseo que sea para ella.

—Sé de tu buen corazón, sin embargo, para no despertar sospechas es mejor esperar, aunque quiero confirmarte que no voy a desamparar ni a don Andrés de Eraso y Arteaga ni a su hermano Francisco. Sé que han quedado huérfanos, pero contarán con mi protección. Eso mismo se lo aseguré a Martín, antes de que se hiciera a la mar; ya que, también él, como tú ahora, quería ocuparse de su bienestar —y mirándola de soslayo, continuó diciendo—: tu pariente se casó hace algo más de un mes; cuando estuve en Portugal fui testigo en su boda. Hace un par de días partió en una misión para Asia. Estará allí varios años, no va a enterarse de lo que te ha sucedido.

—Prefiero que así sea. Dios lo lleve con bien en ese largo viaje —el Duque sonrió y, ella bajó la mirada y le preguntó—: ¿dejó a doña Eloísa en Portugal?

—Eso habría sido lo esperado. Pero se empeñó en embarcar con él, y su tío no logró hacerla desistir en su empeño.

Don Manuel pudo observar que los ojos acuosos de la muchacha estaban a punto de desbordarse. Lo que había vivido recientemente era muy duro y ahora le esperaba otra prueba también complicada. Sin embargo, no tenía otra opción que enfrentarse a su cruda realidad. Él la conocía bien y sabía que, al igual que su hija Luisa Francisca, María Ainara de Urtubia era una mujer con carácter, que sabría adaptarse a sus nuevas circunstancias. Tras beber un largo sorbo de chocolate, el Duque retomó la palabra una vez más.

—Ainara, es mejor que nadie conozca tu paradero. No sabes bien lo que te podría suceder si te persiguen los Pacheco. Ese dominico al que nombraste está muy vinculado con el Tribunal de la Inquisición. No saldrías viva de esos interrogatorios si acaso te citaran y, nosotros no podríamos hacer nada.

—Al parecer no regresaré a la Península por un largo tiempo. ¿Puedo confiar en que vuestro amigo querrá matrimoniarme? —volvió a preguntarle.

—Puedes estar segura; para él será una gran alegría. Quedó muy triste con lo que le sucedió a su prometida.

Sin embargo, una sensación de incertidumbre continuaba embargándola. El Duque lo comprendió y, tratando de tranquilizarla, añadió:

—Vas a estar en buenas manos, te lo repito. a Joaquín lo conozco desde que éramos niños, te puedo asegurar que te va a tratar como mereces... Me vas a enviar las crónicas detalladas de todo lo que ves y escuchas. Siempre me ha interesado conocer bien lo que sucede en las costas de Venezuela, pues el Caribe es una región muy vulnerable;

como Capitán General del Mar Océano es mi deber velar por esos territorios. Allí hay un estratégico enclave, en el oriente de Tierra Firme, que los holandeses quieren dominar; por eso coordiné las expediciones que se hicieron a Cumaná y a Punta de Araya en 1623. En ellas participó un paisano tuyo, don Tomás de Larraspuru, un aguerrido marino por el que he profesado siempre un gran respeto; murió hace un par de años en Azkoitia su tierra natal, dejando una considerable fortuna; era un hombre inteligente. Hasta el mismo rey Felipe, cuando supo de su fallecimiento, lamentó profundamente esa irreparable pérdida. En un total de treinta y cuatro ocasiones cruzó la Mar Océano dirigiendo los convoyes y siempre salió airoso frente a los combates contra holandeses e ingleses. Su nave capitana regresaba cargada de plata americana a Cádiz o a Sanlúcar, aunque tuvo que enfrentarse a los terribles huracanes que asolan muy a menudo aquellas costas…

—Recuerdo muy bien, a don Tomás y a su familia, éramos vecinos, también supimos que se hizo rico… —comentó ella—.

El Duque habló de cuando en 1622, en el canal de la Florida, muy cerca de Cuba le golpeó a la Flota uno de los más violentos huracanes que se habían conocido; en esa ocasión se hundieron los galeones *Nuestra Señora de Atocha* y el *Margarita* con un buen cargamento de oro y plata… Narró cómo Larraspuru, logró sortear esa terrible tormenta, así como a decenas de navíos holandeses que querían capturarlo; finalmente llegó a la Península, cuando ya nadie lo esperaba, con la mayor parte del tesoro. Mientras que el Duque hablaba de las hazañas del valiente marino, Ainara comenzó a perder la concentración y a imaginarse en medio del mar en un terrible temporal. Don Manuel Alonso, que se había entusiasmado contándole la historia, por la expresión de los ojos de Ainara, comprendió que no debía seguir hablando de los peligros que la podían acechar en la travesía y cambió abruptamente la conversación.

—Ahora vamos a centrarnos en tu misión. En Tierra Firme hay buenas salinas que son muy codiciadas por los holandeses, quiero tener clara la posición de Ponte en esos asuntos y asegurarme de que no mantiene tratos con corsarios. Por supuesto, a él no le vas a mencionar que te lo he pedido, solo sabrá que a menudo te comunicas conmigo, los datos que me envíes van a ser de gran utilidad para la Casa Ducal y para la Corona.

Medina Sidonia continuó explicándole las implicaciones de lo que iba a realizar. Le decía que le interesaba saber los avances de los holandeses en Venezuela y estar al tanto del contrabando que se realizaba en esa región; Ainara sería una fuente de primera mano en la que él confiaba. Entonces ella comenzó a sentirse útil, más segura de sí misma y de su misión. Él agregó finalmente:

—Don Joaquín no tiene por qué saber la razón por la cual estás huyendo. Le diré que le encontré una buena compañera. Añadiré que eres huérfana y no tienes familia cercana; solo agregaré que la familia de tu madre era conversa, lo cual es cierto y que por ello te conviene convertirte en su esposa y gozar de su protección. No voy a darle más explicaciones —volvió a toser—. Mientras tanto solo estarás segura fuera de aquí.

—En la Flota irá Gabriel… ¿Si llegara a enterarse de que voy allí?

—Son muchos los bajeles que forman el convoy, el capitán Iturriaga se dirige a Veracruz, no tiene por qué enterarse. —Ainara suspiró profundamente y añadió:

—Don Manuel Alonso, el anillo y la bolsita con los ducados se lo di a la mestiza, le dije que en Jimena de la Frontera podrían esconderse temporalmente, ¿me disculpáis por ese atrevimiento?

—No tengo de que disculparos… Esperad un momento.

Se dirigió hacia un bargueño de madera de caoba, con incrustaciones de ébano y marfil, y de uno de los cajones sacó una bolsita de terciopelo negro.

—Aquí hay unos doblones de oro, unas monedas de plata y en el anillo está el sello de la casa ducal, para lacrar la correspondencia. Guardadlo bien y si tenéis necesidad, debéis usar el dinero; para eso sirve —le colgó en el cuello una cadena de oro y agregó—: llevadla puesta cuando lo creáis conveniente, así será evidente que sois una persona principal. También quiero que os hagáis cargo de este donativo —y le entregó otra bolsa con unos ducados—. Es para el convento de la Merced: desde hace un año están edificando en Caracas una hospedería para pobres y desamparados, yo contribuyo con ellos; se la iba a entregar a don Joaquín, pero mejor es que tú se la lleves...

—Perded cuidado, les haré llegar vuestro donativo personalmente. Don Manuel, no sé cómo agradeceros tanta generosidad de vuestra parte...

El mastín se desperezó y se dirigió hacia donde se encontraba la joven, Ainara le acarició la cabeza y el perro se echó a su lado.

—La avaricia rompe el saco —sentenció el Duque—. Entre mis defectos no está el ser avaro. He dispuesto de suficiente dinero, con el que se han edificado conventos, comprado obras de arte y también he sido mecenas de artistas y artesanos. He contribuido con obras de misericordia y caridades. Ahora estoy ayudando a los capuchinos a construir una iglesia, cerca de mis señoríos en la Huerta del Desengaño... Sin embargo, mis detractores dicen que hago gastos suntuarios y que, debido a esos dispendios, estamos casi arruinados. Es cierto que también he desembolsado grandes cantidades de dinero para realizar fiestas y he gastado en agasajos; en muchos casos, para complacer al Rey. ¡Que hablen mal de mí, nada me importa! Con esos doblones te sentirás más segura donde estés. Como todos saben, he sido un ferviente admirador de don Luis de Góngora, pero no tanto de su adversario y competidor, don Francisco de Quevedo, sin embargo, no dejo de admirar el ingenio de este, como cuando dice:

Poderoso caballero
es don Dinero.

*Nace en las Indias honrado,
donde el mundo le acompaña;
viene a morir en España.*
....

*Y pues es quien hace iguales
al rico y al pordiosero,
poderoso caballero es don Dinero*

Ainara, al escucharle recitar ese poema, no pudo sino sonreír. Él no era amigo de Quevedo, porque a menudo satirizaba en su contra; a pesar de ello, también rio de buena gana y apurando el resto del chocolate de la jícara que sostenía entre sus manos, agregó:

—Ni tú ni Martín sois sus vasallos; del dinero por supuesto, y es por eso, por lo que os aprecio tanto. Los años que llevo a cuestas me han servido para conocer la calidad en las gentes: sé bien quiénes están por el provecho y quiénes por el honor. Esa fidelidad la valoro y la premio.

—No tengo suficientes palabras para agradeceros...

—No me deis más las gracias, ya es suficiente. Ahora podéis retiraros. Mañana, al amanecer, os casarán en la iglesia de la Merced y te entregaré tus documentos, que Martín me había dejado en custodia. Al bajar el sol se hace a la mar vuestro bajel. En un futuro veré si le informo a Joaquín de la relación que has tenido con mi hija. Su familia está muy vinculada con los duques de Braganza; aunque él no tenga título, proviene de una familia noble, pero por ser uno de los últimos hijos, el quinto, y de tener muchas hermanas, a las que tuvieron que entregar una buena dote, a Joaquín no le quedó patrimonio en la Península y también debido a eso se tuvo que ir al Nuevo Mundo a hacer fortuna, ¡y no me cabe duda de que la ha hecho! Cuando todo esto pase, en unos años y, si Joaquín decide regresar, podrías volver con él; pero ahora no vamos a pensar en ello. Ve a tu habitación, recoge las cosas más necesarias y descansa. Desde mañana comenzarás una nueva vida.

La joven entró en su habitación, en un baúl metió varios vestidos, algunos pinceles, carboncillos y las sanguinas que allí habían quedado, así como también sus libros de estampas. Entonces, tendida en la cama, comenzó a pensar en Martín: ¡cuánto le echaría de menos!, y trató de borrar de su mente los dolorosos recuerdos de lo que había vivido con Gabriel. Creía que, por la excitación y debido a la incertidumbre de lo que le tocaría enfrentar, permanecería despierta toda la noche. La acechaban numerosas imágenes de monstruos marinos y de terribles tormentas en medio del mar, se veía inmersa en las selvas tropicales del Nuevo Mundo con animales feroces. Recordaba que, cuando era niña, había leído las descripciones que *sir* Walter Raleigh había hecho de esa región del planeta a donde ahora se dirigía y multitud de escenas fantásticas poblaron su imaginación; pero su agotamiento era tal que, en menos de diez minutos, estaba completamente dormida.

A primera hora de la mañana, el Duque la mandó a llamar. En ese momento se acordó de lo que le había dicho Rosario y buscó la bolsita con las hierbas para beber el *menjurje*, pero no dio con ella, seguramente se le habría caído cuando cabalgaba.

Se vistió y se dirigió hacia el despacho. Frente a don Manuel estaba un hombre de mediana estatura, entrado en años y también en carnes, que vestía un jubón color mostaza, camisa blanca con una amplia lechuguilla y un coleto de buen cuero. En su mano derecha sostenía un sombrero con muchas plumas. Don Joaquín tenía una nariz bastante grande, en forma de gancho, y un abundante bigote color ceniza. La quijada prominente y los ojos azules, muy claros y vivarachos. Al verla pestañeó un par de veces y se la quedó mirando como un gato observa a un ratón. Don Manuel se acercó a su protegida y le presentó a su futuro marido:

—Don Joaquín me ha asegurado que cuidará bien de ti. Hemos hablado con el *pater* y os va a casar en unos minutos. Dentro de unas horas, la urca habrá levado anclas y estaréis rumbo al Nuevo Mundo…

Parte II

El Nuevo Mundo

El español que no conoce América, no sabe lo que es España..

Federico García Lorca.

Mirar al río hecho de tiempo y agua
Y recordar que el tiempo es otro río,
Saber que nos perdemos como el río
Y que los rostros pasan como el agua.

Jorge Luis Borges

I

Rumbo al Caribe, junio de 1635

Ainara y su marido se hicieron a la mar esa misma tarde. Cuando la urca enfiló hacia al suroeste, dejando atrás Sanlúcar y la desembocadura del Guadalquivir se perdió en el horizonte. Le sobrevino una angustia que no sabía cómo controlar. Sentía como si la invadiera un ataque de pánico. La sensación de incertidumbre le bloqueaba la mente. Don Joaquín hablaba sin parar, mientras que ella no lograba concentrarse en sus palabras. Se quedó absorta mirando al horizonte, los tonos dorados del ocaso la tenían cautivada y se abstrajo de la realidad.

—Estoy convencido de que os va a gustar la casa en la que vais a vivir. Es sencilla, pero rodeada de mucha vegetación. Tenemos grandes árboles que dan sombra y florecen en todas las épocas del año, y a pocos pasos hay un riachuelo de agua clara y fresca que recorre la propiedad. Los cacaotales necesitan tierras húmedas…

En la cubierta, apoyada sobre la borda, la joven observaba ahora cómo un cardumen de peces voladores saltaba al compás de las olas. Había perdido completamente el hilo de lo que él iba diciendo…

—Cuando lleguemos a Venezuela vais a causar una grata impresión a mis parientes, que viven en un gran valle donde se asienta la ciudad de Caracas. En Tenerife os presentaré a mis sobrinos, les traigo noticias de sus familiares venezolanos…

A lo lejos se escuchó un trueno y un rayo iluminó el horizonte. Al zarpar la urca desplegó el velamen, pero después de un par de horas de navegación comenzó a soplar más viento y los marineros subieron al palo mayor y al mesana[27] para arriar los trapos. Ainara ahora miraba hacia arriba y seguía el movimiento de los diestros grumetes que sujetaban las jarcias y amarraban los cabos a gran velocidad.

—Llevo un buen rato hablándote de Venezuela. Te he contado cosas de La Guaira, de mi familia que está en Tenerife y en Caracas, de todo el proceso que seguimos para secar el cacao en las haciendas, pero no me has prestado atención.

—Disculpadme, don Joaquín. Es la primera vez que embarco en un navío tan grande, y estar en este mar infinito me asusta; y, como, al parecer, se acerca una tormenta, tengo mucho miedo.

—Las tormentas pasan y la navegación continúa. Ve al camarote, voy a hablar con el piloto —y de forma cortante terminó la conversación.

Antes de que comenzara a llover, se desató un gran ventarrón y la urca se bamboleó fuertemente. En esa primera noche junto a su marido, debido al mal tiempo y a que el bajel daba bandazos de babor a estribor, don Joaquín no se acercó a ella. Sin embargo, Ainara temía que, en cualquier momento, se produjera ese acercamiento y entonces ella debería cumplir con su obligación como esposa. De manera que no solo la incertidumbre de dirigirse a ese lugar tan desconocido y el miedo al mar, sino también el tener que yacer con ese hombre al que apenas conocía, la tenían aterrada. Su único consuelo era la oración. Así que se encomendó a la Providencia, repitiendo una y otra vez: "Que sea lo que Dios tenga dispuesto y que Nuestra Señora de la Merced me cobije con su manto".

Al día siguiente salió de nuevo el sol, aunque el tiempo mejoró, el viento cesó y ahora el bajel apenas avanzaba. Sin embargo, don Joaquín comenzó a encontrarse indispuesto y el temor de que, en cual-

---

27. En las embarcaciones de tres palos, el que arbola a popa.

quier momento, la avasallara; se fue disipando, pues no se acercó a ella ni esa noche, ni la siguiente.

El pobre hombre sentía una enorme fatiga y le dolía todo el cuerpo. Para aliviar esas dolencias, Ainara le dio unas friegas con agua tibia en la espalda; pero no mejoraba y, un par de días después, le sobrevino una diarrea que no podía contener. Al principio pensaban que el malestar era por haber ingerido algún alimento en mal estado y que pronto se recuperaría, pero a medida que transcurrían los días, se sentía cada vez peor. Faltaba una semana para fondear en Tenerife, donde la urca esperaría la llegada del resto del convoy.

En los días siguientes no hubo mal tiempo, la brisa de barlovento los llevaría a buen puerto en el tiempo estipulado y la navegación era agradable; pero él no lograba recuperarse. Ainara trató de que la marinería no se enterase de que se encontraba tan mal: iba y venía trayéndole la comida, pero convinieron en que, durante el día, no saldría del camarote. Ella decía que su marido estaba indispuesto, aunque en realidad temía que hubiera contraído la viruela, sin embargo, con el solo hecho de nombrar esa plaga toda la tripulación entraría en pánico por la posibilidad del contagio, y trató por todos los medios de que nadie notara qué algo grave le afligía. Muy a su pesar, a medida que pasaban los días, fue confirmando su diagnóstico porque comenzaron a aparecer las pústulas. Recordaba haber escuchado, cuando era muy niña, que había sido contagiada y que mejoró sin que la enfermedad le dejara rastros, de modo que haberla padecido la haría inmune; pero nadie debía sospechar lo que le sucedía a su marido. Al caer la tarde, don Joaquín salía del camarote, abrigado con su capa y cubierto por su sombrero de ala ancha, y pasaba un rato en la cubierta. El resto del día permanecía allí y ella le llevaba el alimento y le curaba las pústulas...

—Me he casado con un ángel —le aseguraba—, aunque me preocupa el estado en el que voy a quedar cuando me cure. Seguramente con vuestras atenciones mejoraré, pero, si ya era feo, seré mucho peor...

—No digáis semejante cosa, mejoraréis. El aire de mar que tomáis en las tardes os hace mucho bien.

Durante esos días, cuando se sentía mejor, don Joaquín continuaba hablándole de Venezuela, de una montaña preciosa que siempre estaba verde. Muy cerca de la cima, desde donde se veía el puerto de La Guaira y el amplio mar Caribe, se ubicaba su hacienda, con cientos de cacaotales y, muy cerca de la casa estaba el secadero. Le habló unas cuantas veces del cacao, de sus propiedades y de que, desde hacía varios años, el comercio de ese producto con el virreinato de Nueva España se había desarrollado ampliamente. Ese cultivo se había vuelto muy lucrativo, pues decía que el cacao venezolano era mejor que el de Guayaquil. Parecía que con sus cuidados iba mejorando, pero un día antes de llegar a las islas Canarias se sintió peor: la diarrea era incontenible, aunque ella le alimentaba bien, su salud se había deteriorado. Debido a la extrema precaución de la joven, ninguno de los miembros de la tripulación se había dado cuenta de lo mal que estaba. Cuando fondearon en la rada del puerto de Santa Cruz de Tenerife esperaron a que toda la tripulación desembarcara, después lo hicieron ellos. Las pústulas todavía seguían apareciendo, por lo que se aseguró de cubrirlo muy bien para que nadie se percatara de su estado. Ella había dicho que estaba indispuesto y muy acatarrado.

Don Joaquín tenía planificado pasar unos días cerca de La Orotava, esperando allí hasta que toda la Flota se congregara en el Puerto de la Cruz y que zarpara el convoy hacia las Indias. Ainara sabía que tenía familia en esa zona, pero dada su condición, mejor era no avisar a nadie de que había llegado. En el puerto los esperaba un chaval, ya contratado previamente, con una carreta para transportarlos a su vivienda.

—Este caballero está muy enfermo —comentó el chico al ayudarlo a subir al carruaje.

—En efecto, tenéis que traerme un galeno para que lo atienda lo antes posible.

—Mañana le llevaré uno... pero tened cuidado, parece que tiene la viruela y esa plaga es contagiosa.

—No digáis nada, comprenderéis que no se debe saber —le pasó una moneda, el muchacho le guiñó un ojo y se la guardó en su faltriquera.

Al día siguiente, llegó con el cirujano y este certificó lo que Ainara temía: era viruela, seguramente se había contagiado en Cádiz antes de embarcar. Ainara recordó que la prometida de su marido había muerto de esa enfermedad.

Una semana después, don Joaquín de Ponte fallecía en la isla de Tenerife, en el mes de julio de 1635, aunque su último deseo había sido ver a sus parientes, estos no quisieron aparecer cuando supieron la causa de su muerte.

Ainara no sintió pena ni tristeza por su deceso, pues apenas lo había conocido, pero sí mucho miedo ante su nueva situación. Había escuchado que para una mujer quedarse viuda era una buena opción, casi una bendición si la dejaba acomodada con una considerable herencia, ya que no tendría que rendir cuentas a un marido indeseado y podría disponer de sus acciones. Aunque, para cumplir con las normas aparentó gran congoja, no dejándose ver durante varios días.

Una mañana le notificaron que la Flota había fondeado recientemente, ya habían reclutado a la marinería y habían hecho aguada[28] de modo que zarpaba al día siguiente.

Al llegar al Caribe, parte de la Flota de Indias se dirigiría a Nueva España y fondearía en Veracruz. La otra navegaría hacia Tierra Firme, a La Guaira, Portobelo y Cartagena de Indias... Ella embarcaría en la misma urca en la que había llegado y que se dirigía a Tierra Firme. Sabía que Gabriel formaba parte de la tripulación de los galeones que iban hacia Veracruz, y se preguntaba: "¿qué había sucedido

---

28. Abastecer a una embarcación de agua.

después de que se fugaron?, ¿acaso habían encontrado a Hernán y a Rosario?" Estuvo tentada de quedarse en Tenerife escondida, pues le aterraba la posibilidad de encontrarse con Gabriel en el puerto; pero si se quedaba allí perdería la opción de irse a Venezuela, y solo en las mejores circunstancias viajaría al año siguiente, aunque también comprendía que no podía regresar a la Península y permanecer en Tenerife no tenía sentido. Debía comunicarle al Capitán el fallecimiento repentino de su marido y decirle que ella, igualmente, haría la travesía como estaba pautado.

Durante los pocos días que estuvo casada, don Joaquín le habló en varias ocasiones del próspero negocio del cacao. Aunque, apenas le había puesto atención, pero sí recordaba que le había mostrado un gran cartapacio de papeles: tendría que revisarlos y hacer frente a una situación que imaginaba extremadamente complicada. Finalmente, se armó de valor: decidió marcharse de allí y emprender una nueva vida sin mirar atrás. Los dos últimos meses habían supuesto un cambio tan transcendental, que muchas veces le parecía estar soñando, y que en cualquier momento despertaría de esa pesadilla. Pero no era cierto; tenía que afrontar su destino con entereza y valentía.

Esa tarde, antes de embarcar, la joven fue a comprar, con parte del dinero que le había dado Medina Sidonia, todos los libros que encontró en una imprenta; varios trajes oscuros y algunos sombreros con sus velos para ir totalmente enlutada, según la usanza de una viuda de pies a cabeza. Cuando se dispuso a empacar, le dio un mareo y comenzó a vomitar. Temió que alguna enfermedad la hubiera invadido, desde hacía días no tenía apetito. Le parecía que la carne, el queso y la leche olían mal. Siempre había sido de buen comer, pero ahora casi no probaba bocado, salvo fruta, que era lo único que le apetecía. Achacó esos malestares al estado de ansiedad en que se encontraba; sin embargo, decidió reponerse, ya que debía dirigirse al puerto sin demora. En la misma carreta en la que llegó se fue, haciendo acopio de todas sus fuerzas, hacia el fondeadero de Santa Cruz.

El equipaje se había quedado en la urca, solo llevaba consigo un baúl nuevo.

Esa mañana los bajeles estaban listos para emprender la travesía por el océano.

Al llegar al puerto se acercó al piloto y le informó de que su marido había fallecido repentinamente, por lo que viajaría sola en el camarote. Cuando iba a embarcar en el navío, el Capitán se encaminó hacia ella. Junto a él venía un hombre joven, alto, que vestía un jubón oscuro, llevaba un sombrero negro de ala ancha con una sola pluma, a través del velo y debido al nerviosismo, no alcanzó a distinguirlo bien…

—Su merced, quiero ofrecerle mi más sentido pésame, por tan reciente pérdida —dijo besándole la mano enguantada.

—Gracias, Capitán —se limitó a contestar ella.

—Ya en la travesía hacia aquí me parecía que su marido no estaba bien de salud; casi no salió del camarote —y dirigiéndose hacia su acompañante, agregó—: disculpad mi falta —giró hacia la persona que venía con él y continuó diciendo—: permitidme presentaros al capitán de Iturriaga, que viaja en la Almiranta[29] y está realizando la revisión de los bajeles antes de zarpar.

—Mis más sentidas condolencias —dijo el marino, y añadió—: *Requiescat in pace.*

Ainara le extendió la mano enguantada, sin levantar la vista; él se inclinó y ella, en un tono apenas audible, musitó:

—Excusadme.

Ainara subió la escalerilla sin mirar atrás. Una brisa abrasadora procedente del otro lado del mar la envolvió y comenzó a sudar copiosamente. En la rada, los dos marinos continuaban hablando sobre ella.

—Es la única pasajera, doña María, hum, hum…, no recuerdo su nombre completo, por eso no os la presenté como es debido. Es la

---

29. Nave en la que va el segundo jefe de una flota y navega en la retaguardia.

viuda de don Joaquín de Ponte; su marido acaba de fallecer, ella se dirige hacia La Guaira. Es una mujer joven y de buen ver. Hicieron la travesía desde la Península, pero el hombre ya venía mal, acaba de fallecer...

—Se le nota la congoja, hasta la mano le temblaba. ¿No van con ella doncellas o sirvientas que la asistan?

—Viajaba sola con su marido, debe de ser una dama principal. Cuando subió al bajel llevaba una cadena de oro de una de esas casas importantes del reino, aunque ahora no la lleve encima. Es una mujer discreta, no creo que nos dé problemas.

—Debéis asignarle un grumete para que la atienda —y, cambiando de tema, le preguntó—: ¿Está preparada la nave con toda la mercancía embarcada para zarpar?

—Ciertamente. Revisadas las jarcias, los trapos, también los palos: el trinquete, la mesana y el mayor, y toda la mercancía asegurada. Los puercos y las gallinas ya han llegado a puerto. Solamente ella viene de pasajera; como os he dicho, había convenido con su marido que desembarcarían en La Guaira. Lleva buena mercancía para comerciar allí.

—Muy bien, en un par de horas nos haremos a la mar.

—Con Dios…

—Con Dios —le respondió Iturriaga.

Cuando Ainara llegó a su camarote, volvió a vomitar. Supuso que no se habían percatado de su nerviosismo y de su actitud displicente; o que, en todo caso, la achacarían a la aflicción que debía embargarla. Estaba segura de que Gabriel no la había reconocido. Después de que subieron los animales a bordo y los amarraron bien, la urca se hizo a la mar. Cuando ya todos los bajeles iban viento en popa en dirección al poniente, Ainara salió a la cubierta y contempló cómo el convoy se dirigía hacia una inmensa nube gris que cubría el horizonte. Enseguida regresó a su camarote, pues el navío comenzó a bambolearse fuertemente de babor a estribor, aunque esta vez no sintió miedo. El Capitán acudió a su camarote para asegurarse de su bienestar...

—Doña María —así estaba inscrita como pasajera y así se dirigió a ella—, ¿os encontráis bien? Si necesitáis alguna ayuda, no dejéis de avisarme...

—No os preocupéis, ya no me asusta el mar —le aseguró.

—Me alegra saberlo, muchas mujeres gritan y temen que van a morir cuando hay tormenta. Si algo se os ofrece, mandadme a llamar y presto acudiré a vuestra presencia.

—Os lo agradezco —se limitó a decir.

—Me retiro al puente de mando, la noche se perfila difícil. Seguramente lloverá a cántaros, pero mañana de nuevo saldrá el sol...

—En eso confío, id con Dios.

Durante varios días, Ainara continuó vomitando. La tormenta no arreciaba y el constante vaivén del navío hacía que estuviera muy revuelta. Una noche, cuando llevaban más de una semana de navegación, el mal tiempo se disipó y ella también se sintió mejor. Entonces subió a la cubierta, un manto de estrellas cubría el cielo. Se acercó a la proa y se quedó mirando fijamente a la espuma del mar, después su mirada alcanzó el horizonte. La oscuridad marina la había hechizado. Una neblina pasajera la arropaba, luego desaparecía y la dejaba libre. Por un momento se sintió transportada a otro tiempo: una mujer la llevaba de la mano, ¿sería acaso su madre, a quien apenas recordaba? De repente, sobrevino una ráfaga de viento que la estremeció, crujieron las jarcias y se inflaron las velas y esa dama que la llevaba de la mano desapareció. Entonces, se sintió terriblemente sola. Los atroces recuerdos de Gabriel y los maravillosos momentos que había vivido con Martín se entremezclaban en su memoria continuamente y a sus ojos acudía un torrente de lágrimas que se deslizaba por sus mejillas sin que ella lograra contenerlas. ¿Qué me deparará el futuro?, se preguntaba; estaba totalmente desamparada; sin darse cuenta, se sintió seducida por el vacío y el rítmico sonido de las olas del mar rompiendo contra el casco... Miró el cielo. En ese momento, varias estrellas fugaces se desprendieron del firmamento y pidió, como cuando era niña, un deseo. Estuvo unida a la figura alada del mascarón de proa, absorta, un buen rato. En un vaivén del navío, casi perdió el equilibrio. Sin embargo, de repente escuchó que la llamaban. El piloto pensó que estaba en un lugar peligroso y se acercó a ella.

—Doña María, ¿estáis bien? Este no es un lugar seguro para una dama. Si me permitís... —la tomó del brazo y la alejó de la proa.

—¡Qué noche tan bella! —exclamó—. Estaba extasiada observando el cielo. No pasa nada, estoy bien —le aseguró, esbozó una tímida sonrisa y él le correspondió con otra.

—Hoy la atmósfera está especialmente clara, no hay ni una nube. Mirad —dirigió su mirada al firmamento—: se ven muchas estrellas fugaces... ¿Queréis subir al castillo de popa?,[30] me gustaría enseñaros los instrumentos de navegación que allí se encuentran.

Ella le siguió por la cubierta hasta que llegaron al otro extremo del navío, allí donde se encontraba también su camarote. El joven subió con ella a la parte más alta de la popa, le mostró una brújula, las cartas de marear, un astrolabio y un cuadrante de madera. Le explicó cómo funcionaba el timón y las atribuciones del piloto; ella le preguntó por los pitidos que continuamente se escuchaban, y que algunas veces la sobresaltaban, pero él le dijo que no tenía de qué preocuparse y le explicó que esos chiflidos era la manera como el contramaestre daba las órdenes a la tripulación.

—¡Qué interesante!, no sabía nada de navegación, y la verdad es que me no me asusta ya estar en medio del mar —el piloto sonrió complacido y agregó:

—Cuando queráis volver aquí, avisadme. Tratad de que sea en horas de la noche, cuando la marinería duerma. No es de buen augurio

---

30. Superestructura que se eleva sobre la popa en la parte posterior de un navío, donde se coloca el timón y se hallan las cámaras principales.

que una mujer esté en el puente de mando, aunque yo no creo en esas supersticiones.

A los marinos no les gustaba que viajaran mujeres solas en los navíos, pues la tripulación se distraía de sus ocupaciones al verlas; pero la viuda de don Joaquín era una dama muy discreta; le habían asignado un grumete para que la atendiera y, como apenas se dejaba ver, no se hacía notar. El chico le proporcionaba agua continuamente, porque al parecer le gustaba lavarse muy a menudo, este era el único contratiempo para el capitán. De la comida no se quejaba: el grumete le llevaba al camarote el alimento y el capitán pensaba que debía de comer con apetito, pues las bandejas volvían vacías. Luego se enteró de que gran parte de las viandas se las comía el muchacho; ella decía que los olores fuertes la revolvían y se alimentaba, según el chico, como un gorrión.

Ainara permanecía en el camarote horas y horas, absorta en sus pensamientos; solo los silbidos que daba el contramaestre, continuamente, hacían que se conectara con la realidad del navío. En las mañanas se sentaba frente a la mesa y revisaba los documentos de don Joaquín; tenía que saber a qué se iba a enfrentar cuando llegara a Tierra Firme. Mientras vivió en Azpeitia aprendió a llevar las cuentas y, aunque se filtraban en su memoria amargos recuerdos, podía entender todos los asientos: los revisó a conciencia y comprobó lo muy lucrativas que eran esas propiedades. Allí estaban anotados el número de esclavos que recogían el cacao, el de los esclavos domésticos, las funciones de los capataces, así como otros asuntos que no dejaron de asombrarla, como eran unos nombres holandeses que allí aparecían. También se distraía escribiéndole a don Manuel Alonso. Desde Tenerife le había enviado una misiva informándole sobre el deceso de don Joaquín, ahora le relataba lo que había en los libros, al llegar a su destino despacharía la carta en el tornaviaje del bajel. Por la tarde salía a la cubierta antes de que se pusiera el sol; en ese momento se quitaba el velo y dejaba que el viento le acariciara la cara, observaba el horizonte, ahora ya no lloraba como al principio: se había propuesto no hacerlo más; aunque a veces unas cuantas lágrimas se le escapaban, cuando los recuerdos la acechaban, pero con la brisa marina se le disipaban.

Cuando pasó el mal tiempo, la singladura fue tranquila, el viento de levante inflaba los trapos y el casco del navío cortaba las olas suavemente. Le habían dicho que el trayecto por esas aguas algunas veces era muy agradable, por eso lo apodaban: "el mar de las damas". Esta vez había tenido suerte, no se toparon con ninguna otra tormenta. Al salir del camarote se aseguraba de que ningún galeón estuviera cerca, sabía que Gabriel estaba a bordo de la Almiranta, que navegaba tras ellos, pero los bajeles iban a su ritmo y no se acercaban unos a los otros.

Una noche se dio cuenta de que había pasado más tiempo del que se imaginaba: miró al cielo y de nuevo la luna estaba llena, igual que cuando zarparon de Tenerife; comprendió que, desde que salió de Sanlúcar, la había visto tres veces completa, por lo que habrían transcurrido más de dos meses. Entonces, al cambiarse de ropa y ponerse el camisón para dormir, comprobó que sus pechos habían crecido, así mismo cayó en la cuenta de que no había vuelto a sangrar desde que estuvo en el cortijo, y de eso hacía ya casi tres meses... "Dios mío, estoy encinta" —dijo con voz queda, y repitió, una vez más, en alta voz y con una gran sonrisa—: "estoy encinta, ya no estaré sola en la vida..." Se tendió en la cama y rezó, emocionada, dándole gracias a Dios por ese regalo. Ahora tenía una ilusión y una razón para labrarse un porvenir en esas tierras americanas. Repitió varias veces para sí misma: "No voy a pensar en el daño que me hizo Gabriel, ni a soñar más con Martín. Ahora soy la viuda de don Joaquín de Ponte, este niño que crece en mis entrañas es un Ponte. Tengo que enfrentar con entereza el porvenir sin mirar atrás" y desde esa noche se sintió mejor.

A los pocos días se acercaron a las primeras islas de Barlovento. El piloto la vio cerca de la borda y se dirigió hacia ella:

—¿A su merced le agrada estar en la cubierta? —le preguntó.
Ella esbozó una leve sonrisa y le respondió:
—En efecto, a esta hora la brisa es agradable, el aire es fresco, pero los días son más cortos, anochece antes. Cuando zarpamos teníamos más horas de sol, ahora el día y la noche son casi iguales. Además, al mediodía, el sol calienta más que cuando zarpamos.
—Al acercarnos al ecuador, los días se acortan, aunque estemos en verano. En pocos días fondearemos en La Guaira, allí hace mucho más calor que en Cádiz.
—Y también creo que, en esta época del año, llueve.
—Así es, pero pasa rápido, enseguida sale de nuevo el sol. Su merced tiene una buena familia en Venezuela, conozco a algunos de vuestros parientes.
—Son parientes de mi marido, no he tenido la ocasión de conocerlos todavía. Me dirijo a una de sus haciendas: la que queda cerca del puerto, subiendo por una montaña, camino hacia Caracas. ¿Conocéis la ciudad?
—Bastante bien. Se ubica en un valle alargado, atravesada por un río de agua clara y fresca, el Guaire. En sus riberas hay varias plantaciones de caña de azúcar con sus trapiches.[31] La ciudad se levanta en el extremo occidental del valle, su trazado es en forma de cuadrícula. Las casas importantes están cerca de la Plaza Mayor; tienen varios patios, como las andaluzas.
—¿Es una ciudad grande? ¿Es calurosa?
—El clima es muy agradable, debido a su altitud. En el día el calor no agobia, en las tardes refresca y puede hacer hasta algo de frío. Es una ciudad pequeña, no la habitan más de cinco mil almas. Los caraqueños son gente amable y hospitalaria. Ainara asintió complacida, y luego le preguntó:
—¿Hay muchos conventos e iglesias en Caracas? ¿Sabréis decirme dónde está el de la Merced? Debo hacer un donativo a esa orden…

---
31. Refinerías de caña de azúcar.

—Conozco bien el convento de San Jacinto y el de San Francisco, pero a ese no he ido. Sé que hace unos años unos mulatos edificaron una hospedería con techos de paja y tirantes de madera, allí debe de estar la ermita de la Virgen de la Merced; seguramente os referís a ella. Como os he dicho, Caracas es una ciudad pequeña, no tendréis mayor problema en dar con ella...

Continuaron hablando y él le aseguró que le iba a gustar vivir allí. Luego, le pidió permiso para retirarse ya que tenía que atender sus responsabilidades. Ella continuó en la cubierta observando un grupo de delfines que escoltaban el navío, entraban y salían del mar y hacían unos sonidos muy curiosos, como si se comunicaran entre ellos. Después, cuando desaparecieron, apoyada sobre la borda, se quedó observando cómo se iba escondiendo el sol más allá del horizonte. Vio cómo el cielo se teñía de tonos violáceos, rojizos y anaranjados. Cuando las primeras estrellas aparecieron en el firmamento se fue a su camarote.

Tierra Firme: La Guaira, septiembre de 1635

A medida que se acercaban a la costa de Tierra Firme, Ainara se quedó extasiada contemplando esa gran montaña de la que tanto había escuchado hablar. Estaba cubierta de una frondosa vegetación y, como telón de fondo cobijaba al embarcadero de La Guaira. Frente a él, una pequeña línea de casas con sus techos de tejas y pintadas con colores claros formaban una hilera. Fondearon a media mañana en ese pequeño puerto que servía a la ciudad de Caracas.

Por una endeble pasarela de madera de tablas bamboleantes Ainara descendió del navío, con pasos inseguros y temblándole las manos. Iba vestida de negro cerrado, el velo se mecía con la brisa y le impedía ver bien, por lo que decidió esconderlo bajo el sombrero al llegar a tierra. Se cobijó del inclemente sol, bajo un árbol. El calor tropical resultó ser más intenso de lo que imaginaba, la humedad era sofocante, grandes charcos en todas partes evidenciaban que acababa de llover.

Hombres musculosos con el torso descubierto y calzones de paño burdo, sin calzado y con los pies embarrados, comenzaron a descargar el bajel. Eran todos muy oscuros, negros tintos. Uno de ellos, de tez más clara y que llevaba un sombrero de paja de ala ancha y deshilachada, les gritaba palabras que ella no entendía y, con una fusta daba latigazos al suelo, levantando una gran polvareda. Un esclavo se distrajo y dirigió la mirada hacia ella; enseguida el del látigo lo fustigó duramente en el brazo. Era la primera vez que ella observaba como se trataba a los esclavos en América; apartó la vista con desagrado y de nuevo bajó el velo para evitar que se dieran cuenta de la expresión de disgusto que ese trato, tan inhumano, le provocó. Miró al cielo para contener las lágrimas y parpadeó varias veces. Multitud de aves multicolores que no distinguía, además de loritos y guacamayas, iban de un arbusto a otro y con su alegre trinar se entretuvo, desviando su atención del triste espectáculo que tenía enfrente.

Había perdido la noción del tiempo y quiso saber qué día era. Entonces le preguntó al piloto, quien la ayudaba a juntar el equipaje.

—¿Qué fecha es hoy? Me podéis informar.

—Es 12 de septiembre. Según el santoral, es el Dulce Nombre de María, por lo que debe de ser vuestro santo.

No solo era su santo, también su aniversario: ese día Ainara cumplía veintidós años. Pero no dijo nada, y el piloto agregó:

—Mejor es que su merced ponga a buen recaudo esa cadena de oro que lleváis puesta —y añadió—: exhibir una joya tan ostentosa puede provocar un incidente. El esclavo que acaban de castigar se había deslumbrado por su brillo.

Ainara no había vuelto a usar la cadena que le había regalado el duque de Medina Sidonia desde el día en que embarcó en Sanlúcar. En esta ocasión pensó que podría ser conveniente resaltar su condición llevándola encima, pero se dio cuenta de que se había equivocado; no era apropiada para usarla en un lugar como ese. Y la guardó en su bolsillo para que no estuviera a la vista.

—Agradezco vuestro consejo, creo que fui imprudente mostrándola. La verdad es que no sabía bien a dónde llegaba.

—Perded cuidado. Ya os iréis habituando a las costumbres de esta provincia, que son muy diferentes a las de la Península. Aquí, como en otras partes de nuestro imperio, hay pillos y maleantes; mejor es ser precavida.

Una carreta tirada por dos mulas se acercó al embarcadero y uno de los hombres que descendió de ella se presentó frente al capitán. Entablaron una conversación y luego se encaminó hacia donde se encontraba Ainara. El mulato se quitó un amplio sombrero pajizo y, con una reverencia, la saludó. Era un hombre fuerte y alto; no logró distinguir el tono de sus ojos, pero le pareció que eran claros. Tenía algo en su mirada que la impactó y le recorrió un estremecimiento cuando con una voz potente y grave se dirigió a ella:

—Buenos días, su *mercé,* soy Toño, capataz de la hacienda de don Joaquín de Ponte, me ha informado *er* capitán que *er* amo falleció —y, bajando la vista al suelo, añadió—: y que vos sois la nueva ama.

Ainara se había ido preparando para ese momento durante la navegación. Se había imaginado la forma como debía actuar para causar una buena primera impresión a sus subordinados. Sabía que debía infundir respeto y que esa primera impronta era importante. Sin embargo, cuando llegó el momento, no supo qué decir y le contestó asintiendo con un movimiento de cabeza; luego le indicó que recogiera sus pertenencias.

—Si mi ama desea, pueden llevar a su *mercé* a la hacienda *ahorita mismito* para que no se acalore — él esbozó una sutil sonrisa y ella, sin lograr articular palabra de nuevo, volvió a asentir.

El piloto, que continuaba a su lado, le sugirió que podría encargarse de entregarle al capataz sus baúles, y también todas las mercancías y vituallas que don Joaquín traía para comerciar.

—Doña María, aunque hayamos hablado en varias ocasiones, no os he dicho mi nombre: me llamo Martín Romero —al escuchar ese nombre, ella se estremeció, pero él no se percató—. Ha sido un gran placer haberos conocido, espero que encontréis en estas tierras todo lo que deseáis...

—Gracias por vuestra amabilidad para conmigo, Martín —le respondió con una voz apenas audible.

Él se despidió de Ainara con una reverencia y la ayudó a subirse a la carreta tirada por las dos mulas.

Cuando el piloto se marchó ella escuchó al moreno que llevaba las riendas comentarle a Toño, el capataz:

—La nueva ama, parece un zamuro[32] —y rio.

—O un pají[33] —respondió el otro, muy sonreído.

Ella no dijo nada; no sabía a qué se referían, si era un insulto o un halago. Trató de recordar esas palabras: "pají" y "zamuro", y las repetía para no olvidarlas...

El cochero se sentó a su lado y ella abrió su sombrilla para protegerse del inclemente sol tropical.

Cuando iniciaron la subida, el paisaje montañoso comenzó a recordarle a su tierra guipuzcoana: la frondosa montaña era similar al monte Urgull. Pero el mar que desde allí se contemplaba no era gris como el de su tierra, era mucho más luminoso, verde esmeralda, azul, precioso. La vegetación del camino la impactó desde el primer momento. Observaba aquí y allá flores que nunca había visto y que se escondían entre la tupida vegetación, unas blancas, otras lilas, o amarillas, así como también animales desconocidos, que se asomaban al camino. Ainara miraba de un lugar a otro y admiraba cómo a través de la espesura surgían pájaros de los más variados colores, que trinaban sin cesar; también marsupiales pegados a las ramas, y multitud de lagartos o lagartijas que iban y venían por el camino de tierra. A

---

32. Buitre americano.
33. Ave pequeña con un prominente copete negro, típica del norte de Venezuela y Colombia.

medida que ascendían, la vegetación se hacía más tupida y un sonido continuo, que no lograba identificar no paraba de escucharse, Ainara le preguntó al cochero si eran grillos. El moreno trató de entablar una básica conversación con ella, pero a Ainara le costaba entenderlo; aunque hablaban el mismo castellano, él tenía un acento tan particular que tuvo que repetirle varias veces la explicación y los nombres de los animales para que ella comprendiera a qué se refería. Al parecer esos ruidos los producían unas ranas, unos sapos o quizás otros animalejos de esa región que ella nunca había visto y cuyos nombres no reconocía. Después vio cómo unos monos pequeños saltaban de rama en rama, emitiendo unos aullidos que la asustaron. Por un momento se sintió imbuida por los relatos de *sir* Walter Raleigh y pensó que pronto se le aparecerían las criaturas fantásticas que poblaban sus relatos. Deseaba llegar a su nueva casa lo antes posible y comenzar a pintar lo que estaba viendo, pues los colores y la luminosidad del trópico la tenían deslumbrada...

Después de poco más de una hora subiendo por el Camino Real de los españoles y de haber pasado por varias fortalezas, divisaron la hacienda en medio de una explanada. Ainara se la había imaginado pintada de blanco, como las andaluzas, pero era color bermejo. El cochero le explicó que se llamaba *El Guayabal*, por una fruta, la guayaba, que tenía ese mismo tono en su interior, aunque por fuera era amarilla como los limones que traían de España; le decía que el aroma y su sabor era muy sabroso. Le mostró varios guayabos, el árbol que daba esa fruta, y le aseguró que le gustaría el jugo, ella asintió y sonrió. El jugo debía ser el néctar, eran tantos los nuevos nombres que decidió que al llegar los anotaría uno por uno para no olvidarlos.

Cuando por fin estuvieron frente a la casona, el cochero se bajó y le sugirió que se quedase allí hasta que él regresara. Se dirigió hacia una casita pequeña que estaba a un lado y de ella salió un mulato, vestido con una camisola blanca suelta que bailaba sobre su calzón de tela basta; calzaba botas altas marrones, no llevaba jubón, capa, ni sombrero. El pelo oscuro y muy rizado, le caía sobre los hombros; parecía mucho mayor que ella, tendría no menos de una treintena. El cochero debió de explicarle quién era, porque enseguida hizo sonar varias veces una campana de hierro y un ejército de hombres y mujeres comenzó a aparecer por todas partes.

Los hombres solo llevaban calzas de un color indefinido; los torsos muy tostados, iban descubiertos. Las mujeres usaban amplias faldas, camisas y pañuelos sujetando sus rizos, algunos blancos y otros de colores fuertes que contrastaban con las pieles morenas, unas más oscuras que otras. Todos esos seres debían de ser sus esclavos. Ese hombre más claro de piel que los demás, junto con el cochero, la ayudó a bajar de la carreta y le hizo una reverencia.

—Soy Juancho, para *serví* a su *mercé*. Como *er* amo ha muerto... Ahora sois vos la nueva ama. Estos son vuestros esclavos.

Uno tras uno, se fueron presentando. Eran, por lo menos, tres docenas de adultos, entre hombres y mujeres, y también había una buena cantidad de niños que se alinearon junto a ellos. A Ainara desde el primer momento le agradó el aroma que procedía de las guayabas y de los cacaotales y que se repartía por el ambiente. Frente a la casa de la hacienda estaba el patio de secado; quiso ir allí antes de entrar en ella, pero le pareció que el piso se movía: después de muchos días navegando, la sensación del vaivén y el calor de la tarde contribuyó a que le sobreviniera un desvanecimiento. Se levantó el velo, pero el traje negro cerrado la hacía sudar copiosamente. Una jovencita, morena, pero también más clara que el resto y que dijo llamarse Consuelo, la sujetó; si no, se habría caído al suelo.

—Mí ama, venga a sentarse en el corredor, en otro momento podrá ir al secadero.

Ainara la siguió. Subió un par de escalones, entró en la casa y se sentó en una mecedora. Otra esclava, con un gran abanico de plumas de avestruz le echó aire y un hombre mayor y muy oscuro de piel, le trajo un vaso de vidrio grueso y tallado con un líquido color ocre que le dijeron que era guarapo de papelón con limón... Ese brebaje, parecido a una limonada muy dulce, le sentó muy bien y enseguida se repuso. Cuando bajó el sol, ellas pusieron la mesa en esa galería abierta y le sirvieron una cena frugal, que consistía en una gran galleta blancuzca y plana que llamaban casabe[34] con nata y un queso del mismo tono que le pareció algo salado pero gustoso; en vez de vino le dieron a beber otro jugo, bastante dulce, que provenía de una fruta llamada guanábana. La misma mulata, Consuelo, reía cada vez que Ainara preguntaba algo. Tenía unas lindas facciones, la piel canela y, unos dientes muy blancos pequeños y bien alineados, pensó que en un par de días le gustaría dibujarla.

—*Guaaa*, muchacha, deja la risita que el ama se va a *disgustá* —acotó la otra esclava, de mayor edad...

—No me disgusta su risa; los peninsulares hablamos diferente. Se ve que es curiosa, yo también lo soy —y les preguntó de nuevo—: el cochero y el capataz, Toño, creo que así se llama, dijeron que parecía un zamuro y un paují ¿qué querían decir con eso?

La joven soltó esta vez una sonora carcajada, y la otra la miró con expresión de disgusto.

—Mi ama disculpe a esta muchacha pendeja —y cambiando el tema de conversación añadió—: ¿su *mercé* quiere pasar a la casa.? Sabíamos que el amo iba a casarse en su tierra, la estábamos esperando. Ojalá sean de su agrado las flores y las ramas de eucalipto de los jarrones y alivien la tristeza por su muerte, mañana *encubriemos* todos los muebles con telas oscuras en señal de duelo.

Ainara entró en la casa con las dos esclavas, se sintió muy halagada por el trato tan cordial, que no esperaba, y asintió a su sugerencia. Respiró la agradable fragancia y olvidó la aclaración del significado de esos dos términos, en otro momento se enteraría.

Pasaron por varias estancias. Allí dentro la temperatura era más grata, los gruesos muros y los altos techos de paja prieta contribuían a

---

34. Pan ácimo, crujiente y delgado hecho de yuca.

refrescar el ambiente. Los suelos de terracota y las paredes desnudas le recordaron las del cortijo de Jerez, y momentáneamente la embargó un estremecimiento. Sin embargo, enseguida se recuperó. Siguió detrás de Consuelo y de Caridad, así dijo que se llamaba la más adulta, una negra que debía haber sido muy buena moza, pues a pesar de sus años tenía muy buen porte. Al caer la noche, la sinfonía de ruidos fue en aumento y Ainara observó cómo cantidad de insectos voladores chocaban con las paredes, por lo que consideró que había sido muy oportuno entrar en la vivienda. Las ventanas estaban cubiertas por celosías, con las que a esos bichejos se les dificultaba meterse adentro. El esclavo encorvado y cojo que le había traído el brebaje, encendió numerosas velas que sudaban en los candelabros de bronce y de hierro. Al salir de la penumbra, algunos de esos insectos se dirigieron directo hacia ellos. Ainara trastabilló, tratando de esquivarlos, al ver la cara de susto que tenía, Consuelo la tranquilizó asegurándole que esos *guatepereques*[35] no eran peligrosos, pero igualmente se sobresaltaba al escuchar los chasquidos. Aunque esa noche, como estaba tan cansada, no le prestó mucha atención a las explicaciones sobre esos insectos que se alborotaban en la época de lluvias y solo se contentó con saber que no le harían mayor daño.

Al llegar a su habitación, la principal de la casa quiso acostarse. Primero Consuelo y Caridad la ayudaron a quitarse la golilla y las puñetas de encaje de Brujas, así como el pesado traje negro y el guardainfante; sintió un gran alivio al despojarse de ese atuendo tan pesado y quedarse únicamente con las enaguas.

Después, hizo sus necesidades en una bacinilla que le facilitaron y con el agua que había en una jarra de plata que ellas vertieron en una ponchera del mismo metal, se aseó y enseguida se metió en la cama. El calor del mediodía había menguado y una brisa fresca se colaba entre las tupidas celosías. Del alto dosel de la cama pendía una tela liviana que ellas llamaron mosquitero. Caridad la apremió a

---

35. Voz venezolana: coleópteros.

mantenerlo cerrado hasta la mañana siguiente. Le aseguró que allí no encontraría chinches, garrapatas o piojos, que todo lo habían aseado y desinfestado por orden del amo, esperando complacerla. Ainara asintió: lo que más quería era cerrar los ojos, estaba agotada.

El colchón y la sábana, de agradable algodón, eran suaves al tacto y pensó que iba a dormir muy bien allí. Consuelo, antes de irse, le advirtió que no se bajara de la cama hasta que saliera de nuevo el sol, pues muchas veces en el suelo se colaban animales ponzoñosos: arañas, culebras o escorpiones; las cucarachas, chiripas, chicharras y zancudos, así como otras alimañas que volaban, no eran peligrosas, pero esos otros bichos rastreros, sí. Ante ese despliegue de novedades y peligros, se acurrucó como lo hacía cuando era niña, abrazó a un almohadón, rezó sus oraciones y, aunque había tratado de evitarlo, Martín se coló en sus pensamientos y se quedó dormida pensando en él... Cuando se despertó y abrió los ojos, frente a ella estaban ya Consuelo y Caridad. Por un momento se sintió aturdida, no sabía ni dónde estaba. Había tenido diferentes sueños durante la noche, estaba todavía inmersa entre la ensoñación y la realidad...

—¿Su *mercé* ha descansado bien? —dijeron las dos al unísono y luego agregó Consuelo con una amplia sonrisa—: es mediodía, ha dormido muchas horas.

Caridad abrió las celosías, así como las contraventanas, y la luminosidad tropical invadió el ambiente.

—He dormido bien, me siento muy descansada —y, se incorporó en la cama.

—Aquí está su equipaje —le indicaron, señalándole los baúles alineados al otro lado de la estancia.

—Podéis abrir uno de ellos, el azul, allí están mis trajes.

Se aseó y de nuevo se vistió de negro, colocándose el sombrero y el velo. Las dos esclavas hicieron lo que les indicó, pero Caridad se atrevió a decirle:

—Me va a *permití* que le sugiera, a su *mercé*, que se vista con una ropa más fresca, a esta hora hace mucho *caló* y ese traje tiene una tela pesada y calurosa...

—A mi ama van a volver a *decidle* que parece un paují con esa pinta y con el sombrero —añadió Consuelo con una franca sonrisa.

—Disculpe a esta muchachita —y exclamó—: ¡*mijita*, no le hables así al ama! ¡Se va a poner brava contigo!

—Creo que tiene razón, debo ponerme algo más ligero —Ainara le sonrió y asintió.

Comprendió que debía cambiarse. El traje que había elegido era de paño de lana, pero ahora se decantó por otro de algodón, así mismo negro, aunque más fresco y dejó a un lado el sombrero con el velo. Ellas le ofrecieron uno de paja de moriche, que ellas mismas habían tejido y lo tenían preparado de regalo para la nueva ama; se lo ajustó con una cinta negra.

Hacía mucho tiempo que no se sentía tan bien como esa mañana, había descansado como no lo había hecho en meses. Tenía muchísima hambre, pidió algo de comer y ellas le llevaron a la habitación una bandeja con huevos revueltos, jugos de fruta, un pan redondo hecho de maíz que llamaron arepa y una jícara de chocolate que le supo a gloria. Comió con apetito y después, cuando se sintió satisfecha, decidió sacar todas sus pertenencias de los baúles y disponerlas en una salita que estaba al lado de su habitación.

Ellas se asombraron de la cantidad de libros que venían en esos baúles e impactadas le preguntaron:

—Mi ama, ¿qué tantas cosas se esconden en esos libros todos iguales? Las letras que hay adentro de ellos parecen patas de mosca. ¿Con uno solo no sería suficiente? ¿Para qué tantos?

Esta vez fue Ainara la que soltó una sonora carcajada. Después de reír un rato, y ver que las dos, aunque apenadas, también rieron, comprobó que realmente se sentía mucho mejor.

En la habitación contigua había una tina de madera. Les indicó que le trajeran agua para darse un baño.

—La próxima vez es *mejó* que el baño se lo dé en la *taldecita* —agregó Caridad—, así el agua estará *tibiecita* y después la rocío con vinagre de citronela, así no le picarán los zancudos, que en la noche se alborotan, y dormirá mucho *mejó*.

Ainara asintió, asegurándole que al bajar el sol lo volvería a hacer. Había dormido bien, también se había alimentado y después de ese baño reconfortante se sentía como nueva. A primera hora de esa misma tarde mandó a llamar a Juancho y a Toño, los capataces; ellos y el cochero, que también era mulato, tenían una jerarquía superior a los demás esclavos de la hacienda. Caridad le había dicho que Juancho se ocupaba de almacenar los sacos del cacao y que era el encargado de comunicarle al patrón todo lo que acontecía en las otras haciendas y Toño, principalmente, se ocupaba del personal. Sabía que tenía que dejarles clara su posición desde el primer día, por lo que cuando se reunió con ellos les pidió los libros de asientos.

Esa misma tarde comprobó que los primeros envíos de cacao se habían realizado en 1622 con destino a Veracruz. Sesenta fanegas se enviaron aquella vez y desde esa fecha los envíos eran continuos y los asientos estaban rigurosamente anotados, así como la cantidad de plantas que se habían sembrado, tanto en la hacienda *El Guayabal* como en las otras que estaban más hacia oriente en la costa, entre Anare y Todasana, dos pequeñas poblaciones cerca del mar. Toño le comentó que por esos años cuando empezaron a exportarlo, hubo una escasez de cacao en Nueva España, de modo que lo importaron desde Venezuela. También le dijo que al poco tiempo don Joaquín había comprado un par de navíos para comerciar directamente con Veracruz. Otros productores de cacao también lo hicieron, pues de esta manera no había intermediarios y el negocio era más lucrativo.

Ainara quería informarse de todo lo relativo al funcionamiento de esa y de las otras haciendas de la costa. Deseaba conocer bien todo el proceso de la siembra, recolección, secado y luego del transporte en las fanegas; cuando don Joaquín se lo explicó ella le había prestado muy escasa atención. Estaba convencida de que estar al tanto de los dineros que entraban y salían sería la mejor manera de asegurarse el puesto que quería desempeñar en la hacienda. Seguramente ella no era el tipo de ama que esperaban, pero la determinación que presentó desde ese primer día no les dejó otra opción sino acatar sus órdenes. Aunque Juancho se veía muy molesto y malhumorado por su actitud, Toño le contestaba enseguida a sus preguntas, de buena gana; por él se enteró de que el cacao criollo que producía la hacienda *El Guayabal* era del tipo alargado, de corteza rugosa y semillas o almendras blancas, de ellas es de dónde propiamente se saca el chocolate. Le informó también de que, en las haciendas, antes de sembrar las plantas, se talaba el bosque y luego venía la quema para después hacer la siembra. Los suelos debían ser arcillosos y tener cerca riachuelos o quebradas que le proporcionasen la humedad necesaria. Las matas de cacao crecían cobijadas bajo los grandes árboles en el bosque húmedo de la montaña. Los samanes, mijaos o búcares les suministraban la sombra necesaria. Gracias a la continua demanda en Nueva España, se desarrolló ampliamente la producción del "cacao criollo", de excelente calidad. Así mismo se enteró de que también había otro tipo, llamado "cacao forastero", cuya corteza era lisa y la semilla morada intensa; pero el criollo era el más selecto y el más apreciado, y ese era el que se cultivaba en *El Guayabal*.

Toño le explicó que la jornada comenzaba antes del amanecer. Él y Juancho repartían las tareas y las herramientas para que el rendimiento fuera el mejor posible, a cada esclavo le correspondían mil plantas, allí había sembradas más de veinte mil. También le comentó que no solo en su propiedad, sino, en general, en toda la provincia, los amos y sus esclavos tenían una relación bastante buena; a cada uno de ellos se les adjudicaba un conuco[36] donde sembraban plátanos,

---
36. Pequeña parcela de tierra destinada al cultivo.

ocumo, yuca y maíz para su consumo personal. Así mismo le informó de que había dos fechas importantes para la recolección, una era en verano, que coincidía con la onomástica de san Juan, y la otra era a fines de año; en ambas se celebraban fiestas y los esclavos bailaban al son del tambor. A ella le pareció curioso que tanto Toño como Juancho se referían a los esclavos como "esos negros" como si ellos fueran menos negros que aquellos —aunque en efecto lo eran, pues ambos eran mulatos—. También se percató de que la forma en que se dirigía a ella Toño era amable y condescendiente, mientras que el otro era osco y brusco: obviamente le disgustaba su presencia y que quisiera inmiscuirse en los asuntos de la hacienda. Ainara, sin tomar en cuenta su actitud, continuó consultando los libros y comenzó a recorrer la propiedad acompañada por Toño para enterarse de todo lo que allí sucedía, a veces iban a pie y otras a caballo.

Durante el resto del mes de septiembre llovió copiosamente, pero después de una gran tormenta, que los nativos decían que era el cordonazo de san Francisco, pues coincidía con la festividad del santo, fue mejorando el clima. A finales de octubre el calor húmedo y abrasador de los primeros días fue desapareciendo y la temperatura se volvió fresca y agradable.

A medida que transcurrían los días, Ainara fue comiendo con más apetito los guisos y las sopas de gallina que le aconsejaron para su estado, repuso sus fuerzas y poco a poco comenzó a engordar. Algunas mañanas, después del desayuno, iba al corredor y allí se quedaba hasta que caía la tarde, leyendo uno tras otro los libros que había alineado, según su tamaño, en un armario de cuarterones situado en el mismo corredor y al que le mandó quitar las puertas; si no leía, pintaba. Dibujaba las plantas o los pájaros, y los plasmaba en el papel casi idénticos: los loritos y guacamayas con plumas de muchos colores eran sus favoritos. Caridad y Consuelo pensaban, al principio, que lo que hacía —esa ama tan rara—, era magia. Nunca habían visto a nadie ejerciendo ese oficio. Ainara les decía que reproducir lo que vemos era un talento, no un oficio.

Así mismo, comprobaron que ellas podían también reproducir objetos con la sanguina, el carboncillo o el pincel. Ainara enseñó a Consuelo a hacer círculos primero, luego rayitas horizontales y verticales y, comprobó cómo la mulata tenía aptitudes, aunque por supuesto no sabía escribir, pero esta se divertía y se reía, como si fuera una niña al ver cómo había pintado una silla. Caridad no se atrevía, le tenía miedo al papel en blanco. Consuelo no tendría más de quince años; su madre, Caridad, quizás estaba cerca de los cuarenta. El viejito cojo, que también atendía la casa, formando parte de los esclavos domésticos, era el padre de una y el abuelo de la otra. Camilo era uno de los cinco negros africanos que había en la hacienda, los demás habían nacido ya en América, producto de las primeras mezclas.

Un día, Ainara le dijo a Consuelo que quería hacer un retrato de una santa y que ella sería su modelo. Le enseñó un grabado que tenía en uno de sus libros, una obra de Zurbarán que representaba a santa Eulalia. Necesitaba una modelo para que posara y así tomar mejor las proporciones, le puso un libro en una mano y en la otra una palma, sobre los hombros le anudó una mantilla y le colocó una corona de flores sobre la cabeza. La muchacha, muy emocionada, se quedó quieta de pie, mientras ella abocetaba los contornos; luego comenzó a hablar y así Ainara se enteró de que Toño era hijo de Caridad, como ella, y que ambos eran hijos del amo. Le contó también que su padre se amancebó con su madre cuando esta era muy joven y procreó ocho hijos: cuatro murieron, dos se habían ido de allí, ella era la única mujer y Toño el mayor. También le comentó que sus abuelos fueron los primeros esclavos que don Joaquín compró

—Me alegra que no haya vuelto el amo —y luego agregó—: no de que esté muerto, eso no estaría bien, a mí me han bautizado, y no puedo tener malos pensamientos, ni deseos impuros. Así me dijo el *pater*. El amo, antes de viajar a la Península, le dijo a mi *mamaíta* que les iba a *dá* la carta de *libertá* a mis hermanos, la manumisión, como ellos querían; *alomejó* los vendió, *mamaíta* se quedó triste; ahora solo le queda una servidora y Toño.

—No puedo creer que vendiera a sus propios hijos… ¿Estás segura de lo que dices, Consuelo?

Ainara se había distraído, concentrada en la realización de la pintura. Finalmente, cayó en cuenta de lo que la muchacha le había dicho, hablaba muy deprisa y tan enredado que ella muchas veces no la entendía.

—*Guaaa,* no sé si los vendió, pero los dos eran buenos mozos... Antes de que el amo embarcara se fueron de aquí, quizás iban a Cartagena o a la Península.

Ainara comprendía que la muchacha no sabía muy bien de lo que hablaba. Su imaginación era desbordante y mezclaba la fantasía con la realidad. Estaba segura de que no tenía la menor idea de dónde estaba la Península, ni nada que estuviera más allá de La Guaira. Después, se enteró por Toño de que sus hermanos estaban en una hacienda cacaotera en Chuao, cerca de allí. Ella continuaba pintando, sin hacerle mucho caso, aunque la mulata no paraba de hablar.

—El amo, después de que murieron mis cuatro hermanos pequeños, ya no se interesaba en mi *amá* —y agregó en un tono altivo, como enfatizando la frase—: aunque nosotras dos siempre tuvimos nuestro puesto en la casa, ¡no éramos como las demás negras esclavas! Pero él *entambién* se amancebaba con otras más jóvenes y, si quedaban *preñás,* las vendía, una esclava embarazá vale mucho, aunque el *carajito* se muera ella sirve para *amamantá* a los otros. Mi *mamaíta* decía que al amo le gustaban las negritas jovencitas, bien *trigueñitas* y *requete* bonitas, como Teresa.

—¿Quién es Teresa? —le preguntó Ainara, que ahora le prestaba más atención.

—Es una negrita tinta como mi *amá*. El amo la trajo de chiquita desde la costa. Al principio no paraba de *llorá,* cuando el amo se la llevaba *pallá* —señaló el establo—, a ella le gustaba Toño, pero en la hacienda mandaba don Joaquín y ella tenía que *complacedlo*… Cuando el amo quería *tené* a una negrita para *saciá* su apetito, ella no podía *rechistá*… para eso también estaban ellas, todas las negritas que están aquí eran de su *propiedá*.

Ainara trató de disimular el disgusto que esa información le produjo y decidió cambiar de tema, de modo que la animó a que le contara de los demás esclavos que había en la hacienda.

—Los más claritos son Juancho y Miguelito, el cochero que os trajo. Ellos dos son los hijos de unos holandeses que eran amigos del amo. Hace años venían por aquí a hacer comercio. Uno de ellos era soldado y murió en una de esas guerras contra España, en las islas que están mar adentro. En la hacienda nadie lo quería, era *maluco*. Juancho se cree con más derechos que los demás negros, por *sé* más clarito… Miguelito es diferente, es bueno conmigo y me gusta mucho —bajó la mirada y sonrió, como si le avergonzara hablar de eso, pero continuó el relato—: los esclavos más oscuros son hijos de Pedro, que vino de África en un navío, y el amo lo compró como a mi abuelo. Pedro es fuerte y sano. El amo, lo usaba *pa embarazá* a las negras. Él quería que siempre hubiera alguna esclava *preñá*, vientre esclavo, engendra esclavo. A los *carajitos* después los vendía bien; no solo el cacao de esta hacienda es valioso, también la mano de obra vale mucho oro.

Ainara, al escucharla, daba gracias a Dios porque ese hombre, su marido, al que apenas conoció, ya no estuviera; no se imaginaba qué habría sido de su vida a su lado, después de escuchar sus prácticas. Estaba segura de que sola se manejaría mucho mejor. En Sanlúcar apenas tuvo contacto con la servidumbre, ni vivió una situación parecida en su infancia en las Vascongadas, pero en América comprendió que existía todo un mundo paralelo en las barracas al lado de ella, aunque le costaba adaptarse al cambio de mentalidad que se imponía en la sociedad esclavista, tenía que hacerlo. Consuelo seguía contándole muchas historias, enlazando una con otra.

—En las haciendas, a los muchachitos los ponen a *trabajá* desde los cinco años, pero antes hay que alimentarlos *pa* que crezcan sanos y fuertes. El trabajo en los cañaverales del valle es duro; aquí en el cacaotal, no tanto... Las mujeres *embarazás* trabajan a la par de los hombres. Rosenda, ha dado a luz a más de quince, es buena paridora y también tiene buena leche, amamanta a unos y a otros cuando no está *preñá*.

A medida que continuaba escuchándola, Ainara comenzó a angustiarse por su embarazo, pues continuamente aludía a las malas condiciones de las madres en los partos y, ella no dejaba de imaginarse cómo sería su alumbramiento...

Desde el primer día en que Ainara salió de la tina, Caridad se percató de que tenía los pechos hinchados y se le había borrado la cintura; entonces le confirmó que antes de que empezaran las lluvias, en febrero o marzo, sería el parto. Ainara nunca había presenciado uno; antes no había tenido el menor interés por saber cómo venían al mundo los niños, pero ahora quería saber cómo nacían para estar preparada.

—¿Hay alguna esclava preñada en la actualidad? —le preguntó a Consuelo.

—*Ajá*, Soledad. Está por dar a luz un hijo de Pedro, y va a ser bien negrito...

—Vas a avisarme cuando Soledad se ponga de parto, quiero asistir —le espetó.

—A mi ama no le va a *gustá*... Los negros paren como los burros, solos en la montaña —Ainara se quedó callada y, alzando la voz, le ordenó:

—Quiero retratar a Soledad, antes de que dé a luz, me la traes a la casa mañana a primera hora.

—Es una negra fea y no sabe *hablá* como nosotras, que nos enseñó el amo. Las negras de las barracas, hijas de Pedro, hablan como *mandinga;* además hacen *vudú*... Solo sirven para *trabajá* en el campo, no pisan la casa del amo. Toño no va a *queré* que pierda el trabajo del día. Mi *amá* y yo estamos para *complacé* a su *mercé;* las negritas de las barracas son *hediondas*, no va a *queré* tenerla cerca, además la va a *ve* feo.

—Consuelo, la traes aquí mañana, porque te lo ordeno. Y no se hable más del asunto —sentenció alzando la voz, sin ni siquiera mirarla.

Consuelo no esperaba que su ama, que era tan amable, le levantara la voz. Bajó la mirada y asintió, muy asustada. Ainara sabía que tenía que imponerse, no podía ser demasiado condescendiente. Los esclavos estaban habituados a un trato enérgico; si intuían debilidad en el amo, le perdían el respeto. Esa era de las pocas cosas que recordaba que le había dicho don Joaquín y, rememorando sus consejos, terminó diciendo:

—No importa que no hable y, si huele mal, que, antes de venir, se bañe. Para que te quede claro: Consuelo, como ya no está el amo, aquí quien manda soy yo.

La muchacha bajó de nuevo la mirada, y comenzaron a temblarle las manos. Ainara no estaba acostumbrada a que le tuvieran miedo y el haberle levantado la voz la dejó preocupada. Como la estaba dibujando, cuando levantó la mirada para verla de nuevo se percató de que la mulata se mordía los labios y miraba ahora hacia la pared en donde colgaban varias fustas. Sus expresivos ojos oscuros, de pobladas y largas pestañas, se llenaron de lágrimas. Ainara no entendía qué sentimientos se habían desatado, si trataba de engañarla o si de verdad estaba punto de echarse a llorar. Permaneció un rato callada dibujándola, pero cuando alzó de nuevo la vista comprobó cómo un torrente de lágrimas recorría sus mejillas y un gesto de infinita tristeza se dibujó en el atribulado semblante.

—¿Qué te pasa?, ¿por qué lloras? —le preguntó con un tono de voz más suave...

—Soy una muchacha *pendeja*, eso dice mi *amá*, ahora va a *preferí* a Soledad, y a mí me va a *pegá* con la fusta, pero lo tendré merecido por *idme* de la lengua...

—¿Qué estás diciendo? ¿Por qué razón iba a pegarte? —La preguntó Ainara, muy sorprendida...

—El amo me consentía por *sé* su *hijita*. Pero cuando se fue, ese Juancho, me dio durísimo con la fusta porque no quise *complacedlo* y todavía me duele; pero no le diga a Juancho que se lo he dicho a su *mercé, polfavó*. Toño me defendió y por mi culpa desde entonces se enemistaron —y se tocó la espalda.

—Ven acá, quiero ver qué te hizo...

La mulata se bajó la camisa, le enseñó unas marcas en la espalda y Ainara se quedó perpleja.

—Yo no uso esos métodos —le aseguró—. Si algo me molesta te lo digo para que no lo repitas; solo eso —y añadió—: aquí nadie te va a volver a pegar. Anoche escuché unos cantos y unos golpes de tambor, o algo parecido —cambiando drásticamente de tema le preguntó—: ¿qué significa eso?

—*Guaaa*... En las barracas están ensayando para *celebrá* la fiesta de san Benito a fin de mes, ya se acerca la cosecha de cacao. Las negras cantan, bailan; los hombres también y tocan *tambó*...

—¿Y tú también cantas y bailas, Consuelo?

—¡No soy como esas negritas! —exclamó, secándose las lágrimas con el dorso de la mano.

Ainara se percató de que había una marcada distinción: entre ellas, las esclavas domésticas y el resto. A medida que pasaron los meses comprendió que debía ser muy cautelosa. Aunque, al principio, Juancho había estado reacio a que se inmiscuyera en los asuntos de la hacienda, tuvo que habituarse a su presencia y permitir que revisara los libros de asientos de arriba abajo. Como ninguno de ellos leía, todo lo referente a los libros era competencia exclusiva de don Joaquín, pero como ella había aprendido a llevar las cuentas, era muy acuciosa. Desde la primera semana puso todo en orden, Juancho pensaba que esa no era tarea de mujeres y a medida que pasaba el tiempo cada vez estaba más molesto... Ainara sabía que la enemistad entre los dos capataces ya existía, pero le pareció que, últimamente, se había acrecentado; en una ocasión escuchó una conversación entre ellos, claramente distinguió la voz de Toño al dirigirse a Juancho y decirle: "el ama está *preñá* si algo le ocurre, te mato", se apartó de allí rápidamente, para que ninguno de los dos sospechara que había escuchado lo que hablaban, pero desde entonces tenía todavía más cuidado.

Toño era muy diferente a Juancho; era amable y condescendiente con todos los esclavos, a ella le parecía curioso que detrás de la casa de la hacienda tenía un conuco donde había sembrado muchas matas con propiedades curativas y se enteró de que cada vez que a algún esclavo le sucedía un percance, él lo curaba. En una ocasión, cuando Ainara recorría con él la hacienda, se resbaló y se dobló un tobillo, él inmediatamente le hizo unas friegas con una de esas hierbas, enseguida mejoró y el dolor desapareció. Desde el primer momento en que lo vio presintió que era un hombre sensato y que podía confiar en él; en cambio Juancho le producía una gran desconfianza y en algún momento, incluso, por la forma en que la observaba, le invadió hasta miedo, de modo que decidió ser extremadamente cuidadosa cuando él estaba presente.

En los libros había averiguado que en la recolección se contabilizaban muchos más sacos que los que luego se vendían: había decenas de fanegas que no aparecían en la contabilidad que les presentaba don Joaquín a las autoridades españolas. Estaba claro que la producción y los asientos no coincidían por lo que era evidente que el capataz hacia contrabando... Muy pronto comprendió que el fraude lo realizaba con los holandeses, que en esos años se habían adueñado de la isla de Curazao, en la región occidental de Tierra Firme; por la costa enviaban unas balandras que cargaban con las fanegas de cacao. En una ocasión Ainara le dijo a Juancho, enfáticamente que, en el futuro ni una sola fanega saldría de allí sin su aprobación. Ella se percató, inmediatamente, del disgusto que al capataz le produjo ese comentario. Por Toño se enteró de que varios holandeses pasaban por allí dos veces al año, en junio y en diciembre cuando se realizaba la cosecha y, al marcharse, se llevaban una buena cantidad de sacos de cacao que no aparecían en los asientos. Ainara tenía claro que el trapicheo lo hacía con consentimiento de don Joaquín, pues el amo era el que llevaba los libros, ya que el capataz no sabía escribir. En ese y en otros asuntos que evidenciaban un dudoso proceder del capataz decidió, por ahora, hacer la vista gorda. Tenía que saber esperar, su prioridad era que su hijo llegara al mundo en las mejores condiciones, ya sentía sus movimientos y eso para ella suponía su mayor alegría.

Una tarde, cuando había transcurrido más de un mes desde que habían cesado las lluvias y se preparaban para celebrar la Navidad y la recolección del cacao, anunciaron su visita unas primas de don Joaquín. Ainara mandó a arreglar uno de sus trajes, y Caridad le aflojó las costuras para que le sirviera. Desde que había hablado con Consuelo y se había enterado del tipo de persona que era don Joaquín se había quitado el luto. Ahora vestía de blanco, así estaba más cómoda que con esos pesados atuendos oscuros, que vestían las peninsulares de alcurnia. Allí no recibía a nadie, por lo que no tenía problemas con las habladurías. Pero esa tarde debía causar una buena impresión. Se vistió con el mejor de sus trajes y se colocó la cadena de oro con el emblema de los Medina Sidonia.

A media mañana se presentaron en la hacienda sus parientes: doña Elvira Campos de Ponte, su hija menor Ximena y su nuera doña Ana de Cepeda, la mujer de don Pedro Navarro, el hijo mayor de doña Elvira de su primer matrimonio, quien era notario del Santo Oficio y escribano mayor del cabildo. Como la preñez de Ainara era ya evidente, las damas le propusieron que se fuera a Caracas para dar a luz allí, pues ellas se ofrecían para asistirla. Ainara, que desde que se había instalado en la hacienda había agudizado un nuevo sentido de la suspicacia, le pareció que en Caracas su vida correría peligro, presintió que los parientes de don Joaquín tenían puesta la vista en sus propiedades que eran, evidentemente, muy rentables y si ella falleciera, aquellos podrían hacerse con ellas. Les agradeció sus amabilidades, pero les dejó claro que pensaba dar a luz en *El Guayabal* con sus esclavas. Doña Elvira había procreado nueve hijos, la menor era esa niña, Ximena, que no tendría más de diez años. Doña Ana llevaba varios años casada, pero no había tenido hijos y trataba a la jovencita con más cariño que su propia madre, quien, incluso, le ofreció a Ainara dejarla en la hacienda para que le hiciera compañía. Ella declinó el ofrecimiento, aunque la niña, que parecía muy avispada, desde el primer momento estuvo entusiasmada con la idea de quedarse allí. Después de que se fueron se sintió aliviada; no tenía interés de entablar amistad ni con ellas ni con nadie.

El Guayabal, 1636

Sus dudas y expectativas las anotaba y, cada vez que sabía que se acercaba un navío al puerto, despachaba la correspondencia al Duque de Medina Sidonia, lacraba la misiva con el sello ducal y así tenía la tranquilidad de que no era abierta su correspondencia. En su último escrito le había notificado que estaba esperando un hijo; todavía no había recibido respuesta a esa carta, pero, al enterarse de la muerte de don Joaquín, el duque la apremiaba a estar muy al tanto de todo y le reiteraba que, al estar sola, sin la adecuada protección para una dama, debía ser muy precavida y prudente. Sabía que en el momento del parto estaría más expuesta, por lo que se encomendaba a la Virgen de la Merced, rogándole que la protegiera Durante esos meses fue dándose cuenta de que el lugar más seguro para ella era la hacienda y que tanto Consuelo como Caridad eran sus aliadas, al igual que Toño.

Cuando empezó la cuaresma se sentía ya muy pesada; el calor iba en aumento y casi no podía dormir. Pasaba largos ratos dentro de la tina con agua fresca, donde percibía, claramente, los movimientos de su hijo y esos ratos le proporcionaban una gran alegría. A mitad el mes de marzo al bajarse de la cama a media mañana, pues ahora dormía muchas horas, un chorro de agua tibia bañó sus piernas. Caridad, que la asistía, le dijo que ese mismo día tendría a la niña en sus brazos. Aunque Ainara se había imaginado que iba a dar a luz a un varón, la esclava, desde el primer momento en que la vio, le aseguró que sería una hembra y que su parto sería rápido y fácil. Durante los últimos días había comprobado, por la forma de su barriga, que el niño estaba bien colocado; eso era lo más importante para saber que, en principio, todo iría bien.

—Tengo dolores fuertes en la espalda, como si me desgarraran por dentro los riñones ¿Ya viene mi hijo...? —le susurró asustada...

—Eso es que se acerca el parto —le contestó la mulata—. Cada vez os dolerá más, mi ama; solo debéis *respirá* pausadamente cuando sintáis que os viene la punzada, eso os ayudará a *soportá* mejor el *doló*... voy a *llamá* a Consuelo para que os asista *entambién*.

—No avises a nadie más, solo quiero que tú y tu hija estéis presentes...

—Si así lo deseáis, así será.

Madre e hija la asistieron. A primera hora de la tarde Caridad al ver que las contracciones eran muy seguidas y advertir que ya la cabeza de la criatura era visible, le decía que tenía que empujar para ayudarlo a que saliera; y, en menos de lo que canta un gallo, las lágrimas por el dolor se transformaron en un torrente de alegría. Ainara tenía en sus brazos una niña preciosa, era pequeña y delicada, pero lloró a mares nada más llegar al mundo; eso era buen presagio, la niña tenía buenos pulmones y estaba sana. Al verla, Ainara recordó a la que había sido como su madre en las dulces facciones de la recién nacida y pensó en la alegría que hubiera sentido en ese momento la que era su abuela.

Quiso saber qué día era y le dijeron que 19 de marzo, día de San José, ella le puso por nombre Ana Josefina y, recordando también al Duque decidió agregarle el nombre de Manuela. Cuando esa niña llegaba al mundo, en el otro lado del océano, en el mismo mes de marzo de 1636, y un día después de que ella naciera, el 20, un Jueves Santo, fallecía don Manuel Alonso Pérez de Guzmán el Bueno, VIII duque de Medina Sidonia. Ainara había perdido a su protector, pero no supo esta noticia hasta finales de ese año. Siguió recibiendo y enviándoles correspondencia, aunque las cartas que llegaban iban dirigidas a don Joaquín de Ponte, un subalterno del conde de Niebla, que ahora era el IX duque de Medina Sidonia continuó escribiéndole.

La alegría que le trajo el nacimiento de esa niña mitigó sus tristezas y recelos. A medida que pasaba el tiempo, verla crecer sería su mayor alegría.

Una de esas mañanas en que Consuelo la ayudaba a vestirse, cuando fue a ponerse los botines que siempre usaba sintió como una punzada, un dolor intenso en uno de los dedos del pie...

—¡Ay, ay, qué dolor! —exclamó soltando el calzado.

La mulata, aterrada, vio cómo de dentro del botín salía un escorpión y gritó horrorizada:

¡m*amaita,* Toño, corran, un escorpión le picó al ama!

Enseguida llegó Toño, que afortunadamente estaba allí mismo, atrapó al ponzoñoso animal e inmediatamente le chupó el dedo a Ainara, le dio a beber un brebaje y con una loción le hizo un masaje en el pie. Todo ocurrió en cuestión de minutos y el peligro pasó: ese no era uno de los escorpiones más venenosos, le aseguró él. Además, la rapidez en la cura fue trascendental para que el veneno no penetrara en el torrente sanguíneo.

—Gracias, me has salvado —le dijo ella con la voz quebrada por el susto.

—Me alegra haber estado cerca —respondió.

Levantó la vista y ambas miradas se cruzaron de nuevo; mientras le había chupado el dedo y succionado el veneno a ella le había recorrido un estremecimiento que él percibió, levantó la vista instintivamente y se encontró con los ojos de Ainara fijos en los de él. Toño apremió a Consuelo a revisar siempre su calzado y el suelo, ya que los bichos rastreros eran muy peligrosos. La muchacha, muy apenada, se disculpó por su negligencia y le aseguró que no volvería a suceder. Unas semanas después se celebraron las fiestas de san Juan por todo lo alto. Ese año la cosecha de cacao fue extraordinaria, el ama les concedió a los esclavos varios días de asueto y los festejos se sucedieron.

Una de esas noches, Ainara, curiosa, se acercó a las barracas, atraída por la algarabía de los tambores. Hombres y mujeres danzaban alrededor de una hoguera. Para su asombro, uno de los que mejor bailaba, cerca de la fogata, era Toño que, con el torso descubierto se contorneaba rítmicamente y tomando a una linda negrita por la cintura, le sonreía sin cesar… Después de un rato, él se percató de la presencia de Ainara y fue hacia allí. Sudaba copiosamente, desprendía cierto olor a licor y tenía los ojos encendidos. Cuando estuvo frente a ella, esbozó una seductora sonrisa, a ella le pareció un hombre increíblemente atractivo; él le ofreció una bebida y ella asintió. Toño le sirvió una taza de *guarapita*[37]; ella apuró el trago de una vez y sintió como si un fuego ardiente la traspasara. Toño sonrió al darse cuenta de que se lo había bebido como si se tratara de un jugo, pero no dijo nada al respecto; se acercó más y le habló suavemente al oído:

—Los esclavos os están agradecidos por haberles ofrecido un buen descanso como retribución por sus esfuerzos —añadió—. Están contentos con el festejo.

—Me parece que lo justo es recompensarlos. También quiero hacerlo contigo: ahora sigue disfrutando de la celebración; mañana te

---

37. Bebida alcohólica hecha de aguardiente de caña.

espero en el corredor —lo miró fijamente, él esbozó de nuevo una seductora sonrisa y ella sintió un profundo estremecimiento.

Ainara decidió que debía irse. Se había puesto nerviosa viéndolo bailar y también por la forma en que él la miraba. Algo que no entendía le estaba sucediendo, pero achacó esas sensaciones al bebedizo.

Cuando se acercaba a la casa, vio a Consuelo con Miguelito, el cochero; los dos estaban escondidos entre las matas. Con una curiosidad inusual, se internó en la espesura al escuchar cómo jadeaban, y estuvo agazapada durante un rato observándolos. La noche estaba clara y pudo ver como se amaban tendidos en el suelo, se besaban y reían. A Ainara la invadió un imperioso deseo por ser abrazada así, como Consuelo. Sin embargo, cayó en cuenta de que no debía estar allí, se sintió avergonzada por su curiosidad y sigilosamente se fue.

Se sentó un rato en una mecedora en el corredor y contempló la noche estrellada; pero la sensación de excitación no la abandonaba; finalmente, fue hacia su habitación, y se metió en la cama, pero tampoco lograba conciliar el sueño; las imágenes de Toño bailando de esa manera no se le iban de la mente y se mezclaban con las de Consuelo y Miguelito. Después de dar mil vueltas, por fin, se quedó rendida… El fuego de las hogueras seguía ardiendo, los negros seguían tocando el tambor…, ella bailaba con Toño…, la neblina los cubría y luego desaparecía, sintió sus brazos; sus fuertes manos la desnudaban y acariciaban sus pechos, sintió su aliento, sus labios carnosos…, él la besaba, ella gemía y se estremecía…, su cuerpo musculoso la cubría, iba y venía…

A primera hora salió el sol y llegó Caridad con la bandeja del desayuno. Ainara se despertó sobresaltada, sudando y muy excitada. Había soñado con él y recordaba esas imágenes como si lo hubiera vivido. ¿Qué fue realidad y qué era sueño? No lo sabía. Toño la esperaba en el corredor; al verlo, le recorrió un escalofrío…

—Buenos días, mi ama —la saludó con una reverencia, sin mirarla.

—Aquí tienes tu carta de manumisión —le tendió el pliego que había preparado el día anterior y añadió—: como ahora eres libre, me gustaría enseñarte a leer.

Quería conocerlo mejor y pensó que esa sería una buena excusa para pasar más tiempo con él. Después que ella le hizo ese ofrecimiento, él se quedó callado y finalmente le dijo:

—Os lo agradezco. Pero esto no se debe saber, puede crear suspicacias y recelos.

—Quedará entre nosotros, si así lo prefieres. No solo te lo mereces; además, me dijo Consuelo que don Joaquín se lo había prometido a tu madre y quiero cumplir con su promesa. Desde ahora percibirás un justo salario.

Él le dedicó una amplia sonrisa y agregó:

—Con ese salario podré comprar la manumisión de mis hermanos que están en Chuao. Aprenderé a leer y a escribir si eso os place, pero no me pidáis que pose para ser retratado; no quiero verme clavado en la pared —ella asintió y le preguntó:

—¿Por qué no quieres que te retrate?

—No me gustaría que mi espíritu se traspasara a una tabla. La mirada de ese santo, que habéis traído de España y que tiene las flechas clavadas en el torso, me persigue por todas partes. Cuando entro a la sala, siempre me está mirando —ella esbozó una amplia sonrisa, giró la cabeza y miró al lienzo, colgado detrás.

—Ese santo es san Sebastián. Ayuda a sanar de las enfermedades, así como haces tú. Seguramente te observa complacido, porque me curaste cuando me picó el escorpión y siempre velas por mí. Pero, si no quieres que te retrate, no lo haré.

Él le pidió permiso para retirarse, estaba visiblemente emocionado por haber obtenido la manumisión. Ainara, por otro lado, se quedó satisfecha: había realizado una acción justa, sentía una gran deferencia tanto por él como por su madre y su hermana; pensaba que, aunque ellas no lo supieran ahora, en un futuro estarían agradecidas por su gesto. A partir de ese día, todas las tardes cuando Toño terminaba sus quehaceres se sentaba con Ainara en el corredor, y ella le fue enseñando a leer, a escribir y a llevar las cuentas. Aprendía rápido y eso la complacía. Además, esas lecciones diarias le propiciaban un mayor acercamiento a ese hombre que le había hecho renacer una ilusión que creía irremediablemente perdida. Algunas veces ella le guiaba la mano y el contacto entre su piel y la del mulato la hacía estremecer; sin embargo, sin que ella se diera cuenta una de las esclavas los vigilaba desde lejos y también lo hacía Juancho.

Los años fueron transcurriendo, las cosechas se multiplicaron; mientras que su hija crecía. Aprendió a caminar, luego a hablar y, ni Caridad ni Consuelo le quitaban la vista de encima por lo que tres pares de ojos la vigilaban continuamente. Ainara la dibujaba muy a menudo y así advertía sus cambios.

Cada día se sentía más a gusto en su hacienda. Le encantaba recorrer sus propiedades, observar la vegetación exuberante. Los aromas penetrantes de ciertas especies le recordaban a los que florecían en verano en Andalucía. Estaban al otro lado del océano, pero había muchas similitudes entre una orilla y la otra de ese amplio mar. Ainara vivía pendiente del ritmo de la naturaleza que la rodeaba y se afanó por conocer los nombres de todos los grandes árboles que daban sombra a las múltiples matas cacaoteras que proporcionaban el excelente cacao de esa hacienda. Los búcares daban flores encarnadas, florecían en febrero y junio. Los jabillos de tonos naranjas, las acacias bermejas y el araguaney, su favorito, amarillas. Esa sinfonía de colores alegraba la montaña, que salvo en los meses de verano, cuando hacía más calor y había sequía, era todavía más verde que los campos de su tierra. Toño no la desamparaba, temía que Juancho pudiera hacerla algún daño; después de las lecciones, los dos daban largos paseos bien a pie o a caballo, y alguna vez fueron a las haciendas de la costa para revisar las cosechas. En una de esas ocasiones, cayó un aguacero y tuvieron que pernoctar en Todasana; luego escampó, pero se les hizo tarde para regresar a *El Guayabal*.

Veracruz, 1636

Antes de dirigirse a su destino final en Nueva España, la Flota de Indias se detuvo en La Española. En ese tiempo, el capitán Ruy Fernández de Fuenmayor, un destacado militar criollo nacido en Santo Domingo había reducido, a pocas millas de allí, en la isla de La Tortuga[38] a un buen contingente de bucaneros y piratas, con lo que devolvió la soberanía de esa pequeña isla a España, por un tiempo. La Tortuga tenía una situación estratégica importante y había sido en muchas ocasiones un nido de piratas. Gabriel de Iturriaga enfiló su navío hacia allí para llevar más hombres y dejar una pequeña guarnición que la defendiera durante, al menos, unos cuantos años. La ofensiva española, al mando de Ruy Fernández de Fuenmayor, había sido un gran éxito; pero antes de marcharse de la isla con destino a la Península le comentaba a Iturriaga que, si no se aseguraba con más colonos, pronto volverían los piratas y bucaneros a adueñarse de ella. Eso mismo le había dicho unos años antes don Fadrique cuando tomaron San Cristóbal y Nieves...

Ambos marinos, Gabriel y Ruy, tenían una relación muy cordial; se habían conocido diez años antes en Puerto Rico, tras el fallido intento holandés de apoderarse de la isla; cuando Iturriaga estaba convaleciente de sus heridas. Antes de separarse el criollo le preguntó por la hija del capitán Amézqueta, pues recordaba que los había unido una buena amistad. Gabriel volvió a rememorar esos años y cierta nostalgia se apoderó de él. Le contó que se había metido a monja. Sin embargo, desde ese día en que volvió a hablar de Mercedes, sus recuerdos comenzaron a rondarle de nuevo.

---

38. En el Caribe hay dos islas conocidas con ese nombre, una cerca de Santo Domingo y otra, en las costas de Venezuela.

A fines de año, el vasco se dirigió a Veracruz. El virrey de Nueva España, don Rodrigo Pacheco y Osorio y su familia habían caído en desgracia y fue sustituido por un afamado marino, del que Gabriel tenía una excelente opinión: don Lope Díez de Aux y Amendáriz, marqués de Cadreita, quien fue el primer virrey criollo de Nueva España —es decir nacido en tierras americanas—, y estaba planificando la creación de una flota para que, específicamente, defendiera el Caribe: la Armada de Barlovento. Cadreita le envió un comunicado a Iturriaga para que en los próximos días le presentara sus credenciales y se uniera a ellos.

Gabriel tenía que dirigirse a Puebla para entrevistarse con la marquesa de Salinas y explicarle lo ocurrido en el cortijo en Cádiz, pero antes de marcharse de Veracruz decidió ir a ver a Merche. Primero pasó por la tienda de un mercader que traía artículos de lujo desde China en el Galeón de Manila y tenía un gran despliegue de objetos exóticos y allí encontró una bella muñeca de porcelana. Pensó que a Carmencita le gustaría tener una como esa y, con la excusa de llevarle ese regalo a su ahijada, se encaminó hacia el convento de la Merced.

Golpeó la aldaba de la pesada puerta de madera. Cuando levantaron el postigo se encontró con la misma monja encargada de la portería. Aunque habían pasado muchos años, lo reconoció y lo hizo pasar; no tuvo necesidad de preguntar por Mercedes de Amézqueta, ella ya sabía a quién venía a ver.

Durante los minutos de espera, y mientras caminaba hacia al gran jardín donde se encontraría con ella, el corazón comenzó a latirle a toda velocidad, parecía un caballo desbocado; él mismo se asombró del estado de excitación que lo embargaba. Cuando vio que ella se dirigía hacia él, después de siete años sin verla, le pareció que estaba más hermosa que nunca. Sin embargo, se percató de que no llevaba su uniforme blanco de novicia, sino el hábito negro de las monjas y ya tocado: ahora era sor Mercedes. Al tenerla frente a él, como si fuera un inseguro adolescente, no supo qué hacer... Ella, con una gran naturalidad, lo abrazó y permaneció un rato unida a él. Gabriel hubiera deseado que ese abrazo fuera eterno, pues le trasmitió una sensación de paz y de cariño que mucho anhelaba.

—¡Cuánto me alegra que hayas venido a visitarme! —exclamó con una gran sonrisa al separarse un poco.

—Le he traído una muñeca a Carmencita —le respondió, mostrándole el paquete—, debe ser toda una mujercita.

—En un rato la vas a ver, le he hablado de ti en muchas ocasiones. Le va a gustar la muñeca; es una niña muy dulce, le encanta jugar con ellas. Todavía conserva la de trapo que le diste hace años y duerme con ella —él había ido suavizando su expresión adusta, mientras que ella continuaba hablando.

—Ven, siéntate a mi lado —le indicó Merche.

Se sentaron en un banco de piedra, bajo un gran árbol que daba sombra, y ella le preguntó:

—¿Qué ha sido de tu vida? He sabido que has estado en Veracruz en varias ocasiones, ¿por qué no has venido a visitarnos? Sabías bien el placer que siento al verte —él titubeó, no esperaba que le dijera algo así…

—Eres monja, ¿para qué querías verme? Ya has hecho tus votos, yo traté de impedirlo. No me quieres como yo a ti… Aunque eso ya es agua pasada.

—Te equivocas, te quiero mucho más de lo que imaginas. He rezado por ti todas las noches, como te prometí —ahora era él quien esbozaba una gran sonrisa.

—Siempre he aspirado a algo más que a tus oraciones —ella le tomó la mano y él continuó diciendo—: pero te lo agradezco. Creo que Dios atiende tus rezos, pues me deben haber salvado la vida en varias ocasiones…

—He sabido de tus proezas. Eres muy popular entre las monjas, siempre que venías a Veracruz se enteraban y me hablaban de ti. Tengo entendido que, además de ser un marino valeroso, te has hecho rico, y que te vas a casar próximamente con un familiar del virrey Pacheco.

—Me hice con un buen botín en un naufragio —no quiso darle detalles de cómo había sido, ni ella le preguntó—. Ese dinero se lo entregué al marido de mi hermana para que lo invirtiera en tierras que me proporcionan una buena renta... En cuanto a lo otro, sobre mi compromiso, me gustaría hablarte de eso, si es que quieres escucharme...

—Puedes hablar con toda confianza, te escucho... Seguramente tienes mucho que contarme, presiento que algo te atormenta.

Gabriel era duro, inflexible y muy reservado a la hora de expresar sus sentimientos, aunque con ella era diferente. Merche era la única persona que sabía sacar lo bueno que había en él, su nobleza escondida: frente a ella, él era transparente... Y sin darse cuenta, comenzó a narrarle, una vez más, sus hazañas contra piratas y corsarios, y la angustia que sentía por la dificultad que tenía la Corona para defender sus amplios territorios. Le habló de la impotencia que le atormentaba al tener que enfrentarse continuamente a una jerarquía inoperante, y en muchos casos viciada. No era solo su vida personal la que había ido por un camino equivocado; tampoco estaba orgulloso de su desempeño como marino, pues siempre pensaba que habría podido actuar mejor. Le hizo partícipe de sus constantes dudas y de sus miedos, de lo que aparentaba y de lo que realmente sentía. Merche lo escuchaba con mucha atención y Gabriel sintió que en esta ocasión tenía que abrirse a ella y contarle lo que nunca pensó que le diría a nadie.

Le narró con detalle lo ocurrido en el cortijo y cómo se sentía tremendamente culpable por lo que le había sucedido a Ainara. Antes de embarcar, su hermana le preguntó por ella; pero no pudo decirle la verdad, seguramente, por su culpa, ella estaría muerta... Le aseguraba que, ese cargo de conciencia lo atormentaba, desde entonces, y que había dejado de estar satisfecho de su proceder desde hacía tiempo. Ahora él se veía como un hombre despreciable, envilecido, que se había dejado arrastrar por el ansia de poder y de riquezas, y que esa actitud le producía una insatisfacción permanente. Se quitó la cadena con la medalla de la Virgen de los Navegantes que le había dado su madre al embarcar y se la colgó en el cuello a Merche mientras que le susurraba: "mi madre que estaba tan orgullosa de mi, ahora estaría terriblemente decepcionada, no soy digno de llevarla". Merche la aceptó para que se sintiera complacido y le aseguró que más adelante se la devolvería y él asintió.

La joven no solo le escuchaba con una paciencia infinita, pero, además, sus acertadas palabras, poco a poco, le fueron devolviendo el sosiego que desde hacía tiempo había perdido. El mero hecho de estar a su lado y haber pasado horas hablando de todo lo que había vivido en los últimos años, aunque nunca lo imaginó, le había comenzado a proporcionar una gran serenidad. Hacía años que no quería enfrentarse a si mismo; pues cuando analizaba sus reacciones se sentía desagradado y avergonzado por su forma de actuar; ahora por primera vez, en mucho tiempo, estaba tranquilo y pudo contarle a Merche, con toda sinceridad y detalle, lo que había ocurrido en esos años...

Ella no le recriminó por su vil comportamiento, más bien le confirmó que de todo lo que había vivido, como hombre y como oficial de la Armada había sacado una enseñanza. En su parte personal, como él le garantizaba que quería rectificar los errores, ella le aseguró que arrepentirse del mal obrar era el primer paso para alcanzar la paz y él ya lo había dado. En cuanto a su carrera naval, como hija de un gran soldado, conocía bien sus pesares, pero también lo animaba a seguir teniendo fe en la Corona. Entre sus superiores había hombres detestables, pero también grandes y nobles. A medida que ella hablaba sus ojos brillaban centelleantes. Gabriel estaba, una vez más, hipnotizado por esa atracción única que sentía por Merche y comprendió que esa mujer, aunque ahora fuera inalcanzable, seguía siendo el amor de su vida... El ocaso se acercaba, presintió que tendría que irse. No quería separarse de ella, pero al escuchar el repique de la campana se dio cuenta de que debía marcharse.

—Ven conmigo, antes de que te vayas vamos a rezar juntos. En la iglesia vas a ver a Carmencita. Como tiene muy buena voz, canta en el coro, y ahora está ensayando para cantar el día de Navidad y allí le entregas la muñeca.

—Hace tiempo que no rezo. Voy a la iglesia por obligación, para cumplir con las normas —y añadió, mirando al suelo—: la verdad es que he dejado de creer.

Se encaminaron hacia allí y una niña con una gran sonrisa, en cuanto los vio, salió corriendo.

—Mamá, este caballero es mi padrino del que siempre me hablas, ¿verdad? —y él le entregó el paquete y la niña enseguida lo abrió.

—¡Es una muñeca preciosa! —exclamó y se abrazó a su cintura, muy agradecida, y añadió: —¡no quiero que te vayas!

—Tiene que irse ahora, Carmencita. Es un oficial de la marina y debe cumplir con las órdenes de sus superiores. Muy pronto va a regresar...

—Tengo que ir a Puebla, pero en unas semanas estaré de vuelta. Te lo prometo.

Levantó a la niña por los aires, como lo hacía cuando era pequeña, todavía era ligera como una pluma; el pelo, color nogal, iba trenzado en una larga clineja que le caía por la espalda. No era tan bonita como su madre; tenía unas facciones más toscas, pero los mismos ojos negros rasgados y muy expresivos. Cuando la lanzó por el aire, insistía en que lo hiciera una vez más con una risa cantarina y alegre. Le acompañaron hasta la puerta; Gabriel, se despidió de ambas y les prometió regresar pronto. Se fue complacido al escuchar a esa niña, tan espontánea, decirle que su madre lo recordaba siempre. Se veía que las dos eran muy queridas por todas las monjas del convento. También comprobó que la vida que Mercedes había escogido la había hecho feliz, aunque él no hubiera formado parte de ella, y comprendió que esa felicidad, que se reflejaba en su dulce mirada, se debía a que había logrado realizar lo que más deseaba: ayudar a los demás... Salió de allí satisfecho por haber tomado la decisión de verla de nuevo.

Al llegar a Puebla rompió su compromiso con la marquesa de Salinas. Después del fracaso de su actuación en el asunto de Hernán Pacheco, ya no era provechosa su alianza con él. En los planes de la Marquesa ya no estaba casarse con el vasco y, tras su ausencia, buscó consuelo en otros brazos. Él había ido decidido a cortar con esa relación; tampoco quería casarse, y ella con ese desplante se lo puso más fácil. Gabriel había reflexionado tras el encuentro con Merche, y resolvió que no iba a casarse ni con la marquesa de Salinas ni con nadie. Tenía suficiente dinero y una buena posición en la Armada, no necesitaba comprometerse y pactar un matrimonio no deseado que le iba a proporcionar más dificultades que beneficios, dedicaría su vida a servir a la Corona, que era lo que le satisfacía. Navegar y defender el Imperio eran sus prioridades. En sus ratos de ocio, para distraerse acudiría a sus asiduas visitas a los burdeles. Las meretrices no le complicaban la existencia y le proporcionaban placer, sin tener que comprometerse. "¡Para qué buscar una relación diferente!," se repetía.

Desde Puebla, Gabriel había pensado regresar a Veracruz, pero Cadreita le asignó una misión y tuvo que trasladarse al puerto de Campeche y después a Guatemala, en donde como integrante de la Armada de Barlovento, que recientemente había creado el nuevo virrey, debía reportar a la Audiencia de Antigua. Desde allí acudió a Trujillo, en Honduras. Una vez más, los piratas asolaron la ciudad, y él la defendió valerosamente. Después de casi dos años pudo regresar a Veracruz.

Durante los primeros meses de 1637, en esa ciudad portuaria se desató una epidemia y gran parte de la población enfermó. En el convento de la Merced atendían a decenas de enfermos y varias de las monjas se contagiaron, entre ellas sor Mercedes. Cuando Gabriel regresó, fue inmediatamente a visitarla. Sabía que tenía que embarcar próximamente hacia Cuba, donde se había establecido su próximo destino, pero quería verla y también comentarle lo que había sucedido con su compromiso, las decisiones que había tomado con su vida futura y hablarle de la buena opinión que tenía sobre el nuevo virrey.

La esperó, como la vez anterior, en medio del patio, bajo el mismo árbol florido que daba sombra; pero esta vez, al verla venir a lo lejos, le embargó una sensación de incertidumbre. Habían transcurrido casi dos años desde que se encontraron allí; sin embargo, parecía que habían pasado más de veinte: entonces estaba llena de vida, ahora la vida se le escapaba como un suspiro. Sor Mercedes caminaba con dificultad, y esa sonrisa a flor de piel que siempre llevaba en los labios había desaparecido. Un rictus de profundo quebranto estaba impreso en su semblante, por lo que una inmensa tristeza anidó en el corazón del marino.

Al tenerla enfrente, la abrazó. No quiso mirarla directamente a los ojos, pero al estrecharla entre sus brazos sintió que estaba a punto de desmoronarse...

Luego, ella se apoyó en su brazo y le dijo que quería sentarse. Lo hicieron en el mismo banco, pero, en esta ocasión, en vez de alegrarse, el encuentro le produjo un terrible desasosiego. Ante el miedo atroz de perderla y el deseo de no querer enfrentarlo, comenzó a hablarle sin parar. Le contó todo lo que le había sucedido en Puebla y cómo había zanjado definitivamente su compromiso con la Marquesa. Ella le contestaba con dificultad, y le comentó el mal pronóstico de su enfermedad: aunque había superado la peste, otra dolencia, más grave, se había instalado en su debilitado cuerpo. Le costaba respirar y se cansaba más de lo que pudiera ser normal, ahora parecía como si hasta articular las palabras requiriera de un gran esfuerzo.

Gabriel se indignó consigo mismo, al pensar que no había podido protegerla de ese mal. ¡Cómo había sido posible que no hubiera venido antes! —se recriminaba—. Debía haberla sacado de allí, en cuanto se enteró de que se había desatado esa epidemia. Ella le había salvado la vida, y qué había hecho él por ella, solo atormentarla. Como siempre, se culpaba de lo que, por una razón o por otra, no había realizado. Merche, intuyendo su preocupación, le susurró al oído:

—No te atormentes, lo que me ha sucedido es designio de Dios, te agradezco que estés aquí, haber podido verte, y saber que cuento contigo... —ella hablaba lentamente y, ahora, él la escuchaba sin interrumpirla—. Te voy a pedir un gran favor: me he desprendido de todo en la vida, pero de lo único que no puedo desprenderme es del amor que siento por mi hija. Cuando me vaya, ¿qué va a ser de ella? Si queda en tus manos estaré tranquila... Quiero que te la lleves de aquí. No quiere ser monja, no voy a vivir mucho tiempo más y no quisiera que sufra al verme morir. Le he dicho que se va a ir contigo por unos meses, mientras me recupero.

El marino la escuchaba callado. No salía de su asombro ante esa confidencia y cuando ella dejó de hablar para retomar el aliento, la interrumpió:

—Merche, ¿cómo quieres que yo me quede con ella? No sé si sabré cuidar bien de una niña...

—Sé que te han destinado a Cuba. Llévala contigo.

—Pero si apenas me ha visto. Además, ¿qué vida le puedo ofrecer? No sé si voy a volver a la Península. Posiblemente tendré que acompañar a la Flota de Indias en el tornaviaje o quizás me asignarán otro destino. Seguramente volveremos a enfrentarnos a los holandeses en el Caribe. Han invadido unas islas frente a las costas de Tierra Firme, quizás tenga que ir allí. ¿No prefieres que la lleve a Puerto Rico y la deje con tu familia? —él no sabía qué decir.

—Mis padres murieron, mis hermanos están en Guipúzcoa, ninguno de ellos se haría cargo de ella... Tengo listos sus papeles, tú serás su tutor y representante, Desde que enfermé preparé todo para entregártelo, sabía que en cuanto pudieras regresarías.

Puso en sus manos un sobre con unos documentos, sellados que él miró por encima.

—¿Por qué no esperamos? Podrías mejorar…

Gabriel estaba completamente atribulado, entre la idea de que Mercedes podría morir pronto y pensar que esa niña, que apenas conocía, se iría con él. Esto era lo que menos podía imaginarse cuando se dirigía hacia Veracruz con la ilusión de volver a verla.

—Ojalá eso sucediera… —tosió una vez más y el pañuelo se impregnó de nuevo de sangre—. Si fuera así y Dios lo tuviera dispuesto, la buscaría… Lo único que no quiero es que sufra al verme morir —y agregó—: tiene gran ilusión por el viaje que va a realizar contigo, nunca ha salido del convento y sueña con conocer otros lugares. Es muy distinta a mí, quiere tener una familia y muchos hijos… —él, aturdido, había dejado de escucharla y se limitó a añadir:

Nos hacemos a la mar en un par de días.

—Hoy mismo se irá contigo, tiene muy pocas cosas: solo dos trajes, el que lleva puesto y otro que está lavado en su hatillo. Carmencita ya se ha despedido de todas las monjas. Desde hace semanas te estábamos esperando. Hacíamos planes, así se distraía y no pensaba en mi enfermedad… —suspiró profundamente, hacía un gran esfuerzo para continuar hablando.

—¿Cuántos años tiene? No lo recuerdo —acotó él.

—Cumplirá once en unos días…

—La vas a poner en mis manos, después de lo que te conté de Ainara y de lo mal que me comporté con ella. Mi madre confiaba en mí y la defraudé, no soy una persona de fiar. Cuando nos vimos la última vez, te dije que la codicia y la soberbia me habían envilecido.

—Eso lo sé, pero yo confío en ti, por eso mismo, porque ahora tienes una segunda oportunidad: me aseguraste que estabas arrepentido… Pasamos muchos años sin vernos, y la última vez que estuvimos juntos comprendí que habías cambiado. Carmencita va a cuidar bien de ti…

—¡Cómo dices eso, es una niña! No creo que sepa yo cómo velar por ella —le repitió.

—¡Padrino...! —exclamó la chiquilla al percatarse de que su madre estaba con el marino—. ¿Has venido a buscarme?

—Así es, hija. Busca tu hatillo y ve con él, se hace tarde.

—Te voy a dejar mi muñeca nueva, mamá, para que te acompañe, es como si fuera yo, es lo que más quiero —se abrazó a su madre—. Yo me voy con mi padrino y ella se quedará contigo para cuidarte...

Mientras su hija se fue corriendo a buscar sus cosas, un torrente de lágrimas se deslizó desde los preciosos ojos de Merche y el marino, conmovido, la estrechó entre sus brazos, era un saco de huesos. Sintió un profundo estremecimiento. Un sentimiento de inmensa ternura hacia ella lo invadió, algo que nunca le había ocurrido, y también a sus ojos se asomaron unas cuantas lágrimas.

—Me ocuparé de ella, te lo juro. Quédate tranquila, Merche, —le susurró al oído con voz entrecortada.

Redoblaron las campanas, llamaban a vísperas, las monjas en fila acudían a la iglesia. Carmencita regresó con sus cosas. Mercedes besó a su hija y apretó a la muñeca contra su pecho. La niña, de la mano del marino, desaparecía de su vista para siempre. Dos días después embarcaban hacia Cuba.

Cuba, 1637

Las semanas transcurrieron y luego, los meses...

A menudo, Carmencita recibía correspondencia de su madre y, aunque ella le decía que iba mejorando, la niña, por lo irregular de su caligrafía, comprendía que eso no era cierto. La animaba a portarse bien y disfrutar de todo lo que iba conociendo. Era una niña de buen carácter y se entretenía con cualquier cosa. El capitán Iturriaga vivía en una casa pequeña, muy cerca de la capitanía, frente al mar. Le habían asignado un par de esclavas, unas niñas mulatas jovencitas para que lo atendieran y Carmen jugaba con ellas como si fueran sus iguales. Cuando Gabriel regresaba a casa ella, lo recibía con gran cariño.

Lo esperaba para comer y se esmeraba en que le prepararan los platos que le gustaban. Aunque él, al principio, no estaba muy convencido de que había sido una buena idea vivir con ella, al poco tiempo se dio cuenta de que, a pesar de su corta edad, le hacía buena compañía. El marino era un hombre seco y brusco, pero ella con su naturalidad, dulzura y sencillez lo fue cautivando. Le pedía todas las noches que le contara las historias de sus batallas. Se interesaba por las armas que usaban y las tácticas de los combates navales. A Gabriel a menudo le venía a la mente que, cuando era niño ni a su hermana ni a Ainara les gustaba que él les hablase de esos temas, preferían que fuera Martín quien las entretuviera. Ahora tenía una audiencia cautiva. Recordó las hazañas de don Fadrique de Toledo, que había sido para él como un padre y también le hablaba de don Antonio de Oquendo, su pariente y mentor. Carmen le ponía tanta atención que cuando, para salir del paso, volvía a contarle una batalla, si algo omitía, ella se lo recordaba.

Durante todo un año Iturriaga permaneció en la Habana, y tanto sus superiores como sus subalternos se acostumbraron a verlo en el puerto los días festivos con esa niña que era su protegida. A menudo se hacía a la mar e iba a patrullar la costa en un patache; cuando sabía que no había peligro, pedía un permiso y ella lo acompañaba. Le había asegurado que le gustaba navegar y que el mar no le daba miedo; al marino esa gran espontaneidad le proporcionaba una gran satisfacción, en algunos asuntos, Carmen parecía muy madura; en cambio, en otros aspectos resultaba evidente que había vivido en un mundo aparte y era muy ingenua. Lo primero que al marino le llamó la atención fue que no estaba acostumbrada a las diferencias de castas. En el convento, a los mulatos, mestizos, criollos o peninsulares los trataban de igual manera; y ella tampoco hacía diferencias, por lo que la forma en que se relacionaba con sus esclavos no era la usual. Él, poco a poco, le fue indicando cómo debía comportarse. Desde que estaba en casa Gabriel había espaciado sus salidas nocturnas, rara vez llevaba invitados. Sin embargo, una noche ocurrió un incidente. Después de un festejo en casa del gobernador regresó con varios oficiales y unas cuantas mujeres; allí siguieron bebiendo y la niña escuchó un alboroto, se despertó y oculta, tras una cortina, presenció la orgía llena de espanto. El marino advirtió que estaba escondida, y que había observado lo que no debía ver. Las mujeres y los hombres, muy bebidos, reían, gritaban y la asustaron.

—¿Qué hace ahí esa niña, mi Capitán? ¿Es suya...?, ¿O es usted la niñera? —le preguntó una mulata esbozando una maliciosa sonrisa.

—Ven aquí, guapita... —le dijo otra de ellas y la niña, asustada, se escondió detrás de su protector.

—¡Dejadla en paz! —exclamó, molesto, y les ordenó—: ¡idos inmediatamente!

—¿Quiénes eran esas damas?, ¿qué hacían? Se habían quitado sus trajes, estaban medio desnudas... Tenían sus pechos al aire, ¿por qué? —le preguntó Carmencita, después que se fueron, y mientras lo miraba fijamente.

—¡Ve a dormir! —le ordenó —. No debías haber salido de tu alcoba. No me gusta que me espíen. Te queda claro... —le espetó.

Cuando él la reprendió y le habló en un tono tan fuerte, ella rompió en llanto.

—¡Quiero ir con mi madre! —balbuceó envuelta en un mar de lágrimas, y salió corriendo hacia su habitación.

Al día siguiente, Gabriel recibió la noticia de que Mercedes estaba muy grave, le habían suministrado los santos óleos. Habló con la niña y la convenció de que era imposible volver ahora a Veracruz y de que su madre quería que completara su educación, por lo que debía entrar en un convento de monjas para niñas, en donde le enseñarían muchas cosas. El Capitán se había enterado de que las clarisas estaban comenzando a edificar uno en La Habana. Se encaminó hacia allí y les dio un buen donativo para que su protegida se educara con ellas durante un tiempo. Estaba esperando que en cualquier momento le asignaran una misión fuera de Cuba y pensó que en ese convento la cuidarían mejor; además estaba convencido de que esa niña no debía volver a estar con un hombre como él... Cuando el marino le explicó que pronto viviría allí con otras niñas y la llevó para que viera la construcción, asombrada le preguntaba el porqué, y le aseguraba que no quería estar lejos de él, ni de su casa; se había acostumbrado a vivir allí y le gustaba. Además, le había prometido a su madre que iba a cuidar de él... Gabriel, finalmente, empleando sus mejores argumentos la convenció. Le prometió que sería temporal, que cuando volviera de su próxima misión estarían de nuevo juntos. También le dijo que le gustaría que le escribiera: aunque él no solía hacerlo, recibir sus misivas contándole sus progresos le daría un gran gusto.

Unos días después de que él habló con ella, recibió otra misiva desde Veracruz que certificaba el deceso de Mercedes. Muy apenado le comunicó la noticia a Carmen y la niña lloró desconsoladamente. Sin embargo, luego, le dijo que su madre la había estado preparando para su partida, que ahora estaba en paz y no sufría... Mercedes le reiteraba en sus cartas que ella no debía entristecerse, cuando se fuera, que Dios había decidido su destino y que, desde el cielo, velaría por ella siempre... Se secó las lágrimas y le dio a Gabriel un gran abrazo. Para su asombro fue ella quién lo consoló, porque él, a pesar de su dureza, estaba a punto de quebrarse...

Al poco tiempo, después de su doceavo cumpleaños, Carmen ingresó en el convento de las clarisas; la niña pensaba que sería cuestión de pocas semanas, cuando el capitán regresara de su misión, volverían a vivir juntos como antes. Para que él estuviera satisfecho, desde el primer momento, Carmen se desvivió por complacer a las monjas, ayudaba en todo lo que le pedían y ellas le enviaron excelentes reportes al marino. Pero enseguida comprendió que la vida allí no era tan fácil, como en un principio se imaginó. Tuvo que convivir con otras niñas mayores, que no tenían sus mismas costumbres. Si bien los primeros meses sufrió mucho, con el transcurso del tiempo aprendió a desenvolverse.

El capitán Iturriaga estaba encargado de la vigilancia de la región. En un patache continuamente recorría la isla, para percatarse de que si algún bajel enemigo, tanto holandés como pirata, se aproximaba a la Habana. Especialmente tenía que estar alerta cuando se acercaba la Flota de Indias, que venía cargada de caudales para dirigirse desde allí a la Península.

Así sucedió que el 30 de agosto de ese año de 1638, tal y como estaba previsto, la Flota de Tierra Firme se divisó cerca de la Habana: iba hacia allí para encontrarse con sus refuerzos. La noche era plácida, don Carlos de Ibarra dirigía la Capitana[39] y no esperaba encontrase con navíos enemigos en aquella zona. No obstante, en la región conocida como Pan de Cabañas fue informado de que una flota con velas enemigas se divisaba en el horizonte. El vasco no podía salir de su asombro. ¡Los habían tomado por sorpresa! Sin embargo, de ninguna manera entregarían su valiosa carga. Ordenó a sus hombres que prepararan hasta el último cañón disponible. La contienda estaba a punto de comenzar. El patache que capitaneaba Iturriaga se unió a la flota de Ibarra y luchó junto a su paisano... venciendo a los holandeses.

Entre tanto, había sido nombrado gobernador de la provincia de Venezuela su amigo don Ruy Fernández de Fuenmayor, quien solicitó al virrey de Nueva España que Iturriaga, que estaba al servicio de la Armada de Barlovento, fuera destinado a esa provincia. Pensaba dirigir un contingente para recuperar la isla de Curazao, como lo había hecho años atrás en La Tortuga, y quería contar con la colaboración de su amigo el capitán Gabriel de Iturriaga.

A la ciudad de Caracas, capital de la provincia de Venezuela. Había sido trasladada, recientemente, la sede catedralicia, porque la ciudad de Santa Ana de Coro, donde en principio se encontraba, estaba en un lugar muy vulnerable, y desde que los holandeses se habían apoderado de la isla de Curazao, en 1634, continuamente asolaban la costa. Fernández de Fuenmayor había pensado que las gobernaciones de

---

39. El buque en el que va enarbolada la insignia del comandante.

las provincias vecinas podían facilitarle hombres y armamento para reconquistar esa isla. La situación en la Península no era buena, y el Rey no podía brindarle tropas adicionales. Tampoco el marqués de Cadreita, estaba en condiciones de facilitarle navíos ni hombres, pues en esa región los que disponía la Armada de Barlovento eran muy necesarios. A Iturriaga le habían asignado otros destinos, debía escoltar la Flota de Indias a la Península; más adelante, se dirigiera a Caracas para evaluar la situación y ponerse bajo las órdenes de Fuenmayor.

Caracas, 1637

En los dos primeros años, Ainara, apenas salió de sus haciendas, solo en contadas ocasiones bajó a Caracas. Se dedicó a leer, pintar, llevar las cuentas y a supervisar la producción del cacao. Un año después de que le otorgara la manumisión a Toño, él había logrado comprar la de sus hermanos, que, aunque continuaron trabajando para la Obra Pía de Chuao, pasaron a otra condición.

En esos años, la pequeña ciudad de Caracas estaba formada por ocho cuadras y poblada por algo más de cuatro mil habitantes. Solo cuatro de sus calles largas, que corrían de norte a sur, estaban empedradas. La recorrían cinco acequias que llevaban agua a las casas; en la época de lluvias, los caminos polvorientos de la sequía se convertían en lodazales.

Las construcciones más importantes eran de piedra; las otras, de tapia y bahareque[40] encalados. Los edificios principales eran la Iglesia Mayor, la ermita de San Pablo y la de San Mauricio, el convento de San Jacinto y el de San Francisco. Frente a este se hallaba el convento de las monjas, recién construido, un poco más lejos, hacia el norte, se levantó la Hospedería de la Merced, al lado de la ermita.

---

40. Construcción hecha con paja y palos entretejidos, unidos por una mezcla de tierra húmeda y paja.

El 28 de octubre de 1637 un nuevo gobernador y capitán general tomó posesión de su cargo, don Ruy Fernández de Fuenmayor, un marino de origen criollo, procedente de Santo Domingo. El cabildo en pleno, con todos sus miembros, estuvo presente en su juramento, que se anunció con clarines y trompetas. A continuación, comenzó un gran festejo. Se cerró la Plaza Mayor con tablados y se soltaron unas vaquillas. Hubo una gran celebración, que Ainara tuvo que presenciar al pertenecer a una familia principal. Pero en cuanto pudo se retiró. El camino de regreso hacia la montaña era largo y tenía que volver con la luz del día. La carreta la conducía Miguelito y, como siempre, Toño la acompañaba.

Aunque sin muchas ganas, volvió a bajar a Caracas, algo más de un mes después, el 8 de diciembre, día de la Inmaculada, cuando el gobernador fundó bajo Patronazgo Real, el convento de las monjas. Doña Isabel de Atienza su pariente, recién llegada también de La Española, fue nombrada primera abadesa, y en ese convento el mismo día procesaron tres de las hijas de doña Elvira de Campos: Inés, María y Elvira Ponte. Esa tarde, la luz del tibio sol decembrino iluminaba la montaña que, a modo de telón de fondo, la cobijaba. La vegetación del Ávila había reverdecido con las lluvias y se veía reluciente por el *capimelao,* una gramínea que al pegarle la luz del atardecer reflejaba visos violetas y dorados.

Debido a que, al año siguiente de su llegada, el obispado fue trasladado desde la ciudad de Coro a Caracas, Fuenmayor decidió que la celebración del Corpus Christi de 1638 fuese festejada por todo lo alto, como sucedía en otras importantes ciudades de ultramar. Por lo que, en esa ocasión, se instalaron en la Plaza Mayor muchas gradas y toda la población acudió a ver el espectáculo. Ainara fue con su hija, que apenas tenía dos años, y acompañada por Caridad y Consuelo. Por un lado, estaban los esclavos, fuera de las gradas, y por otro los criollos y peninsulares; ellas se juntaron con gran parte de la familia

Ponte. Cuando Ximena, la hija menor de doña Elvira las vio, fue hacia ellas. Sus hermanos don Pedro y don Gregorio Navarro presidían la procesión junto al Gobernador. Los funcionarios del cabildo habían dado orden de limpiar todas las calles y los habitantes de Caracas colocaron altares frente a las casas principales. En medio de la algarabía y, aunque habían pasado muchos años, casi diez, Ainara se abstrajo de la realidad por un momento y le vino a la mente aquella vez que estuvo en Toledo. Se acordó de Martín y de Maríate, ¿qué habrá sido de ellos? —se preguntaba—. También recordó el Corpus de Sanlúcar, la procesión en la iglesia de Nuestra Señora de la O, donde la Duquesa se había casado por poderes con don Juan de Braganza, y pensó en ella; se le aguaron los ojos y le embargó una gran nostalgia. Su vida había dado un vuelco tan grande que a veces pensaba que la anterior había sido de otra persona. Miró a su hija, y se sintió contenta; ella era todo su mundo; pero, además, le gustaba esa ciudad; su gente era amable y su clima permanecía templado todo el año. Caracas era una ciudad tranquila y agradable.

Ainara se sentía muy a gusto viendo cómo la niña disfrutaba del espectáculo, sentada sobre sus piernas. La familia de los Ponte ostentaba cargos importantes en el cabildo. Don Pedro era escribano y don Gregorio regidor, por lo que le ofrecieron un lugar destacado en la gradería para ver con claridad lo que acontecía desde allí. Cuando terminó la procesión y la Custodia entró en la Iglesia Mayor, comenzó el jolgorio: la danza de los diablitos. Unos cuantos esclavos se habían disfrazado de diablos y danzaban, al son del tambor, bailando unos con otros y de repente apareció la tarasca: un monstruo con figura de dragón o de serpiente alada, fabricada de cartón y lienzo y pintada de muchos colores. Iba colocada sobre una plataforma que llevaban a hombros varios esclavos, y se movía abriendo y cerrando las fauces y levantaba las alas, las patas y la enorme cola: Sus ojos eran espantosos y echaban fuego. Sobre su lomo iba el tarasquillo, un niño que les lanzaba dulces a los esclavos a su paso.

—¡Mamita, me da miedo el monstruo! —exclamó la niña, espantada.

—Es un muñeco hecho de cartón. No te asustes... El Niño Dios, que has visto pasar antes, vence a ese monstruo.

—¿Dónde estaba? No he visto a ningún niñito desfilando —con expresión de asombro le preguntaba su hija.

—Cuando crezcas lo entenderás... — le respondió para tranquilizarla.

Anuka se abrazaba al cuello de su madre, mientras que Ximena, también aterrada, lo hacia al de su hermano Pedro. La tarasca representaba al demonio les decía Gregorio, que hoy y siempre es derrotado por el cuerpo y la sangre de Cristo. Habían visto pasar la Custodia, que albergaba la sagrada hostia.

Anuka —como su madre la llamaba— hablaba casi como si fuera un adulto, aunque tenía poco más de dos años. Ainara le explicó con detalle también el significado de esos muñecos de muchos colores; pero ni la niña entendía qué le decía, ni los que bailaban comprendían cuál era el significado del misterio de la transubstanciación del cuerpo y la sangre de Cristo. La devoción popular era auspiciada tanto por la autoridad civil como por la religiosa, que en esa región tan apartada de la metrópoli tenían la misma relevancia.

El Gobernador había querido que el festejo fuera impactante y lo logró.

Todos en la plaza estaban como hipnotizados. Aunque no entendían el trasfondo de lo que ocurría, la devoción estaba presente y eso era lo importante; el público, concentrado en el espectáculo, no se percató de que unas nubes negras galopaban desde el este a gran velocidad. En medio de la algarabía se escucharon unos truenos y enseguida se precipitó sobre ellos un gran aguacero, que dio por terminado el festejo. La gente corrió y se cobijó en la iglesia y allí esperaron a que el chaparrón diera paso de nuevo al sol. Ainara disfrutó con la representación, pero quedó inquieta, pues advirtió en la mirada de don Pedro Navarro, el hijo mayor de doña Elvira de Ponte, un destello lujurioso mientras observaba a su hermana Ximena abrazada a él. Le trajo amargos recuerdos, y tuvo un mal presentimiento. También observó a lo lejos, donde estaban reunidos los esclavos, como una de las negritas de la hacienda, Teresa, rodeaba con sus brazos a Toño, continuamente, y le sonreía.

Ainara se había convertido en una de las hacendadas más prósperas de la zona. Había multiplicado la producción de cacao en *El Guayabal* y se había vuelto muy adinerada, pero era considerada como una persona rara, diferente. No se codeaba con nadie, se pasaba días enteros leyendo o pintando. Decían que acumulaba decenas de tablas o de lienzos en las salas de su casa, plasmando en ellos a sus esclavas con los atributos de las santas, y eso daba mucho de qué hablar. También por su trato familiar con Toño, Juancho murmuraba detrás.

El gobernador, Ruy Fernández de Fuenmayor, trató de galantearla cuando llegó, pero ella le prestó escasa atención; tenía muy claro que no quería vincularse con ningún peninsular o criollo. Al poco tiempo, don Ruy se enamoró de una joven caraqueña, Leonor Jacinta Vásquez de Rojas, hija de uno de los fundadores de la ciudad, que, además, había sido quién le donó a la congregación de los mercedarios el solar para construir la hospedería de la Merced. Doña Leonor era una dama no solo agraciada, sino también muy agradable y a Ainara le complació que se uniera al marino; por ello asistió con gran placer a su matrimonio el 19 de noviembre de 1640 y, después, al convite, donde se juntó toda la sociedad caraqueña. Una tía de la novia estaba casada con uno de los Ponte; por lo tanto, como solía ocurrir en las pequeñas comunidades todo quedaba en familia.

Hasta esa fecha su vida había transcurrido sin sobresaltos; pero un mes después Caracas se convulsionó con la llegada del obispo don Mauro de Tovar. La vida pacífica y tranquila de la ciudad desapareció y también la de ella.

En el mismo navío que trajo de España al Obispo, con sus tres sobrinos, Manuel Felipe, Martín y Ortuño de Tovar y Bañez de Mendieta, venía el hijo de don Joaquín, su marido. Un día antes de Navidad se presentó en la hacienda.

Cuando Caridad le avisó al ama de que tenía una visita, Ainara salió a recibirlo y al explicarle quién era, quedó desconcertada.

—Me llamo como mi padre, Joaquín de Ponte. No sabía que había muerto ni tenía noticias de que se había casado, y tampoco de la existencia de esta niña —Anuka, de cuatro años, se plegaba a las faldas de su madre—, que al parecer es mi hermana. Conocí a su prometida, pero supe que se contagió con la plaga y falleció antes de contraer nupcias con él. No fui notificado de que se había matrimoniado con su merced antes de hacerse a la mar —le comentó en un tono amable y sosegado.

Ella recordó que don Manuel Alonso le había mencionado su existencia, pero como lo que había sucedido el día antes de su boda había sido tan atropellado lo había olvidado. El joven tendría una treintena de años, unos cuantos más que ella. Se presentó en *El Guayabal* con su hijo, un niño varios años mayor que la hija de Ainara, rubio y con los ojos claros que a ella le recordaron a los de su abuelo... Ante esa sorpresa se había quedado muda, después le ofreció una silla, se sentó y ella también lo hizo.

Le pidió a Consuelo y a Caridad, que permanecían de pie cerca de ellos, que trajeran una jarra con algún jugo y un par de jícaras de chocolate para el caballero y para el niño; él sin prestar atención a lo que acontecía a su alrededor continuó hablando...

—Me disgusté con mi padre antes de que se regresara de nuevo a Venezuela. Quería que embarcara con él, pero yo estaba casado y tenía un hijo. Además, mi mujer estaba por dar a luz; no quise dejarlos en Extremadura, como él me pedía, pero ahora las cosas han cambiado. Mi mujer murió hace un par de años, también mi hija menor... Lo que no entiendo es cómo mi padre le siguió escribiendo al duque de Medina Sidonia, si ya había muerto; yo leía sus misivas, aunque impersonales transmitían mucha información —y añadió—: alguien debió de hacerlo en su nombre.

Ainara le había escuchado con detenimiento. Hablaba lentamente y luego callaba. Estaba sentado frente a ella en una silla frailera en el corredor, muy cerca del tinajero, y el niño permanecía de pie a su lado...

Cuando Ainara escuchó sus últimas palabras, y el nombre de su benefactor un rictus de tristeza se dibujó en su semblante y comenzó a hablar.

—Las cartas las escribía yo... Fui dama de compañía de su hija, doña Luisa Francisca, ahora duquesa de Braganza. Don Manuel Alonso, al morir vuestro padre, me sugirió que siguiera informándole y que firmara las cartas con su nombre. Después de que el Duque falleció, van a hacer cinco años en marzo, igualmente seguí comunicándome con la casa ducal.

—Era yo quien leía vuestra correspondencia y os contestaba, pero no quise que mi padre lo supiera. No era una persona fácil y mis relaciones con él no habían sido buenas —le confirmó y bajó la mirada.

—Continué escribiendo durante estos años para notificarle al IX Duque los adelantos en la edificación de la hospedería de la Merced; la llegada de la imagen de la Virgen procedente de la Península y, también, hacía alusión a la producción del cacao. Nunca imaginé que era vuestra merced quien leía mis misivas y me respondía. Los pliegos no venían firmados, solo llevaban el sello ducal.

—Por vuestras cartas supe que el patrimonio de mi padre había aumentado, y me pareció que era ahora un hombre más razonable... Tampoco quería que él supiera que era conmigo con quién mantenía la correspondencia...

Ainara se dio cuenta de que no quería hablar más de su padre, ya que, drásticamente, cambió la conversación.

—Sin embargo, como la situación en la Península se había vuelto muy complicada, pensé que lo mejor era poner mar de por medio y alejarme un tiempo de mis tierras en Extremadura.... No sé si estáis al tanto de que se planea una sublevación en Cataluña, otra en Portugal y una más en Andalucía,

—Estamos muy lejos, no estoy al tanto —añadió ella.

Él comenzó a explicarle y Ainara se enteró de que los nobles portugueses liderados por Joao Pinto Ribeiro planeaban una revuelta en Portugal, agobiados por el continúo aumento de los impuestos destinados a financiar las guerras de Flandes. Estaban sumamente disgustados por la política de Olivares, que había fomentado un gran descontento. Eso provocó también que la situación en Cataluña empeorase y las tropas de Felipe IV se enfrentaron a los catalanes en una revuelta que se conoció como la Guerra de los Segadores. Finalmente, dejándola aún más asombrada, le comentó que el conde de Niebla, ahora IX duque de Medina Sidonia, secundado por el marqués de Ayamonte tenía pensado iniciar unas revueltas en Andalucía con el fin de separarse también de España... El Conde-Duque había caído en desgracia, debido a que la situación económica se había deteriorado mucho en los últimos años y el ambiente en la Península estaba muy alborotado.

Continuaron hablando un buen rato sobre esos temas, desde esa provincia tan alejada apenas tenía noticias de lo que acontecía allí; ella, menos aún, se enteraba al vivir tan retirada. Su mundo se había reducido a su entorno, en el que estaba imbuida, ahora de nuevo volvía a relacionarse con el exterior. Finalmente, Ainara les ofreció hospedaje en la hacienda.

Durante los días siguientes mantuvieron largas conversaciones. Joaquín de Ponte era un hombre tranquilo, agradable y culto. Poseía tierras cerca de Badajoz, en Extremadura, donde tenía ganado y olivares. Le repetía que había estado muy enamorado de su difunta esposa y todavía no se había recuperado de su pérdida. Él y Ainara tenían mucho en común, nunca habían coincidido en el palacio ducal de Sanlúcar, pero los recuerdos de ambos coincidían y a medida que pasaban las semanas comenzó a surgir entre ambos una gran afinidad. Aprovechando esa coyuntura, Toño, que observaba lo bien que ella se desenvolvía con el recién llegado, y cómo pasaban mucho tiempo conversando, decidió hablar con ella y sincerarse. Desde que el hijo del amo había llegado, aunque Ainara trató de que él se integrara con ellos, su actitud cambió.

—Mi ama, me gustaría conversar sobre algo importante con su *mercé* —le espetó una mañana….

—Toño, te he pedido que no me llames así. No soy tu ama, eres hijo también de don Joaquín, y ahora eres un hombre libre —él se la quedó mirando fijamente, su profunda mirada, la enterneció, pero, él, resuelto agregó:

—Quiero irme de *El Guayabal* e instalarme en la hacienda de Todasana. No pertenezco a vuestro entorno, eso lo tengo muy claro. Para complaceros he tratado de leer los libros que me ofrecéis, pero me aburren y no los entiendo… mi mundo es muy diferente al vuestro, os he visto contenta hablando con el hijo del amo; ahora yo estoy de más, ya no me necesitáis —ella lo interrumpió.

—¡Cómo vas a decir que no te necesito! —exclamó—. No sé qué habría sido de mí sin ti en estos años… También eres hijo del amo, y estas son tus haciendas.

Con el transcurrir de los años Ainara le había corregido su lenguaje y ahora Toño hablaba correctamente, pero entre ambos continuaba existiendo un abismo.

—Puede que tengamos el mismo padre, pero no somos iguales: él es blanco peninsular, yo mulato y pertenezco a otro mundo —repitió—, permitidme que me ocupe de las otras haciendas y que me vaya lejos, aunque sea por un tiempo. Estoy de más aquí ahora…

—Eso no es cierto —le aseguró ella.

—Si me necesitarais, vendría desde donde fuera —ambos cruzaron las miradas...

Ainara dirigió luego la vista hacia el establo, una de las esclavas, los espiaba desde lejos, y de nuevo clavando su mirada en Toño, le preguntó:

—¿Es por esa muchacha por lo que te quieres ir? ¿Querrías que se fuera contigo? —él asintió y agregó:

—Teresa quiere ir con su madre y le he prometido llevarla allí. Voy a comprar su libertad, tengo dinero ahorrado —continuó diciendo—; si no hubiera venido don Joaquín, no me hubiese ido de aquí, no os hubiera dejado sola, pero él pertenece a vuestro entorno, velará por vuestro bienestar y se ocupará bien de la hacienda —hablaba lentamente, ahora sin mirarla.

—No sé que habría sido de mi, sin tu protección...

Toño no le respondió; solo agregó que cuando ella lo decidiera, se marcharían.

Al llegar, don Joaquín a la hacienda Ainara, le explicó que Toño y Consuelo eran hijos de su padre, de modo que él los trataba con deferencia. Sin embargo, Ainara comprendió que, desde su llegada, nada iba a volver a ser igual; ella estaba sola, y don Joaquín también. Toño le decía que se harían buena compañía; además era evidente que ella necesitaba tener un hombre blanco que la representara y don Joaquín reunía las cualidades necesarias para eso, mientras que él no. También le comentó que los niños se habían hecho buenos amigos. Joseph, aunque era varios años mayor que Anuka, se unió a sus juegos y comenzó a compartirlos con los hijos de los esclavos con los que ella departía. Anuka enseguida lo consideró como un hermano mayor, aunque en realidad para todos fuera su sobrino.

Toño le aseguraba que eso contribuiría a una exitosa relación entre ambos en un futuro. Ainara lo escuchaba con atención, finalmente comprendió que tenía razón y, si quería irse de *El Guayabal,* ella no debía impedírselo, por lo que a los pocos días Toño y Teresa se fueron a Todasana.

Una de esas tardes, mientras conversaba con don Joaquín en el corredor sobre los duques de Braganza, de sus hijos y de los nobles que estaban en su corte, él le mencionó que, antes de que él embarcara para Tierra Firme, había regresado a Villaviciosa un buen amigo…

—Seguramente conocisteis a don Martín de Iturriaga en el palacio ducal de Sanlúcar.

A Ainara el corazón se le iba a salir por la boca al escuchar su nombre, el continúo hablando:

—Don Manuel Alonso lo tenía en gran estima, la esposa de don Martín, doña Eloísa, murió en la India. —Don Joaquín se percató de que algo raro le sucedía. —Habéis palidecido, ¿qué os sucede? —le preguntó extrañado.

—Nada de particular —le respondió ella—, es el calor —se abanicó con fuerza–. Conocí muy bien a don Martín; es más, somos parientes. ¿Qué le sucedió a su esposa? Y él…, ¿él…, está bien…? —titubeó al preguntar, pero trató de controlarse para no hacer más evidente su estupor.

En los últimos años, y debido a su buena relación con Toño, había dejado de pensar en él, pero sus recuerdos seguían vivos, aunque se hubieran adormecido.

—Vuestro pariente, se encuentra en buena salud. Su labor en la India fue muy exitosa. Ahora, tras su viudez, creo haber escuchado que va a tomar los hábitos en la Compañía. Le encomendaron una nueva misión en Asia o, quizás, en las Misiones de la Compañía en el Paraguay. No estoy seguro de en qué lugar estaba estipulado su destino, pero al parecer, no piensa aceptarlo, alega que tiene dos hijos pequeños a los que no quiere dejar en la Península. Además, por la situación tan crítica de Portugal, seguramente tampoco desea apartarse del lado de los duques de Braganza. Sé que no es tan afín a don Gaspar, el IX duque de Medina Sidonia, como lo fue de su padre. Tuvimos una larga conversación cuando nos encontramos. Es un hombre valioso, por eso los jesuitas deben querer que ingrese en la orden.

Don Joaquín continuó hablando sobre la Compañía de Jesús y su excelente labor en el sur del continente, pero ella había dejado de escucharlo. Al poco tiempo se excusó, se levantó y fue hacia su habitación. Los recuerdos de Martín le oprimieron el corazón y unas lágrimas se deslizaron por sus mejillas, pero se recompuso y decidió no pensar más en él. Ella tenía una vida al otro lado del mundo y ellos, los de Iturriaga, eran parte de su pasado. ¡Qué equivocada estaba!

Desde que fue superada la plaga del cacao de 1638 y que supuso la pérdida de una cosecha, la vida en *El Guayabal* era sumamente tranquila. Tras la procesión en Caracas de la imagen de la Virgen de la Merced, recién llegada de la Península y que intercedió a favor de la eliminación de esa plaga, de nuevo la producción se regularizó de modo que declararon a Nuestra Señora de la Merced protectora de las cosechas y de la ciudad.

El único problema, que surgió a partir de entonces, provenía del recién nombrado obispo, don Mauro de Tovar, que no dejaba de hostigar al Gobernador y se había interpuesto en la construcción de la hospedería de la Merced, además le había declarado la guerra abierta a la competencia civil del cabildo, tanto como al Gobernador y a todo lo que tuviera relación con su persona. Así mismo, su inquina se desató contra don Pedro Navarro, el hijo mayor de doña Elvira Campos de Ponte, quien ejercía el cargo de escribiente en el cabildo y, a la vez, como notario del Tribunal de la Inquisición.

Otra de esas tardes, mientras bebían sendas jícaras de chocolate en el corredor y observaban cómo un par de loritos y sendas guacamayas se posaban en una de las ramas de una acacia en plena floración, don Joaquín se dirigió a Ainara, en un tono de voz sereno y sosegado:

—Creo conveniente que nos desposemos. He escuchado ciertas habladurías y eso sería lo más conveniente para acallarlas. Si estás de acuerdo, lo podríamos hacer después de que terminen las fiestas de san Juan, cuando se recoja la cosecha.

Esa proposición no la tomó desprevenida, presentía que llegaría tarde o temprano. Pero en su tono de voz no había emoción ni sentimiento, ella, sin mirarlo y con una profunda melancolía, asintió.

La Habana, 1641

Después de que Gabriel de Iturriaga regresó a Veracruz con la Flota, que capitaneaba Ibarra, tuvo que escoltarla hasta la Península. Allí a consecuencia de las múltiples heridas que sufrió en el combate, murió don Carlos Ibarra.

A primeros de marzo de 1641, Gabriel regresó a La Habana, aunque por poco tiempo, en los próximos días embarcaría hacia su nuevo destino en Venezuela.

Al fondear en el puerto, Iturriaga se dirigió al convento de las clarisas, habían pasado tres años desde que había dejado allí a su protegida.

Carmen le había escrito asiduamente, pero él no era buen lector y, esas largas misivas, algunas las leía por encima, otras ni las había abierto y ni una sola vez le había contestado. Sin embargo, recibió una comunicación de la madre superiora, corta y concisa, en la que le notificaba que su pupila, que en unos meses iba cumplir quince años, tenía un pretendiente y que el padre del joven, uno de los comerciantes más prósperos de La Habana, quería fijar pronto el compromiso; entonces comprendió que ya debía acudir a verla.

Al entrar en el convento, comprobó cómo las edificaciones habían avanzado notablemente, a menudo le pedían que colaborara en la construcción y él siempre les enviaba unas buenas remesas y generosos donativos para que hicieran caridades. Esa mañana al llegar al claustro vio a unas cuantas jovencitas que desfilaban hacia la Iglesia, uno de los edificios que estaba casi acabado. Las jóvenes cuchicheaban del apuesto militar; cuando Carmen lo reconoció, se dirigió hacia él.

—Capitán, soy Carmen —lo saludó con una reverencia.

—Carmencita, ¡cuánto has crecido! Pareces otra —comentó inclinándose frente a ella y retirándose el sombrero.

—Han pasado varios años desde que os fuisteis. Tenía doce años entonces, era una niña y ahora voy a cumplir quince, ya soy una mujer... —él sonrió al escuchar esa contestación tan espontánea.

—En efecto, así parece, toda una mujer —repitió su frase con un dejo de nostalgia y añadió—: date la vuelta.

Ella giró, llevaba un vestido color ciruela, con un marcado escote que cubría con una ligera mantilla, el pelo recogido y un sombrero de paja que la protegía del sol, él asintió complacido y agregó:

—Me ha comunicado la madre superiora que tienes un pretendiente. Esta tarde tenemos una entrevista con su padre —la expresión de la joven se turbó, pero él no se percató del cambio de actitud y siguió hablando...

—Al parecer, es un excelente partido. Todavía eres joven, pero en un par de años, se podrá realizar esa alianza tan ventajosa.

Ella cambió abruptamente la conversación, y le preguntó:

—¿Cuánto tiempo os quedaréis en La Habana?

—Un par de días. Me han destinado a la Capitanía General de Venezuela, muy pronto me dirigiré a La Guaira.

Gabriel tenía la mañana libre, ella le dijo que quería ir a pasear por el paseo marítimo y le tomó del brazo. Mientras caminaban cerca del mar pudieron charlar varias horas. El calor en esa época del año no era tan fuerte y había menos humedad. Sin embargo, Carmen con cierta coquetería abría y cerraba su abanico, así como los ojos, parpadeando y sonriendo, y hablaba sin parar mientras que él no dejaba de mirarla; luego se quitó el sombrero y se soltó la larga cabellera ondulada color nogal, que le llegaba casi a la cintura...

—Me gusta que me dé el sol en la cara, aunque las monjas no lo permiten y tengo que cubrirme con este sombrero continuamente. Incluso, me obligan a untarme cremas para aclarar el tono de mi piel, pero nací morena, no soy tan clara como ellas quisieran, a pesar de mis apellidos.

El marino estaba a la vez sorprendido y admirado del cambio de esa niña, que ahora parecía otra. Aunque él, en varias ocasiones, le preguntó por el joven que la pretendía, ella desviaba la conversación y le animaba a hablar de sus hazañas.

—Contadme cómo fue la gran victoria de don Carlos de Ibarra sobre la escuadra holandesa; en el convento están convencidas de que don Carlos es mi pariente, pero sé que no es cierto, mi madre me explicó lo que le sucedió… No soy hija de un familiar de Ibarra, como todos creen, sino de un mercenario holandés, que la violó y seguramente no debía de ser tan blanco…, por eso tengo la piel canela —y luego, bajando la mirada, agregó—: también me contó que su merced fue quien le aconsejó que se casara con Ibarra para preservar su honra y la mía; según me dijo, estaba muy enfermo y murió al poco tiempo.

Gabriel se quedó impactado ante ese comentario, no esperaba que ella estuviera al tanto de lo que le había ocurrido a su madre. No sabía qué debía decirle y quedó callado, mientras que ella continuó hablando, aunque cambió de tema abruptamente.

—Quisiera escuchar vuestro relato sobre esa contienda de la que tanto se ha hablado aquí desde entonces. Debido a ese supuesto parentesco soy muy bien considerada en el convento, aunque no exista en realidad; pero ya sabéis cómo es la gente, que le gusta mucho alardear de las buenas relaciones y de los parentescos. Aquí viven de las apariencias, aunque a mí poco me importan. Convivir con tantas mujeres no ha sido fácil —Carmen se recogió el pelo, lo trenzó en una larga clineja y, con mucha coquetería, de vez en cuando se abanicaba, mientras hablaba.

—Hasta que me recluisteis en este convento había vivido una vida muy diferente, primero con mi madre y después con mi padrino; siempre había estado protegida, pero aquí, no. De modo que tuve que aprender a sobrevivir —cerró el abanico, suspiró, lo miró directamente a los ojos, sonrió y le tomó de nuevo del brazo —, pero no vamos a hablar de eso… Me encanta imaginaros en medio del mar en un combate, lo he hecho en muchas ocasiones en estos años —y le apremió a que siguiera contándole cosas sobre esas hazañas.

El marino creía que ella no estaba al tanto de sus orígenes. Tampoco le pareció oportuno indagar cómo se había desenvuelto en el convento; pero al escucharla hablar con ese aplomo comprendió que esa niña había madurado mucho más de lo que él se imaginaba y se centró en narrarle aquella batalla, en donde había tenido el honor de luchar junto a un oficial tan valeroso como había sido don Carlos de Ibarra.

—Durante el mes de agosto de 1638, cuando entraste en el convento, los holandeses merodeaban por el Caribe esperando que apareciera la Flota de Indias para hacerse con los tesoros que llevarían a España. Habían preparado una escuadra de veinticuatro navíos de guerra, cuyo mando fue entregado a Corneille Joll, un veterano almirante que, por haber perdido una pierna era conocido como "pie de palo".

—¿La Flota de Tierra Firme y la de Nueva España no fueron advertidas de que los holandeses rondaban nuestras aguas? —preguntó ella.

—El aviso no llegó a tiempo a Cartagena. Pero la Flota de Nueva España sí fue advertida, y permaneció en Veracruz. La de Tierra Firme era comandada, como bien sabes, por don Carlos. En aguas caribeñas recibió unas misivas que le aseguraban que no habían detectado presencia enemiga, pero cuando ya estaban cerca de Cuba se percató Ibarra de que allí se congregaba gran parte de la Flota holandesa.

—¿Su merced fue quién le llevó esa noticia? —añadió ella.

—Mis labores de patrullaje surtieron efecto: sorteando a los holandeses logré alcanzarlos. A pesar de que "pie de palo" contaba con más del doble de navíos de guerra, don Carlos, cuando fue advertido del peligro, ordenó preparar el convoy para resistir el ataque porque estaba dispuesto a defender el cargamento hasta la muerte —calló momentáneamente, recordando aquella noche.

—Seguid contándome, ¡qué emocionante haber estado allí! ¿No tuviste miedo? — él rio, ante el espontáneo comentario… y siguió hablando.

—El miedo siempre nos acompaña, solo hay que saber domarlo —le guiñó un ojo y continuó recordando lo que ocurrió—. Tras una noche de intensos preparativos, y alguna que otra oración por parte de la tripulación, nuestra Flota, tomó posición para combatir. A primera hora de la mañana, Ibarra, sabedor de la importancia de mantener a salvo la carga, ordenó a los navíos artillados que protegieran a los débiles mercantes, formando una línea frente a ellos.

—¿Y qué hizo "pie de palo"?

—Aprovechando su superioridad numérica, no dudó en lanzarse a toda vela contra nosotros. Pero Ibarra ordenó a sus hombres no disparar hasta que los buques enemigos se encontraran lo suficientemente cerca para no errar el tiro y, cuando los tuvo en la mira, gritó: "FUEEEEGOOOO"

—¿Y qué hacían los holandeses?

—Fiándose de su superioridad numérica, como te dije antes, trataron de abordarnos, pero no lo lograban. La lluvia de balas era tan intensa que en una ocasión el valeroso don Carlos cogió una granada que había caído en la cubierta de su navío y quiso lanzarla por la borda al agua, mas reventó en sus manos y la metralla le hirió en los brazos, en la cara y en el pecho. Pero, él siguió luchando sin desfallecer, a pesar de esas heridas…

Gabriel de nuevo se quedó callado. Hacía poco tiempo que don Carlos había muerto a causa de esas heridas, lo recordó con nostalgia y un rictus de amargura afloró a su semblante. Carmen, sin darse cuenta y concentrada en el relato, le preguntó:

—¿Por qué la escuadra, después de derrotar al enemigo enfiló a Veracruz y no fue a La Habana como estaba previsto?

—Es cierto que ganamos la batalla, destrozamos muchos de sus navíos y ellos no pudieron tomar el botín que esperaban; pero, mientras seguíamos en el mar decidiendo qué ruta debíamos tomar; los holandeses recibieron refuerzos e Ibarra consideró que era mejor enfilar hacia Veracruz y reunirse allí con la flota de Nueva España. Más adelante haríamos la travesía hacia la Península, era la decisión más prudente…

—¿Fuisteis con ellos y por eso no volvisteis a La Habana? —volvió a preguntar.

—Así fue. Llegamos a Veracruz el 24 de septiembre; ese mismo día, acudí al cementerio a honrar la memoria de vuestra madre, pues era el día de su santo —Carmen se acercó más a él, apretando su brazo al del marino y sonrió—. Al año siguiente ambas Flotas se dirigieron hacia la Península. Llegamos a Cádiz sin contratiempo el 15 de julio, casi un año después. Por supuesto hubo un gran regocijo: la llegada de esa cantidad de plata permitió que la monarquía no cayera en bancarrota, una vez más… La situación en la Corte no era nada halagüeña, Cataluña se hallaba a punto de sublevarse, lo mismo que Portugal y Andalucía también estaba muy revuelta… Regresé con la Flota a Veracruz hace unos meses, pero estoy muy preocupado, dejé en la Península una coyuntura grave…

—Estáis conmigo ahora, Capitán, no os preocupéis —le dijo esbozando una seductora sonrisa…

El marino también sonrió, asintió y, con gran satisfacción, observó cómo su mirada se iluminaba. Carmen continuó haciéndole infinidad de preguntas que el vasco, con gran paciencia respondía. A Gabriel le rondaban los recuerdos de la madre de la joven, aunque físicamente ella era distinta, más alta y con otros rasgos; el principal parecido radicaba en los mismos ojos negros, rasgados, de onduladas y largas pestañas con amplias cejas que los cobijaban. Carmen, tenía la boca carnosa, la nariz más grande que la de su madre y los pómulos prominentes, sus proporciones eran muy armoniosas. Antes tenía un cuerpo de niña, ahora sus senos pequeños, pero bien formados, como jugosas manzanas, sobresalían del escote. Por un momento se los quedó mirando; ella se percató hacia dónde él dirigía la vista y, en vez de sonrojarse azorada y taparse, se descubrió más. Se apartó la mantilla y, cambiando el tema de conversación comenzó a contarle de sus clases de canto y de todo lo que había aprendido en esos años. Gabriel había perdido la concentración y no la escuchaba; continuaba, como hipnotizado, observando su escote. Le pareció distinguir que, entre sus senos, prendida a una cadena, había una medalla. Carmen se percató de que el marino no apartaba la vista de allí y esbozando ahora una sutil sonrisa le comentó:

—Lo que admiráis, efectivamente, es vuestra medalla de la Virgen de los Navegantes; mi madre me la dio antes de partir. En los momentos difíciles de soledad me aferraba a ella y pensaba que, al igual que ella, siempre permanecíais cerca de mi corazón...

El capitán se limitó a decir:

—Me alegra que la lleves puesta...

Las horas pasaron y él, al comprobar que el sol iba descendiendo hacia el horizonte, la apremió a regresar.

—Es hora de volver al convento, Carmen. Tu futura familia debe de estar esperándonos.

—Sí, capitán... —respondió secamente. De un momento a otro cambió de actitud y su expresión se endureció; el marino se dio cuenta y le preguntó:

—¿Por qué no me llamas padrino como lo hacías antes?

—Si no os molesta, prefiero llamaros capitán. Durante estos años habéis estado muy lejos, creo que perdí a mi padrino al entrar en este convento. Le escribí muchas veces, pero ni una sola vez me contestó y me sentí muy sola. Ahora soy otra y os veo diferente; por eso no os puedo llamar padrino, os diré capitán, si no tenéis inconveniente.

—Puedes llamarme como quieras. Tu madre sabía que no me gusta escribir.

—Ni soy mi madre, ni estaba aquí para advertirme...—acotó.

Gabriel se sorprendió de esa afirmación, y también le pareció que Carmen no era esa niña sumisa que él recordaba; sin que ella le hablara ni una palabra de ese pretendiente regresaron al convento y se encontraron con él y con su padre en la sala del recibo donde los dos constructores les esperaban.

Iturriaga vestía jubón azul oscuro de buen paño y calzón del mismo tono, y una capa de fino terciopelo terciado sobre un hombro; no llevaba botas altas en esta ocasión, sino medias encarnadas y zapatos de charol con lazos; en sus manos sostenía un sombrero blanco de ala ancha con varias plumas; ostentaba en el brazo los galones de capitán. La madre superiora hizo las presentaciones. El pretendiente era un joven de unos veinticinco años, y su padre le doblaría la edad; ambos iban bien vestidos con trajes de paño de lana oscura y amplias golas.

Se presentaron como don Antonio de Olaizola y su hijo Francisco. No eran vascos, como él creía, sino navarros. Después de las presentaciones le dijeron que conocían bien a su pariente don Antonio de Oquendo y mencionaron su gran labor en la batalla de las Dunas, en donde el afamado marino sufrió graves heridas, y a consecuencia de ellas murió, unos meses después. También hicieron alusión a que en esa terrible batalla fallecieron más de diez mil hombres, la flor y nata de la oficialidad española. Finalmente, comentaron que se habían informado de que Carmen era vasca por los cuatro costados, que su padre era familiar del afamado marino don Carlos de Ibarra y nieta del capitán don Juan de Amézqueta.

—Hace unas horas le hablaba a mi pupila sobre don Carlos de Ibarra. Tuve el honor de luchar junto a él y defender los tesoros de la Flota de Indias hace unos cuantos años. Tristemente he sabido que acaba de fallecer, a causa de sus heridas, así mismo como le sucedió a don Antonio, nuestro pariente.

—¡Cuánto lo siento, capitán! *Riquiescat in pace*—comentó el padre y continuó hablando—: Mi prioridad es unir a mi hijo con una dama que proceda de buena estirpe, y el linaje de Carmen está probado: a sus padres y a sus abuelos los hemos investigado, son cristianos viejos, esa es nuestra prioridad. En el Nuevo Mundo no es fácil encontrar a una joven que tenga sangre vasca por los cuatro costados y es especialmente eso lo que más ha contribuido a decantarnos por ella. Muchas damas criollas tienen sangre mezclada; también las andaluzas y aún las castellanas que pueden tener ascendientes no solo moriscos, sino también judíos; con los vascos o navarros la seguridad es mayor. Aunque el tono de su piel sea más oscuro de lo deseado, sus facciones son finas, la hemos investigado a conciencia —insistió— y sabemos que no ha padecido enfermedades. Mi hijo es fuerte y rubio, harán una buena mezcla y me darán nietos sanos y robustos…

La muchacha no emitía palabra; miraba hacia la ventana con una actitud displicente. El marino, ante esos comentarios, frunció el ceño. Debido a la tensa situación que se había generado, la religiosa comenzó a hablar:

—Prepararemos aquí un buen ajuar de novia, para que estéis satisfechos, además de lo que aporte el capitán. Conocemos bien su generosidad, sabemos que no escatimará en gastos si es para complacer a su pupila. Carmen os hará la vida grata, canta muy bien, es obediente y discreta. —añadió la madre superiora.

—Así como inteligente, entre otras cualidades. Además, como podéis comprobar, posee una gran belleza —comentó el marino dirigiéndose ahora al padre—. Vuestro hijo va a salir muy bien con este enlace.

—Tengo buenos contactos, y emparentar con mi familia os será de buen provecho, que la niña sea recatada y obediente es lo principal.

—No tengo nada que objetar a esta unión: si a ella le complace, os daré mi bendición —respondió el marino, aunque no se sentía a gusto con esa gente—. En un par de días me haré a la mar; enviadme la carta de compromiso y os la reenviaré firmada. En poco más de un año podremos fijar la fecha para celebrar los esponsales, cuando tenga su dote arreglada —dirigiéndose ahora a ella añadió—: ¿qué opinas, Carmen, de tu futura familia?

—No creo que mi opinión tenga importancia, por eso no voy a decir nada. Esto es una transacción entre dos bandos: pasaré de ser propiedad del capitán de Iturriaga a la de ellos —y agregó mirando a Iturriaga directamente a los ojos—. Mi madre me dejó en sus manos, y él va a decidir mi destino a su buen parecer.

Quizá, solo él notó el cinismo y el tono de sus palabras, ya que tanto el padre como el hijo, como si el comentario nada tuviera que ver con ellos, continuaron hablando sobre transacciones económicas, de los precios y de los costos, así como de las ganancias en los materiales de construcción. Ellos eran los que surtían al convento de los pertrechos y también los responsables de las obras de otras edificaciones de la isla. El marino miraba a Carmen de soslayo, quien dirigía ahora la vista al techo y continuamente bostezaba.

La religiosa que los acompañaba se había excusado y abandonó la estancia. La joven también lo hizo al poco tiempo, tras una sencilla reverencia se marchó, sin dedicarle a su futuro marido o a su suegro ni un gesto ni una mirada. Gabriel no salía de su asombro ante la actitud de ella, ahora no era ni la sombra de aquella niña dócil que él recordaba. Debajo de esa piel de oveja le dio la impresión de que había una loba.

El marino también comenzaba a estar incómodo, aunque continuó un rato más escuchándolos hablar de las vigas de madera, de los sueldos de los canteros y de los herreros, de lo que necesitaban para continuar la construcción de uno u otro edificio, como si no se dieran cuenta de que él estaba perdiendo el tiempo. En varias ocasiones trató de marcharse; sin embargo, se lo impidieron. Finalmente, insistieron en que debía dejar claro el alcance de la dote y del ajuar. El marino, ya cansado, terminó la conversación de una manera brusca y les confirmó que la joven dispondría de la generosa dote que exigían. Salió de la estancia con una sensación desagradable, atravesó el patio y se encontró de frente con Carmen que conversaba con su paje en la entrada del convento. El muchacho se retiró y el capitán se dirigió a ella.

—En un par de días embarco para Tierra Firme. Mañana estaré ocupado. Si acaso pudiera, a última hora pasaría a despedirme. No sé cuánto tiempo estaré en Venezuela, pero firmaré el contrato de matrimonio y lo enviaré de nuevo. En un par de años podrás casarte.

—No tenéis necesidad de volver para despediros, ya lo estáis haciendo —miró hacia el cielo, para evitar que sus acuosos ojos se desbordaran...

—Volveré pronto —le dijo tomándola por los hombros, y agregó—: no vayas a llorar. Voy a disponer que te den una dote generosa y un buen regalo...

—No lloro de tristeza, sino de rabia. Y no quiero nada vuestro, ningún regalo —sendos lagrimones se deslizaron por sus mejillas —¿Es que no os dais cuenta de nada? Tengo derecho a decidir mi futuro y no voy a casarme.

—¿Acaso quieres meterte a monja como tu madre? Si fuera así, la dote se la daría a las clarisas.

—Despreocupaos, no voy a ser monja... Y no vais a recibir ningún contrato, ni tendréis que darme dote alguna. No voy a casarme con ese mequetrefe, os lo repito —sentenció muy seria.

—Creo que te has excedido en tu comentario.

—Habéis comprobado qué clase de personas son. ¿Queréis ponerme en las manos de unos individuos que harán mi vida miserable?

Gabriel de Iturriaga se había encargado de la niña, como le había prometido a su madre. El año que pasó con ella le había tomado mucho cariño; pero, tras irse se había olvidado de su responsabilidad y ahora no quería enfrentarse a un problema. Sin embargo, comprendió que ella tenía razón, también a él le habían parecido unos necios. Recordó la promesa que le había hecho a Mercedes, reconoció que tenía una deuda de honor con ella y agregó:

—Está bien, Carmencita. Si no quieres casarte con él, no seré yo quien promueva una unión que no deseas. Más adelante aparecerá otro pretendiente.

—Os expliqué lo que quería en mis cartas, que nunca leíste.

—Ya me lo has dicho, no tienes por qué repetírmelo. Habrá tiempo para hablar cuando regrese.

—¿Y si pasaran, otra vez, tres años? —se abrazó a él de improviso—, no quiero estar sin veros.

—Si me escribes, te prometo que leeré tus cartas y te contestaré —le aseguró.

Sentía su cuerpo tibio aferrado al suyo. Ya no era una niña, era casi una mujer. Le acarició el pelo, la besó en la frente y añadió:

—Ahora tengo que irme, nos veremos pronto.

—Id con Dios —y con una sutil sonrisa, concluyó—: ciertamente, nos veremos pronto.

Él se marchó sin mirar atrás y ella se quedó pensativa y de nuevo una sutil sonrisa afloró a su semblante. Había trazado un plan y en un par de días lo iba a poner en práctica.

Al día siguiente Carmen se dirigió a la capitanía, se cercioró de que no estuviera Iturriaga. Había quedado con su paje, un chico mestizo que tenía su tamaño, con quien se encontraría allí a media mañana. Convino con él que le entregaría su ropa y su sombrero de ala ancha y, a cambio, ella le daría una bolsita con unas cuantas monedas. El chaval nunca había visto tanto dinero junto y, para obtener esa fortuna bien valía la pena hacer el engaño. Apenas conocía al capitán y estaba seguro de no volver a verlo. Carmen había planeado que vestiría su ropa, para hacerse pasar por él y así embarcaría en el bergantín[41]

---

41. Embarcación de dos palos: el mayor, el trinquete y su bauprés.

capitaneado por Iturriaga y que se dirigía a Tierra Firme. Se cubriría bien la cara; solo cuando estuviera en altamar le desvelaría al capitán su secreto.

Esa noche le comunicó a Jacinta, su esclava, que a primera hora de la mañana saldrían las dos del convento. Era día de mercado y la portera no se extrañaría de que salieran tan temprano. Se vestiría con las ropas del paje y Jacinta entonces, llevaría su traje a la orilla de la playa; cuando en el convento descubrieran que no había regresado pensarían que se había metido en el mar y se habría ahogado. La buscarían por un tiempo y, después la darían por perdida. El plan debería de funcionar sin contratiempos. Carmen, le había firmado la carta de libertad a Jacinta; cuando ella se fuera, quedaría libre. Estaba segura de que no iba a traicionarla.

La travesía, marzo de 1641

A primera hora de la mañana todos los tripulantes del bergantín estaban a bordo: oficiales, marineros y grumetes. El capitán Gabriel de Iturriaga embarcó y, luego, tras él lo hizo su paje, al que ni siquiera miró. Después de revisar los cabos y de que la carga estuviera bien sujeta, a media mañana se hicieron a la mar rumbo a Tierra Firme. Los marineros desplegaron las velas y tensaron las jarcias.

El viento soplaba fuerte de barlovento, estaban en el mes de marzo. No era época de tormentas, por lo que la travesía no debería de durar más de una semana.

El paje del capitán Iturriaga, cubierto con un pañuelo tanto en la cabeza como el cuello, se protegía del sol, sin que pudieran ver sus facciones, eso no era de extrañar; pues la inclemente luminosidad tropical hacía que muchos ocultaran su faz para guarecerse. Carmen conocía bien los aparejos de los navíos, por lo que se puso a las órdenes del contramaestre; ayudó a amarrar los cabos y en las demás maniobras. Ninguno de los marineros se extrañó de su aspecto, algunos iban tan cubiertos como ella; solo sus ojos negros estaban expuestos a la intemperie,

Cuando se encontraban ya en altamar y el viento de popa hacía inflar los trapos; Iturriaga le ordenó a su paje que fuese a su camarote y dispusiera que todo estuviera en orden. Ella, sin dirigirle la palabra, bajando la vista, asintió y cumplió sus órdenes.

A última hora de la tarde, después de hablar con el piloto y cuando ya el sol se iba escondiendo en el horizonte, Iturriaga, se retiró a su camarote, ubicado en la popa. Como el bergantín era pequeño, la estancia era de reducidas dimensiones y tenía pocos muebles: la cama, una mesa, una silla de tijera y la hamaca para el paje. Carmen había encendido un haz de velas y sentada en la silla estaba concentrada en la lectura cuando entró el marino; entonces ella se levantó y se dio la vuelta, miraba por el ojo de buey al mar que reflejaba las últimas luces del ocaso.

Estaba muy emocionada por haber logrado su cometido, pero, a la vez, también muy asustada. No sabía cómo iba a reaccionar Gabriel al verla. Se había quitado el pañuelo de la cara y el de la cabeza. Iba vestida con la camisa a rayas azules y blancas, el pantalón oscuro y calzaba unas alpargatas, como los grumetes, usaba la indumentaria que le había facilitado el paje y, por precaución, se había vendado el pecho. La noche anterior se cortó la larga trenza que le llegaba a la cintura y llevaba el pelo suelto sobre los hombros.

—Rodrigo, traedme la cena y una jarra de vino —le ordenó, sin apenas mirarla.

—¡Capitán! —exclamó Carmen, dándose la vuelta.

Él levantó la vista: abrió y cerró los ojos, y se los frotó con el dorso de la mano; entonces le clavó, como un par de puñales, sus dos pupilas en las de ella. Estaba tan impactado por esa visión que durante unos segundos no supo cómo reaccionar. Dio un par de pasos hacia la joven y la asió con fuerza por los hombros. Carmen temblaba y sonreía de puro nervio. Primero le sostuvo la mirada y luego fijó la vista en el suelo...

—¿Qué haces aquí? ¿Es que te has vuelto loca, niña? ¿En qué cabeza cabe haberte hecho pasar por Rodrigo? Vas a causarme la ruina, ¡maldita muchacha necia!

—No quería quedarme en Cuba, quiero ir a donde vayáis.

—¡Cómo se te ha ocurrido semejante idea! Si pudiese, te enviaba de vuelta ahora mismo. Si descubren que tengo a una niña en mi camarote, se acaba mi carrera naval.

—Nadie tiene por qué enterarse y, si acaso me pillaran, diría que me he colado, que nada sabías de mí...—agregó en un tono conciliador.

¡Te mereces que te tire por la borda! —exclamó él, indignado.

—Hacedlo y veréis cómo se os aparecen todos los demonios y os arrastrarán hasta el infierno... —con gran valentía y arrojo, dio un paso al frente confrontándolo.

Ante tal atrevimiento, el marino se puso colorado, creía que iba a perder los nervios. La asió de nuevo por los hombros, los ojos negros de Carmen centellaban como dos luceros en medio de la noche oscura. El bergantín se bamboleó y ella perdió el equilibrio y se abrazó a él. Gabriel recordó, entonces, a su madre; del pelo se desprendía su mismo aroma a jazmín y pensó que, como ella, su hija era terca y empecinada...

—Por lo pronto, no vas a salir de aquí. No te moverás del camarote —y continuó diciendo—: ahora mismo le escribiré a mi hermana, que vive en Cádiz. Embarcarás en el primer bajel que se dirija a la Península.

—No os daré ningún problema, confiad en mí. Mi única opción para irme de allí era esta, por eso estoy aquí; si os hubiera dicho mi propósito os habríais negado a llevarme a Tierra Firme como una pasajera... —luego agregó—: Me ha dicho el contramaestre que tengo que limpiar la cubierta todos los días al amanecer.

Gabriel la miró de arriba abajo y, en tono desafiante, añadió:

—¿Crees que he gastado una fortuna con las monjas para que tuvieras esas manos tan finas y en dos días se te llenen de callos y de ampollas? —ella se miró las manos y, con el mismo tono altanero que él había empleado con ella, continuó diciendo:

—También probó mi voz y me asignó otra tarea: cada media hora tengo que dar la vuelta a la ampolleta que mide el pasó del tiempo y entonar una letanía como esta que memoricé.

Comenzó a tararearla con una voz melodiosa y bien modulada. El marino, ceñudo, levantó una ceja asombrado por la bella voz de la muchacha y embelesado, como si escuchara el canto de una sirena, la dejó terminar la tonada...

Bendita la hora en que Dios nació
santa María que le parió
san Juan que le bautizó
la guarda es tomada la ampolla muele,
buen viaje haremos si Dios quiere...
Buena es la que va, mejor es la que viene
una es pasada y en dos muele;
más molerá si Dios quiere,
cuenta y pasa que buen viaje *faza*...

De nuevo el bergantín se bamboleó, ella trastabilló y volvió a abrazarlo; él respiró profundo, la apartó de él, la miró fijamente y soltó una sonora carcajada.

Carmen estaba a punto de llorar; porque, aunque esperaba que él iba a disgustarse, su expresión severa y la forma en que la miraba, la había turbado más de lo que imaginaba. Pero, al escucharlo reír, rio también.

—Podréis perdonarme; quizás, no ahora pero luego...

—No lo sé, ya lo veremos...

—Nadie lo va a sospechar, sé moverme en un bajel.

—¡Ya lo creo!, has trastabillado dos veces en menos de cinco minutos…

—No he perdido el equilibrio, quería abrazaros para sentirme segura. Es eso, solo quiero complaceros.

—Vaya con esta niña, sí que ha aprendido buenos modales en el convento… —de nuevo sonrió, le acarició el pelo y añadió —: Tenías el pelo más largo, ¿te has cortado la trenza?

—Crecerá de nuevo. Voy a la cocina y os traeré la cena.

—No vas a poner el pie fuera del camarote. ¿Te queda claro? Te llevaré a la letrina de popa una vez al día. El resto del tiempo, no saldrás de aquí, sin mi permiso. Diré que mi paje tiene el mal del mar. Iré yo a buscar la cena y te traeré algo de comer. —ella bajó la mirada, sonrió y pensó que lo peor ya había pasado.

El capitán salió del camarote dando un portazo y echó el cerrojo. Aunque el mar estaba en calma y el bajel navegaba con buen viento, en los días que siguieron él apenas fue a su camarote y, cuando permanecía allí, pocas veces le dirigió la palabra a Carmen. Aunque cuando llegaba en la noche y a la luz del haz de velas no dejaba de mirarla. Ella lo hacía de soslayo, y tampoco le hablaba. Allí dentro el calor era sofocante, pero no se atrevía a pedirle permiso para salir a la cubierta. Se había quitado los pantalones, la venda del pecho y la camisa de rayas. Con una saya corta y holgada pasaba los días y las noches, sentada en el suelo, en la silla de tijera o en su hamaca. El capitán desde su cama observaba sus largas piernas desnudas, y también la veía cuando se aseaba. En una ocasión le dijo:

—Debes asearte cuando no esté, y no esperar a que llegue.

—Me aseo varias veces al día, aquí hace mucho calor.

—En tu posición yo no sería tan exigente, ya *comes como una nigua*.[42]

---

42. Expresión cubana y venezolana: comer mucho.

—Si eso os incomoda, haré ayuno, solo necesito agua para beber, para lavarme y tener vuestra ropa limpia, al ser vuestro paje, esa es mi obligación...

—No me provoques, Carmen, mejor, ni me hables.

—Lo que quiero es complaceros...

—Estate quieta y callada, para que olvide que estás aquí, y quítate esa saya. Viste como lo que eres, mi paje. —ella asintió, se cambió la ropa, encendió una vela y comenzó a leer.

Mientras estuvo en el convento se había aficionado a la lectura. Se había hecho con un libro escrito por una andaluza, María de Zayas; por su contenido, Carmen pensaba que era posible que estuviera prohibido, pero, como al convento solo llegaban historias de santos, ese se habría colado. A ella le parecía muy entretenido, así que decidió que mejor no le hablaría más y solo leería. Había notado la forma en que la miraba; eso la complacía, pensaba que pronto cambiaría de actitud. Una de esas noches, a pesar de que no era época de huracanes, una racha de viento bamboleó fuertemente el bajel e Iturriaga, salió precipitadamente del camarote y olvidó encerrarla.

Olas enormes, como montañas, atravesaban la cubierta y un gran ventarrón hacía que el bergantín se escorase de una forma impresionante. Marineros y grumetes, bajaron las velas y sujetaron los trapos; en medio de la gran tormenta, los rayos y los truenos se sucedían. Se oyó un gran crujido y casi se desprendió la arboladura. Varias vergas se astillaron, así como el bauprés y el trinquete. Carmen escuchó gritos y con mucho cuidado abrió la puerta y salió a la cubierta.

La lluvia y el viento eran terribles, por la borda entraban y salían enormes trombas de agua, todas las maderas de la embarcación crujían. Varios marineros y algunos de los grumetes estaban malheridos y ella, recordando la habilidad para curar que tenía su madre, se dispuso a ello. Antes de que amaneciera en el puente de mando, el capitán fue informado de lo que había hecho.

—Vuestro paje ha sido de gran ayuda —le comentó uno de los oficiales—, sabe curar; a mí me ha vendado el brazo y me ha quitado una astilla que se me clavó en la pierna. Al no tener cirujano en el navío ha sido una bendición que se sintiera bien, fue de gran utilidad su buena disposición en estos menesteres.

Iturriaga no hizo comentario alguno y, cuando lo consideró conveniente, fue hacia la cubierta. Después de varias horas de difícil navegación, la tormenta amainó y una leve brisa sustituyó al ventarrón. La marinería reparó la arboladura y de nuevo izó las velas. El bergantín retomó el rumbo, reforzaron la mesana y el bauprés. Cuando Iturriaga se percató de que su paje había terminado de curar a los heridos en la cubierta y que estaba a punto de amanecer, le ordenó que se fuera con él al camarote.

—A sus órdenes, mi capitán —lo siguió y él cerró tras ella la puerta.

—Me has desobedecido de nuevo.

—Cuando salisteis, dejasteis la puerta abierta... y vi que había varios heridos a los que podía auxiliar.

—¿Y si os hubieran descubierto?

—Era de noche, los marineros ni si quiera me vieron la cara.

—Son muchas las mujeres que se han colado en los bajeles y cuando las han descubierto, lo han pasado muy mal.

—A muchas otras no las descubrieron, como fue el caso de la monja alférez, Catalina de Erauso. La conocí en Veracruz, unos meses después de que estuviste allí. Pasó un tiempo con nosotras y me contó sus aventuras. Era una mujer muy valiente y atrevida, también vasca como mi madre y como su merced —se dirigió al marino con una seductora sonrisa—. Tenía mi edad cuando escapó de un convento en Guipúzcoa, tomó diferentes nombres para hacerse pasar por un hombre y tuvo una vida muy novelesca. Se enroló en un navío y sin que la descubrieran, llegó a América. Luchó contra los indios y, estuvo envuelta en muchas pendencias. En una ocasión la metieron presa y a punto estuvo de que la colgaran en el Perú. Entonces reveló su verdadera identidad. La perdonaron, regresó a España y nuestro rey Felipe, que Dios guarde muchos años, la premió con una buena hacienda. Luego se fue a Roma y allí el Papa la recibió y le permitió usar ropa de hombre —el capitán escuchó su perorata y, finalmente, la interrumpió:

—No me vengas con esa historia, Carmen. Conozco la leyenda de esa monja y no creo que sea, un buen ejemplo a seguir —y sentenció bruscamente—. Cámbiate, te vas a enfriar, estás empapada.

—¿Podré ponerme la saya? —y él no le respondió.

Carmen se dio la vuelta, se quitó la camiseta y las calzas. El capitán se la quedó mirando. La luz dorada de la primera hora se colaba por el ojo de buey, al contemplarla medio desnuda, le sobrevino un estremecimiento. No era una niña, tenía un bello cuerpo, ya de mujer, de soslayo pudo contemplar sus pequeños, pero muy bien formados pechos. Ella giró hacia donde estaba el marino y esbozó una seductora sonrisa antes de colocarse la saya.

—Ve a dormir —le ordenó.

Él salió del camarote, cerró la puerta y tuvo que ir a desfogarse fuera de allí. Al final de la tarde regresó y la encontró sentada leyendo el libro.

—Me queréis matar de hambre, ¡no he comido desde ayer! —exclamó, saltando de la hamaca.

—He venido un par de veces, pero dormías. Te he traído jamón, queso, pan y aceitunas, no te puedes quejar.

—Gracias. Aunque aparentáis que no os importo, sé que me queréis bien...

Iturriaga hizo como si no hubiera escuchado ese comentario. Ella entendió que no quería darse por aludido y, cambiando de tema, le preguntó:

—Debéis de estar cansado, ¿habéis dormido?

—Los marinos estamos acostumbrados a pasar horas en vela. Si hay una tormenta, no podemos pegar el ojo hasta que haya pasado —le comentó mientras colocaba el plato de estaño sobre la mesa. Buscó un cuenco de madera, se sirvió vino y se sentó en la silla.

—Puedo sentarme en vuestras piernas, como lo hacia de niña. No me gusta comer de pie —él sonrió, y asintió.

Ella se acomodó en sus rodillas. Devoró lo que había en el plato con gran voracidad y también bebió vino del cuenco.

—No me has dejado ni una aceituna — se quejó él y añadió—: te las comes a puñados.

Carmen se dio la vuelta y le pasó un par de ellas que tenía en la boca —y él rio—; luego, hizo lo mismo con el último trozo de queso. Se cambió de posición, se sentó frente a él a caballo, le acarició la barba, le mesó el bigote y le tensó el pelo.

—Me gusta veros sonreír —y le susurró al oído—: me habéis perdonado, ¿verdad? —él no respondió, pero ella continuó hablando—: según lo que me han dicho los marineros, mañana fondearemos en La Guaira. Os voy a afeitar…

—No sé qué tan peligrosa puedes ser con una navaja…

—Sé usarla, no me tengáis tanto miedo…

—La verdad es que sí. He comprobado de lo que sois capaz —le guiñó un ojo, pero le dio la navaja.

Carmen le afeitó con gran cuidado, le recortó el bigote y la perilla. Luego le quitó la camisa y le lavó con mucha delicadeza el pecho y la espalda. Le preguntó por cada una de las huellas que las múltiples batallas habían dejado en su torso; él una vez más sació su curiosidad, como cuando era una niña. Pero ahora ella era muy diferente. Al tenerla tan cerca y sentir sus delicadas pero decididas manos recorriendo su pecho, estaba muy inquieto. Y de improviso, abruptamente, dijo:

—Ya es suficiente, ve a dormir: se ha hecho tarde… —ella asintió y se subió a su hamaca.

Gabriel quiso echarse un rato y se tendió sobre la cama, pero, aunque estaba agotado, no lograba conciliar el sueño. ¿Qué le estaba sucediendo?, ¿qué sentía por esa niña...? Cuando ya la noche era cerrada y multitud de estrellas poblaban el firmamento, tuvo que salir a la cubierta y desfogarse de nuevo. Luego regresó al camarote y durmió unas cuantas horas. Después de que amaneció subió al puente de mando y divisó en la costa una gran montaña, cerca del puerto de La Guaira. No era una rada grande, ni tampoco bien protegida, pero servía a Caracas, la ciudad más importante de la provincia de Venezuela.

La Guaira, marzo de 1641

El bergantín que capitaneaba Iturriaga fondeó el puerto de La Guaira a finales de marzo. Los marineros no podían bajar del navío hasta que limpiaran bien el bajel y lo pusieran a punto para la siguiente travesía: primero tenían que vaciar y restregar la sentina; y después de que todo estuviera en perfectas condiciones en la bodega, debían acomodar las fanegas de cacao en los próximos días. A finales de junio se recogía la nueva cosecha; los restos de la anterior se habían ido juntando en las diferentes haciendas y los hacendados las habían llevado al puerto para embarcarlas. Muy pronto, el bergantín pondría rumbo a Cartagena de Indias y a Portobelo, desde allí a Veracruz y a Cuba.

El capitán, después de dar las órdenes pertinentes a los oficiales, descendió con su paje, pero Carmen, que le seguía a corta distancia, trastabilló y rodó por la escalerilla, que se bamboleaba debido al fuerte viento, aunque Iturriaga trató de sujetarla, no lo logró, y, desafortunadamente, se cayó con gran estrépito en el suelo.

—¿Qué te ha sucedido? —le susurró al oído, ayudándola a levantarse...

—Perdí el equilibrio. Como iba tapada con el pañuelo no veía bien y no di con la cuerda para sujetarme. El navío se movía por las olas del mar y la escalerilla no paraba de menearse. Mis alpargatas se enredaron en las tablas y... —el capitán la interrumpió, le facilitó un lienzo y recogió su sombrero.

—No puedes llorar —sentenció.

Se la quedó mirando y observó cómo la joven se limpiaba con el dorso de la mano las lágrimas que se escurrían por sus mejillas; y el pañuelo, ahora lleno de sangre, se lo llevaba de nuevo a la cara para secárselas.

—Cúbrete otra vez con el sombrero —le ordenó—. Te has raspado también las palmas de las manos; están en carne viva y te has roto el calzón. ¿Puedes caminar? —le preguntó muy serio.

—Sí puedo, estaré bien. Me duele, pero se me pasará.

—Sígueme, vamos a la capitanía, es cerca —ella lo siguió y, cuando llegaron, él agregó—: espérame fuera.

Carmen buscó algo de agua en una fuente cercana y se limpió las manos, se lavó la cara y, luego, se sentó frente a la puerta de la capitanía para esperar a que él saliera. Mientras tanto, vio unos racimos de mamones[43] que colgaban de un árbol. Fue hacia allí, pero no lograba alcanzarlos; recogió unos cuantos que estaban esparcidos por el suelo y empezó a comérselos. Un par de chiquillos se acercaron a ella.

—¿Te gustan los mamones? —le preguntó una niña, de grandes y expresivos ojos oscuros, que no tendría más de cinco años.

—Sí, mucho —le respondió—. Vosotros, ¿queréis alguno?

Esta vez fue un niño, rubio y de ojos claros, mayor que la niña, quien le contestó:

—No, gracias. En *El Guayabal* tenemos mamones y otras muchas frutas.

Carmen, luego, les preguntó:

—¿Vivís aquí, en La Guaira?

—No, en la montaña —dijo la niña—. En la hacienda *El Guayabal*, con mi madre que es la dueña. Ahora estamos esperando a su

---

43. Fruta tropical pequeña de sabor dulce con una gran semilla.

padre —le explicó la niña a Carmen, dirigiéndose al niño que asintió y ella continuó diciendo—: he visto que te has caído al bajar por la escalerilla del bajel, ¿te has hecho daño?

—Un poco. Me duelen las rodillas, pero estaré bien.

—¿Quieres un coquito?[44]

Le mostró unos cuantos que tenía en un saquito…

—Gracias —Carmen tomó uno, lo degustó y exclamó—: ¡está delicioso!

—Te los regalo todos. —añadió— Los hace Caridad en la hacienda, tengo más allí —y sonrió.

—Eres muy gentil, ¿cómo te llamas? ¿Y tú? —ahora, dirigiéndose al niño…

—Yo me llamo Ana Josefina Ponte, él se llama Joseph Ponte.

El niño se fue corriendo hacia donde estaba el cochero, un joven mulato, que regresó con él.

—Nuestro amigo quiere unos mamones, pero no logra alcanzarlos —le dijo la niña al mulato— ¿Puedes bajarle un racimo? Tiene hambre.

El cochero se quedó mirando fijamente a Carmen, tenía los ojos grises, o quizás verdes y a ella le sobrevino un estremecimiento, pues la observaba fijamente, sin decir palabra. Al poco rato, el muchacho se subió al árbol y cuando bajó le puso en sus manos un buen racimo de mamones y, también, un par de guanábanas que había traído de la carreta y, sin quitarle la vista de encima, le preguntó:

—¿Eres el paje del capitán?

Carmencita titubeó; se había quitado el pañuelo que le cubría la cara y con él se había limpiado. Se recolocó el sombrero y asintió… Entonces, levantando la vista, vio que el capitán Iturriaga salía de la capitanía del puerto acompañado por otro caballero. Los niños se fueron corriendo hacia el desconocido, que, con un toque en su sombrero y dirigiéndole unas cuantas palabras se despidió del marino; los niños

---

44. Dulcito hecho con melaza y coco rayado.

le tomaron de la mano, se subieron a la carreta y se fueron. Gabriel se dirigió hacia ella.

—Me han asignado una pieza en una de esas casas frente al puerto —le indicó al tenerla enfrente—. Cuando nos instalemos buscaré algo con que curarte, sígueme…

Carmen iba tras él, callada, a corta distancia. Entraron en una casa pequeña con una sola ventana al frente y barrotes de hierro que la protegían. Tenía un grueso portón de madera, muy rústico, que el marino abrió con poco esfuerzo y entraron al zaguán, una estancia oscura, que inmediatamente se iluminó con la luz del exterior. Fuera hacía mucho calor, pero dentro de la vivienda la temperatura era más agradable. Las paredes desnudas eran de bahareque y de tono bermejo, los techos de paja prieta atravesados por listones de madera. Después del zaguán se abría un pequeño patio con una fuente en el medio y dos puertas a ambos lados, con sendas ventanas cubiertas por celosías; el capitán abrió una de las puertas con una llave, le indicó que entrara y que esperara allí; volvería con algún desinfectante.

—Por favor, traedme una penca de sábila…[45]

—Está bien —se limitó a decir.

En la habitación, como único mobiliario, había una cama, o más bien un catre, una silla frailera y una mesa, pintada de azul; sobre ella, un aguamanil y una jarra con agua, y debajo, una bacinilla de barro también. Carmen se sentó en la silla, se quitó la camiseta ensangrentada y se colocó la saya. Iba a revisar las heridas de las rodillas cuando el capitán entró de nuevo en la estancia.

—Aquí tienes la penca de sábila y bastante agua en estos cacharros para que te laves bien, como te gusta —Gabriel colocó en el suelo dos grandes baldes de cobre llenos de agua.

—¿Puedo quitarme el calzón para curarme?

—Sin duda; si no, no lo podrás hacer —y, con un tono de voz más amable, agregó —: si quieres, puedo ayudarte.

---

45. También conocida como aloe, planta con propiedades curativas y cicatrizantes.

—Os lo agradezco… —balbuceó.

Carmen tenía las rodillas en carne viva y un chorro de sangre seca corría por sus piernas. Él comenzó a limpiarle las piernas con delicadeza y luego ella se aplicó la baba transparente que sacó de la penca de sábila.

—Con esto estaré curada muy pronto. Así me enseñó mi madre —añadió mirándolo de soslayo.

—Colócatelo en las manos, también —y continuó diciendo--: Esto no puede seguir así, Carmen, tengo que pensar cómo vamos a resolverlo. Dejé en la capitanía la carta para mi hermana que está en Cádiz, pero hasta fin de año no vuelve a pasar por La Guaira la Flota de Indias que se dirige a la Península. Además, me advirtieron que, a veces, ni siquiera se detiene aquí; el fondeadero de La Guaira es muy rudimentario y el mar es traicionero.

Ella se había quitado la faja que le cubría los pechos, y sostenía entre ambas manos la medalla de la Virgen. Observaba cómo la mirada del marino se dirigía hacia allí, pero continuaba hablando como abstraído…

—No quiero enviarte sola en este bajel que en unos días se hace a la mar rumbo a Cartagena y, luego, a Veracruz para despachar el cargamento de cacao, además de otros productos. En Cartagena tendrías que esperar a que pase por allí la flota que se dirige a Cuba y luego a Cádiz… Embarcarte ahora sería la mejor manera de resolver tu situación y la mía de forma inmediata, pero los piratas holandeses acechan y no me parece seguro…

—Tenéis razón. Mejor estoy aquí con su merced que en ninguna otra parte…

Gabriel estaba tan ensimismado en sus pensamientos que ni escuchaba las palabras de la joven. De forma furtiva dirigía la vista a sus pequeños senos, como manzanas, que se asomaban por el escote de la saya y continuaba diciendo:

—Además de por todas esas consideraciones, ¿con qué identidad podría embarcarte? Mañana tendré que iniciar el recorrido de estas costas y no sé qué hacer contigo.

Las miradas de ambos se cruzaron y, a los dos, les recorrió un estremecimiento. Ella se levantó de la silla y se sentó a su lado en la cama; Gabriel, entonces, cambió bruscamente la conversación y añadió:

—Voy a traerte algo de comer.

—No hace falta, tengo aquí unos mamones que recogí en la calle. Mientras os encontrabais en la capitanía unos niños me dieron unos dulces y un par de guanábanas... —el marino la interrumpió abruptamente.

No puedes hablar con nadie, no has debido hacerlo, si alguien descubre...

—¡Qué van a descubrir! —ahora era ella quien lo interrumpía.

—¡Te parece poco...! ¡Que eres una niña!

—¡Soy una mujer! No soy una niña...

—Acuéstate a dormir —sentenció—. La cama es toda tuya. Vendré mañana. Nadie va a entrar, pierde cuidado, estarás segura; por esta noche —salió de la estancia, cerró la puerta con un portazo y pasó la llave.

Después de aplicarse la sábila, la herida dejó de escocerle. Se lavó todo el cuerpo y también el pelo. Entonces más relajada y fresca se echó un rato en la cama, estaba tan cansada que enseguida se quedó dormida. Iturriaga se dirigió hacia unas tabernas cerca del puerto. Allí servían un buen ron de la zona y también vino. Sabía que el tugurio lo atendían unas cuantas meretrices y con sus favores lo harían olvidarse de Carmen. Sin embargo, esta vez bebió solo un trago de ron. No quiso comer, ni estar con nadie, no se sentía a gusto. La mirada de Carmen y esa frase "soy una mujer, no una niña..." no se apartaba de su mente. Comprendió que no quería estar allí, sino ir a ver cómo estaba ella. Se había dado un buen golpe y él la había tratado con mucha dureza; era una niña, pero también una mujer...

Carmen sintió el chasquido de la llave al girar en la cerradura, se despertó y se levantó de inmediato. Cuando entró el capitán tomó, su capa, su sombrero y sin hacer ningún otro comentario le sugirió que se sentara en la silla y que ella le quitaría las botas. Encendió un par de velas más, y le dijo que tenía todavía agua para que metiera los pies cansados en otro cacharro que estaba bajo la cama. Gabriel, sin contradecirla, accedió; mientras tanto se quitó el jubón y la camisa. Se la quedó mirando y ella le preguntó:

—¿Quieres un dulcito de coco? Son deliciosos; guardé un par de ellos para ti...

Se sentó a caballo en sus rodillas frente a él e introdujo el dulcito en la boca del marino; él le succionaba sus dedos, impregnados de esa melaza. Ella se llevó a la boca también unos cuantos mamones. Como unos días atrás en el navío, cuando le dio las aceitunas, se le acercó y trató de traspasarle uno desde su boca a la de él; pero esta vez Gabriel la apretó contra su pecho y no dejó que se apartara. Escupió la semilla, la besó con gran pasión, le quitó la saya y sintió el contacto con su piel tibia. Volvió a besarla, ella abrió la boca y una sensación desconocida la invadió por completo.

—Llévame al lecho —le susurró al oído.

Carmen, con manos decididas, le aflojó el calzón y el marino se lo quitó. Él, de nuevo, la estrechó entre sus brazos y se colocó sobre ella, sentía como temblaba y se estremecía de placer cuando él la acariciaba y la besaba. Gabriel nunca había estado en un estado de excitación tan grande como esta vez.

No había bebido, estaba sobrio, pero jamás había experimentado un ansia tan apremiante por hacer el amor. Lo que sentía no era solo el deseo sexual, que había sentido otras veces. Era algo muy diferente, estaba aunado a un sentimiento de ternura, de cariño, de pasión desbordada. La penetró con gran ímpetu y Carmen gimió...

—Más lento, más suave, por favor —balbuceó.

Gabriel la besó apasionadamente y ella sintió como si hubiera alcanzado el firmamento. Gabriel comenzó a acariciarla; sus manos fuertes la recorrieron, iban y venían por sus pechos y llegaron a su entrepierna. Entonces ella comenzó a temblar y le susurraba al oído que todo le daba vueltas; creía que estaba todavía en medio del mar y él sonreía satisfecho navegando en su interior.

—Nunca he estado con alguien como tú, que sea la primera vez. No quiero hacerte daño —titubeaba, vacilaba. No pudo contenerse y se corrió fuera de ella.

Carmen lo abrazó, le besó dulcemente en los labios y le acarició el pelo: se tendió a su lado y recostó la cabeza en su pecho. Gabriel se embriagó con su aroma y también le acarició el pelo. Ninguno de los dos habló durante un buen rato. Después, ella se levantó. Con el resto del agua limpia que había en la jarra y con un lienzo, fue frotando el torso del marino; recorrió el mapa de sus cicatrices, llegó hasta la entrepierna y él sintió otra vez una gran excitación. Entonces, Carmen se colocó sobre él. Gabriel entró por segunda vez dentro de ella, más fácilmente, y la joven comenzó a hacer lo que le habían dicho en el convento que les gustaba a los hombres: se movía rítmicamente, y ahora era él quién se estremecía y gemía… Ambos llegaron a la cima del placer a la vez y les recorrió una sensación extraordinaria.

—¿Quién te ha aleccionado? —le preguntaba, mientras la besaba una y otra vez.

—Esto lo he soñado, muchas veces. Deseaba que alguna vez se hiciera realidad.

—Nunca he sentido lo que estoy sintiendo contigo.

—Es porque yo te quiero, como nadie te ha querido…

Después del éxtasis compartido, quedaron extenuados.

—Me he desahogado dentro de ti, eso no debí hacerlo. ¿Cómo he podido? No he logrado contenerme.

—La próxima vez tendremos más cuidado, aprendí de todo esto en el convento...

—Te envié allí para que las monjas te formaran como una dama. Me aseguraron que solo admitirían a lo más selecto de la sociedad de La Habana. Tienes que contarme lo que te enseñaron en el convento.

—Ahora no quiero hablar, pero en otro momento te contaré muchas cosas. Vamos a dormir así abrazados, este es otro de mis sueños que quiero hacer realidad.

Él la abrazó y, una vez más, la besó en los labios. Su aroma lo embriagó y pensó que nunca había estado tan satisfecho después de hacer el amor como ahora. Cerró los ojos, ella también y durmieron profundamente.

Camino hacia Oriente, abril, 1641

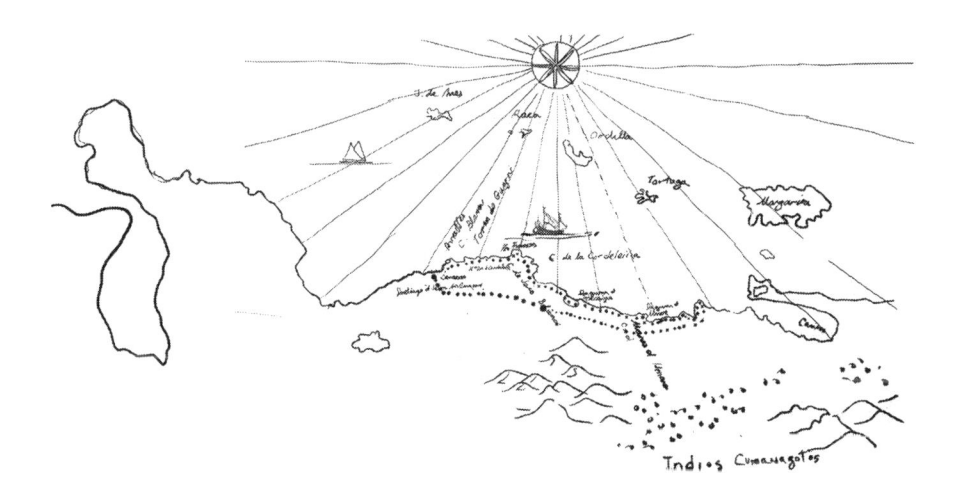

Mapa de las Costas Venezolanas

Antes del amanecer, el capitán Iturriaga se encaminó hacia la capitanía; allí le asignaron dos buenas mulas y a un par de mestizos que conocían bien la región y los caminos de recua. La misión que le encomendaron consistía en recorrer la costa hacia el oriente, para no solo detectar los asentamientos de piratas en esa zona, sino también para que él tomara nota de los lugares estratégicos. Debía llegar hasta la frontera de la provincia de Venezuela con la de Nueva Andalucía, en donde, recientemente, habían incursionado los holandeses. Tenía que encontrarse con un catalán que él conocía bien, Joan d´Orpi, o Juan de Orpín como ahora lo llamaban; cuando escuchó su nombre, gratos recuerdos poblaron su mente. Debía pedirle que colaborase con el Gobernador y Capitán General de Venezuela, proporcionándole armamento y hombres para recuperar Curazao; Fernández de Fuenmayor, no podía solicitar que le enviaran esos recursos desde la Península, ya que la conflictiva situación de ese año se lo impedía.

Iturriaga regresó cuando el sol despuntaba en el horizonte. Había pedido que le facilitaran ropa para su paje. En un fardo tenía las botas, unas calzas, unas camisas limpias y una capa. Mientras recorría el camino de vuelta se debatía con la duda: no sabía qué hacer con Carmen. ¿La llevaría con él, aunque fuera arriesgado, o la dejaría en La Guaira? Pensaba que quizás, si se quedaba allí, sería todavía más temerario. Finalmente, se decantó por llevarla consigo, sabría cómo protegerla. Al regresar decidiría qué hacer a más largo plazo. Esta situación, ahora más que nunca, la tenía que resolver. Cuando entró en la habitación y la observó tendida en ese catre y ella le sonrió, una vez más sintió unos deseos incontenibles de volver a yacer con ella. Recordaba con una sonrisa a flor de piel la satisfacción que le había proporcionado la noche anterior, pero había prisa; no podía retrasarse. Se inclinó hacia ella y le dio un beso en los labios; él mismo se sentía admirado de ese nuevo sentimiento que se había alojado dentro de su ser y que era una mezcla de emoción y de ternura…

—Buenos días, ¿has dormido bien…?

—¡Como no lo había hecho en mucho tiempo! —le respondió y le dedicó una amplia sonrisa.

—Tengo que recorrer la costa oriental de esta provincia. ¿Sabes montar a caballo?

—Aprendí en el convento —afirmó saltando de la cama.

—Te he traído algo de ropa —la dejó sobre la silla—. Nos vamos enseguida —mientras ella se aseaba, él agregó—: tendremos que dormir en diferentes lugares pasaremos varias semanas de camino. Ve preparada, no dispondrás de intimidad, ¿sabrás adaptarte? —y añadió—: Irás siempre detrás de mí, voy a protegerte, pero tendrás que cumplir mis órdenes sin rechistar.

—Lo haré, pierde cuidado. También sé usar una daga o la espada, si fuera necesario.

—Espero que no lo sea. Tengo que realizar una misión de reconocimiento. No puedes quedarte aquí, eso sería lo más sensato, pero no conozco este lugar y no me quedaría tranquilo dejándote sola.

—¡Que quieras llevarme contigo me hace la mujer más feliz del mundo! Es la mayor prueba de confianza que puedas darme. No voy a defraudarte; nadie va a sospechar que no soy tu paje, sino tu amante...

—¡Qué cosas dices!

Ella se le acercó y lo rodeó con sus brazos, besándolo apasionadamente.

—Quizás en algunos días no pueda hacerlo —le susurró al oído.

—¡Por supuesto que no!

El marino no resistió la tentación y volvió a amarla con pasión. Después de saciar sus ansias, ella se vendó los pechos. Se vistieron y se dirigieron hacia la cocina de la vivienda, que estaba al final del segundo patio. Allí, la cocinera, una negra bonachona vestida de blanco impoluto, les tenía preparadas un par de arepas y un guarapo de papelón con limón. Las engulleron con prisas y luego se dirigieron a la capitanía, donde los esperaban los guías con las mulas preparadas.

Subieron a sus monturas y cabalgaron a buen trote, sin tregua ni descanso, hasta media tarde. Alcanzaron un pequeño caserío al lado del lecho de una quebrada, descendieron de sus cabalgaduras y los dos mestizos armaron el campamento: hicieron una hoguera y colgaron en un recodo, entre los árboles frutales, los *chinchorros*, como ellos llamaban a las hamacas. Comieron unas vituallas y las guanábanas que ella llevaba. Los guías le comentaron que ese caserío se llamaba San Rafael de Anare, y de allí en adelante las tierras pertenecían a la familia Ponte. Antes del anochecer, Iturriaga decidió inspeccionar la zona y su paje lo secundó. Subieron por un risco y llegaron a unas cascadas que surgían entre la espesa vegetación. Bebieron agua; y Carmen despojándose de su ropa, y sin que él se percatara, se zambulló en un pozo.

—¡Qué lugar tan maravilloso! —exclamaba mientras se sumergía bajo el agua …

—¡Ya me he dado cuenta de cuánto te gusta!

—Ven conmigo, ya verás que luego te sientes más descansado —y así lo hizo…

El agua era fresca y transparente. Después de ese chapuzón, recogieron sus ropas y se encaminaron hacia la desembocadura del río, en donde los dos mestizos habían cazado una danta,[46] la estaban cocinando sobre unas brasas y los esperaban para comer.

Cada mañana, al amanecer, subían a las mulas y enfilaban hacia oriente. Poco a poco, fueron recorriendo la abrupta costa de la provincia de Venezuela.

En los últimos años se habían establecido en esa región varias haciendas de cacao, y comenzaba a crecer la población de esclavos africanos. Los indios nativos eran escasos. La costa estaba bordeada de playas de arenas blancas y aguas cristalinas. En su recorrido hacia oriente pasaron por los caseríos de Todasana, Osma, La Sabana y Carúao; a todos ellos los bordeaban ríos que le proporcionaban al interior la humedad necesaria para los cacaotales. Durante un mes bordearon esas maravillosas playas del mar Caribe. La de Chuspa era una de las más bellas de la región. Cuando oscurecía y los guías se alejaban, Carmen se bañaba, bien en las playas o en los ríos. Algunas veces, el marino la vigilaba de lejos, pero otras, iba con ella y ambos disfrutaban de un delicioso baño de mar o de agua dulce. Cuando creían que los mestizos dormían, entre la arena y las olas del mar continuaban su idilio. Iturriaga era un militar experimentado, aunque siempre había estado alerta y era muy suspicaz, ahora había bajado la guardia: no se había percatado de que continuamente los guías los espiaban. Debido a la oscuridad, no habían logrado descubrir la identidad de Carmen, pero estaban convencidos de que el Capitán sodomizaba a su paje.

---

46. Mamífero de la familia de los tapires.

Iturriaga llevaba un cuaderno, como una bitácora, en el que apuntaba los puntos estratégicos y así fueron realizando un detallado mapa de toda la costa. La joven le ayudaba con los dibujos y en las descripciones; se dio cuenta de que el marino escribía muy mal, pero no le dijo nada.

Cuando no eran hospedados en las casas de los hacendados, los mestizos armaban un campamento. Como en esas tierras se habían establecido haciendas cacaoteras, la región estaba más protegida, pero en ninguna de ellas encontraron a los amos, las regentaban los capataces, generalmente mulatos.

Gabriel comprobó que el contacto con los corsarios holandeses, franceses o ingleses era frecuente; el contrabando del cacao era evidente y se realizaba con gran asiduidad. Esa costa no solo era guarida de piratas y bucaneros, también lo era de corsarios, tanto ingleses y holandeses como franceses. En su recorrido llegaron a una maravillosa bahía, que, por haber permanecido allí durante un buen tiempo los franceses, la llamaban Puerto Francés; tenía una playa aún más espectacular que las demás. Desde allí se alcanzaba a ver el cabo Coderas, que suponía el límite de la provincia de Venezuela y donde terminaban los linderos de las haciendas.

Al día siguiente, recorrieron una larga costa en la que avistaron un gran lago de agua dulce, nutrido por las aguas de varios ríos y poblado por multitud de garzas blancas y encarnadas. Al caer la tarde llegaron a la desembocadura del río Curíepe un poco más allá estaba la laguna de Píritu. De ahí en adelante se adentrarían en las tierras que tenían salinas, que estaban siendo colonizadas por el catalán don Juan de Orpín, aunque todavía habitadas por unos belicosos indios, los *cumanagotos*.

La sal era un bien muy preciado para la industria alimenticia: tanto la carne, como los pescados se salaban para poder conservarse. Anteriormente los holandeses, primero se abastecían de ella en Andalucía, cerca de la desembocadura del Guadalquivir: en los dominios de los

Medina Sidonia se encontraban unas minas de sal de gran fama, que fueron muy lucrativas para la casa ducal, sin embargo, debido a la guerra de España con los Países Bajos, los holandeses ya no podían abastecerse allí, de modo que necesitaban encontrar otras fuentes y se dirigieron al Caribe. Su principal objetivo, desde que se fundó la Compañía de las Indias Occidentales en 1621 en Ámsterdam, fue adueñarse de esta región de Tierra Firme.

En esos años le escribió el gobernador de Nueva Andalucía, don Diego Arroyo Daza, al rey Felipe IV:

"Si el enemigo (los holandeses) se fortifican en la península de Araya (la región más oriental), se harán dueños de esta provincia, de la isla de Margarita y de Caracas después, luego avanzarán, hasta Cartagena y Portobelo"

Por lo que la fortaleza que el Rey mandó a edificar en Araya, en el confín de Nueva Andalucía, fue la mayor construida en las costas orientales de esa provincia.

Unos meses atrás don Juan de Orpín, fundador de la ciudad venezolana de Barcelona y de otras poblaciones aledañas, pidió ayuda al capitán general de Venezuela, ya que desde los primeros días de abril de 1640 en la desembocadura del río Unare y en la laguna de Píritu se avistaron veintidós navíos holandeses y, desembarcó un nutrido contingente de soldados en la zona. Aunque el gobernador no pudo enviarle la ayuda requerida, Orpín trató de ingeniárselas solo para echarlos de allí. Iturriaga se dirigía hacia esa zona para evaluar lo sucedido y llevarle los informes al capitán Ruy Fernández de Fuenmayor, gobernador de la provincia de Venezuela, además de solicitar de Orpín ahora armas y hombres para la campaña de Curazao.

Iturriaga había conocido al intrépido catalán en la Península. Coincidieron en Sevilla en 1635. En aquella ocasión Orpín le habló de su interés por crear una nueva provincia en la región más oriental de Tierra Firme que estaba muy desprotegida, y que comprendería un vasto territorio, prácticamente despoblado: desde el cabo Coderas hasta San Felipe de Austria, — en el golfo de Cariaco— y por el sur desde la región del Tuy, hasta el Orinoco. Para esta provincia Orpín proponía el nombre de Nueva Cataluña. Con ese afán había ido primero a Santo Domingo, luego a la Corte y terminó en Sevilla. Tras uno y otro intento, finalmente, logró su cometido. En febrero de 1638, fundó la ciudad de Nueva Barcelona a orillas del río Neverí, bastante cerca del mar para que llegaran fácilmente las embarcaciones. La nueva ciudad contaba con agua para el riego de las huertas y con buena comunicación con el exterior. Trató de darle el nombre de Nueva Cataluña a la provincia, pero esa propuesta no fue admitida por el Consejo de Indias. Cuando, en la capitanía de La Guaira, le mencionaron su nombre al capitán Iturriaga, que llevaba más de más de cinco años sin saber de él, le invadió una gran alegría y este le comentaba a Carmen que Orpín era un hombre honesto y leal, pero con una mentalidad muy diferente a la castellana; además, no tenía apoyo en las altas esferas, así que probablemente no lograría lo que se proponía. Eran momentos difíciles en la Península: Iturriaga se había enterado de que los catalanes habían iniciado una revuelta y trataban de independizarse, así que no era la mejor ocasión para que un catalán pudiera ejercer sus planes. Incluso le avisaron de que Orpín estaba en contra del gobernador de la provincia vecina de Nueva Andalucía y, tampoco era muy bien visto por Fuenmayor.

En la capitanía de La Guaira le habían asignado a Gabriel hacer ese informe sobre la invasión de los holandeses, y que comprobara si la actuación de Orpín había sido la adecuada. Iturriaga se había enterado de que quienes desembarcaron estuvieron apoyados por los indígenas de la zona de Píritu, que llegaron con gallinas, patos, cerdos y otros animales con la clara determinación de instalarse en esas tierras. El fin de los holandeses era establecerse con colonos y desplazar a los españoles, como lo estaban haciendo con los portugueses en la región del Brasil. En el occidente de Tierra Firme ya habían tomado la isla de Curazao y ahora se dirigían hacia oriente. Mientras descansaban cerca del cauce de un riachuelo, el marino le hacia esos comentarios a Carmen y ella le escuchaba atenta, dejando que se explayara en detalles.

—Te va a gustar conocer a Joan, es un personaje singular. Llegó a estas costas hace casi veinte años. En Sevilla no le autorizaron a embarcar hacia el Nuevo Mundo como Juan Orpín, tal como se le conoce ahora, sino que llegó a América camuflado de militar castellano y con una falsa identidad; el nombre que tomó, si mal no recuerdo, fue Gregorio Izquierdo. Es un curioso personaje, abogado de profesión y con una buena hacienda. Tiene tierras en Cataluña, y al no recibir los necesarios dineros en la Península para la expedición que se proponía, con su propio peculio la financió. Sus hazañas constituyen toda una leyenda. Desembarcó en 1623 en la parte más oriental de este territorio, la península de Araya que, como ya te he dicho, es un importante centro de extracción de sal. Los Países Bajos han tratado desde hace años de arrebatarle esas minas a la Corona, sin conseguirlo.

—Me comentaste que allí hay un gran baluarte.

—Así es, el insigne ingeniero Juan Bautista Antonelli fue quien se encargó de la edificación. El mismo que reforzó las murallas de Cartagena de Indias y otras fortalezas de la costa caribeña. Desde los primeros años del siglo XVII, las minas de Araya proveían de sal a los holandeses; pero desde que Antonelli edificó el baluarte, les fue difícil acceder a ellas y entonces se dirigieron hacia barlovento, a la isla de La Tortuga, una pequeña isla frente a estas costas. En un informe que Antonelli le dirigió a Felipe IV restaba importancia a las salinas de esa isla, porque se inundaban en la estación de lluvia y no eran adecuadas tampoco en la seca, pero, los holandeses no pensaban lo mismo y enviaron un convoy comandado por Peter Petersen Ahiem, que tomó posesión de la pequeña isla y dejó un contingente de hombres para su explotación. Los holandeses se dispusieron a sacar la sal del mar como fuese, aunque acarreara una gran dificultad.

—Sé que son gentes muy ingeniosas, seguramente se las arreglaron para lograrlo, yo admiro su destreza y su determinación.

A Gabriel no le gustó ni un poquito ese comentario, pero continuó hablando...

—Desde la provincia de Nueva Andalucía, el Gobernador enviaba continuamente soldados para expulsarlos de allí; y aunque se iban, luego volvían... Esta región está muy desprotegida de la Corona. Tras su insistencia finalmente el Consejo de Indias nombró gobernador a Orpín de esta nueva provincia; al parecer, quiere implantar aquí otro tipo de administración colonial.

—No entiendo qué es lo que quiere hacer...

—Oficialmente, se propone expulsar a los neerlandeses de su provincia y, extraoficialmente, me parece que desea acabar con la práctica corrupta en la que están implicadas las jerarquías coloniales, encargadas de vigilar la costa. Resulta sospechoso que éstas hagan la vista gorda y fomenten el contrabando. Lo hemos comprobado en las haciendas que hemos visitado. Los hacendados comercian con los holandeses directamente y los funcionarios se lo permiten... Orpín quiere que los colonos sean más independientes del gobierno provincial y que no tengan que responder ante los funcionarios de las audiencias.

—Los intereses de los funcionarios prevalecerán: acceden a esos puestos de poder para lucrarse, pero nunca están satisfechos y siempre quieren más. Por otro lado, según lo que me has explicado Orpín es catalán y propugna un tipo de asentamiento diferente al que promueven los castellanos: sigue las ideologías mercantilistas que se practican en los Países Bajos y en Inglaterra; ¡eso es como si viniera a estos territorios el mismo diablo! No le van a permitir que ejerza sus derechos, aunque me gustan sus ideas. Sé que los misioneros hacen una labor encomiable con los indígenas. ¡Ojalá fueran más autónomos también ellos! Como son los jesuitas en el sur del continente.

Pero la autoridad civil legisla sobre todos y, como ya te he dicho, creo que esos funcionarios no son de fiar…

Gabriel se la quedó mirando fijamente y pensó que esos razonamientos, aunque válidos, no podía hacerlos en público. Le había comentado que no debía inmiscuirse en los asuntos de los misioneros y ella cada vez que podía los defendía. Tenía que permanecer callada o lo metería en un problema. Sin embargo, a sus ojos, su osadía y valentía la hacían cada vez más atractiva, realmente era una mujer singular.

Al día siguiente se encontrarían con Orpín, iban a hospedarse en su casa, por lo que Gabriel le había contado, Carmen estaba deseando conocerlo; él, sin contradecirla, continuó hablando, pero cambió de tema.

—El capitán general de Venezuela, don Ruy Fernández de Fuenmayor, es también un buen amigo y un marino honesto. Luché junto a él en Puerto Rico, cuando conocí a tu madre —ella sonrió y él también lo hizo—. Hace unos años volvimos a coincidir en La Tortuga, la isla que está enfrente de La Española, aquí en estas costas está esa otra que también lleva el mismo nombre; pero esta es más pequeña, aunque tiene esas minas de sal que los holandeses tanto codician. Cuando termine esta inspección tendré que dirigirme hacia el occidente de Venezuela con Fuenmayor para retomar la isla de Curazao, espero ir, en esa ocasión, con un buen contingente de tropa. Como ves, estoy solo con los mestizos y con mi paje, que no creo que sirvan de mucha ayuda si tuviéramos que enfrentar al enemigo en combate—. De una forma un tanto sarcástica, desvió la conversación, pero ella le interrumpió…

—Temo que os equivocáis. No seré tan diestra con las armas como Catalina de Erauso, pero probadme con la espada y os sorprenderéis, como lo hicisteis hace unos días en el lecho; también en el convento aprendí a defenderme con el acero…—Gabriel levantó la ceja y esbozó una amplia sonrisa…

—Hace un par de meses que te volví a ver, y desde entonces no has dejado de sorprenderme...

—Dejaste a una niña sola e indefensa en una incipiente construcción que se convertiría en un prestigioso convento de monjas clarisas y tuve que aprender a defenderme. En el convento de la Merced en Veracruz se atendía a todo tipo de gente, se curaba, se daba hospedaje y tanto mi madre como yo éramos tratadas con gran cariño, respeto y deferencia. Luego, tras vivir un año con mi padrino, aprendí a quererlo mucho, no solo por todo lo que mi madre me había dicho de él, sino porque era una excelente persona y bueno conmigo; pero allí me encontré en medio de un mundo duro y hostil... Nunca me había sentido rechazada por el tono algo oscuro de mi piel, en cambio allí, por primera vez, me sentí marginada debido a eso.

Ante ese comentario, el marino frunció el ceño con expresión de disgusto. Recordó la felicidad de Mercedes cuando nació Carmen: ¡con qué devoción la cuidaba! Ella adoraba a esa niña y, sin embargo, se desprendió de ella, quizás cuando más la necesitaba y, con una generosidad admirable, la dejó en sus manos. Hasta ese momento él no se había percatado de las consecuencias que el color de la piel de esa niña podría acarrearle, y se sintió culpable por no haber estado tan pendiente de ella como le había asegurado a su madre. De ahora en adelante no la iba a desamparar por nada en el mundo. La miró de nuevo fijamente a los ojos y comprendió que lo que sentía por ella no era solo una gran atracción, sino también un sentimiento de ternura que no había experimentado por nadie. La imaginó con un niño en brazos, con su hijo; eso nunca lo había pensado. Ahora, por primera vez en su vida, a sus treinta y tres años, deseaba ser padre; la visualizó con el niño en brazos, llena de amor por esa criatura y, enternecido, sonrió.

Durante un buen rato, él se había quedado mirando el horizonte marino. Los recuerdos de Mercedes y de Carmen, cuando era pequeña, se mezclaban con las imágenes de la reciente pasión amorosa entre ambos. Los tonos del ocaso tropical poblaron el cielo y, poco a poco, un manto de estrellas en una noche sin luna se desplegaba de un extremo al otro del firmamento. Habían hecho un alto en el camino y dormirían allí mismo. Los guías estaban preparando el campamento...

Entonces, Carmen comenzó a hablar. Decidió que era un momento oportuno para contarle cómo había sido su vida mientras construían el convento de la Purísima Concepción en La Habana, destinado a albergar a las jóvenes de la más rancia sociedad habanera para proporcionarles la más esmerada educación.

—Algo de lo que te voy a relatar ahora lo esbocé en mis cartas, pero mejor fue así, que no las hayas leído; si lo hubieras hecho, seguramente, me habrías enviado a España con tu hermana.

—Al parecer fue una decisión equivocada haberte dejado allí. Si no lo hubiera hecho, ahora no estaría metido en este tremendo lío con un paje, que, en vez de ser un pillo, un bribón o un tunante estafador, como suelen ser todos, y de cuidarme de sus malas mañas, es una preciosa niña a la que tengo que mantener a salvo.

Gabriel no quería que le hablara de esos años y trató de suavizar la conversación bromeando, porque se sentía tremendamente culpable de sus penurias.

—Después de lo que vivimos en La Guaira, todavía crees que soy una niña...

—No. Ciertamente, te has convertido en una mujer sorprendente y, para mí, fascinante. Una mujer... —repitió, iba a añadir algo más, pero dejó que ella continuara hablando:

—A los pocos meses, después de que me dejaste allí, tuve que aprender a sobrevivir. Las ocho jóvenes criollas, provenientes de las mejores familias de la isla, se burlaban de mí todo el tiempo —y agregó con un dejo de ironía—, me caí, por culpa de ellas, varias veces por una escalera. Me quitaban la comida y me ponían en ridículo; me llamaban: "carboncito", pero no en tono cariñoso, sino muy despectivo. Todas eran mayores que yo, tres o cuatro años. En esas edades las diferencias son muy notables: yo tenía solo doce años, era muy niña, y ellas estaban más versadas que yo en muchos temas. No tenías la menor idea de dónde me habías dejado y lo crueles que pueden ser las mujeres.

—Pensé que allí estarías bien resguardada —él la miraba atónito—. Les enviaba a las monjas todo el dinero que me pedían, además de generosos donativos para hacer caridades, creía que de esa manera tú estarías bien considerada… ¿cómo es posible que permitieran ese maltrato? Si lo hubiera imaginado, te habría enviado con mi hermana a Cádiz —le repitió una vez más.

—No tuve más remedio que aprender a desenvolverme. A los pocos meses y como se acercaba la Navidad, pensé que ibas a venir a rescatarme. Te lo supliqué en mis cartas, pero no respondías. En esos días estaba tan triste que enfermé con mucha fiebre. Lloraba todas las noches y una de mis compañeras, la que dormía a mi lado, se apiadó de mí…

—Tienes que comprender que yo no podía ir a verte. Soy marino, tenía responsabilidades con la Corona.

—No te estoy recriminando por eso. Déjame que continúe hablando. Juana fue mi salvación. Era hija de una dama noble, grande de España, pero su padre era de una condición inferior. Su madre se fugó con él, vinieron a parar a Cuba y tuvieron a esa niña. Pero al morir ambos, ella fue a vivir con una de sus tías que era viuda y sin hijos.

—Imagino que cada una de esas niñas tendría una vida complicada; pensé que las religiosas eran muy selectivas al admitirlas y velaban por vuestra educación —calló y luego agregó—: no pensarás contarme la historia de todas ellas.

—Solo te contaré la de Juana, no quiero aburrirte. Su tía era una mujer muy cultivada, pero también falleció y ella quedó al cuidado de su abuelo, quien la dejó bajo la custodia de las monjas para que, según él, la enderezaran y no siguiera el ejemplo de su progenitora; ni el de su tía, que había sido una mujer diferente, audaz e independiente. Juana me hablaba mucho de ella.

Gabriel la escuchaba, aunque no tenía ningún deseo de enterarse de lo que le había ocurrido. Sin embargo, para ser justo, tenía que dejarla hablar.

—Por sus orígenes y su dinero Juana era la más respetada, tanto por las monjas, como por el resto de las niñas. Tenía mal genio y todas la temían. Esa Navidad nadie la buscó. Estábamos solas en la habitación que compartíamos con las demás y aquella noche, cuando yo tiritaba por la fiebre, me quitó la ropa empapada en sudor. Me frotó con un lienzo mojado en agua tibia hasta que me bajó la fiebre y luego comenzó a acariciarme en la entrepierna… Nunca había sentido una sensación parecida. Desde aquel día estuve bajo su protección y me enseñó muchas cosas… No dejó que nadie más me maltratara ni se burlaran de mí. Allí había una excesiva familiaridad entre las novicias, las niñas y los confesores que venían los viernes, pero Juana, desde aquel día, se convirtió en mi sombra y, como todos la temían, yo estaba segura y me libré de los acosos de las demás.

—¿Qué quieres decir con eso?

Gabriel era un hombre experimentado. En un principio no le había puesto atención, pero después, al escucharla con detenimiento, se había sorprendido con el relato.

—Que tuve que arrimarme a ella… Tenía unos cuantos años más que yo. No permitió que nadie abusara de mí y me enseñó todo lo que sé —le repitió— Lo que puse en práctica hace unos días contigo. Ella sabía qué había que hacer para disfrutar de los placeres de la carne y cómo agradar a los hombres… Su tía la había instruido en una faceta de la vida de la que yo no tenía ni idea.

—¡Qué estás diciendo! ¿Cómo es posible? —una expresión de disgusto se dibujó en la faz del marino, ella bajo la vista y continuó hablando…

—La visión de aquellas mujeres medio desnudas en tu casa no la olvidé... Quería saber en qué consistía el placer que te proporcionaban. Por las habladurías en el convento, también me enteré de que te gustaban ese tipo de mujeres y quise saber el porqué. Cuando Juana me acariciaba pensaba en ti, me imaginaba que sus manos eran las tuyas...

Gabriel la escuchaba callado, atento a sus palabras, y de soslayo la miraba, mientras que ella continuaba hablando...

—Juana fue muy buena conmigo y, si no me hubiera puesto bajo su protección, lo habría pasado mal. Unos meses antes de que llegaras, su abuelo se la llevó a Nueva España, pero ya ella me había enseñado a defenderme. Además, con el dinero que me enviabas, no solo compré a una esclava, a Jacinta: también pagué a un escudero para que me iniciara con el uso de la espada, quería ser diestra con el acero. Juana me protegía y yo la encubría. Había un joven que la visitaba algunas veces, era un soldado. Cuando su abuelo se enteró se la llevó de allí. Ella era distinta a las demás, que solo se preocupaban por tener más y más esclavas, trajes o joyas; era una gran lectora, y me apremió a tomarle el gusto a los libros: en ellos se aprenden muchas cosas y la imaginación te permite escapar de situaciones amargas...

—A mi hermano Martín le gustaba mucho leer, yo nunca tuve esa afición.

—Los libros contribuyeron durante esos años a alegrarme la vida. Al principio leía vidas de santos, que eran los libros que permitían, pero Juana lograba conseguir otras publicaciones por sus buenos contactos. ¿Quieres que te lea un párrafo de una novela de María de Zayas? Lo tengo conmigo, es el que leía en el navío.

—Ahora no, quizás en otro momento.

Gabriel estaba prendado de esa niña o, mejor dicho, de la mujer en que se había convertido. Carmen era la perfecta combinación del recuerdo de su madre con algo que a él lo tenía deslumbrado, estaba impactado escuchándola... En el par de meses que llevaban juntos, sus sentimientos estaban desbordados, aunque la recriminó por haberse introducido en el bajel con la identidad de su paje. Desde el primer momento en que la vio en el convento una chispa desconocida se prendió en su interior y recordó a don Fadrique de Toledo cuando le decía que nada se comparaba al verdadero amor...

Ella le siguió contando algunas de sus experiencias durante los años que vivió en el convento. La oscuridad de la noche los envolvía; después Carmen apoyó su cabeza en el pecho del marino y él la cubrió con su brazo, giró hacia ella y la besó en los labios... Se habían apartado del lugar donde estaban colgadas las hamacas e iban a pernoctar. Era un lugar seguro, cerca de la playa y al borde del lecho de un riachuelo. Los mestizos atendían a las mulas y preparaban la comida, mientras que ellos, absortos en su mundo, se habían olvidado de todo lo que los rodeaba...

—Has visto *ar* capitán y *ar mushasho* —le comentó uno de los guías al otro.

Se habían dirigido hacia ellos para indicarles que estaba listo el pescado ahumado con hojas de guayaba, pero al verlos muy juntos, conversando, se retiraron.

—Aunque *er* capitán parece muy *mascho,* le gusta el *carajito,* lo he visto ya varias veces *atortolao...* Mejor es dejarlo en paz, ya vendrán cuando tengan hambre.

Al día siguiente, Carmen le demostró al marino lo diestra que era con la espada. Él se quedó complacido al comprobar que también era admirable su habilidad con el acero y ella le pidió que la enseñara a disparar, porque no había podido ejercitarse con las armas; realmente él pensaba que era una mujer singular.

Atravesaron el río Unare y a última hora de la tarde se encontraron con Juan de Orpín en Nueva Barcelona, la ciudad que recientemente había fundado en las márgenes del Neverí y no muy lejos del mar. Aquella región estaba poblada por esos indios belicosos, los *cumanagotos*, una rama de los aguerridos caribes.

Las pequeñas embarcaciones llegaban hasta Nueva Barcelona remontando la corriente y, al tener agua dulce tan cerca, contaban con ella para el riego de las huertas y para dar de beber al ganado. Orpín había fundado también otra ciudad, cerca de la laguna de Uchire, a la que llamó Nueva Tarragona. Ambas disponían, incluso en época de sequía, de suministro de agua; también tenían acceso a las salinas y no dependían de la sal de Araya.

Iturriaga habló largo y tendido con Orpín. Se pusieron de acuerdo en varios asuntos y quedaron en que él le transmitiría al gobernador Fernández de Fuenmayor en Caracas sus inquietudes, pero el catalán no pudo ofrecerle ni hombres ni el armamento que solicitaba. Después de un par de días en su casa, la última noche, cuando ambos estaban cenando un pescado delicioso y mirando fijamente a Carmen que se encontraba de pie detrás. Orpín le comentó:

—Tu paje no es un muchacho. Es mejor que aclares su identidad antes de que su supuesta personificación te vaya a crear más de un problema…

—Efectivamente, no lo es. Es una niña que está a mi cargo —le aclaró Iturriaga.

—No me parece que sea muy niña —añadió el catalán.

Carmen, al escuchar la conversación hizo un gesto de disgusto, pero prefirió permanecer callada, mientras Orpín continuaba hablando:

—Los guías que te acompañan deben haber presenciado ciertos acercamientos tuyos a esa "niña", como tú le dices: Pero al suponer que es tu paje no sales bien parado —ahora el gesto de disgusto se dibujó en la faz del marino.

—Carmen de Ibarra y Amézqueta es su nombre. Su madre falleció y está bajo mi protección, soy su tutor. Al llegar a Caracas hablaré sobre esto con Fernández de Fuenmayor. Carmencita estaba en un convento en La Habana y como no quería permanecer más tiempo allí, se coló en mi navío, don Ruy conoció a su madre... —Carmen lo interrumpió.

—Me colé en vuestro navío porque quería estar con su merced, capitán Iturriaga.

—Esta es una declaración directa, Gabriel —y añadió el catalán muy sonreído—. No hacen falta más palabras... La fama de "don Juan" os hace honor.

—Me quiero casar con ella y lo voy a hacer al llegar a Caracas. Vos sois testigo de que mis intenciones son serias y honestas —agregó.

—Yo no necesito una promesa vuestra, ni tampoco un compromiso. Confío en vuestra merced, por eso me atreví a embarcar —sentenció ella—. Y para no interrumpir las conversaciones, ya que sé que tenéis todavía mucho de que hablar me retiro.

Carmen se fue de la estancia sin mirar atrás.

—Es una mujer con carácter, esas son las que me gustan —y añadió—: tienes suerte, Iturriaga.

Al día siguiente subieron a sus monturas nada más salir el sol y se encaminaron hacia Caracas. Esta vez no iban por la costa, sino por unas sendas trazadas por el interior. Esos también eran los territorios de la nueva provincia. Desde Rio Chico y Caucagua siguieron el cauce del río Tuy. Luego, entraron en los límites de la provincia de Venezuela, pasaron por varios pueblos y algunas haciendas donde pudieron observar cómo en esa zona también comenzaban a abundar los cacaotales. En unos días llegarían a Santa Lucía. Ni el capitán ni Carmen hicieron alusión a la conversación con Orpín. Iturriaga trató de mantener una razonable distancia con ella, para no dar más de qué hablar a sus guías, ya que comenzó a notar cómo había cierta complicidad entre ellos en las miradas cuando él se dirigía a Carmen. Le estaba sucediendo algo tan inusual que él, que era un marino acostumbrado a mandar sin ningún tipo de miramientos, ahora se sentía intimidado. Lo que más habría deseado era deshacerse de esos dos pares de ojos que constantemente tenía encima y continuar el camino solo con ella, además cada día sentía una mayor necesidad de intimar con la joven...

En varias ocasiones, Carmen practicó con él la espada; lo hacía tan bien, que cada día Gabriel se sentía más orgulloso de poseer a esa admirable criatura. En esos momentos los deseos de hacerla suya se acrecentaban. De manera que convino con los dos guías que cabalgaran varias leguas por delante de ellos, para que así pudieran estar solos. Carmen no había vuelto a hablar con él de nada personal, pero cuando comprobó que ya nadie los podía escuchar le dijo:

—No tenías por qué decirle a Orpín que te vas a casar conmigo. No necesito una promesa de matrimonio...

—Tengo que salvaguardar tu honor, ¿no lo entiendes? Por eso voy a casarme contigo.

—Eso no me interesa.

—¡Por Dios, No me lo pongas más difícil! Baja de la mula, Carmen. Estoy cansado, quiero parar un rato. Allí hay un riachuelo, quiero refrescarme...

Se despojaron de sus ropajes, y se metieron en el agua. Él la abrazó y la besó.

—Desde hace días, solo pienso en estar contigo, en tenerte entre mis brazos; por eso, quiero casarme enseguida.

—Estaba convencida de ello por la forma en que me mirabas. Yo también os deseo...

—Una mujer decente no puede hablar así.

—¿No puede decirlo, aunque sí sentirlo?

—Para ser sincero... yo diría que sí

No la dejó seguir hablando. Se amaron con pasión y ternura dentro del agua. Un estrepitoso trueno se escuchó en la lejanía y unos cuantos rayos iluminaron el cielo... Las tormentas en el trópico pasan rápido. En menos de una hora había escampado y salió de nuevo el sol. Se vistieron, subieron a sus cabalgaduras y continuaron el camino. Ya estaban cerca de Caracas.

Desde Santa Lucía, siguieron el cauce del rio Guaire y llegaron al pueblo del Dulce Nombre de Jesús de Petare, que como Santa Lucía había sido fundado recientemente por el gobernador Berrio y por don Pedro Gutiérrez de Lugo con la venia del sacerdote Gabriel de Mendoza, estas tierras bañadas por los ríos Caurimare y Guaire, las habitaba una tribu conocida como los *mariches,* cuyo último cacique fue el famoso *Tamanaco,* cuya leyenda aún seguía viva. Allí Gabriel y Carmen se reencontraron con los guías e hicieron noche.

Al amanecer, admiraron un paisaje bellísimo: el valle se había abierto, no había neblina y la gran montaña llamada El Ávila, flanqueando el norte, se dejaba ver en toda su inmensidad. A primera hora, continuarían el camino bordeando el río Guaire. Esa misma tarde Iturriaga se entrevistaría con el Gobernador. Estaban ya a finales del mes de mayo, las lluvias habían comenzado y esa noche volvió a llover.

Caracas, junio, 1641

La mansión donde vivía el gobernador Ruy Fernández de Fuenmayor era la más importante de las que se encontraban en la plaza del cabildo, frente a la Iglesia Mayor y al lado del Palacio de los Gobernadores. Tenía un gran portón de madera de caoba y dos grandes ventanas al frente con rejas de madera torneadas. Llegaron a última hora de la tarde, cuando el sol comenzaba a esconderse.

El capitán despachó a los guías y les ordenó que regresaran a la mañana siguiente. Asintieron y, antes de irse, le sonrieron de una forma suspicaz.

—¡Qué gran placer tenerte en Caracas, Gabriel! —lo saludó de forma efusiva el gobernador, que acudió a recibirlos.

—Estaba deseando veros, capitán —le contestó el vasco y le dio un apretón de manos.

—Podéis ir a refrescaros a vuestra habitación, en un rato conoceréis a mi esposa; doña Leonor es una dama encantadora que tuve la fortuna de conocer en Caracas. Después de la cena me contaréis vuestras impresiones sobre Orpín y lo que habéis visto en la costa —al ver que el paje continuaba allí, añadió—: vuestro paje puede llevar las mulas a las caballerizas, pasar a la cocina y dormir esta noche en el establo.

—Las mulas se las han llevado los guías. Necesito que vuestra merced me escuche un momento, es lo primero que debo deciros. Acércate a nosotros, Carmen.

La expresión de desconcierto del Gobernador fue evidente ante esa acotación e, impactado, agregó:

—Pasaremos al estrado. Allí tendremos más privacidad.

Iturriaga y su paje le siguieron. Entraron en una habitación oscura. El Gobernador abrió las contraventanas de madera y también las celosías, y un potente rayo de luz iluminó la estancia. En el suelo estaban esparcidos unos cuantos cojines sobre el entramado de madera, cubierto por varias alfombras. Pegadas a la pared se alineaban algunas sillas castellanas de madera y cuero repujado. En las paredes colgaban un par de cuadros oscuros de santos y varios espejos. Carmen se acercó a uno de ellos, vio reflejada su imagen y sonrió. Después de que ambos marinos tomaron asiento y el paje se quedó de pie al lado del vasco, el Gobernador repitió:

—¿Carmen? ¿A quién os referís?

—Esta joven, no es mi paje, es la hija de Mercedes de Amézqueta, ¿os acordáis de ella? —y añadió—: Siéntate a mi lado, Carmen.

—¡Sin duda!, la recuerdo bien. ¿Es acaso la niña que nació en Puerto Rico? ¿Y qué hace vestida así?

Carmen, antes de sentarse junto a ellos, se había quitado el sombrero y se había bajado el pañuelo que le cubría parte de la cara y dejó al aire libre sus facciones. Miraba al techo y luego hacia el suelo... Mientras Iturriaga le explicaba a Fernández de Fuenmayor la odisea que había vivido en los últimos meses, sin omitir detalle. Al final terminó diciendo:

—Necesito devolverle su identidad y, a la mayor brevedad, casarme con ella. Estoy realmente enamorado de esta mujer, como nunca pensé que podía estarlo.

Cuando Carmen escuchó sus últimas palabras sintió que el corazón se le iba a salir por la boca. Él era incapaz de manifestarle de esa manera sus sentimientos, pero no era necesario: ahora se sentía plenamente feliz. Además, por primera vez no había dicho que era una niña, sino una mujer...

—Déjame verte bien, ven aquí delante —ella se levantó y se colocó frente al gobernador—. Te pareces a tu madre, tienes sus mismos ojos. Tendría tu edad cuando la conocí. En aquellos años, en Puerto Rico, todos estábamos prendados de ella; sin embargo, Mercedes te prefería a ti, Gabriel, y ahora tienes a su hija —esbozando una pícara sonrisa se dirigió al marino—. Te dejó una buena herencia, es una muchacha preciosa, incluso con esos trapos que lleva; por encima de la ropa destaca su distinción.

Carmen prefirió no emitir palabra, bajó la mirada. Estaba realmente emocionada y, a la vez, muy nerviosa. Sentía que a las mejillas había acudido toda su sangre.

—Hablaré con mi esposa y os facilitaremos algo de ropa para ambos. Vamos a ver cómo nos las ingeniamos para haceros aparecer en Caracas... —acotó dirigiéndose ahora a ella.

—No tengo palabras para agradeceros, capitán —se limitó a responder y el gobernador le guiñó un ojo...

—Ve con ella, Gabriel. Esta noche resolveremos este asunto también. Os había asignado una habitación y le proporcionaremos otra a Carmen, así me pareció que os llamáis —ella asintió.

Fuenmayor hizo sonar la campana y un esclavo los condujo a un aposento en el segundo patio. Al entrar, Carmen se sentó sobre la cama; era una habitación espaciosa, pero con pocos muebles. Solo había una cama grande con dosel y mosquitero, dos mesillas a sus lados, un par de sillas, un arcón y un crucifijo de madera colgado en la pared.

—Me has metido en un buen lío —comentó Gabriel.

—Me lo vas a repetir una vez más. Si no hubieras querido hacerte cargo de mí, se lo habrías dicho a mi madre, cuando ella me dejó en tus manos.

—Ya sabes que no es eso...

—¿Por qué no me repites, más bien, lo que le dijiste al capitán?

—¡Ya ni me acuerdo!

—Yo, sí...

En ese momento tocaron en la puerta y entraron dos esclavas vestidas de blanco. Le entregaron al capitán de Iturriaga unas calzas, un jubón y una camisa limpia y planchada, y dejaron sobre la silla un vestido, oscuro, azul marino, y una mantilla clara, además de unos botines y unas enaguas para ella.

—Mi ama me manda a *decí* que, si os place, hay una tina en la habitación contigua para que os deis un baño o, si *preferí,* os traigo agua para lavaros en el *aguamaní.*

—Me gustaría darme un baño, respondió Carmen.

—Ahora mismo regreso, cuando lo tenga *preparao* —la mulata se inclinó y se retiró de inmediato.

—Al parecer te vas a vestir de mujer.

—Eso parece —y esbozó una pícara sonrisa.

Después de un rato, Carmen regresó a la habitación bañada, vestida, muy bien peinada con un moño y con un agradable aroma, estaba radiante. Gabriel la tomó del brazo y ambos se dirigieron al salón. Doña Leonor, la mujer del capitán general, era una dama criolla, culta, refinada y muy devota. Hacía unos años su familia había donado el terreno donde se construyó la hospedería de la Merced, hablaron de los mercedarios y también de una peninsular que había hecho un buen donativo para continuar la construcción. Una mujer singular, la viuda de don Joaquín de Ponte, quien tenía una hacienda al otro lado de la montaña, donde se cultivaba el excelente cacao que degustaban en ese momento en una jícara de coco con asas de plata. Gabriel comentó que habían pasado por varias haciendas que la familia Ponte tenía en la costa...

Don Ruy le contó a su esposa que había conocido a Carmen cuando nació. Hablaron de su madre, de los Amézqueta y, finalmente. Gabriel les narró cómo se había colado en su bajel y ella les explicó el porqué:

—No quería quedarme en Cuba, la perspectiva de una boda no deseada me producía mucha angustia... Además, quería estar con mi padrino, él es la única persona con la que cuento.

Carmen se había transformado esa noche. Gabriel, maravillado, la veía ahora como una gran dama, que sabía llevar una conversación y se desenvolvía muy bien; sus maneras eran exquisitas, mientras estaba en la mesa y luego cuando fueron al salón... Gabriel la miraba embelesado; don Ruy y su mujer que habían notado el idilio, cruzaban miradas cómplices y sonreían...

—¿Sois su padrino? —inquirió doña Leonor dirigiéndose a Gabriel, con una pícara sonrisa.

—En efecto, pero pronto deseo ser algo más —el marino le devolvió la sonrisa y le guiñó un ojo.

—El capitán desea contraer matrimonio con su protegida —y, agregó el gobernador—: en los próximos días llega a La Guaira un navío procedente de Veracruz, podríamos hacer una pequeña trampilla y haceros embarcar ficticiamente en Nueva España; así quedaría constancia de que habéis desembarcado aquí. De alguna manera Gabriel haría desaparecer a su paje y enseguida podría formalizar vuestra alianza; yo mismo me encargaría de conseguiros el permiso para casaros. Como me habéis dicho que tenéis sus papeles, no debería haber demora.

Luego hablaron de la confrontación que tenía don Ruy con el recién llegado obispo, don Mauro de Tovar, del directo enfrentamiento entre el poder civil y el eclesiástico, y de cómo el obispo estaba decidido a echar por tierra la labor de los mercedarios; que Tovar era un ser intratable, y que él solo podía entenderse con sus sobrinos que, por el contrario, eran muy razonables. El gobernador comentó que Su Eminencia tenía un carácter tan insoportable, que lo que más le agradaba era pleitear. Además, la había tomado también contra la familia de Ponte, a la que pertenecían la hacendada de la que habían hablado anteriormente y un par de funcionarios del cabildo: Pedro y su hermano Gregorio Navarro, hijos de doña Elvira Campos de Ponte.

Cuando terminaron de cenar, doña Leonor se sentó al clavecín e interpretó varias melodías, Carmen la acompañaba con una voz melodiosa; ambos militares se deleitaron con las canciones; y después de un rato, las damas se retiraron. La ama de la casa escoltó a Carmen hacia su aposento y los dos marinos continuaron conversando durante varias horas más sobre la situación de Orpín; de los proyectos que Fuenmayor tenía en mente para la campaña en el occidente y, de cómo expulsar definitivamente a los holandeses de la isla de Curazao.

—Es de vital importancia traer colonos a estas tierras, así podemos garantizar que sigan fieles a la Corona —alegaba el gobernador…

—Eso es lo que trata de hacer Orpín en oriente; lo malo es que son catalanes y en Sevilla no están de acuerdo. Los problemas de la Corona con Cataluña repercuten hasta aquí, en ultramar. Temo que, al desaparecer don Juan de Orpín, continuará el *statu quo*: corrupción y contrabando.

—Orpín no es una persona razonable, no colabora con sus vecinos; el gobernador de Nueva Andalucía se queja continuamente. Además, no quiere enviarme hombres y armamento para invadir Curazao. Cuando los holandeses tomaron la isla había muy pocos habitantes. Esas tierras estaban mal defendidas; por lo tanto, se les hizo fácil la conquista. —comentaba el gobernador— Solicité su ayuda, pero alegaba que no disponía de hombres para enviarme.

—Lo acabo de comprobar, no dispone de hombres ni de armamento para contribuir con esa empresa. Estas provincias de Tierra Firme necesitan que se instalen familias para afianzar la presencia de la Corona. Como aducía don Fadrique de Toledo, cuando recuperamos las islas de Nieves y San Cristóbal, al poco tiempo volvieron a asentarse en ellas bucaneros franceses e ingleses; pues, al no dejar una población asentada con colonos, eso sucede.

—Efectivamente, eso mismo ocurrió cuando recobré la isla de La Tortuga, frente a La Española. Ahora me he propuesto recuperar Curazao, pero como no consigo armamento para invadir la isla, dispuse en La Guaira y en otros puertos de la costa hacia occidente que saquen la artillería de los bajeles hundidos, ya que tampoco cuento con las armas necesarias.

—Cuando fondeamos en La Guaira comprobé que los buzos habían podido rescatar algunos pertrechos de los naufragios... Veo que hacéis lo que podéis, con lo poco que disponéis.

—Me han criticado por eso, pero es lo único que puedo hacer para paliar la escasez —lamentándose agregó—: y ahora, para colmo de males, tengo la oposición del obispo. La tarea de formar un ejército no está siendo nada fácil. Núñez Meleán, el gobernador anterior, dejó que en la isla se instalaran los holandeses y la fortificaran. Cada vez va a ser más difícil sacarlos de allí. Tendremos que ponernos a ello en las próximas semanas, a más tardar a fines de año debemos enfilar una guarnición hacia Maracaibo. La isla de Curazao tiene una excelente bahía, la de santa Ana. Durante estos años, hemos enviado expediciones de reconocimiento y, al parecer, allí están bien artillados, no va a ser tarea fácil; pero considero que ese enclave es, estratégicamente, de vital importancia. No debemos permitir que los holandeses, así como los ingleses o los franceses, empiecen a poner una pica[47] en el Caribe frente a estas costas de Tierra Firme, como ya lo están haciendo.

—Coincido con vos, pero necesitaremos no solo el apoyo de Arias Montano, gobernador de Nueva Andalucía, también es primordial tener al obispo de nuestro lado. Si se niega a que un capellán se una a la tropa y está excomulgando a vuestros partidarios, se nos va a poner mucho más complicada la tarea.

Ambos marinos continuaron hablando hasta largas horas de la noche. Finalmente, ya cansados, se fueron a sus aposentos. Cuando Gabriel entró en su estancia, se encontró con una sorpresa.

—¿Qué haces aquí acurrucada? —le susurró al oído inclinándose hacia ella…

—Estoy tan emocionada que no podía dormir, y no quería estar sola en la alcoba contigua. Nos separa una pared, pero no quiero que nada se interponga entre nosotros…

—No puedes quedarte aquí. Estamos en la casa de mi superior, tenemos que cumplir con las normas. Pronto serás oficialmente mi mujer y podremos estar juntos, pero ahora te voy a llevar a tu habitación. Mañana nos vamos a La Guaira, en los próximos días podrás recobrar tu identidad. Debemos hacer las cosas bien. Como te has dado cuenta, el obispo no las tiene todas con el gobernador y yo no quiero que de alguna manera también la tome conmigo… Después de que retomes tu identidad, será todo diferente, no podemos arriesgarnos a las habladurías —le acarició el pelo y le sonrió.

—Mañana otra vez seré vuestro paje, y me comportaré como tal. Solo dadme unos minutos más para ser quién soy —le echó los brazos, le besó en la boca y él le susurró al oído:

—Me complació ver lo bien que te desenvuelves en los salones. Sabes actuar en todos los mundos.

—Juana me aleccionó, no sería lo que soy sin sus consejos. Antes de irse del convento me sugirió que me fuera contigo cuando volvieras

---

47. Lanza, alabarda.

a visitarme; sabía que no quería perderte de nuevo. Estos meses que hemos estado juntos han sido los mejores de mi vida...

—Al parecer, tengo mucho que agradecerle a Juana —añadió muy sonreído.

Volvió a besarla y se amaron con ardiente pasión. Después él la llevó en brazos a su alcoba, la dejó en su lecho y cerró el mosquitero. Al día siguiente, al amanecer, retomaron el camino hacia La Guaira; se dirigieron hacia la montaña, por el Camino Real. Llegaron a la cima: desde allí se divisaba a lo lejos, la ciudad de Caracas y hacia oriente el pueblo de Chacao, y luego más allá, la pequeña aldea del Dulce Nombre de Jesús de Petare, que cerraba el valle.

Descendieron hacia la costa y pasaron de largo por la entrada de esa famosa hacienda, *El Guayabal,* que era propiedad de la viuda de don Joaquín de Ponte, la dama de la que el gobernador había hablado ampliamente la noche anterior. Desde allí ya se divisaba el puerto de La Guaira...

—Este paisaje es impactante —comentó Carmencita, que iba tras el Capitán espoleando a su mula.

—Me habían comentado de la belleza de esta región, pero va más allá de mis expectativas —respondió.

Iturriaga decidió no explayarse en comentarios con su paje. Los dos guías seguían atentos a sus palabras, no sabía a quién reportaban. Estaba claro que la influencia de la jerarquía eclesiástica era grande; si eran acólitos del obispo, sus comentarios podrían hacerle mucho daño. Se limitó a cabalgar delante y dejó atrás al paje. Al bajar el sol llegaron a La Guaira. Fueron directamente a la casa que les habían asignado. Desmontaron de las mulas y los guías se las llevaron consigo. En un par de días fondearía el navío procedente de Veracruz; hasta ese momento ella debería permanecer guarecida entre esas cuatro paredes, después sería diferente.

—Solo son unos días más, Carmen. Te voy a comprar unas telas, me has dicho que sabes coser, puedes hacerte algún traje y cosiendo matas el tiempo...

—Preferiría que me compraras uno ya confeccionado en algún comercio del puerto. No soy tan hábil con la aguja como con la espada, solo he hecho una mantelería —y reía mientras se imaginaba de nuevo vestida de mujer—. Me quedaré aquí leyendo, quiero terminar de leer esta historia que escribió doña María de Zayas y que en el viaje no pude acabar...

La Guaira 11 de junio, 1641, el día de San Bernabé

Esa mañana, a primera hora, Gabriel de Iturriaga se dirigió hacia la capitanía. La noche anterior había fondeado allí el bergantín que esperaba, procedente de Veracruz. Varios hacendados tenían preparadas sus fanegas de cacao para embarcarlas esa misma mañana. Iturriaga necesitaba hacerse con el registro del navío para incluir a Carmen. Esperaría a que los hacendados se fueran para lograr su cometido. Mientras tanto conversaba, animadamente, con don Joaquín de Ponte sobre la buena cosecha de ese año y del magnífico negocio que suponía el comercio del cacao venezolano con Nueva España. Un niño y una niña pequeña jugaban a su lado con unos juguetes de madera, cuando llamaron a don Joaquín para que pasara a la oficina del registro en el piso superior y asentase el número de fanegas que iba a embarcar. Antes de subir, se dirigió a los chiquillos:

—Esperadme aquí, voy a hablar con el escribano y, por favor, quedaos quietos. Si os comportáis mal, no os vuelvo a sacar de la hacienda.

—Voy contigo, padre —replicó el chaval.

—Quédate con Anuka, tengo asuntos que resolver.

El niño, con expresión de disgusto, se sentó al lado de Iturriaga y le dijo a la niña que permaneciera junto a él.

Gabriel vestía con un buen traje de paño: jubón azul oscuro, ribeteado con elaborados encajes en los puños y en el cuello, calzón del mismo tono y botas negras de cuero. En la mano sostenía un sombrero blanco de ala ancha con varias plumas y ostentaba en el brazo los galones de capitán. La niña no le quitaba la vista de encima. Se acercó y le preguntó:

—¿Sois un marino?

Gabriel la había observado detenidamente, había algo en su mirada que le parecía familiar, y sonriendo le contestó:

—En efecto, soy oficial de la Armada de Barlovento. Sirvo al rey de España, Felipe el cuarto, que Dios guarde muchos años.

—El navío que está fondeado, ¿es vuestro?

El niño, entre tanto, se levantó y le susurró al oído.

—No te muevas de aquí, Anuka, ya vuelvo.

Iturriaga, sonrió, de nuevo, ante tal ocurrencia, pero mirando hacia otro lado no le contestó.

Ella siguió preguntando:

—¿Os gusta navegar? A mí me gusta mucho, quisiera subir a un gran navío y surcar el mar océano. —tenía un barquito de madera en sus manos y lo movía sin cesar, mientras hablaba sin parar— Quisiera llegar lejos, donde ya no se vea tierra, debe de ser emocionante estar en la mitad del mar... No os da miedo esa inmensidad, ni los monstruos marinos de las profundidades, ¿verdad?

Ante su insistencia, el capitán se dirigió a ella:

—No me da miedo el mar. Me gusta mucho navegar y ahora me toca a mí el turno de preguntar.

—¿Ese barquito quién te lo dio?

—Lo hizo Miguelito, mi cochero; es el barco donde navega mi muñeca. Se va a ir a Cádiz… ¿A dónde iréis en el vuestro?

El capitán no pudo contestarle la pregunta, pues en ese momento un ruido aterrador que surgía del fondo de la tierra se escuchó con gran intensidad. Las paredes y el suelo comenzaron a temblar. La niña se aferró a él. En cuestión de segundos la estructura de la vivienda comenzó a desplomarse; el marino la tomó en brazos y la llevó en volandas hacia a un lugar seguro. La construcción se iba cayendo tras ellos... Más que un ruido, era un rugido atronador, que surgía de las entrañas de la tierra. El piso ondulante de la capitanía se sentía como si estuvieran bamboleándose, como si estuvieran sobre un puente de madera en medio de un vendaval... En cuestión unos instantes todo el edificio se desplomó. La niña, aferrada al cuello del marino, gritaba y lloraba aterrada, sin entender qué sucedía. Los dos quedaron incomunicados en medio de un patio, los gatos maullaban y los perros ladraban... Cientos de pájaros parecían haberse juntado y su trinar no era alegre como el de antes, ahora producía una sensación de pánico...

—¿Qué sucede?, ¿por qué todo se mueve? Y Joseph, ¿dónde está Joseph? —entre gemidos balbuceaba la niña.

El aullido de la tierra continuaba y a cada segundo se desprendían más elementos de esa construcción. La polvareda les nublaba la vista y les impedía respirar.

—Sujétate bien a mí. Ahora buscaremos a Joseph —le dijo Gabriel para tranquilizarla—, pero primero quiero ponerte a salvo. ¿Estás bien?, mi niña... —ella asentía y continuaba aferrada con todas sus fuerzas a su cuello.

Él se quedó quieto durante un momento. Aguardó unos instantes para estar más seguro de que la sacudida había terminado, y no volviera a temblar... Tenía que esperar a que el resto de la construcción cediera para poder avanzar, con sus brazos protegía el delicado cuerpecito de la niña. Los dos, agazapados, estaban escondidos bajo una mesa, uno de los lugares más seguros. Unas vigas le cayeron encima, pero Gabriel se mantuvo quieto para proteger a la pequeña que llamaba al muchacho continuamente: "Joseph, Joseph, ¿dónde estás?". Transcurridos un par de minutos, que parecieron eternos, el ruido cesó y con mucho cuidado el marino pudo, sin mayor inconveniente, y totalmente cubierto de polvo, alcanzar la salida. En la calle la gente gritaba enloquecida. Cuando logró llegar fuera de la capitanía, vio a Carmen.

—¡Gracias a Dios estás bien! —exclamó ella, con los ojos llenos de lágrimas—. ¡Qué susto! Se han caído muchas casas. Iba camino de la iglesia cuando sentí el temblor.

La niña seguía abrazada al cuello del marino y lloraba a moco tendido.

—Ven conmigo, cariño —Carmen le tendió los brazos y ella se fue con la joven.

—Estaba a mi lado cuando empezó a temblar, venía con don Joaquín de Ponte. Quédate con ella, voy a entrar para ver si puedo socorrer a los que están dentro...

—¡Dios mío! Si estás sangrando, Gabriel...

—No es nada, solo un rasguño. Ya sé que estás a salvo... Mi primer pensamiento fue para ti.

Sin decir nada más, Gabriel se dirigió al edificio, apartando los escombros. En la calle quedó Carmen con esa niña en brazos que no cesaba de llorar. El cochero, Miguelito, fue hacia ellos.

—¿Y don Joaquín y *er* niño Joseph?, ¿dónde están?, ¿la niña Anuka está bien? —atropellando las preguntas se dirigió a ella y añadió—: ¡Que Dios se apiade de nosotros! No ha quedado ni una construcción en pie en toda La Guaira...

—La niña está bien, solo muy asustada... ¡Dios nos ampare! La Iglesia también se ha caído a pedazos —le contestó Carmen—. Espero que los que están allí dentro se encuentren bien —agregó señalando la capitanía—, el capitán ha ido a rescatarlos...

Al poco rato fueron apareciendo los sobrevivientes, varias personas apartaban los escombros para que pudieran salir. Finalmente, vieron a Gabriel con el niño: tenía el brazo en carne viva, la sangre le había teñido la camisa y el calzón. El traje de Iturriaga estaba ensangrentado, desgarrado, lleno de polvo.

—No hemos encontrado a su padre, él está malherido, es mejor llevarlo a un lugar seguro y curarlo.

—Su *mercé* lo está también —añadió el cochero—. Debemos *subí* ahora *mismito* hacia la hacienda, mi ama estará muy *angustiá*. Ojalá que allí esté todo bien…

—Me parece razonable, ¿tienes cerca la carreta? —le preguntó Iturriaga—.

El cochero asintió.

La niña se había dormido en los brazos de Carmen, quien le susurraba al oído una dulce melodía y se había ido tranquilizando después de tanto llorar. El chiquillo estaba desvanecido; había respirado mucho polvo y además la herida del brazo y del costado le debía doler mucho. Ambos, con sendos niños cargados, siguieron a Miguelito hacia donde estaba la carreta. La gente seguía gritando, un calor terrible y un olor inusual se habían adueñado del ambiente. Permanecieron callados mientras subían hacia la montaña; el camino se les hizo largo, iban imbuidos en sus pensamientos. Carmen, acordándose de su madre, no hizo sino rezar desde que sucedió la tragedia y Gabriel, por consejo de ella, también lo hizo.

Ainara quiso bajar al puerto nada más sentir el temblor, pero Caridad le aconsejó no hacerlo: mejor era esperar allí a que regresaran. El camino ahora sería muy peligroso, pues seguramente el terreno habría cedido. Ella trató de tranquilizarse y de calmar a Consuelo, que lloraba sin cesar, le había entrado un ataque de pánico y no podía controlarse. Y como ella estaban otras esclavas gritando como enloquecidas.

Ainara estaba en la entrada de la hacienda esperando verlos llegar…

Después de un par de horas de camino, la carreta entraba finalmente en *El Guayabal*. Cuando los vio, la vasca corrió hacia ellos. Carmen supuso que era la madre de la niña y le susurró al oído: "ahí está tu madre". Anuka se despertó y gritó: "mamaíta, mamaíta, he pasado mucho miedo" y ella, hecha un mar de lágrimas la cubrió de besos:

—A Dios gracias y a la Virgen de la Merced, que te ha traído sana y salva.

—Y también al capitán, mamá, fue él quien me salvó...

En ese momento las miradas de Ainara y de Gabriel se cruzaron. Caridad, que estaba a su lado, la sujetó, porque casi se desploma y cae al suelo. El marino no emitió palabra, se había quedado mudo y paralizado al verla. Continuó durante unos minutos más sentado en la carreta con el niño en brazos, mientras la niña seguía hablando.

—El Capitán también salvó a Joseph, pero está herido...

—Capitán, dejadme ayudaros —añadió Carmen.

Se había percatado del impacto que esa dama le había producido a Gabriel por la expresión de asombro que reflejaba su rostro.

Miguelito los ayudó a bajar de la carreta. Carmen y Caridad se llevaron al niño. Quedaron allí frente a frente Gabriel, Ainara y su hija Anuka, que ahora le tomaba la mano al marino y le decía:

—Ven con nosotros, también estás herido.

Ainara y Gabriel volvieron a mirarse, más bien a reconocerse; ella, haciendo acopio de todas sus fuerzas, se dirigió a él:

—Gracias por cuidar a mi hija.

—Es una niña preciosa. Desde el primer momento en que la vi me recordó... —ella no lo dejó terminar.

—Por favor, seguidme para que os curen las heridas.

—Tengo que volver a bajar a La Guaira ahora mismo. Dejé a varios hombres removiendo los escombros..., espero encontrar a don Joaquín entre los supervivientes. No podemos perder tiempo... Esto que ha ocurrido es una tragedia.

Gabriel hablaba con frases entrecortadas, pero ellos dos no volvieron a cruzar palabra, aunque se miraban continuamente. Carmen, con la ayuda de Caridad, curó al muchacho: tenía una gran herida en el brazo y seguramente un par de costillas rotas, pero del resto estaba bien. Después le hizo la cura al marino y le limpió las heridas. Él le dijo que debía regresar a La Guaira, ella asintió. Comprendió que ese era su deber y debía irse. Iturriaga se dirigió al establo y pidió un caballo para bajar al puerto. Ainara fue detrás de él y le preguntó:

—¿Os llevaréis a vuestro paje?

—Prefiero que se quede aquí, si no tenéis inconveniente —miró a su alrededor y comprobó que estaban solos y añadió—: cuando regrese, quisiera hablar con vos y pediros perdón, por aquello que sucedió hace años…

Ainara se quedó asombrada ante ese comentario. Lo que había sucedido ese día le había trastocado todo.

—Tomad, este es nuestro mejor caballo. Id con Dios y regresad pronto —y agregó con lágrimas en los ojos—: de aquello me había olvidado… Tengo que agradeceros que me hayáis traído sana y salva a mi hija hoy. Ella es todo lo que tengo —él bajó la mirada y añadió:

—Quisiera que a mi paje le des bien de comer y le proporcionéis una habitación privada en la hacienda — con una expresión de asombro ella asintió, y él continuó diciendo—: después os explicaré el porqué.

Gabriel de Iturriaga subió al caballo, lo espoleó y se internó en la espesura. El sol comenzaba a descender sobre el horizonte y el bochorno a esa hora de la tarde era más abrasador que otras veces. Las últimas palabras de Gabriel la habían dejado pensativa: ¿por qué tenía esa deferencia con ese muchacho? Sin embargo, enseguida le ordenó a Caridad que le preparara una alcoba al paje, ya que iba a dormir dentro de la casa y no en el establo y la mulata asintió.

Al regresar, Ainara se encontró a su hija en el corredor con el paje de Iturriaga, la niña le había facilitado una pequeña guitarra y Carmen rasgaba las cuerdas del *cuatro*[48] con gran soltura, acompañaba la melodía con una voz suave y armoniosa. Para escucharla se habían acercado los hijos de los esclavos, que asiduamente jugaban con su hija. El paje departía con todos, y ellos, cantando a coro, repetían el estribillo de la melodía.

---

48. Instrumento musical de cuerda que posee cuatro cuerdas.

Ainara se lo quedó mirando fijamente, notó algo extraño en la forma de moverse, en sus gestos. Y, acercándose, le preguntó:

—¿Cómo te llamas muchacho?

—Hum, hum... yo...

—Sí, tú, dime tu nombre...

— Rod, no, no, Carmelo...

—Cantas muy bien —añadió, y Carmen se limitó a sonreír...

Ainara se quedó un buen rato viendo a los niños, muy entretenidos, escuchando las canciones. Cuando bajó el sol llamó a Caridad y le ordenó que pusiera la mesa. No había probado bocado en todo el día, por la angustia, y ahora estaba desfallecida. Quería retirarse lo antes posible a rezar, para dar gracias a Dios porque su hija estaba bien y a descansar. La zozobra que había pasado la había dejado agotada y también ese encuentro inesperado. Dispuso que el paje se sentara con ella en la mesa, quería observarlo más de cerca. Carmen comió con apetito, a las preguntas que Ainara le hacía, solo contestaba con monosílabos. Ainara se extrañó de que casi no hablara con ella, cuando estaba con los niños parecía muy comunicativo. Consuelo y Caridad se habían llevado Anuka a su cama, ya que estaba muy cansada. Después de que terminaron de comer y las esclavas quitaron la mesa, Carmen se excusó, pues quería ir a dormir.

—El capitán me pidió que te alojara en la casa. Carmelo, tienes una habitación ya dispuesta —la joven sonrió, bajó la mirada e hizo una reverencia...

Caridad la condujo a una estancia pequeña en la que había una buena cama con dosel y mosquitero, una silla y una mesa; sobre ella, una jarra de barro y debajo, como era costumbre, una bacinilla. Se aseó, se metió en la cama, cerró el mosquitero e inmediatamente se durmió.

Ainara, aunque trató de hacer lo propio, estaba tan impactada por lo que había sucedido en ese día —el terremoto y el encuentro con Gabriel— que, aunque estaba agotada, no lograba conciliar el sueño.

Demasiados pensamientos le rondaban la cabeza: ¿estaría bien Joaquín? ¿Qué tendría que explicarle Gabriel?, ¿quién, realmente, sería Carmelo?, se preguntaba. Era educado y tenía finos modales al comer… Finalmente, el sueño la venció y cayó rendida…

A la mañana siguiente, Caridad, como lo hacía diariamente, fue a su habitación a primera hora.

—Buenos días, mi ama ¿Ha descansado bien? Disculpe que moleste a su *mercé* —acotó la mulata—, pero debo *decilde* algo.

—¿Qué quieres, Caridad?

—Es un asunto *delicao*. No quiero *causá* disgusto a su *mercé*, pero…

—Dime qué pasa, pues.

—Es sobre el *mushasho*, el paje…

—¿Qué pasa con él?

—Pues que está desde tempranito en el corredor, revisando sus libros…

—Eso no es problema.

—Es que hay algo *má*…

—Qué más tienes que decirme.

—Hay habladurías *der* capitán y su paje… En el *puelto* se decía que… no sé cómo *explicá*…

—No te entiendo, habla claro, y de una vez.

—Mi ama, unos mestizos que fueron a oriente con ellos dicen que *er* capitán tiene un *tonteo* con ese paje, pero yo creo que no es *mushasho*, sino *mushasha*…

Ainara se levantó de la cama inmediatamente. No dijo nada al respecto, solo le pidió a Caridad su ropa y se vistió a toda prisa.

En el corredor se encontró a Carmen leyendo un libro.

—¿Quién eres en realidad? Y más te vale que me digas la verdad— tomándola por sorpresa le preguntó sin más preámbulo.

Ella cerró el libro y la miró directamente a los ojos.

—Me llamo Carmen Ibarra y Amézqueta…

—Vamos a dar un paseo y me cuentas las razones de esta farsa...

Durante un par de horas la joven se explayó en detalles y Ainara escuchó toda la historia de su vida, sin emitir palabra, volvieron a la hacienda y Carmen terminó diciendo:

—El capitán de Iturriaga es una excelente persona, daría mi vida por él. ¿Os conocíais de antes?

—Somos parientes — escuetamente le respondió.

Ainara quedó callada, y Carmen también. Anuka fue corriendo a su encuentro acompañada de Consuelo, y les dijo que tenían que ir a ver a Joseph, pues se había despertado hacía rato y quería saber de su padre. Antes de ir a ver al niño Ainara se dirigió a Carmen:

—Puedes contar con mi discreción y protección. Te facilitaré algo de ropa; tienes mi tamaño, algún traje te sentará bien. Ven conmigo a mi habitación.

En *El Guayabal* no hubo mayor destrozo, ni en la casa ni en las barracas. Pero las consecuencias del terremoto de San Bernabé, como lo llamaron por haber ocurrido en la onomástica de ese santo, tanto en Caracas como en el puerto de La Guaira fueron devastadoras.

A última hora de la tarde del 13 de junio, dos días después de la tragedia, el capitán Iturriaga regresó a la hacienda. Estaba exhausto... Carmen fue a recibirlo. Ainara permaneció dentro de la casa.

—Don Joaquín de Ponte ha muerto —le dijo al verla.

—¡Cuánto lo siento! Pobre chiquillo, no hace sino preguntar por su padre. El brazo lo tiene mejor, aunque está muy adolorido. Es difícil mantenerlo quieto, pero es la única manera de que se recupere...

Gabriel se la quedó mirando. Su aturdimiento era tal que no se había percatado de que iba vestida de mujer hasta ese momento. Llevaba dos noches sin dormir, la labor de rescatar a los supervivientes había sido muy dura y el calor abrasador no facilitaba la tarea.

—¿Por qué vas vestida así? —preguntó, secamente.

—Tuve que explicarle a doña Ainara quién era...

—¿Qué le dijiste?

—La verdad.

—¿Qué verdad?

Gabriel le estaba hablando de una forma muy dura. Ella había estado muy angustiada por todo lo que había ocurrido. Además, se hallaba en un lugar desconocido y con los nervios de punta, pues había algo que no encajaba en la relación de doña Ainara y el marino. Sin poder controlarse, salió corriendo hacia la casa, fue a su habitación y rompió a llorar. No quería que él le hiciera preguntas, solo que la abrazara. Desde que comenzó a temblar lo único que deseaba era sentirse protegida entre sus brazos. Después de un rato, se lavó la cara y pensó que él estaría cansado y preocupado, por eso había sido tan brusco, debía ir a su encuentro, seguramente también él la necesitaba.

Ainara había observado la escena desde lejos. Vio cuando la joven salió corriendo y que Gabriel se dirigió a las caballerizas. Se encaminó hacia allí, Iturriaga la vio entrar y fue hacia ella.

—Mi más sentido pésame, don Joaquín murió... No pudimos hacer nada. Una viga de madera lo mató en seco..., lo, lo encontramos ayer —Gabriel estaba realmente afectado y le temblaba la voz.

Ella se quedó paralizada. Se llevó ambas manos a la cara y comenzó a llorar. Tras un impulso espontáneo, Gabriel la abrazó. En ese momento Carmen entró en el recinto y, al verlos así juntos, salió corriendo, se encerró en su habitación y comenzó a llorar a mares. Al poco tiempo Ainara, se separó del capitán, le pidió que la siguiera, entraron en la casa y le dijo:

—Carmen es encantadora. Me ha dicho que eres su protector y me dio a entender que también algo más —una leve sonrisa afloró a su triste semblante.

—Te agradezco que le hayas facilitado un traje. Creo que debemos decirle al niño lo que le ha ocurrido a su padre —ella suspiró profundamente y, asintió.

—Puedes ir a refrescarte, tienes preparada una habitación —le indicó mirándolo de soslayo.

—¿Dónde es la habitación de Carmen? Está muy afectada, quisiera verla primero.

—Es todavía una niña... —y agregó—: me parece muy bien que vayas a reconfortarla. Mi hija y Joseph le han tomado mucho cariño. Cuando vayamos a hablar con él, me gustaría que ella estuviera presente.

Después de varios intentos, finalmente, ella le abrió la puerta. Él la vio bañada en lágrimas y, entre susurros, logró sacarle el porqué. La abrazó con mucha ternura y la besó con pasión. Le secó las lágrimas y le aseguró que la amaba intensamente, que no tuviera nunca celos de nadie: para él la única mujer en el mundo era ella.

Ainara le había mandado a preparar un baño. Se aseó, lo necesitaba con urgencia; y se vistió con ropa limpia. Luego, los tres fueron a hablar con el niño.

A la mañana siguiente el capitán Iturriaga se marchó a Caracas; debía informar al gobernador de lo ocurrido en La Guaira. Antes de irse lo atajó Ainara:

—Para solucionar la situación de Carmen, es mejor que digas que tu paje desapareció en el terremoto. Aseguraré que Carmen llegó un día antes en el navío que procedía de Veracruz y que, desde entonces, se hospeda en mi casa. Aquí se quedará y velaré por ella, puedes estar seguro de que nadie dirá lo contrario.

—No sé cómo agradecerte... y, además, no te he pedido perdón por aquello... —titubeó—, propiamente...

—Sí lo has hecho. Cuando llegaste me lo dijiste, no necesito volver a escucharlo. Sé que te has arrepentido y para mí eso basta. Lo único que quisiera saber es qué fue de Hernán y de Rosario...

—Cuando desaparecisteis, interrogué al mulato y me aseguró que os habíais ido hacia la serranía de Málaga. A galope tendido me dirigí hacia allí. Al principio, quería matarte; habías dado al traste con todos mis planes. Pero a medida que me interné en el monte, me fui calmando y comencé a reflexionar... Comprendí que no tenía ningún derecho de haberte usado, lo que había hecho contigo no tenía perdón… Sentí la presencia de mi madre y me aferré a la Virgen de los Navegantes que colgaba de mi cuello… Durante los últimos años las ansias de poder y riqueza me habían llevado por un camino equivocado y, continuamente, me sentía insatisfecho; decidí que tenía que cambiar. Cuando regresé a Veracruz fui en busca de la madre de Carmen, y me sinceré con ella.

Gabriel quedó callado, abstraído, mirando hacia la montaña, habían revivido recuerdos muy dolorosos. Ambos observaban la neblina que, como un celaje, cubría el impresionante picacho del Ávila y luego desaparecía. Finalmente, él retomó la palabra:

—Cerca de Jimena de la Frontera encontré a Hernán y a Rosario. No dejé que los Pacheco se hicieran con ellos: los envié con una persona de mi confianza a la corte —hablaba entrecortado, para ellos esa conversación era muy embarazosa—. Lograron llevar su queja al Rey; recuperaron las minas de plata de Taxco y allí viven. Me aseguraron que tú habías desaparecido. Antes de embarcar con la Flota de Indias en Sanlúcar traté de entrevistarme con el Duque, pero no quiso recibirme. Durante todo este tiempo he sentido un gran cargo de conciencia por todo aquello que vivimos… —y añadió—: me reconforta saber que has estado bien.

—A mi me complace haber podido volver a verte.

En ese momento llegó Anuka corriendo… y él la alzó y la lanzó por los aires.

—Esta niña me recuerda…—Ainara lo interrumpió:

—¿A tu madre?

—¿Por qué a mi madre? Me recuerda a Carmen, cuando era pequeña; era una niña preciosa, así como ella.

Ainara sonrió, la joven venía caminando hacia ellos. Habló con él y se apartaron de la vista de todos. Después de un rato, Gabriel de Iturriaga salió de la hacienda y enfiló hacia Caracas.

Ainara sintió como si, finalmente, aquella herida se hubiera cerrado. Había perdonado a Gabriel, una sensación de paz y tranquilidad la invadió por completo.

Villa Viciosa, Portugal, 1640.

Martín regresó a Lisboa después de haber pasado casi cinco años en la India. Su protector, el VIII duque de Medina Sidonia, falleció el 20 de marzo de 1636, por coincidencia el mismo día en que su hijo mayor, vino al mundo, y un día después de que al otro lado del océano naciera, Anuka, la niña de Ainara.

En Agra, la capital del Imperio Mogol; nació su primer hijo, Luis, y el segundo, Alejandro, también allí un año después. Desafortunadamente, tras ese parto su mujer sufrió unas malas fiebres que acabaron con su vida. Cuando volvió a la Península, a principios de 1640, se encontró con una situación política muy compleja. La tensión entre Portugal y la corte de Madrid se había acrecentado. Las derrotas de la Armada en Pernambuco y luego el 21 de octubre de 1639 en Las Dunas, dónde la Flota quedó destrozada, habían hecho mella en la moral de la población portuguesa. España se enfrentaba ahora también con Francia, otro enemigo que se añadía a la larga lista que tenía la metrópoli. Así mismo, las amenazas de los holandeses en Angola y en Santo Tomé, una de las colonias africanas donde se abastecían de la mano de obra esclava, les causaban gran preocupación. Finalmente, las disposiciones del Conde-Duque al solicitar más impuestos para financiar las continuas guerras y sofocar la rebelión de Cataluña tenían a población lusa muy disgustada.

Al regresar, Martín se dirigió a la Corte y se entrevistó con don Gaspar de Guzmán, que ahora era el IX duque de Medina Sidonia. La relación que tenía con su padre no era igual a la que se vislumbraba con el nuevo Duque. Iturriaga nunca se había identificado con él como lo había hecho con su progenitor. Además, el vínculo que tenía con doña Luisa Francisca, su hermana, era mucho más sólido; durante estos años habían mantenido contactos epistolares continuos, por lo que decidió mudar sus lealtades a los duques de Braganza e instalarse con sus hijos temporalmente en Villa Viciosa. Los niños tenían sangre portuguesa y sus nexos con los jesuitas eran muy grandes. Martín muy pronto se convirtió en el principal consejero del duque de Braganza. Don Juan era un hombre tranquilo y de buen carácter, cuya principal afición era la música. Con doña Luisa Francisca había procreado ya varios hijos. La Duquesa se alegró mucho de que su buen amigo estuviera con ellos; siempre había sido muy curiosa y pasaba tardes enteras preguntándole sobre sus impresiones de ese exótico país, la India, y sobre una gran construcción que en ese momento se levantaba en las márgenes del río Yamuna.

—Contadme, Martín, de ese mausoleo que están edificando. Dicen que va a ser único en el mundo.

—Es el más sublime monumento al amor que haya sido construido. Todavía no está terminado. Está hecho con el mármol más puro que pueda salir de una cantera. Los más afamados artesanos, arquitectos y orfebres trabajan allí día y noche.

—Decidme si es cierto que ese rey planea hacer otro igual, en mármol negro, al otro lado de ese río.

Transcurrieron los meses y esas conversaciones entre ellos se repitieron muchas veces. Martín había sido enviado a la India en una misión por el general de los jesuitas y logró buenos contactos para ellos con el Sha Jahan y con los *rajás* de los principados hinduistas. Por otro lado, comprobó cómo los ingleses, a través de la Compañía de las Indias Orientales, comenzaban a adueñarse de ese mercado. Estaba seguro de que con el tiempo se apoderarían de ese vasto territorio. La India no era un país, si no un continente con una gran diversidad de pueblos y religiones.

Entretanto, en la Península, se planificaron alzamientos contra Felipe IV en diferentes regiones. En Portugal se fueron gestando en

Évola y en Lisboa. En esas conspiraciones, los jesuitas tuvieron un destacado papel. Estaba claro que tampoco ellos querían estar bajo la hegemonía de Madrid. El detonante final fue la exigencia de Olivares de seis mil hombres y muchos más impuestos para combatir la Sublevación de los Segadores en Cataluña... Iturriaga les aconsejaba a los Duques, no tomar partido por los revoltosos portugueses y aguardar hasta ver cómo se iban desarrollando los acontecimientos. Cuando la situación fue crítica, el Conde-Duque llamó al duque de Braganza para que se presentara en Madrid y afianzar su lealtad, pero Martín le sugirió que no fuese. Mejor era mantenerse a la expectativa y esperar, sin decantarse por ninguno de los dos bandos... por el momento.

Sin embargo, el sábado primero de diciembre los rebeldes irrumpieron en el Palacio de Ribeira en Lisboa, asesinaron y defenestraron a Miguel de Vasconcelos, el secretario de la virreina Margarita de Saboya. A los pocos días los jefes de la insurrección enviaron a un delegado a Villa Viciosa para que el duque de Braganza aceptara el título de Rey de Portugal. Había llegado el momento de definirse y tanto Martín como doña Luisa Francisca comprendieron que tenían que tomar partido por los rebeldes. Dicen que la misma Duquesa comentó: "Mejor ser reina por un día que duquesa toda la vida". Don Juan de Braganza respetó la vida de la virreina doña Margarita de Saboya, que se fue al exilio, y él fue coronado como Juan IV de Portugal. Desde entonces comenzó a reinar la dinastía de Braganza y ellos se trasladaron a Lisboa.

El Conde-Duque, que no aceptaba la separación portuguesa, le instó al duque de Medina Sidonia para que invadiera Portugal desde Andalucía y sofocar así esa supuesta rebelión. Pero don Gaspar de Guzmán, que había enviado un ejercito unos años antes (en 1637, cuando ya hubo un conato de sublevación), en esta ocasión se retrasó. Demostró poco interés por cumplir con sus órdenes y eso molestó, en sobremanera, a Olivares.

Desde su nueva residencia en la capital lusa, doña Luisa Francisca, ahora reina de Portugal, conversaba con Iturriaga, su hombre de confianza.

—Martín, sé que hicisteis lo posible para que no rompiéramos relaciones con Madrid, en un principio; pero, como bien nos aconsejasteis al final, había que tomar partido. Mi lealtad está ahora con mi marido y con sus intereses como rey de Portugal.

—Es comprensible vuestra postura.

—¿Qué opinas de lo que se viene gestando en Andalucía y de lo que ha sucedido en Cataluña?

—La situación portuguesa es una; la andaluza, otra muy diferente. Detrás de la sublevación catalana está Richelieu, azuzando; ya veremos en qué termina... La andaluza no tiene el apoyo popular que tuvo la sublevación portuguesa; acabará muy mal...

—Han llegado rumores de que el marqués de Ayamonte y mi hermano están detrás de la rebelión en Andalucía.

—Sinceramente, creo que están cometiendo un error y lo van a pagar caro —comentaba Martín—. Vuestro hermano ha solicitado mis servicios; por lealtad a vuestro padre quisiera ponerme a sus órdenes, pero creo que está equivocado. España está pasando por un mal momento, y del árbol caído todos quieren hacer leña. Han sido muchas las derrotas en poco tiempo. La de Las Dunas, especialmente, el año pasado, fue catastrófica. Las tierras del marqués de Ayamonte están muy cerca de Portugal y este se ha dejado influenciar por los separatistas portugueses; al comprobar que la rebelión triunfó aquí, piensan que en Andalucía puede suceder lo mismo.

—He sabido que los jesuitas os quieren enviar al Nuevo Mundo para realizar una investigación, pero que, debido a la coyuntura tan inestable que teníamos, os negasteis a darles una respuesta. Sin embargo, la situación en Portugal está encaminada y Juan se siente seguro. ¿Qué decisión pensáis tomar ahora?

—No deseaba comprometerme con ellos. Tampoco me gustaría dejar a los niños aquí, todavía son pequeños. Al no contar con la protección y el cariño de su madre, me tienen solo a mí.

Muy cerca de ellos, los hijos de Iturriaga jugaban con Juana y Catalina de Braganza (esta última sería en un futuro consorte de Carlos II Estuardo y reina de Inglaterra). Ellos continuaban la conversación, mientras degustaban sendas jícaras de chocolate...

—Entiendo vuestra postura —la Reina retomó la palabra—. Sin embargo, pienso que en este momento la mejor opción que tenéis es iros de Portugal. Seguramente, como bien decís, lo que se proponen el marqués de Ayamonte y mi hermano fracasará. Ayamonte será enjuiciado y mi hermano caerá en desgracia. No quiero que os arrastre en su caída. Ahora voy a haceros una confidencia: hace unos días recibí una misiva de don Joaquín de Ponte. Recordáis que lo vimos antes de que embarcara para Venezuela hace unos meses.

—En efecto, tuvimos una grata conversación. Tampoco él estaba de acuerdo con la revuelta que está planificando Ayamonte, por esas razones decidió alejarse de aquí. Además, me comentó que su padre se ha hecho con un magnífico negocio de cacao en esas tierras —la reina lo interrumpió.

—Os voy a dar una agradable sorpresa...

—¡Una sorpresa! ¿De qué se trata?

—Os conozco bien, Martín, después de que os lo diga, cambiaréis de opinión y vais a embarcar en el primer navío que parta desde aquí hacia el Nuevo Mundo.

—Debe de ser algo trascendental para que cambie de parecer, tan de repente —agregó. Rio de buena gana y ella, bajando la voz al mínimo, le susurró al oído:

—En esa misiva dice que en Venezuela vive doña María Ainara de Urtubia, y que es la viuda de su padre; Ponte habla muy bien de ella. Debes ir allí, al parecer don Joaquín tiene planes de hacerla su mujer, no la vayas a perder una vez más.

La impresión de Martín fue tal que quedó mudo... Solo, tras un rato, fue capaz de articular palabra.

Unos días después ella le entregó otra misiva de su hermano, don Gaspar de Guzmán, quien de nuevo solicitaba entrevistarse con él. Martín, ya le había hecho saber que no estaba de acuerdo con esos planes, pero el noble insistía y ella le sugirió que, cuanto antes se marchara de Portugal, mejor sería...

Durante los días siguientes arregló los asuntos pendientes. Se puso de acuerdo con los jesuitas y aceptó la misión. Iría a Venezuela para informarse de las posibilidades de establecer unas misiones en los territorios más despoblados del oriente de Tierra Firme, aunque les dio largas a la opción de entrar en la orden, que también le habían propuesto. En esa región estaban instalados los capuchinos, con los que Martín tenía una buena relación desde cuando vivía en Sanlúcar. Se entrevistaría con ellos y analizaría la situación para que se establecieran en Tierra Firme, también los jesuitas. El general de la Compañía le asignó un ayudante que, a modo de paje, viajaría con él. Aunque a Martín no le gustó el joven, se dio cuenta de que era un acólito de la orden con la tarea de informar a sus superiores de todos sus pasos y eso lo incomodó. Desde que supo que Ainara vivía allí, tenía un solo pensamiento: volver a verla, pero no quería tener testigos que dieran razones de su vida privada. Cuando se acercaba la fecha en la que debía hacerse a la mar, su hermana llegó desde Cádiz para hacerse cargo de sus sobrinos. Maríate y los niños despidieron a Martín en el puerto de Lisboa. Antes de embarcarse ella, le comentó:

—Hace unos días recibí una misiva de Gabriel. Está en Venezuela. En esa carta dice algo sobre una niña que está a su cargo, aunque no entendí muy bien qué me pide. Ya sabes que su fuerte no es escribir. Si te diriges a Caracas, es posible que te encuentres con él —y añadió—: sé que lo culpas por la desaparición de Ainara y no lo has perdonado. Ojalá que, si os volvierais a ver, pueda darte las explicaciones que le solicitamos, ya que nunca nos aclaró lo sucedido.

Maríate continuó hablando sobre el desasosiego que todavía le producía la incertidumbre del paradero de su prima. Martín quedó callado, no quiso hacerle ningún comentario sobre la confidencia que doña Luisa Francisca le había trasmitido. Abrazó a los niños, luego a su hermana y prometió escribirle a menudo.

Embarcó en una goleta[49] portuguesa que se dirigía al Brasil, aunque primero hacía aguada en Tenerife; a continuación, enfilaba por la costa africana y desde allí cruzaba el mar. Al llegar a aguas americanas hacía escala en las primeras islas de Barlovento, y luego en Margarita. En esa isla, Martín, subiría a otra embarcación y se dirigiría a Tierra Firme.

Esa era la segunda vez que realizaba una larga travesía por mar. La vez anterior, hizo el recorrido hasta la India en un galeón a todo lujo; esta vez, no tenía apenas comodidades. Como esa goleta era un bajel negrero, no solía llevar pasajeros, pero al ir en una misión de los jesuitas, lograron embarcar. El camarote que le asignaron era muy precario y la comida infame. Su paje se quejaba continuamente de todo, pero a Martín no le importaban las incomodidades; se sentía emocionado ante la expectativa de volver a ver a Ainara. Sin embargo, desde que supo que podría tropezar con su hermano, lo acechaban sentimientos contradictorios. Tenía una gran expectativa por llegar a su destino, pero se preguntaba: "¿qué me encontraré en Venezuela?"

El bajel estaba atiborrado de mercancía y de animales: cerdos, vacas, caballos y algunas ovejas que iban destinadas a los hacendados del Brasil. Aunque, la marinería aseaba la cubierta, la pestilencia de sus excrementos invadía el ambiente, que se mezclaba con los efluvios que subían desde la sentina. Solo en la proa del navío la brisa fresca del mar hacia que el olor no fuera tan nauseabundo. Martín se instalaba allí a leer, muy a menudo, pues ese era el único lugar al que su paje no iba, porque le daba miedo estar cerca del mascarón de proa y del mar. El joven le seguía por todas partes cual, si fuera su sombra

---

49. Embarcación de bordas poco elevadas, con dos palos y velas cangrejas.

y, como no paraba de hablar, lo tenía atormentado. Para su buena suerte se mareaba, por lo que algunos momentos, encerrado en su camarote vomitando, permanecía callado. Cuando fondearon en Tenerife, le sobrevinieron unas malas fiebres; entonces, Martín aprovechó esa circunstancia y le dio dinero para que se quedara allí, ya que alegó que podría empeorar en la travesía y, si moría, sería echado al mar... La posibilidad de no ser enterrado en una tierra bendita y de que los animales marinos lo devorasen le aterraba, así que decidió que lo más conveniente era desde Tenerife volver a Lisboa.

La goleta, tras partir de las Canarias, fondeó en un puerto de África ecuatorial, en donde desembarcaron parte de la mercancía que se dirigía a la colonia portuguesa de Angola y embarcaron un gran contingente de negros africanos. Desde que esos infelices subieron al navío en la cubierta se escuchaban gemidos continuamente. Los esclavos fueron hacinados sobre la sentina en las bodegas. Las mujeres en la popa, los niños en el medio y los hombres en la proa. Iban acostados en el suelo, no podían ponerse en pie, pues la altura del lugar era menos de metro y medio. Cuando los sacaban a la cubierta, una vez al día, para que estiraran las piernas, el chasquido del látigo contra la madera se escuchaba en todo el navío. A Martín le retumbaba ese espeluznante sonido en la cabeza.

El devastador espectáculo lo tenía muy afectado; los trataban mucho peor que a los animales. En esa ocasión, en medio de su tragedia, tuvieron la suerte de que el mar estuvo en calma y no hubo ninguna tormenta. Como a casi todos los vascos, a Martín le gustaba navegar y, a pesar de lo deprimente que era tener que presenciar el despótico trato que les daban a esos pobres infelices, cuando bajaba el sol salía del camarote, se abstraía de la realidad y disfrutaba del espectáculo único de las puestas del sol en la mitad del océano. Aunque llevaba varios libros y pudo dedicarse a leer y a dibujar, de su mente no se apartaba la realidad que vivían en el navío y no dejaba de asombrarse de la crueldad del ser humano al comprobar cómo los negros eran maltratados de una forma tan brutal. Muchas veces, llevaba consigo un carboncillo, realizaba algunos bosquejos de las jarcias, las vergas, de las velas, o de algunas otras partes del bajel, y con sus acuarelas los iluminaba; otras, plasmaba en las páginas de su cuaderno las fisonomías de sus desdichados compañeros de travesía.

Cuando la goleta fondeó en la isla Margarita, desde la rada miró hacia el navío y sintió lástima por ellos, que iban destinados a ser vendidos en el Brasil.

Al desembarcar fue recibido, conforme a su alta jerarquía, por el gobernador de la isla, don Juan de la Vega Bazán. Llevaba no solo un pliego del general de la orden de la Compañía de Jesús, también una recomendación de la Reina de Portugal, pero esa no la mostraba. Pasó varios días en La Asunción, la ciudad más importante, recorrió la isla y se impactó con la belleza del paisaje y de sus playas. Desde allí embarcó en una balandra, cruzó el mar y se dirigió a Nueva Barcelona para entrevistarse con el gobernador de esa provincia limítrofe entre Nueva Andalucía y Venezuela.

Nueva Cataluña abarcaba un enorme territorio despoblado en donde se ubicaban los indígenas más aguerridos de la región, entre todos ellos, los *cumanagotos* eran los más temidos. En esa zona se habían instalado los capuchinos aragoneses y catalanes; don Juan de Orpín le facilitó una reunión con ellos y convinieron en que ese extenso territorio también podría ser apto para que los jesuitas se asentaran allí, más adelante. Los misioneros realizaban una gran labor: habían logrado cristianizar a muchos indígenas; se esforzaban por entender su lengua y por llevar la civilización a esas tierras selváticas y despobladas que llegaban hasta el Orinoco; fundaron poblados y desarrollaron la agricultura.

Conversando con Orpín, Martín se enteró de que unos meses atrás, había ocurrido un terrible terremoto en Caracas. Se asustó ante esa noticia y decidió dirigirse hacia allá, lo antes posible; pero el Gobernador trató de disuadirlo, alegando que nada bueno iba a encontrar en Venezuela.

—Allí está mi hermano Gabriel, a las órdenes de Fernández de Fuenmayor. Hace varios años que no le veo, me gustaría encontrarme con él...

—Vuestro hermano estuvo por aquí hace unos meses; ahora, seguramente estará en Maracaibo con Fuenmayor. Necesitamos que la Corona contribuya enviando no solo más hombres, sino también armamento. Fernández de Fuenmayor hace lo que puede con lo poco que cuenta —le comentaba el catalán—. En este confín estamos muy desasistidos, y la crítica situación política de la Península nos ha golpeado durísimo.

Martín, que había comprobado esa situación, asentía. Los dos hablaron largo y tendido. Por lo que le decía Orpín comprendió que ese confín del Imperio era una región poco castellanizada; y si la corona no le ponía coto, otras potencias irían adueñándose de esas tierras. También pensó que la labor de los misioneros era fundamental, enviaría una extensa comunicación en favor de ellos.

Desde Nueva Barcelona se dirigió a Cumaná, que era la última etapa de ese viaje. Allí se entrevistó con el Gobernador de la Nueva Andalucía, quien le propuso viajar hacia Guayana donde había todavía más tierras despobladas, que también eran muy idóneas para que fuesen allí a instalarse los jesuitas. Los portugueses desde la frontera del Brasil se adentraban en ese vasto territorio y esas zonas de grandes ríos, las *Guayanas*, estaban todavía más abandonadas, de modo que si se asentaban los jesuitas podría ser una buena opción para que la Corona mantuviera esos dominios. Martín, asentía y comprendía que ambos gobernadores tenían razón. Sin embargo, por pequeñeces no lograban ponerse de acuerdo; en vez de transigir, se enfrentaban sin cesar. El Gobernador insistía en recorrer con él esas tierras deshabitadas; pero, como se acercaban las Fiestas Navideñas, Martín logró disuadirlo y embarcarse hacia Venezuela inmediatamente. Deseaba volver a ver a Ainara, lo demás podría esperar.

Desde Cumaná se hizo a la mar en un bergantín y, en un par de días a primera hora de la mañana de un luminoso día de diciembre fondeó en La Guaira.

La impresión que le causó la ciudad portuaria fue desoladora, muy pocas casas quedaban en pie. Después del terremoto allí se respiraba devastación y ruina. Esa misma mañana tras dejar sus baúles en una posada, compró un caballo y se dirigió a la hacienda *El Guayabal*.

Caracas, después del terremoto de 1641

Cuando ocurrió el terremoto, el Gobernador estaba asistiendo a misa en el oratorio de la Merced, junto a su suegro y a su mujer, doña Leonor Jacinta Vázquez.

El obispo celebraba otra misa en honor de san Bernabé en la Iglesia Mayor. Dos días antes del suceso, un muchacho medio loco, Saturnino, pregonaba por la villa que iba a ocurrir un gran temblor; pero como se decía que no tenía juicio, nadie lo tomó en cuenta... Sin embargo, tal como él predijo, la tierra comenzó a temblar antes de las nueve de la mañana.

Al llegar Gabriel de Iturriaga a Caracas, comprobó que tanto el obispo, don Mauro, como el gobernador, don Ruy Fernández de Fuenmayor, llevaban dos días tratando de rescatar a los sobrevivientes. En la capital se derrumbaron el Palacio de los Gobernadores, el convento de San Francisco y el de San Jacinto, así como la hospedería de la Merced. Hubo cantidad de heridos y más de cincuenta muertos. El obispo junto con el gobernador y capitán general unieron sus esfuerzos, por primera vez, para rescatar a las numerosas víctimas y dar de comer a los que lo habían perdido todo. Fuenmayor, ante tal calamidad, propuso mudar la ciudad hacia el este, cerca del pueblo de Chacao, pero el Obispo se negó en rotundo; y, entre constantes discusiones, así pasaron los meses...

Los holandeses aprovecharon la ocasión y se dirigieron hacia Maracaibo y saquearon el puerto de San Antonio de Gibraltar.

Fernández de Fuenmayor dispuso un ejército con los pocos medios con los que contaba y desde La Guaira decidió embarcar con destino a Coro para ir en ayuda de Maracaibo. Convino que Iturriaga se uniera a la expedición capitaneando uno de los bajeles fondeados en el puerto, pero los planes que tenían para recuperar la isla de Curazao tuvieron que posponerlos. De camino a La Guaira pasaron por *El Guayabal* e Iturriaga se detuvo varios días allí, mientras que Fuenmayor preparaba la expedición en el puerto. Cuando llegó el momento de marcharse para unirse al ejército y embarcar hacia Maracaibo, Carmen insistía en irse con él.

—Me voy con vosotros, necesitáis más soldados…

—¡No puedes venir conmigo! —la tomó por los hombros y agregó—: ¡eres una mujer!

—Si fuera necesario de nuevo vestiría de hombre, sé disparar, usar la espada, y no tengo miedo…

—¡Qué cosas dices! ¿Acaso no te trata bien Ainara?

—No es por eso. Estoy bien aquí, pero no quiero que os vayáis sin mí…

—No puedo permanecer más tiempo contigo. hemos podido pasar unos días juntos, pero el Capitán me aguarda... En poco tiempo estaré de vuelta, no temas.

—¿Cuidarás de ella? —dijo el marino dirigiéndose Ainara antes de subir a su cabalgadura, ella sonrió complacida y asintió.

Sin embargo, pasaron los meses y don Ruy Fernández de Fuenmayor no regresaba a Caracas. Por su mujer, doña Leonor, que les envió un mensaje, supieron que el capitán de Iturriaga había sido hecho prisionero y que, seguramente, estaría en Curazao. El gobernador planificaba invadir esa isla próximamente, recuperarla, liberar a Iturriaga y a unos cuantos prisioneros más que estaban con él, por eso no había regresado...

Entretanto, en Caracas, mientras que el gobernador estaba fuera, el obispo se adueñó de la ciudad. Y les declaró la guerra a los funcionarios del cabildo empezando por don Pedro Navarro, notario del Santo Oficio y escribano mayor del cabildo, el hijo mayor de doña Elvira Campos de Ponte.

Don Mauro se había enterado de que don Joaquín de Ponte había fallecido en el terremoto y, aunque ya habían pasado varios meses, una mañana, cuando ya había entrado el mes de diciembre, se dirigió a la hacienda *El Guayabal,* quería inspeccionar la casa y, con la excusa de darle el pésame a la dueña, se encaminó hacia allí. Había escuchado que doña María se dedicaba a pintar cuadros y, que había colgado en las paredes unos cuantos que representaban las imágenes de algunas santas con sus atributos. Eso no era censurable, pero lo que le parecía insólito y estrafalario es que ella hubiera hecho posar a las esclavas y que ellas figurasen retratadas como si fueran damas castellanas. También pensaba que la virtud de doña María, al dedicarse a esos oficios artesanales, dejaba mucho que desear. Además, tenía otras razones que le impulsaban a realizar esa visita: quería asegurarse de que doña María de Urtubia no se inmiscuyera en los asuntos de los mercedarios; había mandado destruir la construcción que los mulatos habían reedificado sin su permiso, aunque hubiera una Real Cédula que les autorizara a su reconstrucción. Él no lo iba a permitir.

Así mismo, quería informarse de otro asunto muy delicado: había escuchado que doña Ximena de Ponte solía visitarla; esa joven estaba siendo observada muy de cerca por el obispo, ya que se había enterado de ciertas prácticas que iban en contra de la moral a las que la joven se había habituado. Finalmente, había otro asunto, todavía más espinoso: circulaban ciertos rumores que relacionaban íntimamente a la viuda de Ponte con uno de sus esclavos; pero ese asunto, por ahora, no lo iba a tocar... Anunció su visita y hacia allí se encaminó.

Para recibirlo, Ainara se había vestido con sus mejores galas, llevaba uno de sus trajes negros de lana, sobre un guardainfante, con golilla, valona ribeteada y puñetas de encaje de Brujas. Se colocó la cadena de oro y el anillo, con el sello de la casa de Medina Sidonia, en el dedo. Acompañada por Carmen, quien también vestía de riguroso luto, obsequió al prelado con una jícara de chocolate, que bebió rápidamente y, a continuación, pidió que le trajeran otra; después de que la terminó y elogió el delicioso manjar, el obispo se dirigió a la anfitriona:

—Doña María ¿me permitís que examine los lienzos, que cuelgan en vuestras paredes?

—Con todo gusto, Su Eminencia; no tenéis ni que pedírmelo, están a vuestra disposición —acotó—. Las representaciones de las santas que veis colgadas son tomadas de grabados del pintor Francisco de Zurbarán y sirven para aleccionar a las esclavas en los preceptos del cristianismo, en los sacrificios que deben realizar para santificarse y en las normas de la fe cristiana que deben seguir, por eso las tomé como modelos. Como veis, todas llevan los atributos de su respectivo martirio… Tanto negros, como indios, mestizos o mulatos que viven en la hacienda han sido bautizados y estos lienzos contribuyen a su catequesis.

Don Mauro haciendo caso omiso a sus explicaciones cambió el tema y continuó diciendo:

—Tengo entendido que favorecéis a los mercedarios.

—Pasé unos cuantos años en el palacio ducal de los Medina Sidonia en Sanlúcar de Barrameda y don Manuel Alonso, el VIII duque, fue siempre generoso y patrocinó a las diferentes órdenes, entre ellas los mercedarios —pero él la interrumpió…

—No creo que en este momento sea oportuno nombrar a esa casa ducal, no sé si estáis enterada de que ha caído en desgracia, tened cuidado de que no os arrastre también a vuestra merced…

Ainara quedó callada, miró fijamente a Carmen, quien estaba a punto de decirle, seguramente, algo indebido y las hubiera metido en mayores problemas. Y, antes de que la joven emitiera una sola palabra, añadió:

—Me gustaría obsequiar a Su Eminencia con unos buenos sacos de cacao de la última recolección de este año, de las más dulces y sabrosas guayabas, de los más finos aguacates y de nuestras guanábanas, que tienen fama de ser de las mejores de la zona... —el obispo miró fijamente a Carmen y asintió...

—Esta joven parece estar en estado de buena esperanza —añadió dirigiéndose a ella.

—En efecto, Su Paternidad, mi protegida espera al hijo de mi pariente, el capitán de Iturriaga, que partió hace unos meses a defender nuestras posesiones en Maracaibo amenazadas por los herejes holandeses.

—Ese capitán de Iturriaga no tiene buena fama; he escuchado rumores de una conducta un tanto licenciosa. Me extraña que esté casado...

Carmen permanecía callada, como Ainara le había aconsejado, pero cuando el prelado hizo ese comentario. Si no hubiera sido por la fulminante mirada de Ainara, tuvo que morderse los labios, algo le habría contestado, no podía permitir que hablara así de él.

—No sé qué comentarios habréis escuchado, pero seguramente no le hacen justicia. La familia de Iturriaga es de una noble estirpe guipuzcoana.

Recordando a Martín, volvió a nombrar a Francisco Javier y a Ignacio de Loyola, e hizo alusión a la relación de los Iturriaga con los jesuitas. Sin embargo, el Obispo displicente, después de escuchar esos alegatos sentenció:

—No me interesa saber de las supuestas relaciones que en su tierra tenga el capitán Iturriaga. En estas tierras de ultramar, la máxima autoridad soy yo y tengo que velar por que esta sociedad siga las normas de la decencia. Por lo tanto, si compruebo que ese capitán se ha amancebado con esta joven, no va a salir bien parado; de eso me voy a encargar personalmente.

Ainara quedó callada y Carmen comenzó a rezar por lo bajito…

Al poco tiempo de que Gabriel partiese, Carmen le había confesado a Ainara que, seguramente, estaba embarazada. En los dos últimos meses no había sangrado. Ainara lo presentía, la había visto vomitar en las mañanas. Entonces, para tranquilizarla, le aseguró que no tenía de qué preocuparse, que velaría por ella y por el hijo que llevaba en sus entrañas; de alguna manera recordó cuando estaba sola y embarazada: aunque Carmen fuera muy niña; sin embargo, era fuerte como una mujer experimentada. Ainara ya iba conociendo el carácter explosivo de la joven y, viendo cómo su expresión se tornaba claramente disgustada por las alusiones que había hecho don Mauro acerca del gobernador y de los militares que lo acompañaban y temiendo que dijera algo inoportuno en cualquier momento, decidió seguir hablando de los cuadros que colgaban en las paredes, de las historias de esas santas y de sus martirios; pero, el obispo giró la conversación y continuó hablando de lo que a él le interesaba…

—Como al parecer no estáis enterada de nada de nada, para vuestra información sabed que he detenido a vuestra pariente doña Elvira Campos de Ponte y a sus hijas. ¡Me propongo imponerle a esa familia un castigo ejemplar! Quiero advertiros, por si acaso encuentro algo que sea herético en esta casa. También voy a constatar cuándo llegó esta joven a vuestra hacienda: Carmen, así parece llamarse, y quién es realmente, pues tengo informantes que aseguran que eso no está nada claro. Ya veis que son muchas las cosas que tengo que solventar… —sacó un pañuelo de su faltriquera y se sonó las narices produciendo un gran estruendo.

Ainara respiró hondo, y miró a Carmen que dirigía la vista al techo. Él después de guardar de nuevo el pañuelo, continuó hablando, observando a una y a otra detenidamente.

—En esta ocasión, no revisaré vuestros libros, veo que coleccionáis unos cuantos. Os daré otra oportunidad, para deshaceros de algunos de ellos, que no estén acorde con las buenas costumbres. Si no, la próxima vez que pase por aquí recibiréis una severa reprimenda o quizás algo más que eso... —esbozó una risa sardónica y se aclaró la voz—. Así mismo os haré preguntas sobre las razones por las cuales la hija menor de doña Elvira, doña Ximena, ha venido en repetidas ocasiones a esta hacienda, y os hacía confidencias... —y agregó— os daré tiempo para que recordéis sobre el asunto que versaban esas charlas. Ahora no quiero demorarme más tiempo, se hace tarde y, además, la humedad de esta montaña me traspasa los huesos —estornudó y volvió a sonarse las narices...

Ainara y Carmen permanecían calladas y asombradas ante la actitud del prelado, que ahora comenzaba a hablar en un tono muy alterado; era sabido que le gustaba pleitear y estaba esperando que ellas le contestaran algo, aunque no emitieron palabra. Se levantó de la silla y, antes de marcharse, ya de pie les dijo:

—Sabed también que en unos días enviaré a un emisario para que revise el certificado de bautismo de vuestra hija, vuestra acta de matrimonio y el de la jovencita. Como ya os he dicho, no me gustaría comprobar que está amancebada. Me he propuesto acabar con esas prácticas licenciosas que van en contra de la moral y de las buenas costumbres y a las que vuestra familia se ha habituado. Por cierto, no he recibido un donativo generoso de vuestra parte últimamente; tenemos muchas necesidades y pocos dineros...

Sin decir más nada, subió a su cabalgadura y se marchó. Carmen comenzó a llorar cuando se fue. Ainara, con gran cariño, la consolaba tranquilizándola:

—No te preocupes, Carmen, algo haremos. Mi hija fue bautizada por los mercedarios en la ermita de la Merced. Tengo sus papeles: el padrino es el suegro del gobernador, el padre de doña Leonor; y ella, su madrina. También tengo el certificado de mi boda en Sanlúcar. Le diremos que el tuyo lo tiene el capitán Iturriaga consigo. Pero tenemos que ser precavidas, la ha tomado con los Ponte... No podemos irnos de aquí, porque hasta la costa el obispo fue a buscar a doña Elvira. Ximena, la hija menor de doña Elvira de Ponte, ha pasado varias veces por aquí, lo que ella me confió es lo que más me preocupa... — mirando fijamente a Carmen, terminó diciendo—: tenemos que seleccionar los libros y deshacernos de los que escribió doña María de Zayas, solo dejaremos los que tratan de vidas de santos; pero, igualmente, si el obispo se empeña, de algo malo nos acusará. Juntaré algún dinero para dejarle un buen donativo...

—¿Qué vamos a hacer sin Gabriel? Y si el Gobernador tampoco está, estamos desprotegidas —le susurró, mientras que con un pañuelo se secaba las lágrimas.

—Nos esconderemos en las barracas de los esclavos. Si acaso vienen por aquí, allí no buscarán...

Ainara llamó a Caridad y le explicó que ambas se trasladarían temporalmente a una de las barracas y las razones por las cuales debían permanecer allí; si alguien venía y preguntaba por ellas... Esperaba que ninguno de los esclavos las delatara. Caridad le confirmó que eso no iba a suceder, pues siempre había sido una ama buena y ellos la respetaban, estaba segura de que no las delatarían. Sin embargo, Ainara tenía una duda: no sabía cómo se había enterado el obispo del embarazo de Carmen, todavía no era evidente... También pensaba que alguien se habría ido de la lengua: le había hablado de Gabriel y de cuando Carmen llegó, después del terremoto. Así mismo era muy raro que supiera de las visitas de Ximena... Seguramente, el obispo tendría algún confidente en la hacienda; entonces pensó que podría ser Juancho, el capataz. Cuando el prelado se disponía a subir a su montura, él se acercó y ella distinguió, a lo lejos, que intercambiaban algunas palabras... Tendrían que cuidarse muy bien de él. Toño había vuelto a *El Guayabal*, después del terremoto, también a él le confió sus temores y, así mismo les aconsejó que se escondieran en las barracas, él las protegería.

Al cabo de un rato, Carmen se tranquilizó y como los niños creían que ese cambio de vivienda era un juego, les pareció divertido dormir en chinchorros como los demás esclavos y vivir en un rancho como ellos.

Sin embargo, un par de días después de que se fuera el prelado, Ainara enfermó con mucha fiebre. Durante esos días hizo mucho frío en las noches y ella no se había abrigado lo suficiente — tal como alegaba Caridad—, quien no estaba nada convencida de que hubiera sido una buena idea que su ama durmiese allí; y, refunfuñando, decía: "mi ama no debe *está* durmiendo ahí, como si fuera una negra inmunda". Quería llevarla adentro de la casa, pero Ainara se negaba, pues temía que de improviso llegara algún enviado del obispo. Se sentía más segura en ese lugar menos accesible. Se había encomendado a la Virgen de la Merced y estaba convencida de que pronto "algo bueno" tenía que pasar…

El Guayabal, Navidad de 1641

Una de esas mañanas luminosas y frescas, típicas del último mes del año, escucharon que se acercaba un jinete, y pensaron que era el emisario del obispo. Carmen que jugaba con los niños en el secadero, se fue con ellos hacia las barracas. Allí, en un catre tumbada, estaba Ainara, que continuaba prendida en fiebre. El jinete desmontó, ató a su caballo en la entrada de la casa y, como la puerta estaba abierta, entró; pero Caridad, que había salido a su encuentro no lo autorizó. Preguntó por la dueña, se identificó y se dirigió directamente al salón. Caridad, se fue hacia las barracas y lo dejó con Consuelo, que lo seguía como si fuera su sombra, mientras que él en su recorrido observaba los diferentes cuadros. Finalmente, se detuvo frente a la pequeña tela que representaba a san Sebastián. Entonces la joven mulata emitió por primera vez unas palabras, un poco asustada y casi tartamudeando. Había escuchado lo que le había dicho su ama al obispo don Mauro sobre esos retratos de las santas, Consuelo había posado para algunos y, quizá, se ensañaría con ella.

—Ese santo, ayuda a *espantá* la plaga, lo trajo mi ama desde España, es muy milagroso.

—Sé quién es san Sebastián —acotó sin mirar atrás.

Mientras tanto, Caridad que había ido a avisar al ama, la despertó y le dijo:

—Buenos días su *mercé*. Un príncipe os solicita…

—¿Un príncipe?, ¿dónde…? —todavía medio dormida, añadió—: decidle que os dé su nombre, ¿viene solo?

—Viene solo. Es un caballero *mu* elegante, buen mozo y bien *trajeao*… Le pregunté si venía de parte del obispo, don Mauro y dijo que no. Me dio su nombre, pero no entendí, aunque lo repitió dos veces; estaba *requete* nerviosa…

—Carmen, ve a ver y dime quién es. Mientras tanto voy a vestirme, tendré que hablar con él. Ayúdame Caridad.

—No debéis *levantaos*, estáis enferma y *mu* débil…

—¡Ayúdame!, que no puedo sola —le espetó.

—Sí, mi ama…—asintió, bajando la mirada

Carmen se dirigió hacia la casa, y les dijo a los niños que se escondieran en el establo. Iría sola para ver quién era ese desconocido.

El caballero continuaba en el salón detenido frente a la tela que representaba san Sebastián. Se alarmó al verlo y pensó que, posiblemente, sería un prelado, o alguien importante que había enviado el obispo y que Caridad se había confundido. Iba impecablemente vestido: llevaba botas altas de cuero negro, un jubón gris oscuro bordado en plata con un patrón floral, el pelo castaño lo llevaba suelto sobre los hombros, en las manos que juntaba detrás de la espalda sostenía un sombrero de fieltro claro, con varias plumas, y un par de guantes.

Martín, al sentir una nueva presencia, se dio media vuelta y, al verle de frente, Carmen exclamó:

—¡Dios mío!, este caballero es muy parecido al san Sebastián.

—¿Quién sois? —preguntó él, sorprendido.

—¿Quién sois vos? — a su vez, inquirió Carmen.

—Me llamo Martín de Iturriaga. He venido desde muy lejos a ver a doña María Ainara de Urtubia, la dueña de esta hacienda.

Carmen palideció, se acercó más a él. Le miró fijamente a los ojos, eran preciosos, grises, verdes, de un color indefinido. El caballero, al comprobar cómo ella permanecía absorta observándolo, le sonrió. Era la misma sonrisa familiar, la quijada, la nariz… y además tenía el mismo tono de voz y el porte altivo, aunque con el pelo más claro. Ella posó la vista en el cuadro y también sonrió…

—¡Sois el hermano de Gabriel! —exclamó.

—¿Conocéis a mi hermano?

En ese momento, Ainara entraba a la estancia y, ante el impacto que le produjo ver allí a Martín, se desmayó…

Enseguida, Consuelo y Caridad la atendieron; se la llevaron a una de las habitaciones y allí la acostaron, estaba ardiendo. Carmen, muy emocionada, tomó a Martín del brazo, le dijo que había oído hablar de él muy a menudo y le contó por encima lo que estaba sucediendo. También le dijo que a su hermano Gabriel los holandeses lo habían hecho prisionero, que era la mejor persona del mundo y que ella lo adoraba. Ese comentario llenó de satisfacción a Martín. Cuando Ainara se recuperó y le bajó la fiebre entraron en la habitación. Aunque no dormía, tenía los ojos cerrados; pero al sentir la voz de Carmen, los abrió y, al ver a Martín a su lado, se le iluminó la mirada y esbozó una gran sonrisa. Él se acercó a la cama…

—He estado muy enferma. Cuando os vi, creí por un momento que había muerto y estaba en el cielo —él también sonrió y la tomó de la mano.

—Tenéis que recuperaros. Carmen me ha contado por lo que estáis pasando…

—Os dejo solos para que podáis hablar con tranquilidad —agregó la joven, y se retiró de improviso...

Al poco rato los dos niños se asomaron, curiosos, a la habitación para ver cómo era ese desconocido.

—Acercaos —dijo él—. ¿Cómo os llamáis?

—Yo soy Joseph de Ponte, mi padre murió en el terremoto —dijo el niño y le tendió la mano.

La niña quedó callada detrás de él.

—Conocí a tu padre en la Península, una excelente persona, un caballero. Siento mucho su fallecimiento —y añadió—: *Requiescat in pace.*

El niño asintió. La niña seguía observándolo, lo miraba y luego dirigía la vista a su madre, sin saber qué decir.

—Y tú, preciosa, ¿cómo te llamas? Ven aquí…

La niña volvió a mirar a su madre, que asintió. Ella, entonces, acercándose a Martín comenzó a hablar…

—Me llamo Ana Josefina y también Manuela, pero me dicen Anuka… No había visto a mi mamá sonreír desde hace días. Se ve que vuestra visita le agrada. Su merced, ¿cómo se llama? —Martín la escuchaba atento, y también esbozó una amplia sonrisa.

—Este caballero se llama Martín y es nuestro pariente, es hermano del capitán de Iturriaga —agregó Ainara.

—Eres una niña preciosa, Anuka —dirigiéndose a ella continuó diciendo—: conocí a Ainara cuando tendría tu edad, te pareces mucho a ella.

Los niños se retiraron y ellos conversaron largo rato. Ainara le preguntó por doña Luisa Francisca, por sus hijos y él se explayó contándole sobre ellos y también le dijo que gracias a la que es ahora la reina de Portugal, había sabido de su paradero. Ainara le narró cómo habían sido estos últimos años y le habló de lo bien que se había adaptado a su nueva vida…

Al final de la tarde, después de haber mantenido con él una larga conversación, ya se sentía mejor, y se dirigieron hacia el corredor, en dónde Caridad puso la mesa, comieron casabe, arepas con queso, tostones y puerco, trajo una jarra con jugo de guayaba y otra con jugo de guanábana. Desde hacía días, Ainara no tenía apetito; sin embargo, esa tarde, por primera vez, tenía hambre. Desde que él llegó se fue sintiendo cada vez mejor. Ni Carmen ni Ainara dejaron que Martín regresara a La Guaira, enviaron a Miguelito y a Consuelo a recoger sus baúles y se instaló en la hacienda.

Pasaron las fiestas de la Navidad y de san Benito, que se celebraba entre el 27 de diciembre y el 6 de enero. Tras la recolección del cacao, se escucharon los tambores, pero la alegría de otras veces no estuvo presente. Los esclavos habían quedado muy abatidos por lo ocurrido en el terremoto.

Sentados en el corredor de la hacienda, Ainara y Carmen se distraían escuchando las historias que Martín les contaba sobre su viaje a la India y la joven le narraba con gran detalle las campañas militares de Gabriel, como si hubiera estado presente. Ainara los escuchaba y se emocionaba al comprobar la vehemencia de la muchacha al hablar sobre el marino, se veía que lo adoraba. Pasaron esos días festivos, tranquilos, sin sobresaltos. Sin embargo, una tarde recibieron un mensaje de Caracas en el que doña Leonor les notificaba que el gobernador había embarcado desde Maracaibo hacia Coro, y desde allí pensaba tomar Curazao y liberar a los prisioneros; pero que no disponía de un buen ejército, pues eran muy pocos los hombres que había logrado reclutar. Ni siquiera pudo contar con el capellán ni tampoco con el cirujano, el doctor David Rocha; a ambos el obispo los había amonestado y no les permitió unirse al ejército. En cambio, ella sabía que los holandeses estaban bien apertrechados. Ainara pensaba que la victoria de Fernández de Fuenmayor era poco probable. Carmen temía por la vida de Gabriel, aunque Martín le había asegurado que él iría a liberar personalmente a su hermano, si fuera necesario. También les comentó que sería conveniente que él fuera a Caracas y se entrevistara con el obispo, tener su beneplácito para esa campaña era trascendental.

A los pocos días, una mañana, fresca y luminosa, se presentaron en la hacienda los emisarios del obispo, traían una orden de registro para inspeccionar la casa. Martín les indicó a las mujeres que no aparecieran, él se entendería con ellos. Les mostró sus credenciales como representante del general de la Compañía de Jesús y los despachó. Les advirtió que al día siguiente iría a Caracas para entrevistarse personalmente con el obispo y saber qué se proponía hacer en esa hacienda. Como los emisarios no esperaban encontrar a una persona tan destacada, asustados, se fueron. Martín quedó preocupado. En esa provincia los obispos ostentaban las atribuciones de los funcionarios reales; y Fuenmayor no estaba en Caracas; la máxima autoridad en ese momento era don Mauro, y esta era una razón más para, sin mayor demora, entrevistarse con Su Eminencia.

A la mañana siguiente de esa desagradable visita, Martín decidió ir a Caracas y encontrarse con el obispo, al amanecer subió a su cabalgadura y se dirigió hacia allí. Don Mauro era benedictino, y la fama de ser un hombre autoritario, déspota y malhumorado lo precedía. Martín de Iturriaga llevaba consigo el pliego que lo acreditaba como delegado de la Compañía de Jesús, no era conveniente mostrarle el que le había entregado la reina de Portugal. Ainara le había comentado que al obispo le gustaba pleitear, pero él no iba a buscar un enfrentamiento, más bien, haría lo posible por evitarlo. Su intención era no solo saber por qué estaba tan interesado en revisar la hacienda, sino que también quería propiciar un acercamiento con él para que apoyara la campaña del gobernador.

Cuando ascendió hacia la cima de El Ávila, la neblina lo envolvía, pero cuando inició el descenso hacia el otro lado; empezó a dispersarse y pudo contemplar un gran valle, atravesado por un río, de este a oeste, el Guaire, y divisar plantaciones de caña en sus riveras. Al fondo, antes de que se cerrara la explanada, se divisaba una pequeña ciudad de techos rojos: Caracas.

La tupida vegetación iba disminuyendo a medida que descendía y empezó a subir la temperatura. Al llegar a los arrabales de la ciudad comenzó a advertir las huellas de la catástrofe reciente: casas derruidas y otras muy dañadas. El terremoto había destruido gran parte de sus edificaciones. Sin embargo, el entorno que rodeaba a la ciudad era verde y frondoso con multitud de árboles frutales y floridos, que daban sombra; el trinar de los pájaros alegraba el ambiente, el clima era fresco y agradable.

Se dirigió al centro de la ciudad y le informaron en dónde se ubicaba el palacio episcopal. Allí le notificaron que Su Eminencia se levantaba antes de salir el sol y recorría la ciudad. Esa mañana se había encaminado al convento de la Merced, y era la persona que estaba dirigiendo la demolición de lo que quedaba de la hospedería. Martín había pasado por ahí cuando entró en la ciudad, pero no se imaginó que el hombre corpulento que daba voces y que con un mazo en la mano amenazaba a los pobres mulatos con la excomunión y el fuego del infierno si no se iban de allí, ¡era don Mauro!

Cuando estuvo frente a las ruinas de la hospedería, desmontó de su cabalgadura y fue a su encuentro. Iturriaga vestía con sus mejores galas, había pensado que se encontrarían en el palacio episcopal o en la Iglesia Mayor y su aspecto digno contrastaba con el del obispo, que se asemejaba a un alarife.

—Eminencia...

El prelado se dio la vuelta, se pasó el dorso del brazo por la frente sudorosa y, con expresión de asombro, se dirigió a Martín.

—¿Quién sois? ¿Y qué trae a un caballero como vos a estas tierras castigadas por la ira de Dios?

Como el sol tropical le cegaba, a modo de visera se colocó la mano y Martín, pausadamente, le contestó:

—Soy Martín de Iturriaga y de Iturriaga, a las órdenes de Vuestra Eminencia... Me hospedo en la hacienda *El Guayabal,* propiedad de mi parienta, doña María de Urtubia, viuda de don Joaquín de Ponte. Ayer recibimos la visita de unos emisarios vuestros, con la intención de conocer el propósito de esa visita vengo a Caracas y también a presentaros mis respetos. He navegado desde la Península con una misión encomendada por el general de los jesuitas. Primero estuve en Nueva Barcelona luego, en Cumaná. Hace unos días llegué a esta provincia —y se inclinó ante el prelado.

La expresión de disgusto del religioso, al escuchar su nombre, se hizo evidente, pero Martín sin dejar que lo interrumpiera, continuó hablando:

—En este pliego podréis comprobar mis credenciales, y también se hace alusión a la misión que me ha sido encomendada.

—Seguidme, aquí el sol reverbera, nos sentaremos bajo un cobertizo —añadió de forma cortante—. Leeré con detenimiento la misiva...

Se sentaron en dos barriletes, bajo un entramado de parras. Martín quedó callado unos momentos, mientras que el prelado revisaba sus papeles. Después, como sabía que el obispo era de Villacastín, le mencionó que conocía bien el monasterio de Santa María de Nieva, que estaba cerca de allí. Al escuchar el comentario, don Mauro, levantó la vista del papel, le dirigió la mirada y esbozando una conspicua sonrisa, comenzó a hablar.

—En el claustro de ese monasterio pasé mi infancia...

Martín lo dejó contar cosas de su niñez, de su familia y, finalmente, hablaron sobre los chorizos, los quesos y los guisos castellanos hasta que el obispo, ahora con otro tono de voz, algo más amistoso, le increpó:

—Ya veo que habéis empleado una buena táctica para ablandarme. Me place recordar los buenos tiempos, pues los de ahora no son tan gratos... Veo en estos papeles que venís bien recomendado —le devolvió sus documentos y agregó—: pero aquí la autoridad soy yo. Id al grano, y no me hagáis perder el tiempo. Sabía que apareceríais por aquí en cualquier momento; aunque, si habéis venido para influir sobre vuestra parienta, no vais a lograr que desista en interrogarla: pesan sobre ella acusaciones graves. También tengo que cuestionar la conducta de la joven que vive con ella, que está preñada y asegura que está casada con el capitán de Iturriaga, quien según me informaron, es vuestro pariente, quizá un hermano.

—Ciertamente, mi hermano Gabriel es un prestigioso militar. En la actualidad está privado de libertad, pues lo apresaron los holandeses recientemente. Cuando lo liberen podréis entenderos con él, cumple funciones en la Armada de Barlovento —el obispo lo miró directamente a los ojos, y Martín terminó la frase sin titubear—: el marqués de Cadreita, virrey de Nueva España, podría dar fe de su correcto desempeño.

—La situación de esa joven, que por cierto es un tanto oscurilla para ser vasca por los cuatro costados, como asegura doña María, no es lo que más me inquieta. Su asunto puede esperar, en estos territorios de ultramar cualquier cosa es posible, y más aún en esta provincia.

—¡Carmen es la mujer de mi hermano!, Eminencia. Gabriel es un marino de excelente trayectoria militar y... —agregó Martín visiblemente molesto.

Don Mauro tosió, se recompuso la voz y, haciendo caso omiso del comentario, lo interrumpió y continuó diciendo:

—Seguramente, no tenéis conocimiento de que el marqués de Cadreita está siendo investigado... El siguiente virrey de Nueva España, don Diego López Pacheco y Braganza, ha sido cesado por sus vinculaciones con esa casa ducal portuguesa que se ha sublevado y ha sido sustituido por el obispo de Puebla, don Juan de Palafox y Mendoza. Todo lo que huela a Braganza o a Medina Sidonia, está bajo sospecha —esbozando una mueca burlona, lo miró fijamente—. Sé de vuestras relaciones con ellos. Ya veis que estoy bien informado. Y, por añadir algo más: mejor es que paséis desapercibido, no creo que vuestra presencia en estas tierras sea muy provechosa de ahora en adelante. Ya habéis cumplido con la misión que los jesuitas os encomendaron, así que no encuentro razones para que permanezcáis aquí. ¡Os estoy hablando claro! —exclamó.

Martín quedó callado. Lo que le había dicho el obispo Tovar era grave, la amenaza era evidente. Estaba seguro de que el prelado quería amedrentarlo, pero él no iba a darse por aludido; cambió de tema y continuó la conversación como si nada de lo que le había dicho le hubiera importado:

—Si a Su Eminencia le desagradaron las pinturas que cuelgan en las paredes de la hacienda, me gustaría comentaros... —pero él no le dejó acabar de hablar.

—Que la viuda se distraiga pintando santas mestizas, mulatas o angelitos negros como si estuvieran en un limbo, no tiene trascendencia. Esos lienzos pueden arder en una pira en cualquier momento y nada quedará de ellos —sonrió de forma sarcástica—. Otra cosa es que haya contribuido con la construcción de la ermita de la Merced y de esta hospedería; pero, en realidad, tampoco importa... la estoy demoliendo...

Bebió un trago de agua de un botijo, mientras tanto Martín comentó:

—Tengo entendido que la Virgen de la Merced es muy venerada como patrona de esta ciudad y protectora de las siembras del cacao...

En cuanto terminó de beber, el obispo lo interrumpió:

—Las arcas del obispado están casi vacías. No podemos tener tantos frentes que nos ocasionen gastos, y de las ventas de las bulas apenas se saca nada. Otras manos, como las de don Pedro Navarro, notario del Tribunal, están metidas en esos guisos. Os lo repito, aquí soy la autoridad y tengo que velar también por lo material. Por otro lado, el gobernador no tiene los pies sobre la tierra, quiere hacer más de lo que puede. Deja desprotegida a la ciudad e inventa campañas que no va a ganar y en las que invierte lo que no tiene; como hace en esta hospedería, pero de eso no voy a hablar; por cierto, vuestra parienta todavía no nos ha enviado el donativo que le hemos solicitado.

Se levantó del barrilillo, fue hacia la construcción, dio unas cuantas voces y luego regresó. Martín lo seguía con la mirada y pensó que no era conveniente que él hiciera alusión a esa campaña que estaba realizando el gobernador ni tratar de lograr su beneplácito... Era obvio que no lo iba a ablandar, quizás el efecto podría ser incluso todo lo contrario; posiblemente se molestaría aún más. Cuando volvió a los pocos minutos, se sentó de nuevo y continuó hablando:

—Finalmente, para ir al grano y que os quede bien claro: lo que no voy a permitir es que la viuda de don Joaquín de Ponte haya auspiciado y sea cómplice de un incesto.

Martín, asombrado ante esa acusación, prefirió no emitir palabra. No sabía a qué se refería y dejó que el obispo continuara hablando sin interrumpirlo.

—La moralidad de la familia Ponte deja mucho que desear. Doña Ana de Cepeda, la mujer de don Pedro Navarro, ha puesto una demanda de divorcio contra su marido y alega asuntos muy graves: ¡lo acusa de incesto! —exclamó levantando la voz—. Estoy aquí para velar por las buenas costumbres de los caraqueños. Voy a interrogar a todos los Ponte, uno por uno, y no tendré misericordia con los que considere sospechosos. El terremoto que ha asolado a esta ciudad pecadora ha sido castigo divino por las faltas a la moral que en ella se cometen.

El obispo cada vez más ofuscado, continuaba hablando, en un tono airado y alzando la voz todavía más, añadió:

—Por lo pronto podéis ir averiguando la certeza de ciertos rumores que vinculan a la viuda de don Joaquín de Ponte, por quien venís a interceder, con uno de sus esclavos. Os aseguro que esa dama pagará sus delitos con la cárcel... Estoy investigando su filiación;

a esta provincia han llegado unos cuantos conversos disfrazados de cristianos viejos, que compran en la Península la limpieza de sangre y viajan al Nuevo Mundo. Podría asegurar que esa dama tiene sangre judía…—y rozándose la nariz agregó—: mi olfato no me engaña… Algo turbio esconde la viuda y lo voy a develar…

Martín permanecía callado escuchando a don Mauro. Se había quedado atónito ante sus insinuaciones y, realmente, preocupado…

—En unos días os visitaré en *El Guayabal* para tener constancia de la relación de vuestra parienta con Ximena de Ponte; así como de su vinculación carnal con el esclavo. Eso no lo voy a consentir. Y ahora no quiero seguir hablando, si me disculpáis…

Se levantó y Martín también lo hizo. Respetuosamente se inclinó ante él, se dio media vuelta, subió a su cabalgadura y a galope tendido enfiló hacia la montaña. Que lo hubiera amenazado directamente a él era grave, pero mucho más aún le impactaron sus últimas palabras, que lo dejaron perplejo. Si al bajar hacia la ciudad se había distraído observando la belleza del paisaje y la exuberante naturaleza, ahora su pensamiento estaba enfocado solo en conocer a qué se había referido el prelado. Se preguntaba: ¿acaso esas acusaciones serán ciertas?

Cuando llegó a la hacienda encontró a Ainara hablando con Juancho. Desde que vio al capataz, le desagradó. Esperó a que terminaran y se dirigió a ella…

—Me gustaría conversar contigo en privado, en un sitio tranquilo —ella asintió y se alejaron de allí.

—Vamos a dar un paseo… ¿Hablaste con el obispo? —le preguntó muy interesada. Martín asintió y, cuando se alejaron, él tomó la palabra…

—Desde que llegué poco me has contado de tu vida aquí, te gusta escuchar de la mía, pero apenas me has comentado de tu experiencia en estas tierras ni de las gentes que has tratado en estos años. Solo has hablado sobre el cacao…

—No hay mucho más que contar, aquí he llevado una vida tranquila, muy diferente a la que estaba acostumbrada en la Península, pero he sabido adaptarme; me he dedicado a ver crecer a mi hija y a desarrollar la producción de cacao, principalmente, como ya te he dicho. Tengo poco trato con los caraqueños.

—Ni con los parientes de tu difunto marido...

—Mi relación con ellos ha sido escasa.

—¿Qué puedes decirme de Ximena de Ponte?

Ainara miró al cielo, una pareja de guacamayas saltaba de rama en rama. Todas las tardes se distraía siguiendo el vuelo de esas vistosas aves, que cuando bajaba el sol regresaban a su nido. Quedó callada un rato, como abstraída por la paz que la rodeaba, solo interrumpida por los sonidos que producían los animales. Después, sin dirigirle la vista a Martín, pausadamente le respondió:

—Es la menor de los nueve hijos de doña Elvira Campos, una mujer un tanto desagradable, viuda de Tomás de Ponte, primo de mi difunto marido. Ximena ha venido varias veces a la hacienda y hemos trabado una buena amistad, aunque es muy joven, seguramente tendrá la edad de Carmen. ¿Por qué me preguntas por ella? La última vez que la vi fue antes del terremoto.

Martín le narró la conversación con el obispo, pero no le dijo lo del incesto quería sacar sus propias conclusiones de lo que Ainara le contase y le pidió que le diera detalles de su amistad con la joven.

—Ximena hace algo más de un año pasó una noche en *El Guayabal*, con su hermano Pedro. Iban camino hacia la hacienda de Todasana, donde estaba su madre con su hermana Paula. Se les hizo tarde y pernoctaron aquí. Les ofrecí alojamiento y al día siguiente se marcharon. Unos días después regresaron y volví a darles hospedaje.

—¿Notaste algo raro entre ellos?

Ainara, mirándolo, ahora, fijamente a los ojos le contestó:

—La verdad es que sí. Me parecía que la forma en que se trataban era peculiar, pero deseché esos pensamientos. Pensaba que era debido a mi amarga experiencia con tu padrastro, pues percibía una mirada lasciva de él hacia la joven… —Martín frunció el ceño y añadió:

—Háblame de la madre y de los otros hermanos…

—Doña Elvira, es andaluza, natural de Carmona. Tengo entendido que casó dos veces. De su primer matrimonio nacieron Pedro y Gregorio Navarro; ambos tienen cargos en el cabildo y, además, Pedro es notario del Tribunal de la Inquisición. De su segundo matrimonio, con Tomás de Ponte, de origen canario y pariente de mi difunto marido, tuvo un hijo y seis hijas. Tomás es militar y, de las seis mujeres tres son monjas, la mayor está casada, la menor es Ximena y Paula, un año mayor, es una niña enfermiza que se la pasa con su madre en la hacienda de Todasana en la costa. Desde que las conocí, me dio la impresión de que doña Elvira poco se ocupaba de Ximena. Recién llegada me visitaron y trató de dejarla aquí, pero yo no quise. La niña entonces se fue a vivir con su medio hermano Pedro y su cuñada, doña Ana de Cepeda, con la que me pareció que tenía mejor trato que con su madre; doña Ana es una castellana muy adinerada, llevan años casados, pero no tienen hijos —Martín asintió y le preguntó:

—¿Cómo es Ximena?

—Es una joven muy agraciada, la más guapa de las hijas de doña Elvira. No sé si te habrás dado cuenta, pero en esta región de ultramar las mujeres son diferentes a las peninsulares: son alegres y vivarachas, también más dulces, cariñosas y agradables en el trato. Algunas peninsulares son duras y ásperas como las retamas. La naturaleza tropical, más frondosa, más salvaje, no solo les proporciona otra actitud, además a los doce años ya son mujeres. Creo que la mezcla de razas o el influjo del trópico las hace tener actitudes más seductoras, no sé si me explico…

—Te entiendo perfectamente, pero sigue contando.

—Hace unos meses, Ximena regresó con don Bernabé Díaz de Mesa, un seminarista que recibió las primeras órdenes, ahijado de su medio hermano Pedro. El joven continuó su camino hacia La Guaira, pero ella me pidió quedarse esa noche aquí conmigo: me comentó que su hermano Pedro estaba fuera de Caracas y que doña Ana le había dado permiso para que ella acompañara a don Bernabé; pero, como se acercaba una tormenta, decidió hacer noche aquí. Mientras llovía comenzó a contarme una historia muy particular… pero me pidió que esa confesión no debía decírsela a nadie, no sé si debo confiártela…

—Es importante que me digas lo que te contó.

—Desde el terremoto no he sabido de ella, ahora las comunicaciones con Caracas no son como antes.

—Por eso mismo, necesito conocer tu versión, el asunto es delicado —Ainara comenzó a contarle.

—Ximena me dijo que todo empezó aquella noche del Corpus, cuando el gobernador hizo un gran festejo con una tarasca. Ella no lograba conciliar el sueño, así que salió de su habitación y se fue al despacho donde sabía que su hermano Pedro permanecía revisando cuentas hasta altas horas de la noche. Le dijo que tenía miedo, que cuando vivía con su madre dormía con su hermana Paula y que su nana, Magdalena, las acompañaba, pero que ahora estaba sola en su alcoba, llovía a cántaros, se escuchaban los truenos y estaba muy asustada, pues de su mente no se apartaba la imagen de la tarasca; si él se quedaba con ella hasta que se durmiera, se sentiría mejor. Después de esa vez, me comentó que otras muchas noches su hermano iba a su aposento, cuando todos dormían, y él la acompañaba para que no tuviera miedo… en ese momento tendría doce o trece años.

—¿Crees que la forzó a algo? ¡Era su hermano!

—Todo lo contrario. Ella me aseguró que le gustaba estar con él, que era cariñoso y bueno, que él le decía que su mujer, doña Ana, era una peninsular dura y seca que solo se interesaba por los rezos. Ximena me dijo que así mismo eran su madre y sus hermanas. —Martín volvió a fruncir el ceño y continuó preguntándole:

—¿Sabes si la madre se enteró de lo que sucedía entre ellos y si su mujer lo supo?

—Su madre apenas se ocupaba de ella. Me comentó que por ser la más agraciada de sus hijas, le había pedido a Pedro que le buscara un buen partido; pero él no se afanaba en ello, ya te imaginarás el porqué… Me aseguraba que su cuñada, doña Ana, cuando su esposo llegaba a casa, casi siempre alegaba que estaba indispuesta; pero cuando la visitaba Gregorio Navarro, su otro hermano, se ponía de buen humor. Con su marido era desagradable; en cambio, con su cuñado muy solícita. Eso, a Ximena, le parecía peculiar. También me comentó que había escuchado decir a su cuñada que habría preferido que su contrato matrimonial no hubiera sido con Pedro, sino con Gregorio… Mientras me hacía esa confidencia me di cuenta de que lo que me contaba, era un asunto extremadamente grave, y mis más tristes recuerdos volvieron a revivir.

—Eso lo puedo entender, siento hacerte pasar por este mal trago, pero necesito saber más —y agregó—: háblame de Pedro:

—Es un hombre bien parecido, yo diría que un tanto arrogante. En esa ocasión, Ximena se explayó hablándome de él; decía que le gustaba vestir muy bien, tenía muchas camisas, calzas, valonas… Sostenía que para su madre eran muy importantes sus tres hijos, pero que Pedro era su preferido y que, como tenía suficiente dinero, le compró ambos cargos y pactó su casamiento con una mujer que le aportaría una buena dote. También decía que favorecía a Tomás, que era militar, en cambio, a Gregorio, por ser solo funcionario, no lo consideraba de igual manera, aunque le compró el cargo de regidor del cabildo. Sin embargo, a ellas, a las mujeres, su madre apenas les proporcionaba ropa. Ximena me contó que Pedro le traía dulces, le regaló un vestido muy bonito, también una yegua y la enseñó a cabalgar —Ainara suspiró profundamente y añadió—: esa niña tenía una gran necesidad de afecto; estaba muy confundida, por eso sucedió lo que no debió pasar. A veces pienso que, si se hubiera quedado en mi casa, quizás no habría sucedido lo que le ocurrió.

Ainara bajó la mirada, ahora comprendía la trascendencia de esa confidencia...

—Pero no fue así. No te culpes, sigue hablándome de él, ¿lo conoces bien? —Martín trató de tranquilizarla, se dio cuenta de que estaba realmente afectada.

—Apenas lo conozco, pero sé que, desde que llegó don Mauro, han tenido serios enfrentamientos por su competencia como notario del Tribunal de la Inquisición y la venta de las Bulas. Los asuntos monetarios le preocupan mucho al obispo, por eso tampoco quería que los mercedarios reconstruyeran la hospedería, ya que de alguna manera la curia tendría que sufragar sus gastos.

—Por lo poco que hablé con él me dio esa impresión, aunque sé que una Real Cédula autorizó su reconstrucción. Pero él estuvo siempre en contra, quizá también, por el vínculo que tenían los mercedarios con el gobernador. En cuanto a la relación de Pedro Navarro con el obispo obviamente es muy mala y ¿qué más te contó la joven?

—Qué ella tenía un amorío con Bernabé, el seminarista, que era un joven muy agraciado y que le gustaba mucho. Se escondían y se besaban en el huerto... Su cuñada sabía de esa relación e iba a intervenir para que se casaran, y también su medio hermano Gregorio; pero creían que don Mauro no iba a permitir que él dejara los votos. Al parecer se había metido a cura porque su familia no tenía bienes de fortuna y él quería acceder a una buena educación; Ximena me decía que le gustaba leer y que sus hermanos también lo habían ayudado a instruirse... Para ese momento, pensé que la situación de ambos se podría arreglar, con la buena voluntad de don Mauro. Pero esa noche después de que pasamos horas hablando y cuando le dije que debíamos ir a dormir, finalmente y titubeando me dijo que tenía que hacerme todavía otra confidencia y que era mucho más grave. Solo Bernabé y su nana, la esclava Magdalena, lo sabían: estaba embarazada, y Ximena pensaba que yo podía ayudarla, pues no sabía cuál de los dos era el padre de la criatura que crecía en sus entrañas... Me sugirió que le gustaría venir a vivir conmigo, así nadie sabría de su embarazo y daría a luz aquí —Martín la escuchaba sin interrumpirla, y, finalmente, ella terminó diciendo—: pero ya estaban viviendo aquí don Joaquín y su hijo Joseph. ¡No era posible! Al día siguiente, regresó Bernabé de La Guaira; y se fue con él a Caracas, yo quedé en comunicarme con ella, pero no lo hice.

—¡Ainara, esto es muy grave! ¡Esa niña tenía relaciones tanto con su hermano como con un seminarista! —exclamó Martín—: y como todo eso fue antes del terremoto y han pasado varios meses, ya habrá dado a luz… Seguramente, alguien le pasa información y por eso don Mauro supo que esa joven y su hermano habían estado aquí… ¡El obispo me aseguró que eras cómplice de ese incesto! — Ainara palideció y exclamó:

—¡Cómo es posible! ¡Por supuesto que no soy cómplice! Lo único que hice fue escucharla. Luego ocurrió el terremoto, llegó Gabriel con Carmen, murió Joaquín. ¡Pasaron tantas cosas! Aunque no haya olvidado lo que me contó Ximena no volví a saber de ella, ni imaginaba cómo podría ayudarla. Me enteré de que su madre tuvo que regresar a Caracas… Escuché algunos rumores; al parecer el obispo se ha ensañado con ellas. Interrogó a doña Elvira y quizás la acusa… —Ainara quedó callada unos instantes y agregó—: ahora que reflexiono, habrá sido Juancho, quien le comentó al obispo, pues vio aquí a Ximena… Sabes que desconfío de él…

—A mí tampoco me gusta nada, seguramente fue así. Don Mauro quiere interpelarte, pero no voy a permitir que lo haga, conozco los métodos que emplean y, si caes en sus manos, no podré hacer nada. Me dijo claramente que no me quiere en estas tierras. Tenemos que irnos mañana a primera hora, antes de que aparezca por aquí, como me aseguró que lo haría. Avísale a Carmen y a los niños para que estén listos al amanecer.

Desde La Guaira, Ainara, Martín y Carmen junto con los niños se harían a la mar hacia Coro. Allí estarían fuera del alcance del obispo y

Martín trataría de hacer algún plan con Fernández de Fuenmayor para rescatar a Gabriel. Dispusieron todo para partir al día siguiente, Ainara habló con Carmen y con su hija, les anunció que embarcarían al día siguiente y pasarían unos días navegando. La niña se entusiasmó con el viaje, Carmen, asombrada, le preguntó ¿por qué tenían que hacer ese viaje tan repentino? Ainara le respondió que después le explicaría la razón, pero que ahora no le hiciera más preguntas; ella, entonces, acató su orden y comenzó a juntar unas cuantas cosas; sin embargo, cuando Ainara habló con Joseph, el niño se negó en rotundo.

—No me iré de aquí —sentenció—. Esta hacienda era propiedad de mi abuelo, no la dejaré desprotegida.

—Está bien, Caridad y Consuelo cuidarán de ti —le aseguró Ainara.

Al comprobar la actitud resuelta del niño, no quiso contradecirlo; había cumplido once años recientemente. La pérdida de su padre le había afectado mucho, cada día Ainara lo encontraba más ensimismado y taciturno. Luego se dirigió a Martín y le preguntó:

—¿Cuándo regresaremos?

—No será en algún tiempo. Mientras permanezca aquí don Mauro, no lo veo factible. Lleva contigo todos vuestros documentos y lo más valioso que poseas.

—Tengo una buena cantidad de doblones —y le mostró una bolsa llena de monedas de oro, que tenía a buen resguardo —Nos servirá para el viaje…

—Es mucho dinero, guárdalo bien —agregó Martín.

Ainara quedó pensativa. No sabía qué le depararía el futuro, pero se sentía segura en manos de Martín. Por otro lado, sabía que Joseph estaría bien, las dos mulatas velarían por él. Ambas tenían debilidad por ese niño y también Toño, quien desde que regresó le enseñó todo lo que sabía del cultivo del cacao y lo consideraba el verdadero heredero del amo. Tras el terremoto, cuando supo que don Joaquín había muerto, Toño volvió a *El Guayabal* con Teresa, embarazada y retomó sus quehaceres. Ainara desde entonces había notado como la suspicacia de Juancho aumentó y la relación entre los dos se hizo muy tensa.

Por consejo de Martín y de acuerdo con Toño, esa misma tarde decidió concederle la manumisión a Juancho. Sin darle más explicación, le instó a que se marchara de allí enseguida y le dio una buena cantidad de dinero, mucho más de lo que esperaba, para que se fuera satisfecho.

Al día siguiente, al amanecer, Miguelito los llevó a La Guaira, en donde embarcaron en una goleta con destino a Coro.

Cuando fondearon en el puerto de la Vela de Coro, Martín se entrevistó con Fuenmayor que, desde allí, aunque muy desanimado, continuaba con la preparación para reconquistar Curazao; sin embargo, no pudo llevar a cabo su proyectada invasión. Aunque intentó tomar a Bonaire, fue rechazado por los holandeses y tuvo que regresar a Maracaibo, sin lograr liberar a los prisioneros.

Unas semanas después, el pirata inglés William Jackson atacó La Guaira y al no estar el gobernador; fue el obispo quien la defendió. El pirata, derrotado por el prelado, se dirigió entonces hacia Maracaibo, con once navíos y más de mil bucaneros arrasó, una vez más, la ciudad de San Antonio de Gibraltar.

Fernández de Fuenmayor, tras defender la ciudad de Maracaibo, regresó a Caracas. La tensa relación con el obispo Tovar era crítica, pues había perdido un tiempo precioso y no logró su cometido: no pudo invadir Curazao y volvió sin haber conseguido lo que se proponía. Hizo todo tipo de intentos para recuperar a los prisioneros, pero tampoco lo logró.

Martín, con las dos mujeres y la niña, se habían refugiado en Coro.

Mientras ocurría todo aquello, por suerte, el doctor David Roche se encontraba en la ciudad cuando Carmen se puso de parto. El 22 de febrero de 1642 nació un niño precioso, grande y fuerte, con los mismos ojos negros rasgados de su madre y de su abuela. Carmen le llamó: Ignacio.

Entre tanto, Martín no cesaba en el empeño de liberar a su hermano. Un par de meses después de que naciera el niño, en una balandra se dirigieron a Curazao para entrevistarse con los holandeses. Carmen insistió en ir con él, por lo que finalmente decidió que fueran todos. Hicieron la corta travesía y fondearon a la pequeña embarcación en el puerto de Santa Ana en Curazao. Allí, Martín fue recibido por el holandés, que defendía la plaza, y que, más que un militar, parecía un pirata y respondía al nombre de Gerritzs. En esta ocasión le mostró el pliego que acreditaba que venía recomendado por la reina de Portugal y como el holandés sabía que los portugueses estaban enemistados con los españoles, aunque de mala gana, atendió su solicitud y accedió a entregarle al prisionero, a cambio de una buena cantidad de oro, pero le comunicó que Gabriel de Iturriaga no estaba en Curazao ni en Bonaire, sino en Aruba... Tendrían que dirigirse allí.

De nuevo se hicieron a la mar y en unas cuantas horas habían llegado a otra de esas pequeñas islas, frente a la costa occidental de Tierra Firme. Era una isla alargada y muy deshabitada, tenía una pequeña rada y allí un caserío.

Aruba, 1642

Gabriel y los demás prisioneros llevaban varios meses confinados en la parte oriental de la isla, una abrupta costa asolada continuamente por fuertes vientos y horadada por grutas donde habían vivido los escasos indígenas del grupo de los *arawakos* que originalmente poblaron esas islas. Aruba, prácticamente, no tenía vegetación, solo los cactus crecían en esa tierra desolada.

Iturriaga y los demás prisioneros estaban encadenados entre sí y transportaban piedras para construir una fortaleza. Uno de ellos, unos días atrás, se había caído y arrastró a los demás. Debido a sus heridas, Gabriel había perdido parte de la visión; alrededor de la cuenca de los ojos, en la cara, brazos y piernas se le habían clavado las espinas punzantes de los cactus de la zona. No solo él sino también varios de ellos, ya no eran útiles en las labores de construcción del baluarte. Principalmente, por esa razón, las autoridades holandesas aceptaron el canje que Martín Iturriaga les había propuesto; con los españoles no habían logrado ponerse de acuerdo.

Sin embargo, cuando le informaron a Gabriel de que un representante de la reina de Portugal iba a liberarlo, en vez de alegrarse, se disgustó. Él solo reconocía a Felipe IV como rey de Portugal. Sabía que, desde hacía algo más de un año, el duque de Braganza era ahora el Rey, pero él no quería acatar su mandato. Aunque, no tuvo más remedio que ponerse a las órdenes del jefe del presidio y esperar a que llegara el agente portugués.

Cuando, Martín, desde lejos, vio a su hermano, no emitió palabra alguna. El aspecto deplorable del prisionero lo impactó y dio gracias a la providencia por haber podido rescatarlo. Dadas las circunstancias, es posible que, si no hubiera sido por él, seguramente no habría sobrevivido.

Para que lo dejaran libre, Martín les entregó a los holandeses una buena cantidad de doblones de oro, como había sido estipulado. Pero al encargado de liberarlo ese dinero, le pareció poco y estaba reticente, dudando si entregarlo o no…

Ainara que estaba con Martín esperando que Gabriel fuera puesto en libertad, le mostró la cadena de oro con el emblema de la casa ducal que tenía guardada en un bolsillo y, al verla, el holandés con un gesto de aprobación les dijo que iba a parlamentar con sus compañeros. Si añadían esa joya, estarían de acuerdo en entregarle al prisionero, pero debían esperar a que deliberaran. Los holandeses no se habían percatado del lazo familiar que los unía; Martín había dicho que la entrega de ese capitán era una cuestión de Estado para Portugal y que él quería interrogarlo, pero ahora estaban en las manos de ellos. Lo único que podía hacer era esperar y confiar en que, finalmente, Gabriel fuera liberado. Después de que ella le hubo ofrecido la cadena para que la negociara y mientras los holandeses hablaban entre si, Martín le preguntó:

—Aunque hemos hablado de muchos temas en estos meses, pero no me has contado ¿cómo te casaste con Ponte?, ¿y qué papel hizo Gabriel? Yo dudaba de sus buenas intenciones, pero me equivoqué, lo juzgué mal y durante mucho tiempo lo culpé de que hubieras desaparecido. Aunque ahora me arrepiento —ella sonrió y agregó:

—Tu hermano, me dio un regalo muy especial, por eso olvidé muchas cosas desagradables y decidí perdonarlo, a veces no hay mal que por bien no venga, y eso se comprende con el transcurrir de los años...

Ambos esperaban bajo un cobertizo dentro del recinto amurallado, sentados en un banco destartalado. Se escuchaba el viento soplar fuertemente y el ruido de las olas batiendo contra las rocas, por lo que la comunicación entre ellos se dificultaba. Pero Martín, atento a sus palabras, añadió:

—Seguramente Gabriel entendió lo que era mejor para ti y te dejó libre de tu compromiso..., imagino que ese es el regalo al que aludes. Supe que canceló tu alianza con el Pacheco y también, por algún otro motivo, no se casó con la marquesa de Salinas. Supongo que fue don Manuel Alonso quien intercedió y pactó tu enlace con Ponte y, por ser un asunto confidencial, decidió no revelarlo. Además, desafortunadamente, falleció al poco tiempo...

Ainara permanecía callada y se miraba las manos, jugaba con el anillo de la casa ducal que llevaba puesto, mientras Martín continuaba hablando:

—Recuerdo a tu marido y a su prometida, los conocí en Portugal antes de casarme; ella era una mujer entrada en años y en carnes. Ponte salió bien parado al casarse contigo. Nunca imaginé que tu destino hubiera estado unido al de él..., pasé noches en vela preocupado, pensando en ti. Le escribí a Gabriel en varias ocasiones, pero no me respondió. Tu marido..., ¿fue bueno contigo? —le preguntó.

—Apenas lo conocí… murió al poco tiempo.

—Lo sé, pero te dejó una hija, que sorprendentemente me recuerda a mi madre y también a mi hermana. Es una niña preciosa, muy diferente a su padre, que no era un hombre agraciado, ni cultivado; no te imagino casada con él… Supongo que a don Manuel Alonso le interesaba que vinieras a estas tierras. Sé que te tenía en muy alta estima y por eso te obsequiaría con la cadena de oro. Esa deferencia no la hacía con nadie. Espero que ahora nos ayude a liberar a mi hermano —añadió—, me dijo Anuka que Gabriel le salvó la vida en el terremoto.

—Así fue. —se limitó a decir— También espero que esta joya lo salve a él… Carmen y su hijo confían en ello.

Martín se acercó más a ella y, mirándola fijamente, continuó hablando:

—Ainara, te has interesado por conocer mis vivencias en la India, y me has preguntado muchas veces por mis hijos. Carmen nos ha contado de su infancia en Veracruz, de sus experiencias en La Habana y en muchas ocasiones ha hablado de Gabriel. Hemos comprobado cuánto lo quiere y lo admira, la manera en que habla de él me ha proporcionado una gran satisfacción. Pero tú no me has contado casi nada de tu vida… ¿por qué ahora eres tan reservada conmigo? Estoy aquí por ti, la misión que me encomendaron los jesuitas la acepté cuando supe que estabas en Venezuela, no he dejado de pensar en ti en todos estos años; sin embargo, no sé en qué piensas, ni lo que quieres… Te has convertido en una mujer muy adinerada e independiente; has logrado que *El Guayabal* sea la hacienda más productiva de la zona, y, aunque creo que sigues siendo la misma, también te veo diferente.

Ainara seguía callada, no sabía ni qué decir, ¿acaso él podría dudar de sus sentimientos? Durante años, su imaginación se había alimentado con sus recuerdos, aunque nunca pensó que volverían a verse. Había tratado de olvidarlo desde que se separaron, pero ahora estaban allí los dos, esperando a Gabriel, y la cadena de oro de Medina Sidonia podría cambiar su suerte y salvarle la vida.

—No permanezcas callada, tu silencio me confunde. Desde que llegué has evitado hablarme de algo personal. Cuando tuve que casarme con Eloísa y me fui de la Península, me sentí terriblemente culpable porque te había dejado en manos de Gabriel y eso no podía perdonármelo. Sabes bien que tenía un compromiso y tuve que acatar la disposición de Medina Sidonia. Aunque durante estos años no haya dejado de pensar en ti..., aquella noche que pasamos juntos selló la pasión que sentíamos el uno por el otro, no pude olvidarla y estaba seguro de que tú tampoco. Dime, necesito saber: ¿qué significaron don Joaquín de Ponte y después su hijo?, ¿porqué no has hablado ni una sola vez de ellos?

Ella le sostuvo la mirada, pero continuó callada. Esos años de soledad la habían endurecido. No sabía cómo decirle que lo quería todavía más que nunca y que no podía contarle lo que había vivido antes de venir a América, ni a él ni a nadie...

—Me he dado cuenta, por la forma en que te mira, que Toño... —Martín, vacilante añadió—: siente por ti un fervor especial... —él no podía apartar de su mente las últimas palabras del obispo.

Ella, ahora, miraba hacia el infinito, aunque esas preguntas sobre los Ponte y sobre Toño hicieron que esbozara una sutil sonrisa. ¿Qué imaginaba?, ¿tendría celos? En realidad, lo que más deseaba en ese momento era abrazarlo y no tener que darle explicaciones de nada. Finalmente, se armó de valor y le dijo:

—Toño veló por mi y por Anuka durante estos años y ahora lo hará por Joseph. Sé que le tienes en alta estima y yo también... —mirándolo fijamente, ella añadió—: Volví a vivir el día que te vi de nuevo... Durante estos años la imagen de San Sebastián estuvo siempre conmigo. Martín no quiero hablar de los años que pasaron, ni de los Ponte; solo quiero pensar en un futuro contigo... —él esbozó por primera vez una amplia sonrisa y agregó:

—La pintura de María Magdalena quedó con Maríate, mi hermana, va a sentirse feliz cuando sepa que estás conmigo —ella asintió, y sus preciosos ojos se iluminaron con un brillo especial.

No era necesario que le diera más explicaciones. Sus miradas de nuevo se decían cuánto se amaban… Él iba abrazarla y besarla allí mismo, pero en ese momento vieron que hacia ellos se dirigía Gabriel, le habían quitado los grilletes y caminaba tambaleándose.

—¿Quién sois? —preguntó al estar frente a ellos—. Decidme: por qué me habéis liberado. No voy a suministraros ningún tipo de información que comprometa a España, no quiero irme de aquí y dejar a mis compañeros… —sentenció mientras salían del presidio...

—¡Sigues siendo el mismo! No has cambiado…

—¿Eres tú?, ¡Martín!, ¡no puedo verte! —se abrazaron.

Gabriel prácticamente no se tenía en pie, cojeaba; los pies descalzos estaban en carne viva. Tenía la cara como un cristo, la barba y el pelo suelto enmarañado, una venda ensangrentada le cubría la frente y los ojos.

—Tienes que mejorar, para que puedas ver a tu hijo —le dijo Ainara, él se apoyó en ella y exclamó:

—¡A mi hijo!

—Tienes un hijo que nació hace unos meses. Se llama Ignacio, como nuestro padre —agregó Martín.

—Es un niño grande y sano, se parece a ti —añadió ella.

Gabriel no supo qué contestar, se le quebró la voz…

Carmen, con su hijo y Anuka se habían quedado fuera del recinto. Cuando ella lo vio aparecer, con el niño en brazos, corrió hacia él; y también Anuka que fue hacia su madre y se abrazó a su cintura. Martín y Ainara vieron como Gabriel trastabillaba y Carmen lo sostenía. Ambos se miraron y, emocionados, sonrieron; Martín la cobijó bajo sus brazos y ella apoyó la cabeza en su pecho.

La zona desértica donde se encontraba el presidio era inhóspita, estaba totalmente llena de todo tipo de cactus y asolada por un ventarrón continuo y desagradable. La costa de ese lado de la isla era abrupta, aunque del otro lado el mar Caribe era sereno y plácido; una gran playa de arena blanca y suave la recorría de un extremo a otro. Regresaron al caserío de San Nicolás, habitado por indígenas que hablaban algo de español y por unos pocos holandeses. Al llegar, Carmen, con gran paciencia, destreza y delicadeza aseó a Gabriel; y fue sacándole las espinas de la cara y del resto del cuerpo. Gracias a ella mejoró, aunque pasaría un tiempo sin poder ver bien, porque los párpados los tenía muy hinchados. Las heridas iban sanando, pero todavía no podía caminar.

Unos días después, Martín escuchó una conversación entre ellos.

—Mañana, antes del amanecer, iremos con dos indígenas a liberar a mis compañeros. Ya te expliqué lo que debes hacer para que logremos rescatarlos...

—¿Qué estás diciendo? —lo interrumpió Martín—. ¿No te das cuenta del estado en qué estás?, ¿a dónde vas a ir así? Te has vuelto loco, Gabriel, si piensas llevar a Carmen contigo; si algo os pasara, ¿qué sería de vuestro hijo?

—Escuché decir que mañana nos haremos a la mar, no me iré dejando a mis compañeros.

—Voy a negociar eso con los holandeses, pero primero quiero sacaros de aquí —el marino lo interrumpió.

—No podemos perder tiempo, no hay casi guardias vigilando el presidio, éramos más de veinte y solo quedamos la mitad. Las condiciones son terribles: en unos días morirán varios más. Tenemos que sacarlos de aquí mañana mismo —y añadió—: tengo un plan...

Gabriel le explicó con detalle lo que pensaba hacer. Y Martín comprendió que la situación de esos infelices era crítica. Incluso pensó que, si hubieran tardado más tiempo, no habrían encontrado a Gabriel con vida.

—Mañana, antes del amanecer, iré yo con los indígenas, tú te quedarás con las mujeres —sentenció Martín—.

—Quiero que te lleves a Carmen, no confío en que los indígenas sean tan diestros como ella con el acero. Le he explicado el plan y sabe muy bien qué debe hacer...

Ainara, que estaba escuchando, los interrumpió...

—Sabéis que tengo buena puntería, también escuché la conversación, pienso que es mejor que los indígenas se queden contigo, Gabriel, con Anuka y el niño y que tengáis el bajel listo para navegar cuando lleguemos con los prisioneros. Martín, Carmen y yo vamos a liberarlos.

Martín la escuchaba callado. Temía por las mujeres, pero comprendió que era lo más sensato, y Gabriel asentía...

—Tenía pensado ir con Carmen y con los nativos, pero tal como estoy de poco sirvo. Que vayas con las dos mujeres, es más seguro —añadió Gabriel dirigiéndose a Martín—, confío en ellas...

Venezuela, 1642

Llevaron a cabo el plan como lo había propuesto Ainara. En la oscuridad de la noche, los tres con varios caballos se dirigieron al presidio, siguiendo las instrucciones de Gabriel. Carmen pasó a cuchillo a uno de los vigilantes, el que hacía guardia, mientras tanto Ainara y Martín entraron, liberaron a los presos y escaparon.

Gabriel los esperaba en el bajel a poca distancia de la costa, en una ensenada, uno de los indígenas estaba en la playa con un bote. Mientras se dirigían hacia allí, los holandeses los persiguieron, pero Ainara y Martín con buena puntería lograron alcanzar a un par de ellos; y desde la goleta, Gabriel con la escasa artillería de que disponía hizo fuego, por lo que los otros, asustados, se fueron.

Anuka, emocionada, al lado de Gabriel, los ayudó a subir a la cubierta y les decía que cuando fuera mayor quería ser soldado. Rescataron a todos los presos. Carmen les curó las heridas, que, por suerte, no eran tan graves. En unas horas, fondearon, sanos y salvos, en una pequeña bahía en las costas de Tierra Firme.

Unos días después Gabriel se dirigió a Martín...

—Cuando regresemos a la Península te devolveré el dinero que le entregaste a los holandeses. No quiero deberle mi libertad a Braganza, ni tampoco a Medina Sidonia, ¿Sabes que don Gaspar ha sido encarcelado?

—Me suponía que eso sucedería tarde o temprano. El duque de Medina Sidonia se dejó influenciar por Ayamonte, que terminará muy mal... Fue una gran imprudencia que auspiciaran un intento de secesión en Andalucía, estaba seguro de que iba a ser un fracaso... La situación económica de la Península es muy grave y el Conde-Duque está muy desprestigiado, su caída se acerca y pronto será sustituido por otro valido. Ya veremos quién será el nuevo líder y cómo va a encaminar la política.

Martín, mientras jugaba con un puñado de arena, agregó:

—En cuanto a lo otro, te equivocas, quien pagó por tu libertad fue Ainara, no solo con sus doblones, también entregó para que te liberaran una cadena de oro que le había regalado Medina Sidonia. A ella es a quien debes agradecer.

Gabriel palideció... Las dos mujeres jugaban en la arena con la niña, mientras Ignacio dormía plácidamente en una cesta de mimbre; y ellos las observaban desde lejos, sentados a la sombra de una palmera.

—Ainara es una mujer admirable, ha logrado convertir su plantación de cacao en la más productiva de la región...—continuó diciendo Martín, pero Gabriel lo interrumpió.

—Desde siempre estuviste enamorado de ella...

—Es cierto y, ahora he logrado lo que tanto ansiaba. Pero, si no la hubieras dejado libre de su compromiso con el Pacheco, la habría perdido para siempre... Aunque de eso no vamos a hablar: ni ella lo quiere, ni yo tampoco; es agua pasada...

—Mejor es que sea así —acotó Gabriel.446

—También tú tienes una buena compañera… —añadió Martín—. Me impactó ver cómo Carmen le rebanó el pescuezo al vigilante sin titubear. Tiene mucho carácter y, a la vez, canta como los ángeles. Nos distrae mucho escuchar las melodías que interpreta acompañada del *cuatro*.

Gabriel asintió, cambió su expresión adusta y sonrió.

—Muchas veces recuerdo a don Fadrique de Toledo. Después que casó con su sobrina, una mujer que lo adoraba; me decía que ningún bien es comparable con el verdadero amor. Tener a Carmen y ahora a mi hijo es lo mejor que me ha pasado en la vida; su madre, desde el cielo, sigue velando por mí.

—Escucharla hablar de ti, me enorgulleció. En unos meses tendremos que separarnos, pero haber zanjado nuestras desavenencias me ha proporcionado una gran satisfacción. Siento que he recuperado a mi hermano.

—Estaremos comunicados de ahora en adelante; si no te escribo, lo hará Carmen, a ella le gusta. Además, sabe dibujar, me ayudó a hacer el mapa de estas costas, y como bien dices canta muy bien —Martín asintió complacido, su hermano le dio una palmada en la espalda, miró hacia el horizonte, se levantó y concluyó:

—Voy a darle las gracias a Ainara…

Gabriel se acercó a las mujeres y, sentándose junto a ellas bajo un árbol de uva de playa, se dirigió a la madre de Anuka.

—Quería agradecerte… por haber entregado tus dineros y la cadena del Duque…

Ignacio se despertó y comenzó a llorar. Carmen lo cogió en brazos y les comentó:

—Voy a darle de comer al niño, os dejo solos para que habléis. En estos meses he comprobado la gran calidad humana de Ainara. Ha sido para mí como una madre, también por eso debes de, propiamente, agradecerle, Gabriel.

El marino ayudó a levantarse a su mujer con su hijo en brazos que se encaminaron hacia la casa. Gabriel, no sabía qué decir, quedó callado mirando como reventaban las olas y la espuma que esparcía en la arena.

—No tienes porqué darme las gracias —le susurró Ainara, mirándolo fijamente a los ojos—, vosotros sois mi familia. Don Manuel Alonso me entregó esa cadena para que me protegiera y ahora ha sido ella quién te ha salvado vida. Solo podemos darle gracias a Dios por haber tenido esta posibilidad…

Anuka se bañaba con Martín en la orilla del mar. En una carrera por la ardiente arena fue hacia donde se encontraba su madre con Gabriel y con una gran espontaneidad tiró al marino de la mano y le apremió a irse con ella:

—Tío Gabriel ven con nosotros. Estoy jugando con el tío Martín a la guerra; ahora me voy a subir a tus hombros y venceremos a los enemigos de España…

—Ve con ella —le dijo Ainara, esbozando una amplia sonrisa—, hace mucho calor te hará bien un baño de mar —él sonrió complacido y la besó en la frente.

Los dos hermanos y la niña se zambulleron en el mar Caribe, que a esa hora de la tarde se veía turquesa y también verde esmeralda. Los últimos rayos del sol tropical caldeaban el ambiente. Ellos entraban y salían del agua. La niña iba de los hombros de uno a los del otro y reía muy divertida. Ainara, desde lejos, los observaba y una sensación de paz y felicidad la invadía por completo.

Después de un tiempo, los soldados, que habían liberado en Aruba, regresaron con Fuenmayor a la capital de la provincia de Venezuela; pero ellos no lo hicieron. La situación en Caracas era muy tensa y decidieron pasar desde el puerto de La Vela a la ciudad de Coro, esa pequeña población donde había nacido Ignacio y que contaba con muy pocos habitantes, aunque había sido una de las primeras ciudades que fueron fundadas en Tierra Firme, pero como los piratas la asolaban, continuamente, fue despoblándose poco a poco.

EPÍLOGO

En medio del torbellino de esos años tumultuosos, los Iturriaga tuvieron que regresar a la Península: Martín era requerido en Lisboa y Gabriel en la corte de Madrid. Junto a ellos, Ainara, Carmen y Anuka emprendieron el tornaviaje; trataron de llevarse a Joseph, pero se negó en redondo. Ainara había nombrado a Toño encargado del funcionamiento de la hacienda; como le había enseñado a escribir y a llevar las cuentas, se comprometió a tenerla al tanto de todo, así mismo se responsabilizó por el bienestar del chico.

Finalmente, se hicieron a la mar con el convoy de la Flota de Indias, pensaban que, cuando las aguas volvieran a su cauce, regresarían a Venezuela.

Una noche, cerca de las islas portuguesas, iban viento en popa a toda vela; en las alturas reinaba la luna y en torno a ella miles de estrellas se esparcían por el firmamento; desde la borda oían el chapoteo del agua contra el casco del navío, que cortaba las olas del mar, y se sentía el chasquido seco de las enormes velas cuando de repente alguna ráfaga de viento venía con más fuerza, con el consiguiente crujido de las jarcias. Anuka, disfrutando de ese espectáculo, le comentaba a Martín y a Gabriel:

—Quiero servir en la Armada como el tío Gabriel, lo que más me gusta en el mundo es navegar... —el marino, complacido, asintió.

Martín se palpó un bolsillo de su *coleto* de cuero negro y allí encontró la bolsita de seda que siempre llevaba consigo, se acordó de su madre y se dirigió a la niña:

—Tengo algo muy especial para ti, mi princesa.

Se la entregó y ella, muy sonreída, la abrió. La cara de asombro y de felicidad fue tal, que lo abrazó, le plantó dos besos y enseguida salió corriendo en busca de su madre que estaba más allá con Carmen y el pequeño Ignacio en brazos.

—Mira, mamá, lo que me ha dado el tío Martín. Es una pulsera preciosa con piedras de muchos colores que brillan en la oscuridad y adentro dice: ANUKA.

Cuando se hizo más de noche Carmen, con Anuka e Ignacio, se fueron al camarote y Gabriel subió al puente de mando, aunque más tarde regresó a la cubierta y se acercó a ellos. Los tres contemplaron la bóveda celeste: varias estrellas fugaces se desprendieron; y, también algunas lágrimas de felicidad rodaron por las mejillas de ella. Martín la cobijó bajo sus brazos y la estrechó tiernamente. Los dos Iturriaga en una amena conversación recordaron a su madre y también a su hermana y hablaron de cuando eran niños en Azpeitia.

Habían pasado casi vente años desde que los dos hermanos se despidieron de ellas en la rada del puerto de Pasajes y, tras muchas peripecias, estaban de nuevo juntos. Ainara, miró al cielo, y le dio gracias a Dios. De repente, un escalofrío la recorrió de arriba abajo; sintió una conexión con las estrellas que la transportó a otro tiempo. Se quedó absorta durante unos minutos, Martín se percató de su ensimismamiento y le preguntó qué le ocurría; ella trató de trasmitirles lo que había presentido: les dijo que había imaginado, vívidamente, algo maravilloso: que, después de cien años, algo así como la esencia de ellos tres, su espíritu, estaría allí de nuevo; navegando en el mar Caribe. Ainara se sintió contenta y comprendió lo relativo del tiempo. Les dijo que estaba segura de que, con otras vidas volverían a encontrarse *En un lugar del Caribe* y los dos hermanos sonrieron…

Después, Gabriel subió de nuevo al puente de mando; Martín y Ainara fueron a su camarote, y allí, bajo el castillo de popa: se amaron al compás del vaivén de las olas, como aquella vez en la ermita del Coto de Doñana.

Al llegar a la Península, Gabriel se casó con Carmen de Ibarra y Amézqueta y vivieron felices entre Veracruz y Cartagena. Tuvieron varios hijos, algunos de ellos marinos. Sin embargo, Gabriel fue herido en combate cuando en 1655 el ejército de Oliver Cromwell comandado por el capitán William Penn y, sin haberle declarado la guerra a España, le arrebató la isla de Jamaica a la Corona. Finalmente, se recuperó de sus heridas, pero murió, al año siguiente, frente a las costas de Cádiz al regresar a la Península escoltando a la Flota de Indias, que allí mismo fue saqueada por los británicos... Carmen, al poco tiempo, volvió a la Península con sus hijos y antes de cumplir cuarenta años, falleció en Azpeitia. Sus descendientes, en el siglo siguiente, suscribieron acciones de la Compañía Guipuzcoana de Caracas, regresaron a Venezuela y defendieron las costas de Tierra Firme durante los años de la Guerra del Asiento, *(también llamada de la Oreja de Jenkins 1739-1748)

Martín y Ainara regresaron a Portugal, se casaron con el beneplácito de los reyes, quienes los enviaron en una misión diplomática a la corte de Saint James, allí permanecieron varios años. Conocieron a Artemisia Gentileschi que trabajaba como pintora para la casa real. En una ocasión, hablaron de aquella obra que Ainara y doña Luisa Francisca copiaron en el palacio de los Guzmán en Sanlúcar de Barrameda; ella les contó que la recordaba muy bien y que, efectivamente era suya: la realizó cuando era joven y vivía en Nápoles. También les comentó que se había enterado de que esa pintura había pasado a otras manos y que, tras un incendio, se había perdido. Les narró muchos detalles de su vida y todo por lo que había pasado en aquellos años... Ahora ella era una mujer madura y, gracias a su determinación, había logrado vencer las adversas circunstancias que la habían rodeado y su arte era bien reconocido. Mientras vivían en Londres, Martín y Ainara fueron testigos de la Revolución de Cromwell. En medio de las revueltas, los puritanos trataron de asesinar a Martín por su directa vinculación con los católicos y con el decapitado rey Carlos I. Aunque Ainara se colocó frente a él, y fue quién recibió el disparo del mosquete, cayendo muerta —tenía cuarenta y dos años—, en ese mismo año, en el que también murió Gabriel en las costas de

Cádiz; en la corte de Madrid el pintor oficial de Felipe IV pintaba un famoso cuadro que se conocerá como *Las Meninas*.

Tras el fallecimiento de Ainara, Martín, desolado, regresó a Portugal. Al poco tiempo fue enviado a la India como agente portugués en la corte de Agra, dónde por entonces ya habían terminado el Taj Mahal.

En 1666 la reina de Portugal falleció y Martín regresó a Lisboa. Tomó el hábito de los jesuitas y marchó a las misiones del Nuevo Mundo con su hijo menor que también se hizo jesuita. Cumplió con los deseos de su querida Ainara y volvió a Venezuela. Murió en Tierra Firme, cuando había cumplido ochenta años.

El mismo año en que falleció su madre, Anuka se desposó con Luis, el hijo mayor de Martín, sin saber que eran primos hermanos. Tuvieron varios hijos: la menor que también se llamó Ana, casó con un diplomático luso que fue destinado a la India, y la hija de esta, Joanna da Silva, que cuando tenía quince años, y vivía en Bombay, conoció a un marino inglés, el capitán Henry L. Stewart, contrajeron matrimonio y tuvieron varios hijos. En el siglo siguiente, sus descendientes volvieron a Tierra Firme y se encontraron con los otros Iturriaga, sin saber que eran parientes: *En un lugar del Caribe*.

AGRADECIMIENTOS:

"Vivir no es solo existir,
sino existir y crear,
saber gozar y sufrir
y no dormir sin soñar.
Descansar es empezar a morir."

Gregorio Marañón

Algunas personas me han comentado que al abrir un libro lo primero que leen son los agradecimientos para conocer mejor al autor e imaginarse como concibió la historia. En muchas ocasiones mis amigos me han preguntado: "¿Cómo te documentas?" Lo hago leyendo todos los libros y revistas especializadas que caen en mis manos; e investigando tesis doctorales publicadas en academia.edu y en las páginas web de las diferentes instituciones culturales y navales, así como escuchando las conferencias del Museo de Prado; no me pierdo los videos que cuelga Alejandro Vergara en Youtube sobre los pintores del barroco; de esta manera puedo recrear mejor la época, los escenarios y las costumbres.

Me apasiona vivir plenamente la vida de mis héroes; ubicarlos en diferentes momentos de la historia y ser partícipe de sus alegrías y de sus tragedias.

Escribir es una experiencia única, llena de miedos y temores, pero también de emoción y adrenalina. Disfruto mucho al imaginar las odiseas y contratiempos que vencieron mis personajes, nuestros antepasados. En algunos casos me baso en hechos reales, que muchas veces superan las más audaces fantasías de un escritor. También, escribo novelas porque me entusiasma saber que les proporciono a otras personas una distracción y que, a través de las páginas de mis libros, aprenden algo de historia, se trasladan a otros tiempos y se imaginan muchos lugares y gentes. Como decía Virginia Woolf: "Los libros son los espejos del alma" del escritor y, así mismo, del lector que se ve reflejado en ellos.

Aunque una novela pueda parecer la obra de una sola persona, lo cierto es que es el resultado de la inspiración del autor y de la ayuda de sus amigos; los que lo acompañan en el camino de juntar palabras. Quiero agradecer a todos mis lectores por animarme a escribir y, especialmente, a mi marido, Gustavo, que siempre me ha dado alas para continuar ejercitándome en este apasionante oficio y que, no solo ha realizado las portadas de mis cuatro novelas, también las ilustraciones; además, con una paciencia infinita, me escucha cuando leo en alto, una y otra vez. Así mismo va mi agradecimiento a María José Albert Pérez, que con su conocimiento naval y su extraordinaria calidad humana me ha ayudado con los términos marinos y leyó los manuscritos, con gran detenimiento, desde el principio; así como también a Carlos Alberto Berrizbeitia Tovar por su interés y sus acertados consejos; a Diana Sosa Cárdenas por los datos que me enviaba desde Caracas; y a mi amigo y editor Virgilio Ortega quien, con su conocimiento del arte de escribir y publicar, colaboró conmigo en la corrección de esta novela generosamente.

BIBLIOGRAFÍA:

De Arístegui, Pilar: *La Roldana.* Ediciones B, Barcelona, 2013.

De Pazzis Pi Corrales: *Los tercios del mar.* La Esfera de los Libros, Madrid, 2019.

Caso, Angeles: Ellas mismas. Libros de la letra azul, Oviedo, 2019

Caso, Angeles: Las olvidadas. Planeta, Barcelona, 2011

De Sendagorta, Enrique: *Indomables del Mar.* Ediciones Rialp, Madrid, 2014.

Delay, Florence: *Alta Costura.* Acantilado, Barcelona, 2019.

Depons, Francisco: *Viaje a la parte Oriental de Tierra Firme en la América Meridional.* Ex Libris, Caracas, 1987.

Díaz, Manuel Guillermo: *El agresivo obispado caraqueño de don Mauro Tovar.* Tipografía Vargas, Caracas, 1956.

Elliott H., John: *Imperios del mundo atlántico. España y Gran Bretaña en América, 1492-1830.* Tauros, Madrid, 2006.

Elliott H., John: *España, Europa y el mundo de ultramar (1500-1800).* Taurus, Madrid, 2010.

Felice Cardot, Carlos: *Curazao hispánico.* Ediciones Presidencia de la República, Caracas, 1982.

Jamis, Rauda: *Artemisia Gentileschi.* Circe, Barcelona, 1998.

Marañon, Gregorio: *El Conde – Duque de Olivares.* Colección Austral. Espasa Calpe, Buenos Aires, 1950.

Martínez – Mendoza, Jerónimo: *Venezuela Colonial.* Editorial Arte, Caracas, 1950.

Pigafetta, Antonio: *La primera vuelta al mundo.* Alianza Editorial, Madrid, 2020.

San Juan, Víctor: *Veintidós derrotas navales de los británicos.* Editorial Renacimiento, Sevilla, 2019.

Rodríguez González, Agustín R.: *Señores del mar.* La Esfera de los Libros, Madrid, 2018.

Rico García, José Manuel: *El duque de Medina Sidonia, mecenazgo y renovación estética.* Pedro Ruiz Pérez Ediciones. Universidad de Huelva.

Torres, Ana Teresa: *La escribana del viento.* Alfa, Caracas, 2013.

Vila, Pablo: *Gestas de Juan Orpin.* Dirección de Cultura Universidad Central de Venezuela, Caracas. 1975.

Diccionario Marítimo Español: Museo Naval, Madrid, 1974.

Catálogos:

Catálogo de la exposición Zurbaran. Galería Nacional del Gran Palais. Edition de la Reunion des Musées Nationaux, París, 1988.

Catálogo de la exposición Pasiones mitológicas. Museo de Prado, Madrid, 2021.

Catálogo de la exposición Tornaviaje. Museo de Prado, Madrid, 2021.

Catálogo General de Publicaciones Oficiales: Historia de la Armada. Ministerio de Defensa, 2020.

La autora ha hecho uso de otras fuentes que, por su extensión, se citan de modo resumido: vídeos, conferencias, catálogos de exposiciones del Museo Naval de Madrid y del Museo del Prado. Trabajos publicados por academia.edu; todoababor.es; *ABC historia*; *La Revista de Historia Naval*; *El Desafío de la Historia; Desperta Ferro*; *Sanlúcar de Barrameda*; entre otros.

CRONOLOGÍA:

1568-1648. Guerra de los Ochenta Años, entre España y los Países Bajos.
1585-1604. Guerra anglo-española.
1587. Francis Drake ataca la ciudad de Cádiz.
1588. La Gran y Felicísima Armada española se dirige hacia las Islas Británicas.
1589. La Contra Armada inglesa se dirige hacia las costas españolas.
1590. Nace Ana de Iturriaga en Azpeitia, Guipúzcoa
(personaje de ficción).
1596. El conde de Essex, asedia e incendia la ciudad de Cádiz.
1598. Nace en Badajoz el pintor Francisco de Zurbarán.
1598. Muere Felipe II Habsburgo, rey de España, le sucede su hijo Felipe III.
1599. Nace en Sevilla Diego Rodríguez de Silva y Velázquez.
1599. Nace en Madrid María de Zayas. Escritora del Siglo de Oro.
1603. Muere Isabel I Tudor, reina de Inglaterra.
1604. Accede al trono inglés Jacobo I Estuardo. Paz con España.
1608. Nace Gabriel de Iturriaga en Azpietia, Guipúzcoa,
(personaje de ficción).
1609. Nace Martín de Iturriaga en Azpietia, Guipúzcoa,
(personaje de ficción).
1609. Expulsión de los moriscos de los territorios españoles.
1609-1621. Tregua de los doce años en las guerras de Flandes.
1613. Nace en Huelva Luisa María Francisca Pérez de Guzmán y Sandoval; hija del VIII duque de Medina Sidonia y de doña Juana de Sandoval, hija del duque de Lerma.
1613. Nace en Pasajes, Guipúzcoa, María Ainara de Urtubia
(personaje de ficción).
1618. Es destituido el duque de Lerma como valido de Felipe III.
1618-1648. Comienza la Guerra de los Treinta años.

1620. El Mayflower llega a Cape Cod. Comienza la colonización de Nueva Inglaterra.

1621. Muere Felipe III. Le sucede su hijo Felipe IV.

1621. Los holandeses fundan la Compañía de Indias Occidentales.

1622. Naufraga en las costas de La Florida el galeón Nuestra Señora de Atocha.

1622. El rey Felipe IV nombra a don Gaspar de Guzmán, grande de España y le concede el titulo de conde-duque de Olivares.

1622. El conde-duque de Olivares se convierte en valido del rey Felipe IV.

1623. Los holandeses incursionan en el occidente de Tierra Firme y en las Guayanas.

1625. Muere Jacobo I Estuardo de Inglaterra. Le sucede su hijo Carlos I.

1625. Recuperación de San Salvador de Bahía por las flotas luso-españolas, al mando del capitán general de la Armada del Mar Océano don Fadrique de Toledo.

1625. Defensa de San Juan de Puerto Rico por la tropa de don Juan de Amezqueta.

1625. Defensa de Cádiz ante el ataque inglés liderado por el vizconde de Wimbledon.

1625. Los ingleses se apoderan de Barbados.

1626. Nace en San Juan el 16 de julio, Carmen Ibarra y Amezqueta (personaje de ficción).

1628. La Flota de Indias capitaneada por don Juan de Benavides y Bazán es capturada por los holandeses en la Bahía de Matanzas, Cuba.

1629. El pintor Rubens está en Madrid y le recomienda a Velázquez viajar a Italia.

1629. Nace en Madrid el príncipe Baltasar Carlos, hijo de Felipe IV y de Isabel de Borbón.

1629. Recuperación de las islas de San Cristóbal y Nieves por don Fadrique de Toledo.

1631. Naufraga en el Caribe del galeón Nuestra Señora de Juncal.

1633. El duque de Braganza se casa con doña Luisa Francisca Pérez de Guzmán, hija del VIII duque de Medina Sidonia.

1634. Los holandeses se apoderan de las islas de Curazao, Aruba y Bonaire.

1634. Muere en Madrid, don Fadrique de Toledo, marqués de Villanueva de Valdueza.

1635. Muere en Madrid Lope de Vega, dramaturgo del Siglo de Oro.

1635. El Cardenal Richelieu, aliándose con los Países Bajos, le declara la guerra a España.

1636. Nace en Caracas Ana Josefina Ponte (personaje de ficción).

1636. Muere en Sanlúcar de Barrameda don Manuel Alonso Pérez de Guzmán el Bueno, VIII duque de Medina Sidonia.

1636. Don Ruy Fernández de Fuenmayor recupera para la Corona española la isla de la Tortuga, frente a la costa de La Española.

1636. Don Lope Díez de Aux, marqués de Cadreita, es nombrado virrey de Nueva España.

1638. Don Ruy Fernández de Fuenmayor es nombrado gobernador de la provincia de Venezuela.

1638. Don Carlos de Ibarra salva la Flota de Indias del ataque holandés y muere a consecuencia de las heridas al llegar a la Península con todos los tesoros.

1639. Batalla de las Dunas, gran derrota de la Armada española frente a la flota de los Países Bajos.

1640. Don Antonio de Oquendo, hijo del marino vasco don Miguel de Oquendo, muere a consecuencia de las heridas que sufrió en la batalla de las Dunas.

1640. Muere en Amberes el pintor y diplomático Pedro Pablo Rubens.

1640. Guerra de los Segadores en Cataluña. Intento de separación.

1640. Sublevación en Portugal. Fin de la unión luso-española.

1641. Don Juan de Braganza es nombrado rey de Portugal.

1541. El 11 de junio, Caracas y La Guaira son asoladas por un terremoto que, por coincidir con la onomástica del santo, se conoce como el terremoto de San Bernabé.

1641. Levantamiento en Andalucía liderado por el marqués de Ayamonte y por don Gaspar de Guzmán, el IX duque de Medina Sidonia.

1641. El obispo don Mauro de Tovar llega a Caracas.

1642. Nace en Coro, Venezuela, Ignacio de Iturriaga y Amezqueta (personaje de ficción).

1643. El conde-duque de Olivares, cae en desgracia y se retira de sus funciones.

1645. Muere en la ciudad de Barcelona, Venezuela, su fundador don Juan de Orpín.

1645. Muere en Toro, Zamora, don Gaspar de Guzmán, conde-duque de Olivares.

1648. La Paz de Westfalia pone fin a la guerra de los Treinta Años y a la de los Ochenta Años entre España y los Países Bajos.

1648. Finaliza la construcción del Taj Mahal en Agra, India.

1649. Es decapitado en la Torre de Londres Carlos I Estuardo. Guerra civil en Inglaterra.

1650. Muere en Nueva España Catalina de Erauso, la monja alférez.

1651. Muere asesinado en Caracas don Ruy Fernández de Fuenmayor.

1654. El Obispo don Mauro Tovar es trasladado al obispado de Chiapas, Nueva España.

1655. El almirante inglés sir William Penn ocupa Jamaica.

1656. Muere en Nápoles la pintora Artemisia Gentileschi.

1656. Diego Velázquez pinta Las Meninas.

Árbol genealógico:

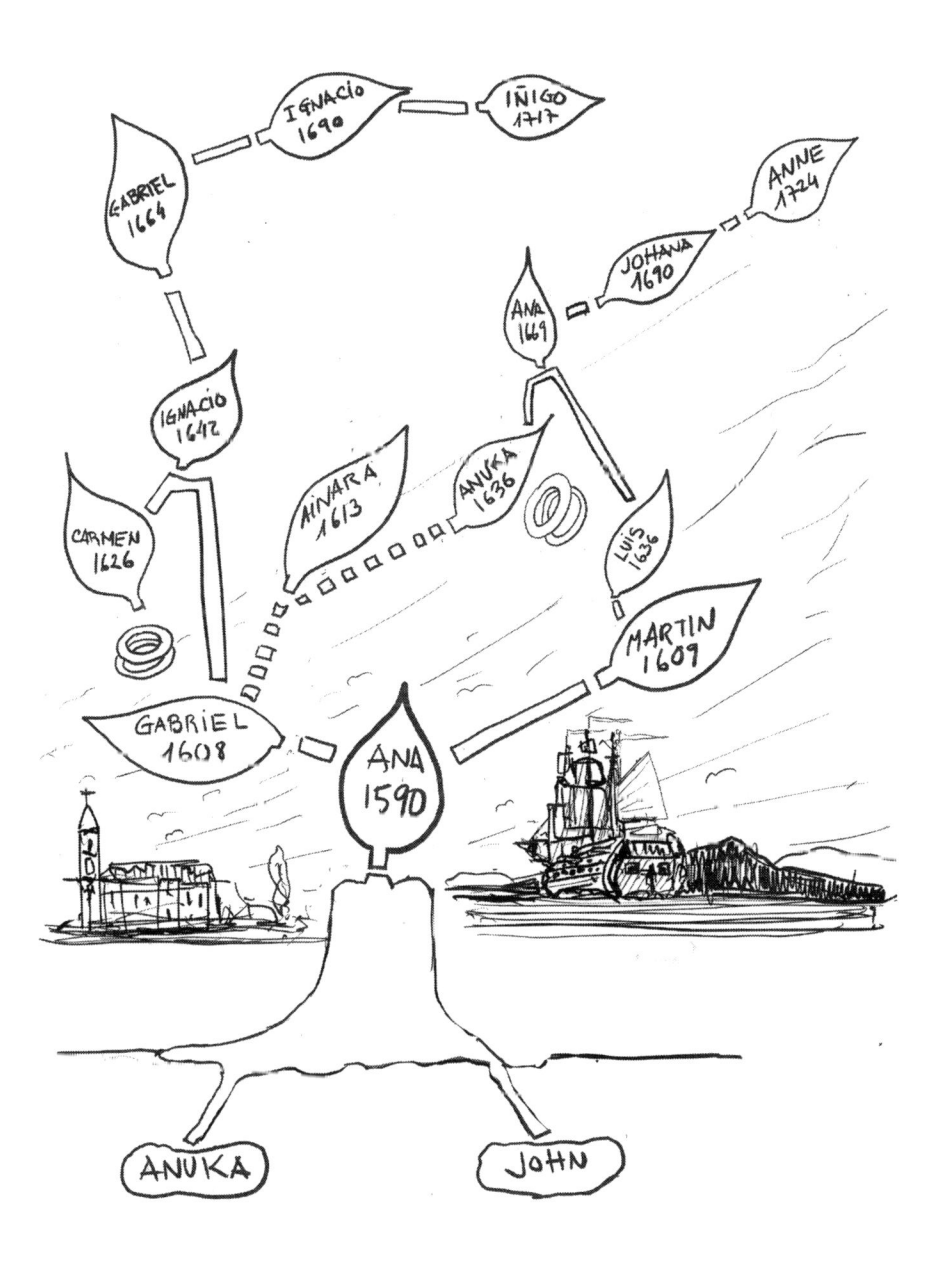

429

NOVELAS PUBLICADAS:

NOTAS

Made in the USA
Columbia, SC
28 February 2023